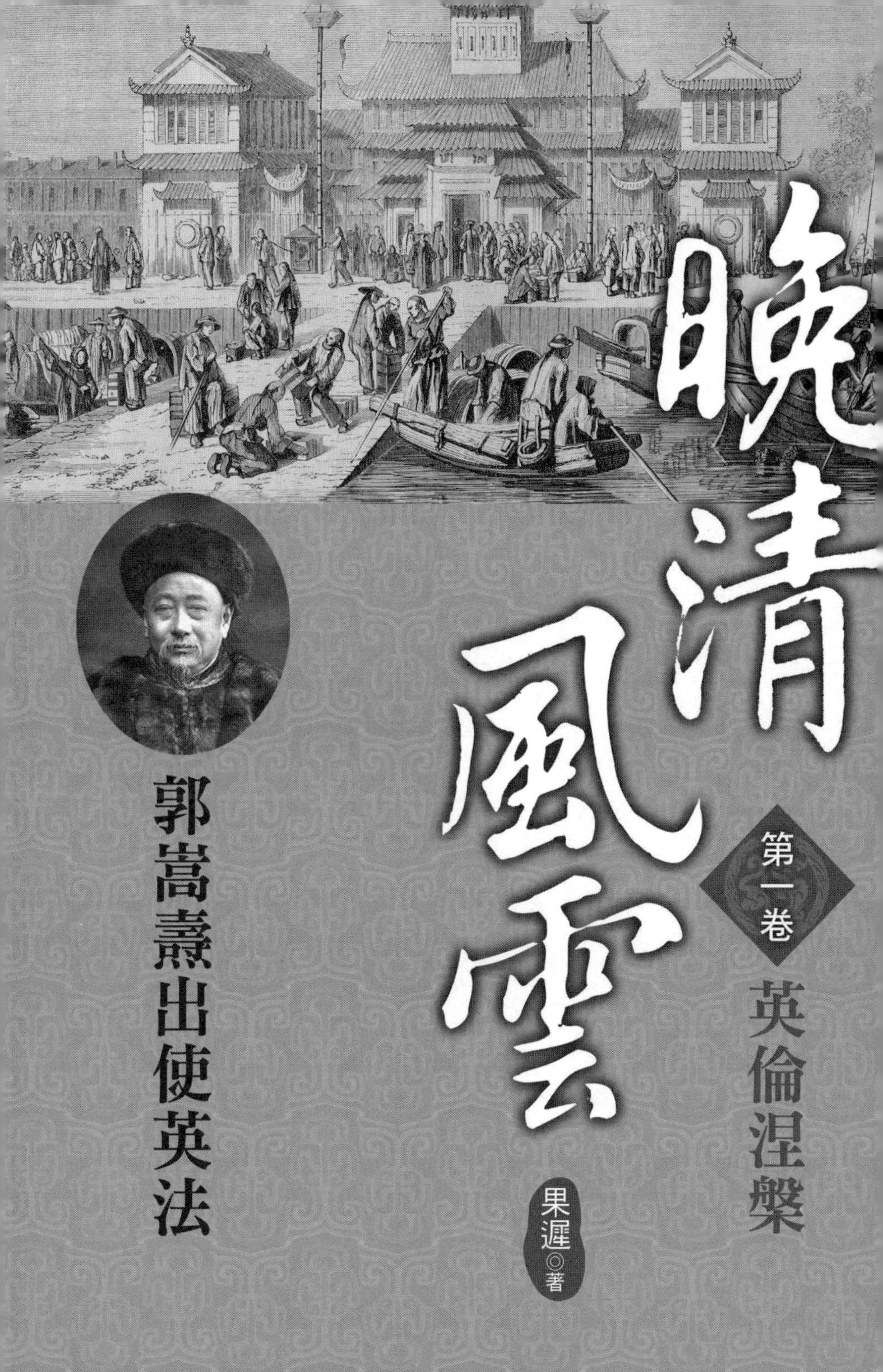
晚清風雲
第一卷
英倫涅槃
郭嵩燾出使英法
果遲◎著

目錄

序　走向世界的挫折……005
引子……009
第一章　使西紀程……011
第二章　瞞天過海……083
第三章　大清公使……119
第四章　擊濁揚清……181

第五章　壯士填海……201
第六章　西風落葉……249
第七章　西望長安……265
第八章　舉步踧踖……301
第九章　內外交困……321
第十章　不虛此行……349
第十一章　徹底洋化……373
第十二章　公使鎩羽……399

序 走向世界的挫折

本書以三個獨立的篇章，描寫了同一歷史時空中的三個人物：郭嵩燾、左宗棠、李鴻章。他們都以鎮壓太平天國起家，是所謂「同光中興」的功臣，這以後，為富國強兵，大辦洋務，三人又是這一亙古未有事業的中堅，以大致相同的經歷開頭，卻以不同的功業、不同的命運結束。

道咸時代，大清朝國無寧日，愛新覺羅氏已是日薄西山，但歷史老人卻要玩一個惡作劇，讓這個垂死的王朝，有一個迴光返照的過程——關鍵時刻，湘淮軍應運而生，曾、胡、左、李等人，像光芒四射的流星，劃破歷史的夜空，他們是林則徐、魏源一脈相承的、頭腦清醒的知識份子，安內攘外，傾畢生之力，從而創造了歷史的奇蹟，這就是「同光中興」。從郭嵩燾出使英法，左宗棠成功地收復新疆，到李鴻章屈膝春帆樓，大約十餘年的跨度，就是本書的歷史背景。

首卷《英倫涅槃》以郭嵩燾為主角，重點放在他的兩年使英生涯。所謂洋務，不外乎兩途，一為強兵富國，一為和輯列強（外交），郭嵩燾的事業在後者。本書開頭以遊記的形式，敘述郭氏出使途中的見聞，接著寫他到達倫敦後的外事活動，以一個受儒家傳統教育的、封建士大夫的視角，以個人的親歷親見，比照國內的情形，終於得出「洋人民風政教優於中國」的結論，這個結論，超出了同時代士大夫的認知範圍和道德底線，也超出了他們的容忍程度，郭嵩燾最終未能完成自己的使命，其實是以言論獲罪，是守舊派與洋務派鬥爭的犧牲。

第二卷《西省戰紀》寫左宗棠那氣壯山河的西征。結構採用歷史小說不多見的群像展覽式，以倒逑開頭，矛盾凸出，事件集中，圍繞左宗棠的西征，圍繞他這一個，和他身邊的這一群，有機地展開故事，有民族矛盾，有異族情愛，悲歡離合，跌宕坎坷。尤其是對左宗棠這個極其複雜的、充滿矛盾的歷史人物的描寫，既有他縱橫捭闔、大刀闊斧的軍旅生涯，又有他鮮為人知的個人私生活；既有對他維護國家統一、不屈不撓的戰鬥精神濃墨重彩的謳歌，又有對他的血腥手段的無情揭露。文章最後，以「瞎幫閒」為隱喻，指出左宗棠的成功，雖然維護了國家版圖的完整，但於奄奄一息的大清王朝，只不過打了最後一劑強心針，暫時的勝利，最終改變不了歷史巨輪的走向，左宗棠內心的矛盾和痛苦，是這個歷史時期知識份子集體的迷惘。

末卷《甲午祭壇》寫李鴻章和中華民族最可悲的一頁歷史——甲午海戰。比較上面二人，李鴻章在中國歷史舞臺上活動時間較長，且毀譽不一。但無可否認，作為曾國藩的衣缽傳人，他算是洋務派中最有成就者。為創辦北洋水師，使中國能躋身於世界強國行列，篳路藍縷，慘澹經營。本書就以北洋水師的起始為開頭，以水師的覆滅為終結，按歷史的時間順序，層層鋪述，有慈禧置個人私欲於國家利益、民族利益之上的大揭祕，也有日本人修心練膽、亡我中華的野心大寫真。北洋水師的興與亡，雖是李鴻章的人生之旅、榮辱浮沉的大賭博，但春帆樓的屈膝，卻不應看作他個人的恥辱，而是整個朝廷（包括主戰派）都應該負責的，「戴張冠、代桃僵」之說，寄託了作者對李氏失敗的同情。

全書展示給我們的，雖是三個歷史人物的命運，卻也是國人的命運。悲劇，悲劇，還是悲劇！

他們是引領潮流的先行者，卻因後繼乏人而成為孤獨的前驅。按他們的設想，中國從此就應該走向世界，但是，這努力卻遭遇嚴重的挫折，所謂的「同光中興」，終成為光榮的夢想。

此時的世界，民主已是主流，中國卻沒能融入到主流中去，仍由極少數人在掌握民族的命運。雖有魏源的「師夷長技以制夷」的正確口號，雖有曾、左、李等人的身體力行，但所謂的洋務，說到底只是師其皮毛而失其骨架，三人中，以有出國經歷的郭嵩燾認識最深，也以他跌得最慘。

克羅齊說：所有的歷史都是當代史。這個老克，真是一針見血呵！

引子

清同治十三年（一八七四）冬，北京城籠罩在一片愁雲慘霧之中——親政才兩年的皇帝，如日中天之年卻突患天花，英年早逝。因無子嗣，東西太后乃傳懿旨，立醇親王奕譞之長子載湉為嗣皇帝，改年號為光緒，以明年為光緒元年。

就在這國喪之期，上下手忙腳亂之際，西南邊陲的雲南省卻發生了一件大事——英國駐華使館的翻譯官馬嘉理在雲南的騰衝地方被土人殺死。消息傳出，英國駐華公使威妥瑪立即趕到總理各國事務衙門怒氣沖沖，虛聲恫嚇，並提出了三條要求：懲凶、賠款外，還要增開商埠，否則即以開戰相要脅。

其時，一向臣服中國的緬甸已淪為英國東印度的一個省，英國人早想通過緬甸這塊跳板，把勢力擴張到中國西南，這是明眼人都能看出的事實。面對威妥瑪氣勢洶洶的訛詐，總理衙門大臣們束手無策，加之此時小小的島夷日本也來湊熱鬧——竟以琉球船民在臺灣被殺為由，派陸軍中將西鄉從道領兵犯台，上海的報紙一尺風三尺浪，紛紛報導不利中國的消息，謂英倭將聯手圖我。

消息傳出，朝野上下，沸沸揚揚。軍機處議來議去，決定仍以和諧為主，乃派福建船政大臣沈葆楨率福建水師赴台與西鄉從道談判，經雙方協商，由大清國賠白銀五十萬兩為軍費及撫卹金，促西鄉從道退兵；英國方面，乃派直隸總督兼北洋大臣李鴻章與威妥瑪談判，終於達成妥協：幾乎全部滿足了英國人的要求。

另外，大清國為表示誠意，將派一名名位相當的全權大臣去倫敦，向英國女王當面謝罪，之後留駐倫敦，作為大清國的首任駐英公使。這可是中國有史以來破天荒頭一遭。

「天處乎上，地處乎下，居天地之中者曰中國，居天地之偏者曰四夷。」兩千年來，讀書人以天朝上國自居，在他們眼中，只有四夷朝貢中國的，沒有中國派人朝拜四夷的，所謂「九天閶闔開宮殿，萬國衣冠拜冕旒。」一如今，堂堂天朝上國，孔孟之道如日月經天，江河行地，歷兩千年而不衰，而孔孟之徒卻要「下喬木而入幽谷」，去那蠻荒之邦朝拜夷人女主。消息傳出，有人頷首有人罵，有人歎息有人愁……

第一章 使西紀程

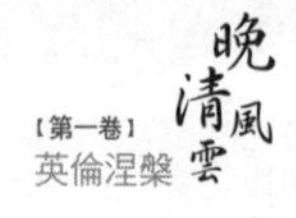

到九洲外國去

千難萬難，郭嵩燾終於踏上了西去郵輪「大礬廓號」。

此刻，這艘懸掛了大清帝國黃龍旗和大英帝國米字旗的遠洋客輪已駛出了長江口，來到大海上，隨著夜幕的降臨，十里洋場的上海那繁星一般的燈火已化成了一片紅雲，漸行漸遠，慢慢為黑暗所吞噬，喧囂的街市聲聽不見了，取而代之的是風聲、濤聲，四周是那麼寂靜和空曠，站在甲板上眺望，眼前漆黑一團，除了一不知名的小島上有座燈塔發出忽閃忽閃的光，向人們顯示時空的存在外，人，就如回到了混沌初開的洪荒時代……

也不知過了多久，夜色更濃了，天空中不時飄來片片雨絲，沾在他臉上，涼沁沁的。身後的小妾梁氏終於耐不住了，挨上來柔聲細語地說：「老爺，我們真的是要到九洲外國去嗎？」

梁姬的語調有些興奮，終於感染了他，於是轉過身來，頗有興致的拍拍她的肩，說：「是啊，我們眼下正漂洋過海去九洲外國，你怕嗎？」

「有老爺在，奴才我怕什麼？」梁姬一高興，乃把身子緊緊地挨上來，把頭偎在他懷中。他不由也興奮起來，忙把她那一雙冰涼的小手抓在自己寬大的掌心裡，輕輕摩挲著說：「不怕就好，我會照護你的。」說著，他似乎記起了什麼，乃用調侃的語氣喚著梁氏的乳名說：「槿兒，你怎麼仍是老爺奴才地叫呢？」

她有些為難地說：「我巳經習慣了，好難改口的，再說怎麼稱呼也不打緊的。」

一聽槿兒提到習慣，郭嵩燾不由皺起了眉頭……

在他們的護照上，槿兒的身分是公使夫人。為了這個頭銜，使團翻譯馬格里在為他們辦護照時還頗費躊躇。據馬格里說，泰西多是基督徒，實行的是一夫一妻制，在他們的字典裡是沒有媵、妾、偏房、外室、如夫人、小老婆、姨太太這類名詞的，要麼是夫人，要麼是情人，不然只能填一個奴僕。本來嘛，上帝創造人類時，便只一個亞當一個夏娃，多妻制是不道德的邪教徒所為。

馬格里振振有詞，他知道辯不過，心想，槿兒和她爺爺梁三老漢追隨自己二十餘年，備嘗艱苦，眼下雖不便扶正，但已是面前唯一的女人，若再將她列入奴僕一流，於情於理都不合適，而自己作為大清國皇帝陛下的欽差大臣、派往西方的第一位公使，上任時卻攜情人前往，簡直是天大的笑話，看來槿兒的身分是非填上夫人不可了。

然而，根據朝廷制度，像他這種正二品大員，正式配偶必然是受過皇封誥命的命婦，而該他名下有的那個「命婦」頭銜先是理所當然地為原配陳氏夫人所得，陳氏病故後，夫人又是續娶的太倉錢氏瑞雲了。

一提起這個繼室他就頭痛，已下決心讓這個生長書香門第卻缺乏教養的潑婦老死上海娘家了。眼下槿兒雖為他主中饋，卻沒有正式名份，稱不得夫人。

他左右為難，真沒料到此番出使，阻力重重，困難重重，在那千難萬難中，最後還有這麼個難題目，他已是驚弓之鳥，不敢惹事——真怕有人又從他家事中翻出新題目來攻擊他。

而馬格里不管這些，連連催他發話。

這個英國佬雖能說一口流利的華語，但對中國傳統道德和朝廷的典章制度不甚了了，見他尚在猶豫，竟當著英國公使威妥瑪的面，在槿兒身分一欄自作主張地填上「夫人」二字。

為此他頗有些不安，離京前及後來在天津、上海向方方面面的人物辭行時，他都一直避免提到挈內眷同行的事。

馬格里對此很不以為然，他說公使當然是要攜夫人同行的，在他們泰西，在上流社會，有夫人陪同更受人歡迎，因為他們尊重婦女。再說，尊夫人溫柔美麗，待人彬彬有禮，一看便知是個很有教養的貴婦人，若出現在交際場合，一定會獲得好評。

他只好不置可否地笑了笑。後來，馬格里聽見槿兒在他面前自稱奴才，不由大搖其頭，連說不行不行，夫人怎麼可自稱奴才？一旦讓人聽見了，豈不是天大的笑話？

他於是又請教馬格里，馬格里提議他們互稱大令。

當郭嵩燾告訴槿兒「大令」的意思是「親愛的」時，槿兒一下臉色血紅，頭搖得像撥浪鼓似的，連說不行，太肉麻了。他也覺得肉麻，便說你自稱「我」，稱我為「先生」算了。

槿兒也覺這個稱謂是可以接受的，但有時仍改不了口。

現在，槿兒又提到習慣了，此時的他不知怎麼對這回答聽著不太順耳——習慣，似是人人都有的，很難改變，但認真想來，它也把幾千年來的陳腐俗套固定了，這以前他便想改變某些習慣，卻深知搖撼之難。不是麼，身邊人連一句口語也難改呢！

想到此，他微微歎息，微微搖頭。

這情景，槿兒也看在眼中了，乃嘟噥說：「原以為到了九洲外國便要隨便些，沒想到洋人規矩也不少。」

這又是一個新題目，他一聽不由呆住了……

坐洋船

雨，漸漸下大了，他們攜手回到自己的房間。

這是一間頭等艙，裝飾得十分豪華考究，客廳裡枝形吊燈、沙發、茶几都是奶黃色，工藝精湛；臥室裡寬大的白銅床，雪白的花紋床單顯得十分乾淨、舒適。但他們一步跨進房間，雖感受到它的豪華氣派，卻分明有一種陌生感——這不再是中國仕宦之家的格局了，無論式樣和布局都顯示了一種異國情調，讓他們踟躕不前，尤其是槿兒，她一眼就瞅見對面牆上有一幅洋畫十分刺眼——那是一群在青草池塘邊洗澡的洋女人，全身一絲不掛，嘻嘻哈哈地潑水嘻笑，渾身線條清晰，纖毫畢露，十分逼真，在室內強光的照耀下，好像自己也置身其中。槿兒不由肉麻心跳。

「這不是要下地獄的嗎？」她驚叫起來。

因為在她的印象中，只有城隍司的壁畫上，才能看到這樣的畫，但那是正在地獄受懲罰的惡人，一個個赤身露體，被一群青面獠牙的惡鬼押著，正在地獄的刀山火海飽受煎熬，哪有如此快活。

一邊的郭嵩燾卻顯得沉靜得多，這以前，在廣州及天津、上海的洋人領事館和教堂，他見過不少洋畫，題材多取自《聖經》和希臘神話，自然有不少裸體人物，算是見多不怪。

他笑道：「這也是洋人的習俗，據說在泰西，越是莊嚴神聖的地方裸體畫越多，教堂的天花板及四壁幾乎全是的，且不但有畫的，還有石頭刻的、木頭雕的、泥巴塑的，今後你看得多了，自然不怪了！」

「不怪？」槿兒羞答答地嗔道：「女人這麼一絲不掛，那些個大男人見了不知會怎麼想？」

他知槿兒一下轉不過彎，只好耐心開導她，槿兒卻說：「洋人真不要臉，什麼好東西不能畫，卻偏偏要畫這個，那教堂不是洋和尚、洋尼姑們住的地方嗎？想必也供奉洋菩薩的，也不怕褻瀆了神靈！」

郭嵩燾於是引經據典，先說十里不同音、百里不同俗，又扯上《呂氏春秋》，什麼「禹入裸國，裸入衣出。」

槿兒極佩服老爺的學問，聽他談得頭頭是道，不由點頭。只是一眼望見洋畫上那一群裸女，總是不舒服，於是轉身從箱子中翻出一塊黑縐紗，想了些辦法才把這幅畫遮住，然後好像完成了一件大事似地舒了一口氣，回過頭又雙眼望著老爺說：「我看洋人男女之間不成體統的事只怕多得很。就在我們東土，他們來衙門談公事，有時也帶女人來，且當眾勾肩搭背吊膀子，若在自己的國家，只怕還有更骯髒的事呢！」

郭嵩燾說：「洋人畢竟是洋人，泰西也不比遠東，何必要講求一致？不過，既然領了差事，漂洋過海去了九洲外國，就只好隨和些，先不要這也不是那也看不慣的，若惹惱了洋人，差事辦砸了，回去可不好向兩宮太后、皇上交代。」

槿兒這才不再嘀咕。

因為臥室很暖和，且不再出去了，槿兒開始卸妝。她先褪出手腕上金光燦燦的盤龍鉸絲金釧，再鬆開頭上沉甸甸的元寶髻，讓一頭秀髮披散開，再用一條絲巾稍稍綰起。脫掉上身出鋒皮毛背心，僅著一件墨綠色四面不開岔「一裹圓」旗袍，在大穿衣鏡前走了走，鏡子裡出現了一個十分嬌豔的貴婦人，婀婀婷婷，雅淡而別具風韻，槿兒對自己的形象十分滿意，乃走到老爺身邊，低聲問道：「老爺，你看如何？」

「好！」

「可翠蘭說老氣了一些。」

「不見得。」

老爺說話時，眼睛根本不曾瞄槿兒。

槿兒不由生氣——那天為治裝，老爺帶她在上海洋行花去了近百兩銀子，為她買了很多衣料，但高興之餘也不無遺憾——選料子時，她看中了一塊洋紅金線紋花綢，想做一件旗袍，可老爺就是不讓買，她明白老爺不是嫌貴，後來在老爺授意下，店夥計拿出的那塊水綠倭緞要貴得多老爺也毫不猶豫地買下——問題出在顏色上，因為大紅為正室夫人的專用顏色。槿兒到郭家不是三媒六證花紅彩禮聘的，也不是祭告列祖列宗後用大紅花轎抬來的，一個收房丫頭，沒有皇封誥命，大紅裙如何穿得？

不過，槿兒無意爭名份，她只是想穿豔一點。才三十出頭的她，身段很好，這大紅旗袍穿在身上必定好看，但她不願拂老爺的意。眼下燈下試裝這是專給老爺看的，可老爺無心欣賞，如何不氣？正要纏住他好好地理論一番，卻發現老夫子坐在那裡端著水煙筒在拼命抽悶煙，一顆頭隱沒在雲裡霧裡，顯是心思旁逸了。

——自從拜命出使，老爺就常常一時歡喜一時愁，常常一人待在房中抽悶煙，老爺的心事沉著呢……

吸洋煙

此刻船上其他地方還是亂糟糟的，使團成員及乘客大多在清理自己的東西，將其擺好位置，有手腳麻利的則在甲板上或過道閒逛，藉以熟悉環境，一時人聲鼎沸，靜不下來。

在使團中有兩個人的行李最多最狼獷。一個是翻譯馬格里，另一個則是副使劉錫鴻。

馬格里是蘇格蘭人，道光末年隨著鴉片戰爭的硝煙來到中國，先在上海海關當差，後來被曾國藩聘為江南機器局的技師，開始出入中國官場，以「客卿」身分受聘中國。為表忠心，他把自己的姓氏譯得頗有些中國化，且仿中國人的習慣也加了一個表字曰：「清臣」——顯然是要死心塌地做大清的臣子。後來，李鴻章籌辦海防，建大沽炮臺，試炮時，江南機器局造出的炮彈出膛便炸，毀了好幾門炮，傷了好幾個人，於是他這個技師被撤了差。但來華幾十年，他已能操一口流利的華語，李鴻章棄其短而用其長，改聘他為北洋大臣衙門翻譯，幾年下來，竟保舉了他一個五品同知銜。

此番郭嵩燾組團使英，馬格里由李鴻章推薦到使團任職，因此，他既是出公差又可了回鄉探親的私願，公私兩便，行李費由公家報銷且可享受外交官所帶物品海關免稅的優待。因此，他在京滬兩地採辦了大量的中國土特產和珍奇古玩，像去參加萬國炫奇會（博覽會）一般。

而劉錫鴻帶的東西卻有些怪，是別人意想不到或認為不必要的。

就說煙具，他們一行幾乎個個都抽煙，但工具各有不同，郭嵩燾抽水煙，一支作工考究、景泰藍底座的白銅煙袋不離左右；馬格里抽雪茄，一支粗大的古巴雪茄長期噙在嘴裡像塞了隻茄子；廣東番禺人劉錫鴻用的卻是一支已被煙薰火燎成醬紅色的竹煙筒。

至於引火之物則差異更大。這幾年歐風東漸，津滬等地得風氣之先，市面上洋貨充盈，就是窮家小戶也用上了火柴，對這小玩意兒，天津人開始叫「洋取燈兒」，上海人則稱「自來火」，後來則統一稱「洋火」。

這種紅頭小木棒才幾個銅子一匣，取一根隨便在什麼硬物上一擦即出火，用起來十分方便，使團成員早用上了，講究一些的更用上了「打火機」。

劉錫鴻對這些卻視而不見，取火仍用老式的火鐮、棉絨，度火用土造毛邊紙捲成的紙媒子；別人早吸上了洋煙他卻仍是吸土煙。因此，他怕在英國買不到這些土特產便帶了一大捆毛邊紙，幾大包雲南煙絲，裝在幾隻大竹簍子裡，上船時由武弁一一背上來。因此，他的行李僅次於馬格里。

眼下，眾人差不多都在休息了，劉錫鴻卻仍在整理行李。隨員劉孚翊見了大惑不解，乃說：「大人這是何苦來，用自來火吸洋紙煙多方便，帶這些東西好狼犺！」

劉錫鴻笑了笑，悠悠地說：「你知道什麼，我輩為朝廷官員，應處處以身作則，可不能一出國門便忘了根本，就如吸煙度火，自我們祖先燧人氏鑽木取火後，火石、火棉、紙媒子用了幾千年，於是就有了專造這些東西的作坊，小民以此為業，若大家見了洋貨就愛，那以此為生的升斗小民豈不要斷了生計，國家不也因此斷了財稅之源？」

劉孚翊不意自己的關心會引來副使大人的訓斥，正懊悔不已，不想一邊的翻譯張德彝卻不以為然地笑了起來。

劉錫鴻忙問笑什麼？張德彝說：「劉大人未免膠柱鼓瑟——單不用洋貨也不是富國的辦法。更何況煙草本身就是泊來品，自古歷來我們的老祖宗只有茶酒的嗜好，哪有什麼煙？所謂淡巴菰（煙絲）還不是從南洋呂宋一帶傳過來的？至於煙具，我們中國人倒是越做越精巧，這是洋人遠遠比不上的，未見得只有你們廣東的破竹筒子才是國粹！」

張德彝說話時笑笑嘻嘻，卻分明有揶揄之意。劉錫鴻頓覺話不投機，不由恨恨地瞪了他一眼。

張德彝是同治元年同文館第一期的學生，那一期才十個學生，他即其中的佼佼者，畢業後已先後四次赴歐美遊歷，寫過好幾本有關出洋見聞的書，為辦洋務的人所重視，眼下雖只掛兵部員外郎銜，卻是使團中涉洋資歷最深的人之一，加之他又是一個旗人——出身漢軍鑲黃旗，劉錫鴻對他不得不另眼相看，眼下明知張德彝是在挖苦他，也只勉強笑了笑便訕訕地走開了……

與火車較勁

劉錫鴻一走，幾個品級較低的隨員都鬆了一口氣。

年輕氣盛的劉孚翊朝劉錫鴻的背影癟了癟嘴，轉身對張德彝說：「還是老兄見多識廣，一句話便把這老古董給駁回去了。」

參贊黎庶昌在他們爭論時還在碼行李，此時已閒下來，乃插言說：「不要稱他老古董，他畢竟還肯出洋，眼下見洋字就罵的人還不少呢！」

隨員姚若望說：「不過，眼下滬上反對鐵路的那班士紳，卻和劉大人不謀而合。」

一聽姚若望提到鐵路，眾人的興趣又來了，他們擠在二等艙門口，紛紛要姚若望談上海紳民反對修築淞滬路的新聞。

姚若望是上海人，在京受職為使團隨員後，受正使郭嵩燾委派，提前兩個月便回了上海，因此對滬上鐵路之爭知之甚詳，出事那天他還趕到閘北去看了熱鬧。眼下眾人抬舉，他乃繪聲繪色地描述了那天的情景。

四年前，英國人以修馬路為名，在吳淞買了一段直至閘北的地皮，今年初開始動工，滬上紳民見修馬路也未在意，直到六月中旬「馬路」從吳淞口修到了江灣，且鋪上了鐵軌，運來了火車頭及車廂，揚言六月底正式通車，大家這才大吃一驚，明白洋人用的是瞞天過海之計。

在眾人紛紛反對之下，上海道馮焌光以侵犯中國主權為由向英國駐滬領事提出交涉，但英國人不予理睬；馮焌光乃提出收回路權，英國人卻說須待十年之後。雙方交涉未了，洋人卻不顧一切地舉行通車典禮了。

那天，成千上萬的人擁向吳淞和閘北看熱鬧，因洋人免票三天，便也有乘車去「過洋癮」、「開洋葷」的；但多數人卻是來抗議並試圖阻止通車的。他們中有衣冠楚楚的紳士，也有布衣短褐甚至赤膊短褲的苦力。

紳士們反對的理由是鐵路穿山打洞、火車風馳電掣，若讓它在中國推廣，勢必蹂田堙井，破壞風水，更不堪的則是毀墓掘墳，使祖先骸骨暴露。

苦力們卻只看到目前——洋貨從吳淞口上岸，無論水路旱路，少不得由他們肩扛車運、駕船背縴運往內地，好多失業的農戶和小市民以此為生。火車一通，他們的飯碗全砸了。

大家難得如此齊心合力詛咒鐵路。但洋人對眾人的咒罵不加理會，忙著開車的準備。升火後便吆喝著招呼眾人去坐免費火車。

旁邊有心計的士紳便支使一班苦力，用一根粗麻繩子拴在火車最後一節車廂的橫槓上，當火車啟動時，眾人發聲喊，想拉住已啟動的火車，但拉大繩的人雖多卻不是火車的對手，火車才啟動，眾人便拖不住，待司機加大馬力，黑煙一冒，汽笛一吼，後面的人便紛紛丟手，排頭的幾個力氣大、脾氣強的大漢仍不肯鬆手，結果被拖了幾十步，人跌倒了才不得不罵著娘撂手。

從後面拖不住火車，眾人便成千上萬地在前面攔。洋人不得不停下來與之論理，攔火車的人說火車一開，煙筒火星迸冒，會引燃路邊房屋。洋人說保證不會，若引燃了房屋願予賠償。

但眾人仍是不依。就這樣吵吵嚷嚷，火車時停時開，到七月中旬的一天，終於有不肯讓路的市民被火車軋死的事發生了。於是滬上轟動了，大家紛紛罷市並擁上路基靜坐抗議。英國人也不得不讓火車暫且停開。

此事震動朝野，總理衙門為平息事態，接受李鴻章的建議，派直隸候補道盛宣懷協助兩江總督沈葆楨與英國駐滬領事談判。至於能否收回路權，則尚不知也。

姚若望一口氣說完了經過，劉孚翊馬上補充。

他也是最早到達上海的，也有幸目睹火車通行的情景，他說：「狗日的火車真神奇。據坐過的人說，從吳淞口到江灣二十幾里路只一袋煙久便到了，要說，『不翼而飛』四字安在火車上是再貼切不過了！」

張德彝說：「二十幾里路算什麼？那年我從法國巴黎到德國的柏林也才幾個鐘頭呢！眼下歐洲的鐵路已四通八達，出門真方便，什麼山高路遠、風濤之險的顧慮都沒有了！」

劉孚翊說：「滬上那些人也不知怎麼想的，洋人雖不該瞞天過海，侵犯了我們主權，但火車則沒有錯，要是我們也到處有火車那多好！」

「哼！你說好，可有人偏偏說不呢！」張德彝冷笑著說，「剛才劉大人不是連洋煙、洋火都不用嗎，說東西雖小卻關係千百萬升斗小民的生計呢！」

「是的是的。」另一隨員張斯栒也插話了。他年過五十，是使團中年齡僅次於正使之人，他沒有劉孚翊那種衝動，也不知張德彝說的是反話，立即附和說：「火車雖神奇，只怕不適宜於中國，正如剛才副使說的，一舉一動，都不能丟開國計民生不想。火車有如此神通，若讓它四通八達起來，那好多販夫走卒、靠肩扛手提的苦力真會喝西北風呢！」

姚若望反駁說：「那也不一定。我聽人說，火車在道光初年才發明出來，這以前洋人往來交通貿易，不也是靠人力嗎，眼下他們那班下人是否都餓死了呢？」

「這話問得極好，」劉孚翊見有人支持便來勁了，他說：「眼下滬上士紳爭論火車是否適用於中國爭得十分起勁，有人說洋人奇技淫巧禍害中國，讓洋貨湧進來會使成千上萬的小康之家破產，窮家小戶更會絕了生路；有人卻認為洋貨見多了也可仿造，大家動手做出來與洋人搶生意，這樣就不僅不會妨害國計民生且有利於國計民生了。」

劉孚翊此說是眼下辦洋務的人的一貫主張，滬紳馮桂芬甚至寫進了他的專著《校邠廬抗議》一書中。姚若望以前在上海看到了這本書，對作者佩服不已。他也認為中國人完全不必畏洋貨，憑自己的聰明才智依樣畫葫蘆，造出與洋貨比美的國貨，與洋人展開商戰，這樣可奪回利權。眼下聽劉孚翊一說，忙笑著喚著劉孚翊的字說：「和伯此說正是馮桂芬書上說的，和伯莫非也看過《校邠廬抗議》？」

劉孚翊說：「當然，那確實是一部奇書，專談當前時政要務，左季高伯相稱它可與賈誼的《治安策》比美，列位不妨都看一看。」

「依我看，看書不如實地考察。」一直不大開口的黎庶昌此時插話了，他說：「《校邠廬抗議》我手中也有一部。據我所知，作者並未去過泰西，故多採用道聽塗說，有人云亦云之弊。此番朝廷派我等出洋，坐探西人國政，不正好對照書本，相互印證麼？」

眼下劉錫鴻回房去了，聚在一起的人中數黎庶昌地位最高，學問也最好，眾人自然以他的話為圭臬，當聽到「坐探國政」四字，便一齊點頭……

坐探國政

其實，此刻在一旁點頭的還有一人，這便是郭嵩燾。

槿兒已上床休息，他卻了無睡意，於是來一等艙看望同僚們，在大餐間拐角處，聽眾人議論，覺得很有意思，尤其是黎庶昌那「坐探國政」四字，他覺得對使團使命概括得十分準確，一時各種念頭湧上心來，乃決定不再去打擾眾人，一人默默地回到了自己房間。

此時槿兒已在床上發出了輕微的鼾聲，他卻坐到了書案前，想把跨出國門頭一天的經過和感受寫進日記。不料翻開日記簿，十多天前寫的一首詩赫然出現在眼前：

大地回環一水涵，乘槎歷斗助清談。

塵中世界原同趣，天外波濤定飽諳。
碧海秋深風正穩，黃花別晚酒初酣。
君歸皓首吾方出，此意憑誰一笑參。

他想起這是送美國人威廉士的詩。威廉士於道光十三年來華傳教，自學中文，於經史子集多有涉獵，居然把詩韻和平仄也弄清了，作的詩也像模像樣的。他咸豐七年開始出任美國駐華使館翻譯，同治六年後以參贊署理公使。前後來華四十三年，此番以近古稀之年回國應聘耶魯大學，講授中文。在京之日，他與郭嵩燾交往頻繁，回國時郭嵩燾賦此七律為贈。

想到威廉士在異國他鄉幾近半世紀，終於功成名就回國執教了，而與他年齡相差無幾的自己則在這時才毅然出國，是不是太晚了呢？

他不由翹首窗外——冬日苦短，眼下海上雖黑漆一團，但時鐘才指著八點半，外面甲板上，在幽幽的燈光下，仍有人影在晃動，船尾傳來一洋人水手的歌聲，是那麼凄切，像是在思念遠方的親人，他不由也想到了自己的命運……

泰西，這是眼下中國人對歐美的統稱，如歐美人稱中國為遠東一樣，都是極遙遠的意思。這以前，泰西和遠東互不通往來，漢代派往西方的使者僅到了中亞，最遠也不過地中海邊。唐僧取經才到了印度，明朝的三寶太監鄭和算是走得最遠，按說已到達了非洲東岸，若再往南出好望角便可到大西洋，可惜功虧一簣。因此之故，東西方隔閡殊深，中國的正史上居然說西方的羊羔是從地裡長出來的，臍帶還牽連著大地；而歐洲人則說中國人用小米餵一種狀似蜘蛛的蟲子，幾年後蟲子肚子開裂，可取出絲來織成綢緞。

不同的是自明朝後，隨著海路開通，泰西源源不斷有人西來，把在遠東的見聞帶回國去，湯若望、利瑪竇、郎世寧等西方人甚至在中國做官，他們對中國的情形可謂瞭若指掌，而堂堂中國對泰西情形仍一無所知。

今天，自己奉旨使西，坐探西人國政，這可是亙古第一遭，本應是一件大好事，但此舉卻為士大夫所不諒，以致他在接受任命後在朋輩及同僚中頗遭白眼，遠在湖南的親友也紛紛寫信阻其行。

他想，親友的不諒不難理解——眼下，同為湘陰人的左宗棠已力排眾議，集兵糧餉運大權於一身，督十萬湘楚健兒大舉西征新疆，且已取得一連串的勝利，煌煌武功大振了民氣、士氣，於萬馬齊喑的局面不啻一聲春雷。

鄉人只看重左宗棠的武功，卻不明白自己使西將對後世帶來的影響，湖南人素以倔強著稱，到了黃河心不死，撞了南牆不回頭。就在他們正做著中興之夢的時候，自己卻充當「謝罪使」，去向「夷人」的女主賠禮道歉，他們能不憤怒嗎？

可眼下已是開弓沒有回頭箭了！

他就帶著一肚子豪情、一肚子怨氣上床就寢了。

不想就在這時，他感到外面風更大、雨更猛了，人在床上憑直覺感到船的顛簸，似從數丈高的波峰跌入低谷，大浪打在船身上，發出了巨大的轟鳴聲，十分恐怖——出行的第一天便遇上大風暴，不知是什麼兆頭？

在香港

「大礬廓號」是在舟山洋面遇上大風暴的，且持續了一個對時。船行海上，如一片枯葉隨波逐浪，顛簸不已，直到過了汕頭才漸漸平靜。

使團中，僅劉錫鴻、劉孚翊、馬格里等三人沒有不良反應，其餘大多翻腸刮肚地嘔吐。郭嵩燾也是如此，不但頭痛欲裂，連鼻子也痛得厲害。槿兒雖也不適，但仍勉強打起精神服伺他。直到第三天風平浪靜後他才停止了嘔吐，晚餐吃了一甌稀粥和兩小片麵包，精神才漸漸恢復了常態。

第四天早上，陽光明媚，他頓覺熱量大增。因寒燠迥異，槿兒已安排絲葛薄襖換下他那一身重裘。就在早餐後不久，從人報告已到香港。

根據事先安排，輪船要在此加煤添水，使團也將在此上岸觀光。第一天出行便遭遇風暴，頗有些講究兆頭的郭嵩燾心中不無耿耿，但此時此刻，哪顧及許多，他吩咐大家，準備上岸……

郭嵩燾這是第二次來香港了。

十二年前，奉旨出署廣東巡撫的他興致勃勃地由上海乘輪赴廣東之任，途中曾光顧香港。那時的香港雖淪為殖民地已二十餘年，但仍不脫苦惡荒島餘氣，當輪船由鯉魚門水道進入維多利亞灣時，兩岸仍是漁村和葦蕩，不時有水鳥從葦蕩中驚起，不料才短短十餘年，香港變化驚人，站在船首四望，港灣兩邊一大批洋樓拔地而起，遠望其規模，無疑已煥然一新，前後對比能不令人目炫心跳、思緒萬千？

隨著駕駛台一陣鈴聲，火艙機器的轟鳴聲漸漸平息下來，人們的第一感覺便是耳邊突然清靜了，似六合之外也闃然無聲。下錨後，立即有一豪華遊艇靠過來，馬格里低聲告訴他，這是香港總督鏗爾狄派麾下中軍阿克那亭前來迎接公使大人。

原來，郭嵩燾作為大英帝國女王陛下的客人，英國外相德爾庇在得知郭嵩燾一行即將動身時，便已行文沿途各英屬殖民地總督，令對使團一行予以隆重接待。

眼下港督已派人前來邀請，郭嵩燾乃十分愉快地接受邀請，登上了遊艇，直駛碼頭。

此時碼頭上已聚滿了歡迎的人。隨著炮臺十五響禮炮的轟鳴，軍樂聲大作，英國駐廣州領事羅伯遜、英國海軍遠東艦隊提督奈德及香港司法長官史美爾斯已率一班文武官員在碼頭上列隊恭迎，他們是香港軍政商學界的頭面人物。

尚隔一段距離，郭嵩燾立刻就從歡迎的人群中認出了羅伯遜。

此人身高而瘦，連鬢鬍子，模樣溫文爾雅，當年郭嵩燾撫粵時他即領事廣州，為潮州教案胡攪蠻纏，是個很能難對付的人物。今天見了郭嵩燾卻十分親熱。

他也是個中國通，熟諳中國官場路數。待郭嵩燾走近，他不待馬格里介紹，立刻走出佇列大聲用華語招呼道：「郭大人，多年不見，您老越來越豐偉了！」

郭嵩燾連連拱手說：「託福託福，羅伯遜大人華語越說越好了！」

二人又行洋禮握手，互道契闊。

接下來由羅伯遜拉著郭嵩燾的手向其他官員介紹，其中奈德一度在北洋大臣衙門和郭嵩燾有一面之緣，只可惜奈德不懂華語，靠羅伯遜翻譯。

寒暄後，羅伯遜手一招，立刻有三頂四人肩輿抬了上來，請正副使及參贊上轎。

這也是羅伯遜安排的，他明白中國官員喜歡坐轎，香港雖淪為英屬，因居民多是華人，有錢人仍願以轎代步，故開有轎房，他乃派人租來三頂華麗的四人轎，供客人坐。

郭嵩燾等人於是乘輿直趨港督府，其他人則由英方安排上了馬車，一路之上，樂隊吹吹打打，直穿街市。

香港的街市樓群整齊劃一，建築風格中西合璧，巍巍壯觀，雖十分繁華熱鬧卻又十分乾淨整潔，市民大多是黃臉黑瞳的華人，僅少數白面碧睛的西人夾雜其中，人種不同，看似也還相安。他們都很注意使團的到來，當郭嵩燾的轎子經過時，皆一齊駐足觀望，還有人微笑著揮手致意。

港督府座落在半山腰，當使團一行到達時，總督鏗爾狄早迎候於府門前。

鏗爾狄子爵是英格蘭人，長長的臉，披肩長髮、翹鬍子，舉手投足皆十足的紳士派頭。他對客人既客氣又矜持，不及羅伯遜有人情味。當羅伯遜把客人向他介紹過後，他當場致了一通簡短的歡迎詞，戴白手套的手攥著稿子照本宣科。

郭嵩燾沒做準備，也臨場發揮說了幾句客氣話。

然後，鏗爾狄請客人入客廳，分兩排坐下後，略述寒溫，立刻請客人出席宴會。

客人雖只二十餘人，陪客卻也相當，故宴會排在一間大廳裡。

這大廳比官廳華麗，頂壁是枝形大吊燈，四壁有許多壁畫，中間有一張很大的長條桌，上面鋪有雪白的餐桌布，中間擺了好些鮮花和水果，主客便圍坐四周，鏗爾狄坐了主位，郭嵩燾與之並坐，依次為劉錫鴻、黎庶昌、馬格里、張德彝等人。鏗爾狄下首則是羅伯遜及奈德、史美爾斯等人，其中還有一個戴夾鼻眼鏡的大鬍子，羅伯遜介紹為香港大學堂總教習斯爵爾得。

其實，斯爵爾得在港督府門前參與了歡迎，只因人多，郭嵩燾沒有留意，眼下「香港大學堂總教習」幾個字在郭嵩燾耳中迴響，他立刻明白眼前是一個做學問的人。洋人國富兵強，著有本末，其源頭便是學問。出國前他便在上海參觀了洋學堂──格致書院，眼界為之一新。並在心中反覆叮囑自己，出國後應留意西學。所以他一聽羅伯遜介紹，趁握手的機會，乃用親切的口吻對羅伯遜說：「久聞香港大學堂盛名，因有高山仰止之意，可惜無緣了此心願！」

誰知斯爵爾得是懂華語的，且立刻明白了客人的意思，忙說：「好說好說，聽說郭大人是中國的大學問家，且任過皇帝陛下的老師，鄙人正想請教。如蒙不棄，鄙人隨時恭候大駕！」

郭嵩燾聞言不勝驚訝──斯爵爾得不但華語流利，且對自己的履歷也有所了解，雖把他曾出任過的「南書房行走」一職錯成了「皇帝陛下的老師」，但仍可證明此人對中國使團人員有過研究。此時雖不便辯解，只連說不敢不敢，卻在羅伯遜的撮合下，當下決定宴後即去香港大學堂參觀。

宴席用西餐，湯菜、洋酒，依次是甜點。馬格里作為本國人，自然是大快朵頤，其餘客人多不習慣，就是使用刀和叉子的手也顯得十分笨拙。雖說入鄉隨俗，也是淺嘗輒止，虛應故事。

待宴會結束，他們又在鏗爾狄陪同下參觀了總督府，看了總督的藏書和收藏的工藝品，遊覽了總督花園。

花園不大，曲徑通幽，西式亭台，別有風致，噴水池由三級石雕壘成，頂上有鼇頭噴水柱而出，成傘形灑向水池──看到這裡，郭嵩燾不由想到圓明園，那裡曾經有類似的景觀。眼下已不復存在了。

下午一點半鐘，他們終於告別鏗爾狄，由斯爵爾得陪同去參觀香港大學堂。別看香港彈丸之地，洋人不足一萬，華人也才十三萬餘，遠不及內地一個縣，可學堂卻遠勝府學規模，幾可與國子監比美。其校園基宇宏開，林木濃蔭，大禮堂、教學樓、圖書館、試驗室及成排的學生齋舍便掩蔭在林木間，十分幽雅寧靜，一看便知是用功求學的好去處。

據斯爵爾得介紹，眼下在此求學的有五百餘人，除了本埠居民子弟，還有來自澳門、新加坡等地的學生。

看到眾人眼中流露出驚訝之色，斯爵爾得不無得意，他說歐美各國皆注重教育，國民無論到了哪裡，必伴隨牧師和教師，久駐之地必建教堂和學校，故人民永遠不會荒廢禮拜和學業。開始的學校只教神學，畢業的學生只能當牧師，近世紀來科學日新月異，大學堂雖仍設神學院，卻納聲光化電之學於一堂，其內容涉獵之廣，真不愧為大學堂矣！

郭嵩燾一邊聽斯爵爾得娓娓而談，一邊不斷地點頭。

他們一行人進入校園時，學生正在上課，偌大的校園鴉雀無聲。斯爵爾得欲引眾人去大書齋休息，郭嵩燾他們卻急於去看學生上課，斯爵爾得不好勉強，只得陪他們去教學樓。

據他說，大學堂分五大部，即神學館、醫學館及格致學學館。神學又分華語及英、法語等部，皆由學生自選，東方人多修西語，西方人多選修華語。各學科各據一幢樓，互不相干擾。使團之人聽了頓覺新鮮，大家決定分頭參觀。

黎庶昌和幾個年輕隨員在上海參觀過格致書院，因聽說香港的格致書院比上海的規模要大，儀器更多，他們幾人又對格致之學特別感興致，便要去看格致書院。

郭嵩燾明白，所謂「格致之學」是洋學堂才有的學科，分聲、光、化、電各部，自己是門外漢，看不出名堂，而神學館開有華語課，不如去看洋學生學華文。

於是，斯爵爾得讓副總教習法那陪黎庶昌等人去格致學館，自己陪正副使去看神學館。

神學館華語專業設在東邊二樓，是一座獨立的院子，上到二樓後，他們從視窗朝裡看，果然看見滿堂碧眼金髮的青年洋人，有男有女，同聚一堂，聽得十分認真。講課的為一腦後拖一小辮子的中國老頭，此人單單瘦瘦，黑不溜秋，其貌不揚，口齒卻還清晰，操一口粵語尾音很重的官腔，正向學生講授《中庸》的第二十八章：「子曰，愚而好自用，賤而好自專，生於今之世，反古之道，如此者災及其身。」

教師先通讀一遍正文，然後再讀朱熹的注釋，自己再用白話闡述道：「孔子說，當今世界上有很多自以為是的人，他們往往憑自己的主見行事，接人待物，獨斷獨行，剛愎自用，拒不接受別人的善意批評，生在當今世界，卻用舊的眼光看人衡物，不按今天的規章辦事，卻要去恢復古代法律，這樣的人無異於自蹈死地。」

翰林院編修出身的郭嵩燾，《四書》、《五經》自是通讀，他明白這位教師其實只有村學究的底子，只因懂洋文，於是在香港左右逢源。不過此時此地，仔細咀嚼他這幾句已與朱子釋文有些差異的話，卻又有些弦外之意畫外之音了。

劉錫鴻卻是不屑一顧的神氣。

他上樓第一眼看見教室男女同堂便搖了搖頭，嘀咕了一句說：「不成體統」。

此刻聽完注釋扭頭就走，郭嵩燾只好跟著離開。

又看了幾處教室，上到三樓。三樓頭間教室有個瘦高個洋先生正滔滔不絕向一堂東方人講洋文，學生們聽得十分勉強，有的甚至在打瞌睡。

郭嵩燾想，這一定是課的內容不能吸引人。忙問馬格里先生說什麼？

這一問卻令馬格里頗費躊躇——作為一個來華三十餘年的英國人，雖操習了一口流利的華語，卻學不盡中文浩如煙海的文史知識，以致眼下雖明白洋先生講的是什麼，卻一時找不出相對應的中文字眼，紅著臉支吾了半天，才說這是在介紹一個類似中國孔聖人的大學者，他對天文學有很大的貢獻。

這麼一說，令聽的人一頭霧水。

郭嵩燾想，在泰西能與大成至聖先師孔子相提並論的，大概只有耶穌了。但孔子和耶穌最主要的成就並不是天文學呀？

這時，身邊的張德彝插話了。

張德彝英語口語雖不及馬格里，但中文卻是馬格里萬不能及的。眼下他已聽出這位先生是在講西歐歷史課，講的是十六世紀出生在義大利的大學者布魯諾。他在京師同文館是學過歐美歷史的，知道布魯諾因反對經院哲學，主張人們有懷疑宗教教義的自由；另外，在天文學方面則接受哥白尼的日心說，這對主宰歐洲學術界的地心說是一個挑戰，因此被羅馬教廷判處死刑，燒死在羅馬的廣場上。

眼下張德彝聽馬格里將布魯諾比作孔子，乃一邊搖頭一邊把布魯諾的經歷及學術主張簡單地向眾人做了一番介紹，然後說：「比布魯諾為孔聖人怕不恰當，應該說他屬於李卓吾一流人物，而且年代也僅差先後。」

李卓吾即明朝嘉靖時的大學者李贄。此人為道學家的死對頭，他斥道學為「腐儒」、「俗儒」，同時貶斥《六經》，認為「不能以孔子之是非為是非。」此種離經叛道的主張時至今日也為正統的學者所不齒，其著作《藏書》、《焚書》仍是禁書。

眼下劉錫鴻一聽課堂上是在介紹一個類似中國李贄的人物，乃不屑地說：「謬種流傳，是處皆有，怎麼還向學生推介？」

張德彝知道劉錫鴻是不會喜歡離經叛道一類人物的，於是說：「可後來的事實卻證明布魯諾的學說是對的，尤其是他主張日心說，這對後來的大學問家牛頓的地心吸引力學說有很大的啟發！」

他們就這麼邊走邊看邊議論。斯爵爾得雖是個中國通，卻很少插入他們的談話，純只聽而不參與議論。郭嵩燾看在眼中，不由暗暗讚歎道，這真是一個深沉的學者啊！

正喟然興歎之際，卻遠遠地瞥見對面樓上在參觀格致學館的那一撥人，像背後有鬼在追趕似的跌跌撞撞、張惶失措地往外跑。

郭嵩燾心想，一定是發生了什麼事，立即偕眾人也走下樓來……

思貝喜夢

此時斯爵爾得欲請郭嵩燾向學生講授東方儒學精義，可已與正使會合的黎庶昌正和姚若望、劉孚翊等人在交頭接耳，似在議論什麼，樣子仍有些驚慌失措。

當著斯爵爾特及法那等人，郭嵩燾又不便詳細詢問發生了什麼事，只好以船上有事改日再來請教為辭。此情形雖令斯爵爾得莫名其妙但也不好勉強，只帶著十分遺憾相送公使出門……

直到一行人回到了船上，外人不在場時，郭嵩燾才問黎庶昌失態的原因。

黎庶昌乃說起究竟。原來他們果然是碰見鬼了——香港大學堂的格致學館像個博物館似的，聲光化電各學科的教學儀器琳琅滿目。黎庶昌等人對這些東西的作用雖不全懂，但看教師帶學生做試驗還是頗有興趣的。

不想上到了四樓，那裡有間陳列室，裡間幾排大小不一的玻璃瓶，用黃色的藥水浸泡了大大小小十幾具人屍，有男有女，有雙頭的、連肩胼脅的，且全是中國人，一個個赤身裸體，模樣十分恐怖；另外幾隻瓶子裡，竟浸泡著一些人的臟器和未成形的胎兒；牆角則立著一具成年人的完整骨架；桌子上、櫃頂上則雜亂無章地擺了很多骷髏——在他們眼中，可以說這是一處殺人屠場或者是閻王殿，處處猙獰恐怖。

眾人想，看來，這以前流傳的、關於洋人殺人剜心的說法今天是找到證據了。

天主教挖目剜心一說，是連林則徐、魏源這兩個洋務的創始人也深信不疑的，魏源甚至鄭重其事地寫進他的煌煌大作《海國圖志》一書中，說教士要華人的眼睛去點鉛成銀，還說必是華人的眼睛才管用。是洋人認為華人的眼睛只認得白花花的銀子嗎？魏源沒有說。中國人對此是十分敏感和憤怒的，這以前國內好幾次教案，百姓與洋人公開衝突，火焚教堂，或多或少都與此傳說有些關係，這也無怪乎黎庶昌一行人目睹了這麼多人體屍骨後驚慌失措了。

眼下，黎庶昌講完了經過仍心有餘悸，郭嵩燾聽了也吃驚不小，卻又有幾分不解——洋人做下這等事，一定要自認心虧，將之藏於暗室，祕而不宣。天津教案時，火焚教堂的天津市民就說從教堂地下室裡尋到了幾罐鹽漬的小兒眼睛，而今天香港大學堂卻公然陳列在明處，讓中國人參觀，難道真是在香港便一點也不避忌嗎？

「香港是他們管轄的地方，避忌什麼？」一邊的劉錫鴻一聽正使說到避忌忙說，「這些傢伙人性喪盡，在大清皇上轂輦之下的天津，他們尚可迷拐小孩，殺人剜心，在這王法管不到的地方，還不為所欲為？我們中國不也有妖人用人心煉丹藥的傳說麼？」

當年天津發生教案，朝廷曾指派總理衙門四名幹練的司員趕赴天津，協助曾國藩查辦，劉錫鴻即在其中，他因此對此次事件相當熟悉，也很熱心，可當時查來查去，卻找不到實證，就連「從地下室找出一罐鹽漬的小孩的眼珠子」一事最後也「查無實據」。但今天卻是這麼多人親眼所見。

眼下經劉錫鴻一說，眾人都十分憤慨，認為洋人實在無天理，不但作賤國人，且辱及屍骨……

正罵得不可開交，馬格里和張德彝進來了，劉錫鴻本來就特別厭惡馬格里，眼下正在氣頭上，乃恨恨地盯著馬格里說：「你們英國人真殘忍，殺了我們的人還不夠，居然陳列一堂，向人展示。明天那個鏗爾狄要上船來回拜，我們要向他遞交抗議信！」

張斯栒也幫腔說：「你們不就是一個馬嘉理在雲南被殺嗎，可鬧出個煙臺條約，還讓我們漂洋過海去向你們女王道歉；可你們在香港殺了這麼多中國人，就連屁也不哼哼！」

「聽我解釋。」馬格里面對眾人的質詢一點也不急，竟從容地說，「你們誤會了，其實那些屍骨是為了教學用的。你們沒看多是怪胎嗎？另外一些是得了罕見的病死的，為探查究竟才留下來，這也是徵得了死者親人同意的。」

張德彝也於一邊點頭。剛才他聽劉孚翊談起「遇鬼」的事，知道誤會了。他知這事在中國人眼中非同小可，乃邀馬格里來說明。

據張德彝說，他曾在泰西各國參觀醫院和醫學院，見過很多類似的陳列，也問過洋人的用處，確實和馬格里說的差不多，洋人此舉並無惡意。

郭嵩燾想，這樣的解釋還是說得過去，只是未免殘忍——亡人落土為安，不忍遺骨暴露是中國人的傳統道德。什麼人竟認可自己的親人被如此陳列？

一邊的劉錫鴻卻不依不饒地追問道：「怎麼盡是中國人，沒有一個藍眼珠黃頭髮的呢？」

馬格里說：「香港華人多，自然盡收華人，要在倫敦，還不全是西方人。」

劉錫鴻冷笑道：「我不信你們會把自己的同胞去浸藥水！」

張德彝忙說：「劉大人，我在泰西所看到的果真全是白種人的屍首，洋人稱這為思貝喜夢。」

「什麼思貝喜夢，你說清楚？」這回是正使發問。

張德彝發現自己急於說清此事，竟把一句英文原話帶出來了，出口之後才記起幾位大人不懂英語，又搜索枯腸想了半天才說：「這思貝喜夢意思就是樣品，或者說模範。不，中醫不是有標本之說嗎，所謂『後起為標，本源為本；病邪為標，正氣為本。』他們用藥水長期保存屍體，就是為了探索病人的本源。這思貝喜夢也可翻譯為標本，探索病源示範教學的標本。」

郭嵩燾想，這麼說這麼譯看來有理。張德彝是個中國人，犯不著為洋人開脫。再說，中醫確有標本之說，《黃帝內經》及一些研究人體骨骼的醫書上，也有人體穴位圖，但究竟沒有將屍體及骨骼原物保存的。始作俑者，其無後乎？洋人也太出圈離格了。不過，劉錫鴻這抗議也可不必。於是他用較為平緩的口氣說：「不錯，中醫確有標本之說，不過，它指的是病因，所謂『欲探六脈致調和，曷審三因正標本。』可見標本之說僅指具體醫案，著文繪圖就可以了，何必要將人體如此展覽呢，這不太過份了嗎？」

聽正使口氣較柔和，且引經據典，黎庶昌不由也點頭了，在他看來此行固然怪誕，但看不出陰謀——他們是在無意中走進那間教室的，因毫無思想準備才有此一驚。於是說：「大人所說極是。此事可存疑而不必深究。」

劉錫鴻見正使和參贊皆不主張向港督抗議，只好不再堅持……

令人髮指

第二天，港督鏗爾狄親自上船回拜郭嵩燾，郭嵩燾乃在「大鑿廓號」甲板上設便宴招待鏗爾狄。劉錫鴻雖然陪坐一邊，面上不太隨和，但畢竟沒提什麼抗議。

宴後鏗爾狄又邀請他們去參觀監獄，郭嵩燾愉快地接受了邀請。

在中國的聖賢著作中，有「禮施未然之先，法治已然之後」一說，自古至今教育和法治是治國安邦的兩大法寶。既然監獄是法治的工具，看了學校豈有不看監獄之理。

於是下午他們又上岸，由香港司法長官、按察司史美爾斯陪同去看監獄。

其實，此刻郭嵩燾心情較矛盾——他曾在任地方官時多次視察過監獄。幾千年來的中國獄政，暗無天日，絕無人道可言，當局者對所謂「蠻夷猾夏、盜賊奸宄」從不寬仁。夏商之際，便有「圜土」、「夏台」之設，這是監獄的前身，這以後監獄漸趨完善，待李悝的《法經》問世，律例條條，五刑齊備，所謂墨、劓、宮、髡，不同的罪行不同的懲罰，男子處宮刑，女子處幽閉，其手段之殘忍匪夷所思，讓活著比死更難受；而凌遲、腰斬比梟首更慘不忍睹。城隍司的十殿閻羅、牛頭馬面絕不是工匠的面壁虛構，而是問官、皂隸的真實寫照。

郭嵩燾想，中國行孔孟之道，尚有如此人間地獄，洋人治下的香港監獄，只怕更令人髮指呢。其實劉錫鴻內心想的卻正是這「令人髮指」——昨天參觀學校，看到了洋人用藥水浸泡屍體，正使受馬格里、張德彝的誘惑，竟然不予抗議，他心中未免生氣。他想洋人的監獄只怕比那個陳列室更為恐怖呢，去看看也可讓大家清醒清醒。

想到這裡，他有些猶豫，但劉錫鴻卻興趣盎然，堅持要去。

於是，因副使的堅持，他們終於去了。

香港監獄外面雖高牆聳立，警備森嚴，但進到裡間卻像幢兵營——四合院式的建築，分三層，中間建有獄政公廳和碉樓，四角建有崗亭，布局嚴謹；牢房像鴿子籠似的一間間，但每間房子都能見到陽光，犯人一律著白色囚衣，上面有編號，牢房門前雖設有鐵柵、扃鑰，但房中有木榻如人數，每號約七、八人，衾褥、巾帚、盤盂畢具，且擺放整齊劃一。細細審視犯人面目，華人之外，有皮膚較黑的呂宋人、印度人，也有高鼻深眼窩的白種人，箕踞而坐的是少數老弱，年輕力壯的則在勞作，他們或織毯，或手工敲打白鐵用具，還有的在搬運石頭。

據史美爾斯介紹，運石頭的多為重刑犯，因拘禁太久，易生疾病，故以強勞動增其體力；織氈子之類的其罪較輕，為使他們出獄後謀得一份職業，故在獄中促其習藝，蓋香港有類似的工廠需要大量的工人也。

眾人聽了介紹，無不點頭稱善。郭嵩燾特別注意到，獄政當局在管理這些犯人時，皆以兵法部勒，牆上有英漢文對照的作息時間表及獎懲條例，犯人衣上有編號，像士兵的胸號一般。看到這些不由想到湘軍初創時，其營制與之相彷佛，不由連連說好。

史美爾斯聽公使說好，又接著介紹。他指著院中一座座房子說，那是浴室，供犯人洗浴之用，那是小禮拜堂，有專職牧師，向犯人佈道，供犯人懺悔；對重新犯罪者則施以鞭刑，以皮繩為鞭，五十則皮開肉綻；屢教不改則在頸上烙一圓圈，然後驅逐出境……

史美爾斯領著使團邊走邊看邊介紹，劉錫鴻眼看牢房將盡仍未看到他希望看到的東西，不由失望，乃問道：「犯人坐牢，可是由家人送飯？」

史美爾斯說：「不，監獄有飯堂，統一供飯！」

說著便帶他們去參觀飯堂。原來犯人日食兩餐，此時已是開飯時候了，只見伙房有十幾人正為犯人配食，犯人排成長隊，每人手上各持一洋瓷碗，大約是下面裝飯，上面蓋菜，小魚四尾，蔬菜一勺，雖不是精心烹調出來的，但是可下飯。看到這裡，使團中人殊不可解，姚若望說：「這等飯食，內地小康之家也不過如此呀。」

劉錫鴻更是不屑地說：「犯人生活如此優越，誰還會害怕拘禁？」

史美爾斯不知劉錫鴻大聲說什麼，乃問張德彝，張德彝把劉錫鴻的話譯為「寬容放縱，犯人無以畏法。」

史美斯連連搖頭說：「不然，犯人在獄中雖無饑凍之苦，但怎能與自由人比呢？自由可是最最重要的。」

劉錫鴻卻不以為然，他說：「自由算什麼，衣食才是第一的。在我們大清國，有人為不愁衣食而自願賣身投靠豪門的，只要有人供養便可任人驅使斥喝。」

張德彝覺得這話很不得體——不但貶低了國人，且示賤於外人。正斟酌其詞，欲使之婉轉，不想一邊的馬格里馬上接言直譯了。史美爾斯不由微笑著搖頭，不再說話。

正走走停停、紛紛其說間，郭嵩燾內急，乃低聲問張德彝，欲尋方便處。

張德彝環視左右，見牆角有標識，乃領正使走進一間房子，此房緊挨獄政辦公樓，牆壁雪白，地下鋪了木板，郭嵩燾還以為這是穿堂，廁所應在後面。不料進門便望見一溜潔白的小便池和一排的蹲位，便池邊上，有水龍頭在不停地噴清水，這分明是大小便之處，怎麼聞不見半點穢氣呢？他不由驚訝不已。

張德彝此時也要解手了，他不顧公使尚在猶豫，便對著小便池扯開小衣傾洩而下。郭嵩燾踟躕再三才跟著小解，事畢出來，他倍增感慨。

直到這時，他才發現此監獄尚有一處內地監獄萬不能及的地方，這就是潔淨。國內的牢房，幽深潮濕，看不到陽光，就是京師刑部大牢，有時難免要幽繫親王、大臣的地方，也好不到哪裡去。前年春夏間北京一連下了幾場大雨，刑部牢房全浸泡在水中，京師因有「水淹三法司」之說。因為潮濕，見不到陽光，犯人又沒有條件洗澡，所以，一進牢房，首先便是穢氣難聞，郭嵩燾每次視察監獄都是掩鼻而過。這樣的環境，一旦染上疾病，便常有「發牢瘟」的事發生，犯人成批死亡。傳統的陋習，犯人死於牢中不能從正門抬出，必從邊上門洞中拖出，謂之「拖牢眼」。「拖牢眼」因而成為世人詛咒仇敵無好下場的常用詞。

至於廁所，則更不可同日而語了，可以說香港監獄的廁所，比京師紫禁城的廁所更講究。郭嵩燾任職南書房行走三年，每逢輪值不是進宮便是去西郊圓明園，皇宮的排汙處雖略乾淨些，但蒼蠅和穢氣則與民間無異，兩下對比，能不令人喟然興歎？

回到船上吃過晚飯，他偕槿兒在船頭看海。此時太陽落水了，但西方的天空仍紅霞一片，就像一幅巨大的紅色帷幔展開在眼簾，映得海水也是一片紅，帷幔上兩朵白雲鑲著紅邊，又像一隻彩色的鳳凰在追趕落日。可惜這景象僅持續一刻便消失了，回頭看，越往東越是暮氣沉沉，迷茫一片……

來看海的人都說自己出來遲了。槿兒好失望，她仰望蒼穹，終於在海天相接之處發現了一顆閃亮的星，嵌鑲在黑天鵝絨似的天幕上，十分醒目。她不由指著那顆星說：「老爺，你看，那顆星好亮好亮啊。」

順著她的手勢，他也看見了，確實很亮，初看只有一顆，細看卻有一片，它們在向人們眨眼呢。

「老爺，真是只有在海上才能真正體會天高地闊這個詞。」

受槿兒情緒影響，他不覺也微微歎了一口氣附和說：「是的，海上方知天地寬。」

這時夜風漸涼，他乃和槿兒攜手回房去。槿兒默默無語，似有無限委屈，他心中清楚所為者何，乃抱歉地問道：「這兩天我們都上岸去了，你一人在船上寂寞是吧？」

「您說呢？」槿兒反問道，「只有從不出門的鄉下人才不會寂寞。」

接下來的話，槿兒不說他也明白——既然出來了，且要去九洲外國，卻又鎖在船上，有花花世界也看不到，那是一種什麼滋味啊。他只好問道：「那，這幾天你都幹些什麼？」

「看書。您案上那部《石湖居士詩集》幾乎都能背了。」槿兒喃喃地說。

一聽槿兒提到《石湖居士詩集》，他不由一下呆住了，半天也未接上腔……

《石湖居士詩集》作者為南宋詩人范成大。當年范成大奉旨出使金國，曾寫下著名的《使金七十二絕句》，述說沿途見聞——那是北方野蠻民族對文明的中原地區的蹂躪，所以，在范成大的筆下，淪陷區銅駝荊棘，一片荒涼。中原父老翹首以待王師，所謂「州橋南北是天街，父老年年等駕回。忍淚失聲問使者，幾時真有六軍來？」

這沉痛的詩句令多少血性男兒擊節長歌，慨歎欲絕？

眼下，郭嵩燾不明白自己在出國前收撿行裝時，為什麼在堆如山積的藏書中撿出這部詩集帶上，是身分相似欲藉古人之酒杯澆自己胸中之塊壘嗎？他一時說不清楚。然而，香港也是淪陷區啊！它被割讓卅餘年，這是國恥之始。可眼下香港卻由一邊陲苦惡荒島變成了東方一大都會，民人安居，秩序井然，街市繁榮，商業興旺，是眼下中原地區、包括京師也無法比擬的，更看不到范成大筆下淪陷區人民生活在北方蠻夷鐵蹄統治下、妻離子散、啼饑號寒的慘景。

因此之故，這兩天的遊歷，他這個來自「天朝上國」的公使，面上卻無法掩蓋那一份尷尬……

聰明的槿兒似乎把他的心事猜透了，乃問道：「您那次不是上過條陳嗎？怎麼不見回覆呢？」

他搖了搖頭說：「沒有下文。」

——去年年初，他參與了關於海防、塞防的大辯論，上了一道條陳，大意謂目前重臣辦洋務，大多唯船堅炮利是務，乃捨本求末之舉，中國之弱不在無船無炮，而在無人無財，而造成這局面卻是政教之過。當務之急是澄清政治，改革制度。

他想，比較香港現實，這看法實在切中時弊，但中樞為什麼就束之高閣、不理不睬呢？眼下他無法回答槿兒的問題。

槿兒又說：「您應該和李中堂談談。」

他說：「此番道出津門，和少荃有過長談，但他當時心境不好，聽也聽不進。」

槿兒跟在老爺身邊，也留意時務，知道自簽訂了《煙臺條約》，李鴻章頗受言路攻擊，此事且牽連老爺，她不想觸動老爺心事，只好把要說的話嚥了下去……

《卡門》與孔夫子

黃昏落日，其實是最動人鄉愁的，尤其是初出遠門而又未攜家眷的那班隨員們。此刻，他們仍聚在前甲板上聊天，不想回到冷清清的官艙去。

昨天，他們在香港大學堂參觀，著實讓那「思貝喜夢」嚇了一跳，但洋人的聲光化電之學及凡事認真考究原理的學風，卻使他們稱讚不已，所以一回到下處便各抒己見，盡情暢談。

眼下前甲板上湧上來一群洋人，他們多為水手和普通乘客，在官艙煩悶，乃聚在一起跳舞，為他們伴奏的是一名水手，他的樂器是一架早已風靡歐洲、卻為中國人罕見的手風琴。使團之人見這東西既無弦又無孔，奏出來的聲音卻十分動聽，不由圍了上來。

馬格里介紹說，這樂器是五十年前由德國人布希曼發明的，中間有皮囊，兩頭木板裝有琴鍵，連接裡面的簧片，用皮囊鼓風振動簧片發出高低音，因聲音類似風琴，又靠手鼓風發音，故稱「手風琴」。

大家屏聲靜氣，先聽介紹，又聽洋人奏樂。都說洋人的奇技淫巧真是隨處可見。馬格里只要眾人誇洋人便高興，此刻也是如此。他立刻向眾人介紹水手演奏的樂曲，說這是眼下正傾倒歐洲的大型歌劇《卡門》——此劇出自法蘭西大作曲家比才之手。劇中主人公卡門是一個十分浪漫的吉普賽女子，眼下她正和情人看鬥牛，故此曲又叫《西班牙鬥牛士》。

黎庶昌被這曲子歡快的旋律迷住了，一曲已終意猶未了。他聽張德彝說在歐洲看過此劇，乃纏著張德彝講《卡門》的故事。張德彝雖看過梅里美的法文小說，但他法文程度不及英語，只好盡其所知談《卡門》，談那個放任不羈的吉普賽女子……

直到洋人的舞會散了，甲板上黑黝黝一片時，眾人這才回房。走在走廊上，劉孚翊仍在大發感慨。他說：「洋人改裝一隻風箱便成了一件能演奏如此美妙音樂的樂器，依我看，白種人比我們聰明。」

這話一出口，頗傷眾人的自尊心，姚若望和張斯栒馬上就駁斥他，說他錯了。

姚若望的古文程度很好，不但寫得一手好字，且詩步晚唐，文宗韓柳，可就是寫不好八股文，年近五十才中了個副榜，在貴州那個苦地方當了一任教諭，十分憋氣。所以他最恨科舉，他說：「我們主要是教育不行，比起香港大學堂，我們的那些個書院算什麼，兩三椽茅舍，七八個蒙童，老年夫子，耳聾目瞶，死抱弘揚儒學的宗旨，賤視醫巫百工，教出的學生能念幾句子曰詩云便不錯了，十五六歲的能開筆作承題破句便是天才。可與他說世界地理，便只曉得有東勝神洲、西牛賀洲、南贍部洲和北俱蘆洲——全是《西遊記》上的東西；你若告訴他這大地是圓球，世界上有七大洲四大洋，他會去找《山海經》來核對；若說世上還有火輪車、火輪船、電報、手風琴，那他認定你是跟他說《封神榜》了。」

此時，劉錫鴻正敞開門坐在客廳裡。

剛才他在船樓上望見洋人跳舞，男女摟抱，不堪入目，而使團中許多人居然在一邊看得有滋有味，覺得不成體統。眼下又聽劉孚翊誇洋人，姚若望更是把儒學貶損得一錢不值，不由有氣，在眾人經過時，他立刻堵在門口板起臉說：「姚彥嘉、劉和伯，你們怎麼才出國門便把自己的姓氏忘得一乾二淨了呢？」

姚若望年紀雖比劉錫鴻小不了多少，官階卻差了一大截，膽子又小。眼下見副使臉色十分難看便低頭不作聲了。劉孚翊卻不願動不動便挨訓，忙申辯說：「這有什麼呢，說洋人聰明，不但造堅船利炮、耀武揚威，還能造一些小玩意兒娛悅心身，這便是不知姓氏了？」

一個不上品級的隨員居然回嘴，劉錫鴻氣不打一處出，乃喝問道：「你還有理，我們哪點不如洋人？孔孟之道，兩千年來如江河行地，日月經天，歷萬世而不衰絕，洋人的耶穌可能比麼？什麼堅船利炮，那不過是左道旁門罷了，終究一日，要邪不勝正的。身為朝廷官員，你可要想清楚！」

劉孚翊見副使認了真便不敢再頂了——他也是廣東人，且一度問學於劉錫鴻，彼此有師生之名份，且靠這才由劉錫鴻推薦到使團任文案，屬低級隨員，自然要想想飯碗。

劉錫鴻降住了這兩人仍不滿足，他見後面馬格里和張德彝、黎庶昌仍滿不在乎的樣子，又提高音調說：「我們出使在外，要時刻記住自己的身分，不要見了什麼就一驚一乍的，更不能鬼迷心竅！」

馬格里來華多年，已明白中國人背地罵他們為「鬼子」。眼下他聽出劉錫鴻這「鬼迷心竅」是指桑罵槐，於是笑著對黎庶昌說：「不得了，副使大人又在罵我們洋鬼子呢。」

此刻黎庶昌不但聽出「鬼迷心竅」是指桑罵槐，且明白是影射自己，因為自己確已「鬼迷心竅」——《卡門》的故事是多麼美麗動人啊，世界上竟有如此的奇女子，為追求自由幸福竟不顧一切，面對死亡也不肯低頭。中國風塵女子的故事何止萬千，卻沒有這樣的女子、這樣的經歷。好在此時張德彝和馬格里已湊合著把故事說完了，見劉錫鴻正教訓下屬，劉、姚二人十分委屈，乃上前排解道：「好了好了，中西學的優劣不必爭了，做學問宜廣徵博采，中學西學各有所長，何必要定於一宗呢！」

不想這幾句意在排解的話竟引火上身——劉錫鴻尤其聽不得「不必定於一宗」，乃轉過身瞪著眼反唇相譏道：「黎純齋，是何說法，依你的孔聖人不是萬世師表了？你莫非還要搬幾個洋人進文廟去？」

黎庶昌見劉錫鴻逢人就想抬槓，不覺又好氣又好笑，但仍用和緩的口氣說：「我的劉副使，我無非說學無止境罷了，你能說洋人的聲光化電之學全無用處？可孔聖人也說了格物才能致知呢。」

劉孚翊見黎庶昌肯幫忙膽子又壯了，乃說：「對的，上海那座專講聲光化電的書院便叫格致書院，典出《大學》。」

馬格里未習《六經》，只能由劉錫鴻罵左道旁門，眼下見有人引經據典，一下有了依據，便插進來說：「對了，原來格致之學源頭在孔聖人那裡，這麼說孔子可是個明白人，並不排斥外國人。」

面對洋人談孔子，劉錫鴻擺出一副昂首天外，不屑一顧的神態，連連冷笑說：「鸚鵡能言仍是禽類，猩猩能語仍是畜牲。你不要認為能說幾句華語便成了天朝上國的人了，居然就開口閉口說起孔夫子，你也配！」

馬格里確實只說得幾句華語，哪有劉錫鴻那麼多的詞彙、那麼多的比喻？以致挨了罵也不會回嘴，只氣得五官也移了位。

劉錫鴻見狀更得意了，又回頭對邊上的劉孚翊說：「不錯，孔聖人確有格物致知一說，典出《大學》，不過所謂格物致知是以物喻理，說白了就是通過對事物的考究得出人生的大道理，從而教你如何修身齊家治國平天下，並不是教你去製作奇技淫巧的東西，更不是去把人的五臟六腑浸藥水！」

劉錫鴻今天興致極好，不但一口氣背出《大學》開頭關於格物致知的一大段文章，且把漢朝的鄭玄、宋朝的程頤、朱熹對格物致知的詮釋闡述了一遍，最後還以明朝王守仁的話作結：「天下之物本無可格者，其格物之功只在身心上去做。」

其實，劉錫鴻也只是一舉人，沒有中進士點翰林足見他於《六經》也未全通，可面前學問能與他抗衡的只一個黎庶昌，今天劉錫鴻不怕黎庶昌，因為他自認選準了題目，黎庶昌本事再大也辯不過他。他要藉此機會好好地教訓一下使團之人。因為興奮，不覺滔滔不絕，闡述完歷代聖人格物致知的原義後，他又進一步指出，上海的專講聲光化電的書院取名「格致書院」是錯誤的，聲光化電之學乃百工技藝，只配叫「藝林堂」，大堂供奉魯班就可以了，不配供奉孔子的。當今世風日下，異端邪說橫行，讀書人的頭等大事是闡明聖教精義，拯救日益衰敗的世道人心……

這麼一說開來，沒完沒了，直到他用抑揚頓挫的音調，將已故大學士倭仁一句名言背出：「立國之道，尚禮義不尚權謀，根本之圖在人心不在技藝。」這才收場。

眾人一個個耳朵裡都要長出繭子了，黎庶昌笑了笑，轉身就走，馬格里和張德彝也不願聽，見黎庶昌走也跟著走，可苦了姚若望、劉孚翊等官卑職小之人，副使大人訓話不敢不聽，呆呆地立在黑暗的過道裡，直到劉錫鴻自己感到無趣為止……

乖音錯節

黎庶昌覺得好笑——使團正副兩使，於富國強兵之道，各有「根本」之說。郭嵩燾的「根本」是「民風政教」；劉錫鴻的「根本」則是「世道人心」，說的似是同一件事，卻似乎在本質上截然不同，長此以往，何以共事？

想到此，乃逕直到後艙尋正使說話。

其實，黎庶昌雖只有貢生學歷，但論文名和識見卻勝劉錫鴻多多。他是貴州遵義人，自幼師從桐城派大師鄭珍，因聰穎好學，青少年時即有文名，同治初年入參曾國藩戎幕，與薛福成、張裕釗、吳汝綸並稱「曾門四子」。

曾國藩歿後，其長子紀澤將為父親編年譜和出文集的事拜託了黎庶昌，黎庶昌用心採擷史料，認真考訂校閱，該隱的隱，該揚的揚，行文流暢，妙筆生花，殺青問世後，世人稱道，因此黎庶昌不但為曾國荃、曾紀澤叔侄敬重，且也獲得眼下正炙手可熱的一班湘淮功臣宿將的推尊。

不過黎庶昌卻無意功名，愛把精力用在做學問上，自不免名士氣習，不講章法，名韁利鎖無奈其何。因在曾國藩幕府耳濡目染，對西方及西學產生了濃厚的興趣，覺得洋務是一門全新的學問，博大精深、無邊無際，他很想在這方面下些功夫。好友曾紀澤知他志向，在得知郭嵩燾將使英後，乃極力向李鴻章和郭嵩燾推薦，於是他得以參贊名義一同出使。

黎庶昌小郭嵩燾十九歲，加之出自曾國藩門下，自然對郭嵩燾這個湘系耆宿十分佩服，他與劉錫鴻稱兄道弟，在郭嵩燾面前卻自稱「晚生」，稱郭嵩燾為「老師」，禮敬有加。此刻，郭嵩燾正在寫日記，見他進來，乃放下筆與之攀談。

「純齋，」郭嵩燾喚著黎庶昌的表字道，「這兩天的參觀，感受如何？」

「嗨，」黎庶昌長長地吁了一口氣說，「真是到了另一個世界。」

西學是一門全新的學問，中國人哪怕是碩學通儒都必須從頭學起，這是眼下郭嵩燾的認識。所以，黎庶昌這「另一個世界」之說對中了郭嵩燾的心思，他不由高興地連連點頭說：「正是此說，正是此說。單一個香港就夠我們看、夠我們想了。」

望著正使團團大臉上泛起了紅光，黎庶昌似乎從中看見了幾分童稚之氣，他不由說：「不過，有人卻不以為然，且憂心忡忡，生怕說了洋人的好，我們大清就會『用夷變夏』了。」

「誰？」

「劉雲生！」雲生是劉錫鴻的字。

接下來黎庶昌把剛才發生的事敘述了一遍。

郭嵩燾笑了笑說：「雲生就是這麼一個人，我同你同他的交往差不多都上十年了，還不清楚他的為人？他就是認死理，愛和人頂牛，其實對朋友還是實在的。」

郭嵩燾接著便說起劉錫鴻出任副使的經過：他出署粵撫時，劉錫鴻僅在撫署任低級幕僚，不被重視，加之性情孤僻，很不招人喜歡，但他覺得劉錫鴻雖為人呆板卻尚能做事，乃派他去香港採購軍米，後來年終考績，又對劉錫鴻大加褒獎，劉錫鴻才得脫穎而出，送部候選，後得出任刑部員外郎。因有這一層關係，劉錫鴻與他來往較多。當朝廷發表他為駐英公使後，劉錫鴻即來找他，請他出國時一定捎上自己。郭嵩燾知他任京官清苦，有心調濟他，不過，開始只保薦他出任商務參贊，不想劉錫鴻後來走了軍機大臣李鴻藻的門子，李鴻藻卻保薦他出任副使。為此劉錫鴻居然跑來埋怨他，說他小看了自己。那次雖有齟齬卻並未傷和氣，這以後二人又在一起商討出使的事。

年前他向恭王上的那個條陳就先讓劉錫鴻看，不想劉錫鴻看了又挺著二十四根餓腸和他爭——原來他在條陳中提出當今要務是通官商之情，明本末之序。不想劉錫鴻卻認為當今第一要務是拯救世道人心，如必要用輪船大炮壯軍威，但令洋人代辦可也。結果不歡而散，但議及他事卻又一如既往……

眼下郭嵩燾和黎庶昌說及這些，意在說明劉錫鴻為人直率，要黎庶昌不必多心。

不想郭嵩燾說得雖十分輕鬆，黎庶昌卻心情十分沉重——李鴻藻乃繼倭仁之後的清流領袖，攻擊洋務最力。劉錫鴻由他保薦出任副使，可見大有來頭，可偏偏郭嵩燾不當回事。

於是試探地問道：「前不久上海新聞紙出了一篇文章，對正副使的褒貶不一，您可知道這回事？」

郭嵩燾說：「聽說了，就是那張洋文《字林西報》，說我出身詞翰，學問如何優長，說他則人品學問皆不及我。這文章是洋人的新聞採寫員寫的，純一己之見，諒雲生不會放在心裡。」

「那您是否把這看法向劉雲生說過或稍做解釋？」黎庶昌又問。

郭嵩燾不以為然地搖了搖頭說：「有這個必要嗎？我想多餘的解釋反易使人生疑呢。」

黎庶昌不語了——正副使政見截然不同，彼此任職又一波三折，加之洋人推波助瀾，看來他們之間已有芥蒂了，只是郭嵩燾仁者胸懷，以己度人，不以為意罷了，但劉錫鴻是否也能做到呢？

郭嵩燾見黎庶昌欲言又止，乃說：「你的意思我清楚，不過劉雲生是我一手拔擢上來的，他豈是忘大德而生小怨之人？不過，也不說你多心，我有機會時和他敞開心扉談一回也好。」

黎庶昌這才連連點頭，起身告退……

郭嵩燾是個心裡存不下事的人，想想黎庶昌的提醒不無道理，寫完日記，看時鐘才指向九點半，伸了一個懶腰，便出了房門。

劉錫鴻住的也是一等艙，但在前面，中間還有一段距離。他走完過道，來到劉錫鴻住房前正要推門進去，發現門是上了拴的。他一邊敲門一邊隔著玻璃窗往裡看，望見劉錫鴻也在一個本子上寫什麼，聽見他的聲音忙合上本子，放進抽屜裡，再起身開門。

「黎純齋在你面前把我告下啦？」劉錫鴻把郭嵩燾讓進屋，滿不在乎地笑了笑說，「不過，他如果認為我對格物致知四字的闡述不對，我還想和他辯論一次，由你這個老翰林、南書房的老前輩做個評判！」

郭嵩燾坐下來，微笑著打斷他的話說：「何必呢，一出國門，便成萬里。面對的是一個全新的世界，我們需要冷靜，需要沉思，需要和衷共濟，多看多記多比較，才能明白個中道理，無須撐二十四根餓腸做無益之爭。」

「可我不這麼看。」劉錫鴻立刻收斂起笑容，說：「當今大清，朝野上下，奇談怪論紛紛，你若不挺身而出，口誅筆伐，那就不僅有愧於這份俸祿，且有愧於讀書人的良知了。」

看形勢，劉錫鴻的倔脾氣又犯了。郭嵩燾寬仁地笑了笑說：「雲生，別那麼危言聳聽了。不就是格物致知四字嗎，不錯，你的解釋是對的，程夫子、朱夫子的闡述哪能錯呢。所謂格物致知的確是為道而不為器，說白了也就是實事求是。上海那座專講聲光化電之學的書院名為格致書院，確實取得不好，容易產生歧義，依我看，不如乾脆叫工學院或化學院、電學院、醫學院。不過，在名稱上糾纏沒有意義，有吹毛求疵之嫌，真正要格物致知，實事求是地探求洋務精義，只怕還要看深些看遠些。」

郭嵩燾這一說，自然要歸結到去年那個條陳上去，所謂本末之說是曾和劉錫鴻發生激烈爭論的。所以才開頭劉錫鴻便呵欠連連，郭嵩燾看在眼中，知道說不下去了……

新加坡

「大轚廓號」在香港停泊了兩天，上足了水和煤後又啟碇南下，航行了數日夜，此時正行進在大洋中，水天一色，無邊無際。據船主說，這一帶稱齋納細。「齋納細」，意即中國海也。

至第二天中午，終於望見大海上散落一片片島嶼，由星星點點的珊瑚礁連綴而成，島上椰樹成林，但不見房屋。

郭嵩燾明白這裡大概是中國輿圖上，稱之為「萬里長沙」、「千里石塘」（西沙、中沙）地方。別看是些苦惡荒島，但幾百年前即有中國人的足跡。真是不航海不知天地寬，不經歷風濤不明白「萍蹤浪跡」四字所包含的辛苦。

這時，氣候越來越暖和了，他們在天津出發時是滴水成冰，十幾天行程，由重裘而薄襖，眼下竟細葛長衫，在甲板上走且感到暑氣逼人。越往南走，國內所繪製的輿圖越不準確，為明白自己所處的位置，郭嵩燾不得不依靠馬格里手中的洋地圖。洋地圖上標的全是洋文，只能由馬格里解釋，因是音譯，他仍感到茫然。

五天之後到了新加坡。

新加坡地處麻六甲海峽東口，是連接太平洋和印度洋的衝要，也是西洋貨物在亞洲的最大轉口港。郭嵩燾翻閱地圖，又查對古籍，始知新加坡古稱「柔狒國」，跟臺灣一樣，最先到達且出大力開發的是閩廣華人。他們在島上種植甘蔗、胡椒，海舶往來閩廣互市，獲利十分豐厚。

可惜中國朝廷既未派兵駐守其地，也不設官治理斯民，至嘉慶末年，英國勢力始侵入新加坡，他們到達後立刻派兵據守，建炮臺、廣衢市，設官設局設廠，招商圖富。因島上多是華人，於是建書院教授華文，培養與中國打交道的人才，使新加坡成為英國向中國進行貿易的總埠。因有如此的地位，新加坡漸成為南洋一大都會，以富庶聞名。只可惜中國朝廷對這裡發生的一切卻夢夢不知，在官版的輿圖上，仍稱這裡為「柔狒」，稱麻六甲海峽為「麻海」。

「大馨廓號」下錨後，英國派駐新加坡的總督哲威里已得知消息，早派了中軍官德格里來迎接他們。

這時福建水師「揚威號」也因冬訓來此，督率冬訓的水師提督蔡國祥、管帶蔡國喜兄弟得知消息也來迎接，一同來的還有當地華人富紳胡璇澤。

碼頭上的儀式與香港差不多，一樣的儀仗，如數的禮炮，少的只是轎子而已，但四洋馬拖帶的轎車同樣的富麗堂皇。

到達總督府後，總督哲威里已迎候在府門口。此人個子十分高大，頭髮全白了，但精神卻依然矍鑠。待翻譯介紹後，他立刻上前與大清國公使及隨行人員行洋禮——握手。

郭嵩燾仔細觀察，覺得哲威里待人和藹可親，不像港督鏗爾狄那樣擺紳士架子。交談中，他輕言細語地詢問行程，路上風濤、身體是否適應，在進入公廳落座後，他又讓自己的夫人和兩個十分漂亮的姑娘出來拜會客人。

閒談中，當得知公使夫人尚在船上時，哲威里不勝詫異，馬上要派人上船迎接公使夫人，郭嵩燾只好以夫人身體不適相婉拒。

宴請之後，哲威里夫婦又陪同客人參觀總督府和花園。

新加坡地處赤道線上，氣候炎熱，雨量豐富。總督府花園樹木濃蔭，各色花卉也較國內常見的肥大、豔麗，有的花木，使團中人叫不出名字，胡璇澤雖在一邊介紹，因是音譯，使團中人仍是茫然。

遊完總督府，哲威里安排客人下榻於賓館，郭嵩燾尚在猶豫，胡璇澤卻十分誠懇地邀請客人住他家。蔡氏兄弟也於一邊勸駕，說胡家為當地首富，在福州和廣州、泉州等地開有商號。胡府基宇宏開，花園比總督府要大幾倍，有如上海的萬牲園（動物園），值得一看。

於是，郭嵩燾偕劉錫鴻、黎庶昌及張德彝住胡家，其餘的人回船上住。

胡家花園果然不負盛名，不但林木茂盛，百卉爭妍，且養了許多珍禽怪獸，多是在國內聞所未聞、見所未見的。上次在香港參觀，有人提議去參觀香港的遊樂園，郭嵩燾認為出國考察應以實政為主，不宜以遊賞為事，不想今日卻於無意中得觀奇景，頗令人眼界為之一新。

胡璇澤能英語、馬來語，但母語仍十分流利，他那豪華富麗的客廳也全是傳統的中國官廳樣式──楠木的雕花門格，紅木的太師椅子、圓桌，稍有不同之處是牆角擺一架座鐘，鐘框上雕刻有張一對肉翅的天使像，這在國內是很難見到的。侍立左右的僕人全是當地土著，皮膚較黑，在胡璇澤的示意下，他們捧來許多新鮮瓜果和糕點，又用精美的銀製茶具為客人沏上咖啡茶。

閒談中得知新加坡有二十萬華人，多是廣東、福建人，他們在此經商，廣有物業，生活十分富足，但卻缺少保護。當地土著非常仇視他們，常發生衝突，而英國當局卻不願介入華人與土人之間的糾紛，有事經官，常常一拖好久而不能結案，因此之故，他們極希望朝廷能在新加坡設領事館，專門管理華人事務，保障他們的權益。

郭嵩燾對胡璇澤這一建議很感興趣，答應專就此事上奏朝廷。

接下來自然問起了有關司法方面的事，胡璇澤於是先介紹此地的司法程序，又說下午就有一場官司開庭審理，建議公使大人去看一看。

郭嵩燾想起拜會總督哲威里時，司法官菲力浦也在座，且曾向他提出邀請。於是，稍事休息後，便以拜訪的名義去司法長官公署。

胡家花園距司法廳才一箭之遙，他們是步行去的。走到時菲力浦已得信迎候於公署外，和中國使團之人一一握手問候後，便欲請公使一行去裡面客廳敘談，胡璇澤忙代郭嵩燾提出，不必客氣，聞聽這裡正開堂審案，公使大人欲去審廳參觀。菲力浦聽說後欣然點頭，並於前頭引路，一行人來到審廳。

這裡果然在升堂聽訟。

比較國內公堂，洋人可是全新的格局，大堂十分寬敞，主審官坐五尺高臺，其形成半月狀，陪審官約十餘人，皆環坐左右。據胡璇澤介紹，洋人審案，問官由主審的大法官和陪審官組成，司法獨立，行政長官無權干預，故大法官也由上一級大法官任命，陪審官則由士紳推舉，凡地方上有一定財產和名望且又懂法律的皆可入選。因此，他也被推舉。陪審官可參與問案、辯論及定罪。審案時，若大法官或陪審官與犯人有私人過結，則犯人可當庭提出，可臨時撤換，這樣可避免挾私報復。問官推事之外，兩邊稍低的高臺是檢察官和原、被告的訟師，各有三五人，踞案而坐，服飾與陪審官略有不同，但也一樣的黑色寬袍大袖；台下設木柵欄三，欄內亦有座位，兩邊供原告和被告坐，中間供證人坐，再往後便是十幾排敞設的座位，坐滿了不相干的聽眾和原被告親朋。原告和被告柵欄邊各立有兩名著公服的法警，畢恭畢敬地站著。可以說一堂之人，無論問官推事，無論原告被告，也無論訟師和聽眾，皆是平起平坐，無刑撲之威，無鞭笞逼供之苦，卻又十分嚴肅。

因為正在問案，菲力浦只好引郭嵩燾一行不聲不響地在後排坐下。

此時，兩造陳述完畢，陪審官、檢察官、訟師一一發問，先問原告，再問被告，態度都十分從容和靄，沒有一句嚴詞恫嚇。原、被告及證人有英國人、黑人和馬來人，說的是英語夾馬來語，張德彝聽不明白，胡璇澤臨時充當翻譯。

原來這是審理一起人身意外傷害案，說的是一英國婦人某日晚飯後出門散步，不想被兩匹狂奔的馬踩傷，兩個騎馬人皆是有身分的紳士，因酒後賭賽馬，縱馬狂奔，與婦人狹路相追，閃避不及，一馬傷其手背，一馬卻斷其腿骨，前者只是輕微傷，後者卻使其終身致殘。眼下婦人的丈夫代其提起訴訟，有路人指證無誤，看來賠償是必然的。問題出在當時兩馬並轡狂奔，究竟是誰的馬使其重傷，誰的馬只是使其輕傷呢，這是案情的關鍵所在，因為其中的賠償數額差距甚大，按洋人的法律，原告必須舉證，指認使其受重傷的人。可憐受傷人背面被踩，昏天黑地，哪能說出個子午卯酉？而證人因距離遠，加之天色昏暗，看不真切，也說不出個所以然，故雙方辯論十分激烈。

郭嵩燾聽完案由，不由興趣盎然，因為這類案子國內也不鮮見，往往就是問官憑一已之揣測，一言而決，故多有不合情理者。今天倒要看看洋人如何公斷。

他們在庭上屏聲靜氣地聽兩造各自申述理由，爭了好半天，也沒有結果。就在這時，原告的訟師再次起立發言，他才講了幾句，聽眾突然發出一陣嘖嘖的稱讚聲，郭嵩燾忙問胡璇澤，剛才原告訟師說了什麼話？胡璇澤一邊感歎不已地說：「這個人厲害得很。他引證律例，指出凡此類案件，讓原告舉證是不公平的，因為在這種情況下，原告是無法舉證的，為保護人身不受侵害，應引用舉證倒置的法律，由兩被告舉證，證明自己不是使其重傷的人。如果舉不出，則醫療費用和終身養老金必須兩被告共同承擔。」

郭嵩燾一聽這話，不由豁然開朗，心想，這才是最公平合理的辦法。黎庶昌和張德彝也連連點頭。

果然，不久，主審官宣布判決了，郭嵩燾聽胡璇澤翻譯，真的是如原告所請。使團中人聽了不由點頭。

小岳陽

在胡璇澤家住了一晚，第二天他們回到了船上，總督哲威里上船回拜，郭嵩燾同樣在甲板上設宴招待哲威里，臨行話別，哲威里執手殷殷，使郭嵩燾很是感動。待總督乘坐的豪華遊艇駛離，汽笛三聲，「大虀廓號」又啟航了……

行行重行行，憑欄遠眺，總是一片蔚藍。過麻六甲海峽，他們只在檳榔嶼稍作盤桓便直發錫蘭的國都可倫坡。

據魏源的《海國圖志》介紹，錫蘭古稱「獅子國」，東晉時即與中國有往來，唐三藏所著《大唐西域記》稱此地為「執獅子國」或作「僧伽羅國」。因佛教盛行，西方人誤以為這裡就是釋伽牟尼的誕生地。

約在乾隆末年，英國勢力開始入侵錫南，幾年後淪為英國殖民地，居民部分改信基督教或伊斯蘭教，不過這裡佛寺仍十分風光。這裡為島國，北部隔保克海峽與印度半島相望，盛產寶石、珍珠、胡椒、椰子，卻不產糧食。

「大虀廓號」抵可倫坡後，英國駐錫南總督雷戈里派司法長官路斯馬力闊及總兵克拉爾來迎接大清公使，又設宴款待他們。

錫蘭的英國總督府規模不及香港和新加坡，但它座落在一座山坡上，視野開闊，四周風景旖旎，可直接瞭望大海。宴罷，在司法長官的邀請下，他們也參觀了監獄和佛寺。監獄規模比香港的要小，但也更加清潔；在佛寺看到了一尊巨大的臥佛，還看到了用貝葉抄寫的經文。

「大馨廓號」到達可倫坡後不再西行，使團改乘「北夏窩爾號」。「北夏窩爾號」也是一艘英國郵輪，比「大馨廓號」大一倍，才下水半年，不但寬敞且更華麗。正副公使仍住一等艙，黎庶昌、張德彝等仍住二等艙，武弁、跟丁、廚役住三等艙。一二等艙都在船首，中間有過道相連。過船後，眾人都有一種新鮮之感。

據張德彝說，「大馨廓」與「北夏窩爾」都是印度的省名，一在北一在南。用地域名稱來為船艦命名，這也是洋人的習慣。

眾人剛安定下來，船長即來拜謁公使。船長身材高大，長一臉絡腮鬍子。他不像「大馨廓號」船長那麼傲慢，對三等艙以下的乘客常大聲斥喝。他見了乘客都是笑呵呵的，對華人也十分友好，更奇的是這位船長能說一口流利的帶岳陽語尾的中國官話。

他一見郭嵩燾，先是鞠躬，然後說：「敝人名懷德，非常高興第一位來自中國的公使乘坐我的船。」

郭嵩燾吃了一驚——洋人能講中國話的不奇，能講湖南方言的卻絕無僅有。客套過後，郭嵩燾請懷德坐下，立刻問起緣故。懷德得意地笑了笑說：「我的中國話是小岳陽教的！」

原來這以前懷德駕駛的是一條舊貨船，常在天津、上海、廣州及南洋、日本之間跑，那年船上雇了好幾名中國水手，「小岳陽」便在其中。懷德說：「那是個精明能幹且懂規矩的小夥子，很討人喜歡，駕船的技術也很老到，平日幹活很賣力，遇上危險又能挺身而出，不怕死。因此才一年工夫，我便讓他當了水手長。開始我們在一起只能用手勢比劃交談，後來便相互學習，他教我華語，我教他英語，都進步很快。」

郭嵩燾聽了「小岳陽」的事蹟很感興趣。他明白，在洋人船上當水手的中國人很多，但大多是閩廣人，眼下居然有湖南人，而且名叫「小岳陽」，那不就是岳陽人嗎？幾乎是屋門口人呢！他於是興趣盎然地問起「小岳陽」的下落。

懷德說，那一回他們在上海裝貨，「小岳陽」竟被碼頭上的人認出來，原來他是長毛餘黨，在長毛水師營還當過頭目。這下可麻煩了，那人報告了官府，官府和英國駐滬領事取得聯繫，竟會同英國巡捕來船上抓人，幸虧「小岳陽」機靈，遠遠看見官兵便躲進錨鏈艙，居然沒被抓走。不過，這一來他再也待不下去了，離開上海後，他便和另一個長毛結伴去了新金山。

原來「小岳陽」是個漏網的太平軍。

郭嵩燾明白，當年太平軍路過岳陽時。岳陽土星港守軍吳士邁水師營潰散，其中不少人加入了長毛隊伍，這班人多是洞庭湖漁民，水性好，駕船技術過得硬，後來便成了長毛水師的主力。看起來，「小岳陽」一定是在這時入的長毛，而在官軍克復金陵後逃到洋輪上了。「新金山」即澳洲的墨爾本，因產黃金而被華人稱為「新金山」，與美國的三藩市（舊金山）相對應。那裡這幾年正在開發，需許多勞工苦力，「小岳陽」真的亡命走天涯了。

此時此刻，談起這個小同鄉，郭嵩燾似乎忘記了那該是個被人目為十惡不赦的叛賊，反為他的命運喟然興歎起來。

可劉錫鴻一聽「小岳陽」竟是長毛，臉上立刻現出不屑的神情，連望懷德的眼色也有幾分敵意。懷德沒注意到劉錫鴻態度有了變化，仍興致勃勃地說：「二位大人大概沒去過墨爾本，那裡眼下已十分繁榮，儼然成了澳洲一大都會。那裡有許多華人，小岳陽去了那裡，又會講英語，肯定會發財的！」

劉錫鴻見懷德仍在誇讚一個叛賊，而郭嵩燾卻在迎合他，不斷地點頭，終於忍不住了，乃用告誡的語氣說：「今後你們招用華工可要注意，像你說的小岳陽，原本是一個叛賊，這種人反抗官府，殺人放火，什麼壞事都幹得出來。別看他平日老實，那是假的，一旦有機會他就會乘機搶奪你的財物，危害你的生命！」

誰知懷德連連擺手說：「不不不。我和小岳陽在一起三年，對他的品性相當了解。開始雇人時，我們對華人，對有色人種是十分挑剔的，對他們的考察也是十分嚴格的。但小岳陽不是大人口中的那種人。我明白，大人這樣說是因為他曾經反叛你們的朝廷，你這是一種偏見。」

劉錫鴻輕蔑地一笑說：「就不說他是一個叛賊，可也是一個下等人，一個無知無識的苦力，能知什麼誠信？」

懷德船長對這位副使如此看不起自己的同胞很驚訝，竟瞪著一雙大眼睛認真地掃了劉錫鴻一眼，不解地說：「閣下怎麼這樣說呢？他可是你們的同胞啊！」

劉錫鴻說：「我只是好意關照閣下，要知道，我們大清國很大很大，人民很多很多，地分東西南北，人有三六九等，和下等人打交道可要小心些。」

懷德望著劉錫鴻，用同樣輕蔑的口吻說：「謝謝大人的關照，不過，我不願聽別人說我朋友的壞話。我打從學校畢業便在船上，三十餘年由水手幹到船長，世界各地全跑遍了，法蘭西人、義大利人、西班牙人、非洲人、馬來人、印度人我都打過交道，比較起來中國人較好相處，他們的吃苦耐勞精神是我們白種人無法比擬的，聰明好學，好多事情一教就懂一學便會，在陌生的環境謀生最遵守法紀，最服從長官約束，所以，我們十分歡迎華人。雖然眼下有許多地方對中國勞工制定了種種歧視性的法律，但作為私人雇主，其實最願意雇用華人。」

郭嵩燾見他們由一個具體的小人物扯上了所有華人，懷德如此推崇華人，劉錫鴻居然唱反調，覺得劉錫鴻失去了分寸。於是連連向劉錫鴻使眼色，示意他不要再爭，以免失言更多。誰知劉錫鴻裝作沒看見，竟大聲說：「哼，我看中國人天生奴隸性，在外國受洋人控馭便皈佛皈法，在國內卻不願做良民，皇恩如此浩蕩，還要作奸犯科、謀逆作亂！」

話說到這裡，賓主雙方都有些難堪了。郭嵩燾不得不打圓場，他說：「其實，看人衡物，不可一概而論，出外謀生的華人確實大多是好人家子弟，因遭天災人禍出外作工無可非議，不過毋庸諱言，中間有時難免魚龍混雜，對他們悉心考察是應該的。」

這一說雖為雙方做了排解，但可以看出，二人都心存芥蒂。郭嵩燾於是將話題扯到幾時開航上……

亞丁港

有過一次爭論後，郭嵩燾和懷德船長反成了朋友。這個常年生長在大海上的洋人有著大海一樣寬闊的胸懷，不計較私怨，更不把一次言語衝突放在心上，所以，他仍很尊重使團成員，知道正使是個大學問家，便常向他請教中國歷史。郭嵩燾無事也愛和他聊天。

因經常去船長室，一天郭嵩燾無意中發現駕駛台下有一疊新聞紙，眼睛便盯著新聞紙看，懷德見狀拿出來，說其中有倫敦新出的《泰晤士報》。說著便分檢出來準備讀與郭嵩燾聽。

說是新出，其實也有一個多月了，由倫敦出版後運到可倫坡，他是在可倫坡買的，略翻一翻，上面居然有關於「馬嘉理事件」及《煙臺條約》的文章。

馬嘉理在騰衝被殺，因而有中英衝突，一紙《煙臺條約》導致了郭嵩燾的出使，中國朝廷已批准了這項條約，英國國會至今尚未批准。可眼下在英國，居然有人在報上撰文同情中國政府，指責本國政府橫蠻。

懷德把文章大意講解與郭嵩燾聽，據文章作者說，馬嘉理有錯在先，這就是他只辦了由雲南去緬甸的簽證，卻沒有辦由緬甸返回雲南的簽證；另外，從緬甸入境的英軍軍官伯朗並不具備駐中國外交官的身分，何況又帶了大隊緬兵和印度兵，不請自來，深入腹地，這是一種無視別國主權的侵略行為。

此事若發生在歐洲，結果便是完全相反的。眼下中國認錯了，且遣使道歉，這除了說明英國駐外使節的橫蠻，也說明中國政府無識，不懂外交，不會據理力爭，屈服於他人的訛詐。區區一紙《煙臺條約》，英國已鋒頭出足，好處得盡，不批准欲待何為？

郭嵩燾聽懷德翻譯完這篇文章後十分興奮——洋人並不個個都是青面獠牙、貪得無厭之人，他們之中有不少通情達理、同情中國者。這是他早有的體驗，他甚至認為，別看洋人氣勢洶洶，但有理可制服，有情可揣度。在他的洋朋友中就不少這樣的人，美國傳教士林樂知就是其中之一，此人對法國傳教士在中國的行為十分不滿，在其所著的《中西關係略論》中，說及法國人種種不法行為，認為中國人不知用法律約束這些傳教士。因為根據外國法律，教徒不應干預政治更不能抗拒法律，阻撓政府行政行為。可中國官員實在因無知而軟弱。

郭嵩燾後來又和林樂知討論過洋人在華特權，如領事裁判權之類，林樂知認為這是不平等條約，在各國交往中，列強只和極少數野蠻國家才訂有此類條約，中國政府應與之據理力爭，從而廢除這些不平等條約。

他當時聽了不由怦然心動，可轉念一想，茲事體大，恐非一蹴而就，再說林樂知說這樣的話或許有取媚中國官員之意。不料後來在京師向各政要辭行時，在好友翁同龢處也得到了這樣的交代，翁同龢說國際間的條約有十年一換的規矩，這以前中國與列強所定之約是在武力脅迫下簽訂的，再說，當時在事大臣不知有萬國公約。眼下你去倫敦，應向英國朝廷據理力爭，爭取將不利於中國的條約改過來。

他當時對此事充滿了信心。眼下他聽懷德讀報，不禁對未來躍躍欲試。

懷德船長看出他情緒的變化，又翻譯幾條新聞與他聽——眼下歐洲人的視點多在巴爾幹半島。因為目前俄羅斯與土耳其的戰爭已到了一觸即發的程度，英國政府想通過土耳其阻遏俄羅斯勢力南下，因此倫敦的輿論不乏向俄羅斯叫板的聲音。

郭嵩燾聽懷德邊翻譯邊分析，覺得十分得益。

接著懷德又讀了一篇主張禁絕鴉片的文章，此人在《泰晤士報》上撰文，認鴉片為毒藥，東印度公司向中國傾銷鴉片是一種不道德的行為，英國人民應起來制止這種可恥行徑。文章多處引用《萬國律例》，立論公允，鞭辟入理，字字句句皆說到了郭嵩燾的心坎上。

這以前，郭嵩燾早就認為洋人是「有情可揣度，有理可折服」的。這是在咸豐九年，第二次鴉片戰爭的時候，他奉旨協助蒙古親王僧格林沁守大沽。其時，英法聯軍要求派公使進入京師，面對這一「無理要求」，奉旨與洋人談判的怡親王卻堅持不許，雙方僵持不下。正在這時，咸豐帝有密旨前來，竟令怡王讓士兵扮成百姓，「悄悄擊之」，讓洋人知難而退。

對於這道荒唐的旨意，郭嵩燾當時很不以為然，但那時官卑職小，不容置喙，但這個看法既已形成了。今天，聽了懷德船長的讀報，他更加堅信。

這以後，郭嵩燾經常去看懷德船長，有時一人去，有時也帶黎庶昌或劉孚翊去，和他聊天……

在印度洋經過數日的航程，「北夏窩爾號」抵達亞丁港。亞丁是由阿拉伯海進入紅海的咽喉，北邊仍為亞細亞洲，南邊則為阿非利加洲。亞丁也是英國殖民地，佔領於道光十九年。但此地民人強悍，英國不得不在此駐紮重兵，他們在亞丁港山上建了三座永久性炮臺，戍卒達兩千之眾，守禦十分森嚴，而此地的行政事務則仍由孟買總督轄治。

「北夏窩爾號」在亞丁港拋錨後，英國駐軍統領亨德馬上登輪拜訪，並邀客人上岸參觀。

此地氣候炎熱乾旱，土地亦十分貧脊。據亨德說，他居此六年，僅見三次下雨，所以，雖住海邊，淡水卻特別金貴。說著亨德引客人參觀炮臺和營房，他們拾級而上，登上山後，只見沿山腰建有許多水池，導山流納蓄而供飲用，涓滴無遺。此地也無甚出產，僅駝鳥大得驚人，洋婦人愛用駝鳥毛為冠飾。

第二天啟錨進入紅海。由阿拉伯灣朝西北行，海水漸變為紅色。據懷德介紹，這是因水邊生長一種紅色藻類的緣故。又說紅海兩岸皆伊斯蘭教徒，伊斯蘭的聖地麥加亦在紅海邊，唯阿比西尼亞（衣索比亞）人大部崇奉基督教，因而自成部落，與阿拉伯各國不相往來。郭嵩燾對照《海國圖志》上關於阿非利加洲的介紹，發覺彼此說法相同。

「北夏窩爾號」在紅海航行了一天，懷德船長指著海中一個大島說，那是畢爾林島，最先發現並登上此島的本是法國人，他們見島上土地肥沃，氣候宜人，思謀開發。正綢繆之際，消息為英國商民獲知，乃連夜趕赴亞丁，向守戍者報告，英軍統領得報，又馬上報告孟買總督，總督立即派人日夜兼程趕到畢爾林，在島上四周樹起英國國旗，過了幾天，法國人趕到，只見島上英國旗幡飄揚，以為英國已著先鞭，只得嗒然而返。

懷德講述之間，航船已駛近畢爾林島。郭嵩燾遠遠望去，只見那裡房屋鱗次櫛比，居民熙來攘往，已隱然成街市矣，心中不由感慨萬千。

「英吉利人心計精密，做事堅忍，氣豪膽壯，為歐羅巴人之冠。」他想起了《瀛環志略》上關於英國人的一段描述。

《瀛環志略》刊行於道光二十八年，與魏源的《海國圖志》齊名，是留意洋務者必讀之書。郭嵩燾是和老友曾國藩一起讀這本書的，曾國藩對這一段話很不以為然，認為作者徐繼畬未免誇大其詞，為英夷張目。今天看來，英國人為國謀利確實上下一心，其沛然而興，其來有自。

因船一直往北，氣候又日漸涼爽了。一月之間，乍寒乍熱，郭嵩燾的身體終於因不適應而生起病來。先是患紅眼病，畏光怕日，折騰了幾天又小便短赤，小腹脹痛難忍，幾至茶飯不思。

船上有醫務室，配有一名洋醫，乃一青年牧師，十分稚嫩。聽說公使患病，懷德忙帶此人趕來探視，那人先用一個聽筒為公使做了聽診，心肝脾肺腎各處都探查了一遍，連小便也接了少許去做化驗，然後搖搖頭表示不妨事，開了幾包洋藥片便告辭了。

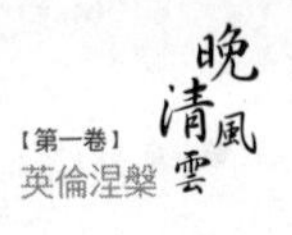

陪同在側的隨員張斯栒、姚若望對洋醫頗存疑慮，洋醫尚在聽診他們便連連向公使及他人遞眼色，示意拒絕，待洋醫一走，便都勸郭嵩燾不要吃這種藥，說這個洋和尚乳臭未乾，能懂什麼醫理脈象，只好用個小玩意裝幌子，這幾色小藥餅能是什麼靈丹妙藥呢？上了年紀的人還是謹慎些好……

郭嵩燾對洋人的機器是十分佩服的，唯對直接入口的東西有些懼怕，尤其是關係生死的藥。另外，他立刻想起前不久同僚親眼看到的用藥水浸泡的屍體——就說他們不用來點鉛成銀，能保他們不用來製藥嗎？所以，雖然馬格里百般勸解，他勉強同意讓「洋和尚」來看病，但背地裡卻把那些藥片交與槿兒，讓她悄悄地丟到海裡了。

然而，洋藥不吃，可奈病何？這回卻搭幫劉錫鴻救了一駕——他帶來的那些大包土特產中，不但有毛邊紙、雲南煙絲，為備不虞，也帶了不少中成藥，什麼八卦丹、狗皮膏，藿香正氣丸、珍珠散等，應有盡有，且都是京師同仁堂的正宗貨。

得知正使身體不適，且不願服洋藥，劉錫鴻認為在理，馬上過來探視，問過病情後，他說這是旅途勞頓、乍寒乍熱、不服水土之故。乃回到自己房中，取來兩盒通關滋腎丸，讓郭嵩燾吃。

郭嵩燾也略通醫理，明白自己的病源確實是因氣候反常引起下焦濕熱、蘊結膀胱之故，乃欣然收下通關丸，隨即取一粒用溫開水送下。

說來也怪，服完那兩盒通關丸後，病症果然驟減。

心中感謝劉錫鴻，認為他雖有些執拗，但畢竟是自己一手提攜上來的人，既不存在個人私怨，也就不會不能調和。於是親自去劉錫鴻房中致謝。

劉錫鴻滿面笑容迎接他，一邊讓坐一邊說：「我一直認為中國人的病，還是只能用中藥治，就如洋人用不了我們的筷子吃不了中餐一樣，一方水土養一方人啊！」

郭嵩燾聽出了弦外之音，卻不想反駁他。

蘇伊士

「北夏窩爾號」從亞丁出發，在紅海上航行了整整六天，終於抵達埃及的蘇伊士運河。這裡不但是亞細亞洲與阿非利加洲的分界處，且再往前便是地中海，那又是歐羅巴洲地方了。既是三大洲的匯合處，且也是世界古文明兩大發祥地的結合點——在地中海西南邊尼羅河流域，曾誕生過世界上第一個奴隸制國家，創造了輝煌燦爛的史前埃及文化，史稱「尼羅河文明」；而東邊的美索不達米亞，又曾誕生出「兩河文明」，並建有巴比倫、亞述等古國，這又是古希臘文明的起源。

紀元前生活在這一帶的腓尼基人用埃及文字演變出二十二個腓尼基字母，沿襲下來，終於成為今天歐洲各種字母的共同來源。

可以說，自古至今，地中海沿岸發生的大事對世界史的演繹有著十分重大的推進作用。同時，這裡也是世界關心和注目的焦點，就連習中國古代史的人，也熟知東漢班超的使者就曾在就裡留下足跡，史書上所說的安息即今之波斯；拂林即土耳其；條支即阿拉伯；而導致班超的使者未能繼續西進的大海即地中海，渡海再往西即可到大秦，大秦，義大利也。明代稱這一帶即為西洋，明成祖派鄭和下西洋，已抵非洲東岸，可惜沒能南下好望角再大西洋，卻把開鑿東西方孔道的桂冠讓與西洋人……

郭嵩燾和使團之人說起此事，無不扼腕歎息。

今天，他們乘輪到達這裡，追思往事，一種自豪之感不由喟然而興。

大家對東邊的亞洲雖較為了解，對西邊的非洲卻不甚了然。

郭嵩燾翻閱手中的《海國圖志》，此書說及非洲，僅引據明末來中國的義大利人艾儒略所著《職方外紀》上關於非洲的介紹，說阿非利加洲為天下第二大洲，大小若百餘國，東起印度洋、紅海，北到地中海，南端即印度洋與大西洋交會處，西邊則為大西洋。又據《地理備考》上說，天下五大洲，最難盡悉者乃阿非利加洲，地當赤道，災氣蒸為瘴癘，隔以沙漠，多猛獸毒蟲，他國人到輒病死，故自古未通。唯北邊靠近紅海、地中海，賴尼羅河水之利，受歐洲風氣之影響，城廓人民，煥然一新。但西洋的基督教、伊斯蘭教在這一帶互為爭鬥，常有戰事發生。

眼下靠近紅海、地中海一帶為英國人佔據，而西南沿海則為英、法、義等國分佔。至於非洲中部，既是大沙漠，且獅豹蟲豸橫行，瘴癘肆虐，西洋人也莫敢深入。此洲人民大多鬈髮黑面，鼻扁齒白，因老實善良，常為歐洲人掠賣為奴隸。當他們隨歐洲人出現在中國時，中國人不知其產自兩地，反誤認為歐羅巴人分黑白兩種。今天他們終於親歷其境，算是從白人居住的地方和黑人居住的地方穿行而過，歷史上的誤解也不存在了。

蘇伊士是大碼頭，那裡有鐵路通亞歐各地。為在倫敦租好使館住房及做好接應使團的準備，郭嵩燾乃派使團的翻譯，曾任天津海關翻譯的英國人禧在明渡地中海赴義大利，轉乘火車經法國赴倫敦，使團其他成員則仍坐「北夏窩爾號」過地中海經直布羅陀海峽由大西洋赴英國。

使團中人早在念叨蘇伊士了，知道那裡是連接亞非歐三大洲的衝要，街市十分繁華，尤其聽說有火車，上岸後可乘火車赴開羅城，他們更是興奮。

其實，他們哪知道在蘇伊士能使他們大開眼界的，尚不止火車——眼前這條運河便集中地體現了現代西文的文明，體現了他們非凡的智慧和經濟思想。

足下的輪船連鳴三聲汽笛，旅客們知道要攏岸了，紛紛湧上甲板。郭嵩燾卻仍在座艙中和張德彝、劉孚翊等人閒談，聽張德彝談蘇伊士運河。

一提到蘇伊士，張德彝可謂感慨殊深，他已是第四次出使歐美，五次往返經過蘇伊士了。

第一次是同治五年，剛從同文館第一期畢業的他奉派隨斌椿出洋遊歷，船至蘇伊士時，運河雖已動工兩年卻尚未通航，他們得從蘇伊士上岸，乘火車至開羅，在那裡遊覽金字塔後再渡地中海至法國，回來也是如此，行李過埠轉船很是麻煩。

第二次他經日本渡太平洋至美國，再由美國渡大西洋至愛爾蘭，東歸時仍取道蘇伊士，那已是三過其地了，運河工程正緊鑼密鼓中。據嚮導介紹，地中海與紅海之間原為陸地，僅隔三百二十二里，中間還有幾處鹹水湖，就是這短短的三百餘里路程，阻斷了地中海與紅海交通，往來旅客十分不便，各國航船則須繞道好望角，多走一萬六千里。近百年來，東來西往的航船十分頻繁，為縮短航程，埃及國王首倡開鑿運河，乃糾股集資，聘最善開河的法國人萊塞帕斯為總工程師，以開河機、挖沙船代畚鍤，開工兩年，工程進展十分順利。

待到同治九年，張德彝隨吏部侍郎崇厚出使法國時，蘇伊士運河終於開通了，他們的座船駛過狹長的紅海之後，無須轉埠便可直發地中海。那次行程他可大開眼界——其時蘇伊士雖已通航，但河工並未完全告竣，沿途可看到掃尾工程的進行，看到正在開河的機器，可說是鬼斧神工，令人不可思議。

說話之間，「北夏窩爾號」已駛近了蘇伊士碼頭，劉錫鴻已讓家人盛奎來請正使登岸了。眾人於是擁著張德彝邊說邊走了出來。

上到甲板上，大家張目四顧，此時的蘇伊士灣已因蘇伊士運河的開通而空前繁榮起來，船尚在很遠的地方，便望見這裡樓船如織，駛近河口，首先映入眼簾的是兩邊兩道用石頭壘起的長堤，深入紅海。

張德彝介紹說，運河因處在大沙漠的邊緣，尼羅河積沙上壅，容易淤塞航道，石堤乃是防止兩邊泥沙淤塞航道的。

郭嵩燾仔細一想，不能不佩服主事者慮事之周密。

船靠岸後，碼頭兩邊停泊的船隻看得清清楚楚。有開河機船、壓沙機船、起重機船，一艘艘造型怪異，不經內行人指點便不得要領。看來運河工程完全竣工尚待時日，故這類船尚不得撤離。

眾人都用驚詫的目光細看這些船。

兩艘開河機船並排泊在一起，遠望以為是四艘，因每艘皆由兩船相併而成，聯合作業，那挖掘沙土的機器就架在兩船中間，若十餘丈高，像一座鐵橋，寬丈餘，另一引橋狀的鐵架斜伸入水中，上面排列鐵翻斗數十，中間裝有轆轤，帶動翻斗，機器發動，轆轤翻轉，如水車之龍骨和車葉，將河床底下的泥石沙礫挖上來；引橋、翻斗之外，船上還有許多機械縱橫交錯，分布在兩艘船上，其中較大的一巨櫃設左邊。大概是盛沙之器。此時雖未開動，但經張德彝講述了其工作情景後，眾人不由一齊點頭，讚歎洋人想像之奇。

張德彝說，他那次經過運河時，數十台開河機擺在各河段同時開工，運泥沙的船隻往來如穿梭，場面十分壯觀。

劉孚翊問他：「河面如此狹窄，大船僅容一艘通過，若兩船相遇途中怎麼辦？」

張德彝笑著指著河沿的標杆說：「看見那標杆嗎？如果這頭有船通過，守候之人便會在標杆上懸球告知對方，途中不是有好幾處鹹水湖嗎？那便是船隻相遇時的避讓處。到眼下電報開通，用電報通報兩頭過往船隻情況，應當比標杆懸球更靈便了。」

郭嵩燾一邊默默地聽張德彝介紹蘇伊士運河，一邊思前想後，感歎萬端——此河不僅鑿通了東西方交通孔道，加快了物資、人員的交流，繁榮了商貿，就運河開拓者言，亦獲利頗豐。

其實運河之設，中國古已有之，吳有邗溝，魏有鴻溝，漢武帝開漕渠，曹操開白溝，也都是惠民之政，至王船山筆下「六代不肖之君」的隋楊廣為遊覽江南而開鑿大運河，工程之巨大可謂空前，然窮天下之力，完此工程，雖惠及後人，卻弄得自己敗國亡家，若起楊廣於九泉之下，令其復見蘇伊士，能無感歎？

然而，更令人擊案叫絕的還在後頭……

萬里乘風

上午十時整，「北夏窩爾號」終於停靠上了蘇伊士的陶菲克港碼頭，在馬格里和張德彝的引導下，眾人上岸後乘火車去遊覽埃及的都城開羅。

在他們的行程安排上，沒有遊覽金字塔的計畫，但儘管如此，使團之人仍很興奮，因為他們可以坐上火輪車了。

開羅是非洲第一大城市，房屋是最具代表性的阿拉伯式建築，清真寺多圓頂，望月樓四角尖尖，在陽光下閃閃發光，一望便令人想起《天方夜談》中的故事。各商店門額上多嵌有筆走龍蛇的阿拉伯字。人民則皮膚較黑，喜蓄連鬢長鬚，服飾則一律長袍，頭纏長巾如笆斗狀。眾人置身於開羅街市雖覺新鮮，但最滿意也特別留神觀察的還是火車。

在泰西，火車是現代文明的標誌，自道光初年發明，至今已在歐洲通行約半個世紀，但在大清，卻被拒於國門之外。洋人為更方便攫取利益，千方百計要在中國修築鐵路。早在同治三年，便有英商杜蘭德以修馬路為名，在北京崇文門外修了一條窄軌鐵路，才一里多長，通小火車。

杜蘭德的本意也是造成既成事實，讓清國的太后、皇上親眼看看火車究竟是不是怪物，有不有好處。及至試車時，小火車行走如飛，市民無不大駭，從而驚動步兵統領衙門，由他們出面，以洋人侵犯主權為由將鐵路拆除。

但洋人並不死心，他們接著又策動赫德正式向朝廷上條陳，英國駐華公使也於一邊讚頌，不想同樣受到冷遇。

至同治十二年皇帝大婚，英國人別出心裁，由國內各大富商集資，擬在北京修築一條二、三十里長的鐵路，作為送與皇帝的結婚禮物。朝廷獲知消息，立即表示拒絕這份豐厚而輕率的「賀禮」。

在軍機大臣及六部九卿心中，洋人如此不遺餘力的推行鐵路，必於他們有利，而有利於洋人者必不利於中國。

至今年洋人終於在吳淞再次瞞天過海了，且鬧出了人命，一國沸騰。出使在外之人，真是「一出國門，便成萬里」了嗎？且不管吳淞路如何收場，倒要悉心考察一下這「怪物」。

火車終於停在了眾人眼前，他們也終於上了火車。

看起來，火車就是用一間間鐵皮小屋聯綴而成的長龍，這是郭嵩燾的第一印象。

然而瞎子摸象，各有所得——劉孚翊是過了「洋癮」的人，他原來向郭嵩燾介紹說，火車十分凶猛，眼睛安在頭頂上，背上冒黑煙，肚皮底下出白氣，連杆帶動八個大鐵盤如臂使指，比神話故事中的哪吒足下的風火輪更為壯觀，用「氣壯如牛」或「勢如奔馬」都不足形容它。現在看來劉孚翊的話有些過頭。

車廂分上中下三等，下等是鐵皮悶罐車，人與牛馬同籠，席地而坐；中等有窗有座，但較為簡陋；使團是貴客，自然坐上等，上等車廂在前面，可坐可睡，有地毯、沙發、枝形吊燈，連牆壁也有花紋裝飾，茶几上擺有鮮花水果，但更讓他們吃驚的是潔淨——整個車廂幾乎一塵不染，就像那純白的窗簾。

待大清使團的人都上了車，侍應生馬上送來了熱氣騰騰的咖啡。

這時，正副使、參贊已端坐車中，眾人則按品級依次而坐，且喜是上等車廂，十分寬敞，大家都可坐到靠窗的位置。

郭嵩燾好奇心雖未寫在臉上，但眼睛和耳朵一刻也沒閒著，就在他和眾人一道，聽馬格里談火

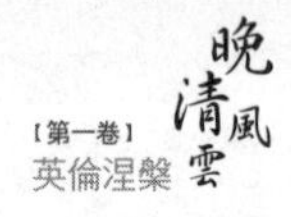

車最早在歐洲出現的情景時，聽到前面似是很遠的地方傳來一聲悠揚的汽笛聲，接著腳下有了動靜，如流水潺潺，再看看窗外，兩邊的房屋在緩緩向後移動——「仔細看山山不動，是船行。」

他明白不是「船行」是火車開動了。

腳下的潺潺流水漸漸變成了隆隆的飛瀑，只在看到兩邊的房子、樹木、行人像箭似的向後退時，才知自己的身子在以極快的速度向前飛奔。

「萬里乘風渾不覺，只緣身在雲霧中」，他心中突然湧上了詩興，不由又浮想聯翩……

從碼頭進城路程不遠，他面前的咖啡才涼，馬格里那支雪茄才抽到一半，開羅城便到了。

「這不就是古書上說的縮地之法嗎？」坐在一邊的姚若望簡直著了迷，他興奮地說，「我們大清若各省通了火車，那還要驛馬塘報做什麼？就是緊急公文，也不用在上面批什麼『六百里加緊』、『八百里加緊』了，這東西一日夜豈止八百里？」

不想話未說完，即被劉錫鴻狠狠地剜了一眼。本來想附和的幾個人見此情形便都不作聲了……

舌戰群夷

回來後，無外人在場，眾人幾乎是異口同聲地稱讚火車。劉錫鴻也跟著說火車確實奇巧，但話鋒一轉，卻又說不宜於中國。

其實，火車宜不宜於中國，還在上海時，眾人便已爭論過了，只不過劉錫鴻不在場而已，此番連持論較穩健的張斯栒也說火車好，但劉錫鴻卻不這麼看。

已任過八年京官的他，參加過六部九卿關於火車的大辯論，說起來自然有根有據。據他說朝士們曾總結有「六大害」、「八不宜」或「十不宜」之說。郭嵩燾沒參加過那次大辯論，也不想和劉錫鴻爭。

劉錫鴻見正使不作聲，更加肆無忌憚。直把火車罵得一文不值，大家都不作聲。一直到在大餐間用餐時，馬格里終於忍不住了，乃說：「劉大人，你說那麼多人反對火車只能說他們在瞎說，因為中國從未有過火車，他們也從未坐過火車，怎麼就知這也不宜那也不宜呢？」

劉錫鴻一面用自帶的筷子，十分費力地把盆子裡的牛肉和麵包屑往口裡扒，一面白了馬格里一眼，說：「你一個外國人，懂什麼經濟？我們大清的臣民過慣了田園的寧靜生活，除了完糧納稅，田地收成多自產自銷，略有盈餘，用牛車、帆船運到集市上便足可以了，要火車幹什麼？就是舉子進京，大員外放，也一律公車驛館，款款而行，從容食宿，優哉遊哉，要那麼快幹什麼？」

馬格里說：「牛車、帆船只是短途販運，產於本地銷於本地賣不上好價錢，只有銷於外縣外省才有利可圖。這火車不正好派上用場嗎？」

馬格里果真是個外國人，對中國情形不熟悉，所以，能說理卻不能舉例，一邊的劉孚翊年紀輕，腦子活，又愛和劉錫鴻抬槓，馬上說：「對的，長途販運，火車最方便。比方說我們廣東產荔枝，京師只有太后皇上才能吃上，親王大臣要想吃也只有太后皇上開恩才能賞幾顆。為了這貢果，一年不知要跑死多少驛馬，累死幾個差人。如果通了火車，一次運來一火車，不但太后、皇上可敞開懷大嚼，普通老百姓，也可學蘇東坡，日啖荔枝三百顆，又有什麼不好呢？」

劉錫鴻又剜了劉孚翊一眼說：「胡說，勞民傷財動如此工程，就為了吃幾顆荔枝，那隋楊廣還要跟你學！」

馬格里忙說：「他這是僅舉一例嘛，你們不是常說大清地大物博嗎？南來北往，須交流的物資多著呢！」

劉錫鴻終於吃完了飯。他用餐巾揩過嘴和手，一邊剔牙一邊用頗為輕蔑的口吻說：「馬清臣，我說你雖能當翻譯卻未見得能完全理解我們為人處世的宗旨。你知道我們讀書人追求的是什麼境界？你知道什麼叫淡泊明志，什麼叫寧靜致遠？告訴你，我們崇向的是清靜無為、適其自然，除了為皇上辦事的官員，為國家防邊的士卒，其餘則漁樵耕讀，棲息山林，其樂也融融；追逐利潤的商賈既辛苦又為世人所輕視。父母在，不遠遊，遊必有方。誰坐你的火輪車？你要在中國修鐵路不嫌多事嗎？」

馬格里在大清幾十年，知道中國有重農輕商的傳統，但也明白中國人並不全都鄙視商人，於是又和劉錫鴻爭了起來……

此時在大餐間用餐的還有不少船員和乘客，他們平日就留意中國官員，有能說幾句華語的也愛和中國人交談。此時他們見劉錫鴻和馬格里在爭辯，就把身子轉過來，饒有興趣地問馬格里爭什麼？

馬格里乃用英語把爭辯的內容複述了一遍。

眾洋人立刻來了興趣，一個蓄鬈髮的老年洋人立刻嘰哩咕嚕發言。馬格里翻譯說：「埃文斯先生說，火車最初在歐洲出現時，許多人也是這麼說的，可事實是鐵路一通，南來北往，物暢其流，帶動了鄉間和城鎮的發展，工廠、加工場、貨棧、商店都建起來了，一些原本荒涼的地方變成了城鎮，一些小城鎮更加壯大，成了都市，稅收一下成倍增長呢。」

埃文斯開了頭，其他洋人也跟著說，比比劃劃，都說火車的好處。

馬格里高興了，忙把洋人的話一一翻譯過來，使團之人聽了，都覺得洋人說的對。

劉錫鴻火了，他掃了眾洋人一眼冷笑道：「哼，泰西是泰西，遠東是遠東，彼此地域不同，如何照搬得？就說你們英國，因為住在地球的反面，所以處處和我中華唱反調——論時序，我們是白天，豔陽高照，你們卻在過夜晚，冷月颼颼；論政治，我們是皇上君臨天下，聖躬獨斷，你們則偏要講什麼民主，臣子說了算；就連稱謂也是反的，我們是姓劉則叫劉先生，你們則要叫先生劉；連一本書你們也要反裝起，我們訂右你們訂左，我們豎著排你們橫著排，看你們的書則要從後面看起，如此顛之倒之，叫我們如何學得？」

劉錫鴻自恃舌戰群夷，妙語連珠。誰知馬格里把這一通妙論翻譯過去後，旁邊的洋人一個個無不笑得岔了氣。埃文斯一邊笑一邊向他豎起了大拇指，連連說：「喔克喔克，黑貓銳司。」

洋人說劉錫鴻幽默，馬格里一時找不出相對應的詞兒，也就沒有為他譯。

劉錫鴻見洋人都在向他豎大拇指誇獎他，不無得意地瞥了旁邊一直未作聲的黎庶昌和張德彝一眼，頭一昂手一甩走了出去……

公使夫人

劉錫鴻舌戰群夷之際，郭嵩燾已用過餐回到自己房中。

槿兒正憑窗遠眺大海，因背對著門，船上的機器聲蓋住了他的腳步聲，所以直到他走近了槿兒都未發現。他重重地咳嗽一聲，槿兒吃了一驚，猛地回過頭來這才發現是老爺，不由莞然一笑，但這一笑卻十分勉強，且讓他看到了臉上的斑斑淚痕。

「怎麼，你哭啦？」

槿兒知道瞞不住了，乃取手絹將眼淚擦乾，然後咕嚕著說：「我心裡好堵的。」

他坐下來，徐徐問道：「想家啦？」

槿兒一邊為他點上紙媒子一邊說：「整天待在船上，十天半月也沾不到地氣，好人也會生病的。」

郭嵩燾沉默了，只一個勁咕嘟嘟抽水煙。他明白，槿兒這是責他沒有帶她一同上岸。那次在港督府，鏗爾狄曾問起是否和夫人相偕；在新加坡，哲威里又問起同一問題，當得知公使夫人在船上時，且要派人去船上接她上岸。看來，馬格里所言不謬，泰西尊重婦女，婦女也確能在某些地方於丈夫事業以匡助，這又是他們的風俗，凡有社交，必夫婦相偕，在中國的洋人便證明了這點。此番自己出洋，攜槿兒同往，槿兒護照上已載明為「公使夫人」，洋人又有這個習俗，自己為什麼卻一直將槿兒撇在船上呢？難道到了倫敦後也要將她鎖在屋子裡嗎？

他一連抽了三袋悶煙，心中已拿定了主意，見槿兒仍無情無緒地陪在一邊忙說：「我知道，你怪我將你一人撇在船上了。可你要知道，這種地方，這種條件你不宜出去，且不說洋人會爭相看你，讓你難堪，就是這麼多人上下船擠擠挨挨的，又成何體統呢？」

槿兒喃喃地說：「在長沙、在京師和上海，您不也間或帶我上街嗎，怎麼出了洋，反一步也不能去出呢？」

他只好說：「你不知道，出洋是頭一回，這中間的規矩連我也不太清楚，只能事事慎重些，可不能讓洋人看了笑話去。」

槿兒沒好氣地說：「那我只能一世不出水面了？」

他說：「你放心，到了倫敦，只要情況果如馬格里所說，我一定帶你出門到處走走。」

槿兒想，倫敦難道就沒有洋人看我，就沒有擠擠挨挨的場面？想到此，她不由長長地歎了一口冷氣。

郭嵩燾知道她想什麼，又說：「埃及不過是英國的外藩，沒什麼看的。」

槿兒說：「可你們坐了火車，我在上海便聽人說起這怪物，早想看看了。」

郭嵩燾放下煙袋喝了一口濃茶說：「不是說，聞名不如見面，見面去掉一半嗎，其實火車這東西並不是怪物，也沒什麼好看的。」

槿兒說：「是不是與前面的開河機相彷彿呢？」

郭嵩燾見她盯著火車緊問，只好照直說——作用不同，一在岸上一在水中，怎麼會「相彷彿」呢？接下來他便描述火車的形狀及坐上去的感受。

槿兒聽得非常仔細，末了她說：「照您這麼說，這造火車的人一定非常聰明、有學問，至少是個進士，說不定和您一樣是個翰林。」

「翰林？」郭嵩燾不由啞然失笑了，「洋人的大學問家是不叫進士翰林的。而且，據我所知，英國的火車頭發明人史蒂文生只是個放牛娃出身。」

「放牛娃？」槿兒以為老爺是在開玩笑，她說：「您不帶我坐火車也罷了，還拿我開心，既然火車比開河船還要大還要難造，一個放牛娃怎麼能造呢？」

郭嵩燾只好盡自己的知識為槿兒解惑，說起史蒂文生的身世，及火車發明的經過——據說這以前已有瓦特發明了蒸汽機，後來又有個叫特里維西克的首創鐵路蒸汽機車，一個鐘頭只走了十多里，還不如馬快，被人戲稱為「裝有輪子的蒸汽鍋爐」。直到這個史蒂文生改裝了新火車頭，才有大大的進步。所以史蒂文生被人稱為「火車頭之父」。

這回輪到槿兒感歎了，她說「天啦，洋人一個放牛娃居然就發明出火車，那我們大清的讀書人這麼多，怎麼就不能發明一二件好東西呢？」

郭嵩燾一時忘情，竟歎了一口氣說：「別說那班念死書的書呆子了，他們心中只有孔孟，視洋人這一套為左道旁門，不但自己不願把心思用在這上面，就是別人發明出來了，只照搬現成的也不要。」說著，他便把這些年朝廷關於火車的爭論學說了一遍。

事關朝廷大事，槿兒也不敢多說，只歎了一口氣說：「上海為吳淞路不是還死了人嗎，洋人瞞天過海固然不該，但既然修了我們把它買下也還是要得的。」

郭嵩燾也歎了一口氣說：「你說的自是正理，但願能買下來，那樣我們大清就終於有了第一條鐵路。若經營得法，國人目睹其利，漸漸推廣，我們大清就也和洋人共用鐵路之利了。」

第二章 瞞天過海

不聲張

郭嵩燾和他的隨員們在念叨吳淞鐵路的前途之際，李鴻章也在思謀興辦鐵路之事——由英國人勘探出來的開平煤礦的結果已正式出來了。

此事由現任輪船招商局總辦唐廷樞負責，由他陪同英國工程師在那裡前後往返三次，實地考察了半年多，半年前已得出了正式結論——開平胥各莊一帶方圓近百里的地下不但有豐富的煤層，且煤質十分地好。

其實那裡產煤人人皆知，這以前已有不少當地人經營的土煤窯在開挖，用土車裝著四處發賣，但此番洋人是對整個礦山的全面評估和論證，不僅探明了儲藏量，估計能開採多少年，還有關於煤質化驗的各項指數以及礦山如何建設、機器設備如何安裝的計畫，對當地老百姓像土撥鼠打洞似的開採，洋人是不屑一顧的，他們設計的是用機器開採，通風抽水一律用機器，還要修一條從胥各莊到大沽的鐵路，內容十分具體。

唐廷樞把厚厚的一本報告書呈送給李鴻章，心想這麼一大本文件中堂上緊看也得三天，乃在客房住下來耐心等待。不想才過了一天，李鴻章便派了戈什哈來請他。

「景星，請上坐。」

一見面，不待唐廷樞大禮堂參，李鴻章便笑盈盈地喚著唐廷樞的表字讓他上匠。唐廷樞謙讓了幾句便在匠下第二把椅子上坐下來，待戈什哈獻過茶，李鴻章指著案上的報告書說：「這個條陳，我花了一個下午及一個晚上便看完了，大體上很不錯的。」

一聽這話，唐廷樞就像吃了一顆定心丸，忙說：「不知中堂對個中細節看法何如？」

李鴻章揚了揚手，示意唐廷樞先別著急，又轉過身指了指放在多寶格上的水煙袋。

戈什哈會意，乃將水煙袋取在手，又將紙媚子在炭盆上點著了一併遞與他，李鴻章於是一個心思抽水煙，他眯著雙眼旁若無人地抽得十分滋潤，好一會兒他像忽然想到了什麼，乃用紙媚子在空中連連點了點說：「我們眼下不正在講求船堅炮利嗎？一個煤炭一個鋼鐵，無煤不行，無鐵不成。前年我在磁州開鐵礦，眼下又要在開平開煤礦，這是富國強兵的基礎，看來抓是抓對了。」

唐廷樞知道這是一句大開門的話，主題還在後頭，於是連連點頭。

不想李鴻章接下來又專心專意去抽水煙，一連抽了幾袋煙，這才放下煙袋，用清茶漱了漱口，然後說：「上幾天我們這裡和東局通了電報了，你可知道？」

唐廷樞不知中堂何以一下從煤礦扯到電報上去了，又不敢短他，只得木然地點點頭說：「晚生聽說了。」

眼睛卻巴巴地望著中堂，想聽他談煤礦，可中堂卻滔滔不絕地說起了電報。

原來天津機器局設在北塘，距城內約十六華里，中間尚隔著一條大河，平日傳遞消息靠驛馬專差，因距離不遠，故也從未誤事。但若遇上狂風暴雨天，隔河渡水便困難了。

一天，水雷學堂總教習、英國人拜提來謁，閒談中提到這事，拜提竟向他獻議在北塘與城內架電報。他一聽就是水雷學堂的學生能完成這項工程，花費不過數百金，不由怦然心動。

於是由拜提設計，學生動手，機器購回後，不到十天便安裝起來了，眼望著電線拉通，拜提指揮另一撥學生也把小型發電機、收發報機安裝完畢，待電機的燈亮了起來，負責發報的學生按動電鍵，一陣清脆的「滴滴噠噠」的聲音過後，幾乎與這裡同時開動機器的東局馬上有了回應——這是一份英文回電，練習生當場翻譯出來，前後不到一袋煙久。一看電文，竟是：「恭賀中堂成為大清電報業鼻祖。」

李鴻章不由開懷笑了——他不是高興這個「鼻祖」頭銜，洋人的海底電報線已從倫敦、巴黎、加爾各答架到了香港，眼看就要在上海登陸了，中國才區區十六里電報算不了什麼。他高興的是他師夷之長技的主張又一次找到了例證。這些天，他幾乎逢人便告，眼下他又和唐廷樞談起了他的成績。

「景星，」李鴻章興致勃勃地介紹了電報的架設過程，然後說，「我認為我們這班讀書人並不蠢，洋人辦得到的事我們一樣能辦得到，你看，水雷學堂那一班毛頭小夥子才喝了幾天洋墨水，不就根據圖紙一蹴而就了麼，那個洋教習並未動手呢！」

唐廷樞聽李鴻章說完這番話後十分感動。他原在怡和公司任總辦，是李鴻章用高薪挖過來的。先用他為輪船招商局總辦，眼下又任為開平礦務局總辦——北洋的幾個闊差事幾乎由他一身兼，因此對李鴻章感激涕零。

眼下聽他談起洋務，是如此的不遺餘力，滿以為此番辦開平煤礦也一定會這麼大刀闊斧的。於是，他待李鴻章說完馬上接言說：「中堂此說真是大長了我們華人的志氣。其實，論起來，我們的確不比他們白種人蠢，而我們的吃苦耐勞精神則又過之，要緊的是放不放得下架子，肯不肯學。就說礦山的開發，眼下我們要依賴洋人，但只要多派人出洋學習，晚生敢保證，以後再要開礦，我們自己的人才便出來了。」

這話很投中李鴻章的心思，於是，他便和唐廷樞專講礦山的事，連用機器開採，用多少人工、一個班的產量也問及了，唐廷樞成竹在胸，一一予以回答。

接著便談到了運輸，開平屬燕山腳下，全是丘陵地帶，山道彎彎，崎嶇曲折。新式礦山，用機器掘進，一年少說也有幾百萬噸的產量，如何運出來呢？如果靠驢車馬拉，別說那麼多煤運不出來，連礦山的成套設備也難運進去，所以，唐廷樞馬上提到了修築鐵路，即從胥各莊至大沽修一條專線，用火車運煤至大沽，再裝上海輪運往沿海各地，這樣可與洋煤一爭高下。而且，依他的主意是礦山開工之前，先修鐵路，把交通擺在第一位。不想這主意一說，李鴻章便連連搖頭說：「不行不行，這種安排要不得。」

唐廷樞不解，忙問：「怎麼不行呢？」

李鴻章說：「我看開礦山就開礦山，先把煤挖出來再說，修鐵路的事，暫時不能提。」

唐廷樞對中堂這一安排感到一頭霧水——未事經營必先想到銷售，交通和運輸歷來是擺在首位的，中堂的安排未免主次顛倒。他正要再說，李鴻章似乎看出了他的心思，忙說：「我知道你的第一要務是修路，可眼下在中國，鐵路已成眾矢之的，吳淞鐵路還未收場，我這裡又修唐山鐵路，那不是招風惹禍尋鬼碰麼？」

唐廷樞對滬上的鐵路風潮本有不同之見，但說來話長，這裡只宜就事論事。於是說：「中堂明鑒，像開平那樣的礦山，一旦用上了機器開採，產量可是驚人的，所以運輸便是第一要務，如果不修鐵路，一切無從談起。」

李鴻章說：「我說景星，你怎麼這麼急呢，我幾時說不修鐵路呢，告訴你，我還想修盧溝橋到漢口的鐵路呢，可眼下卻急不得，宣揚不得。洋人在吳淞修鐵路，用的是瞞天過海之術，我看這辦法不錯，我們不妨照搬。」

經他如此一說，唐景星總算明白了，於是說：「中堂的意思是先不聲張，避開言路——？」

李鴻章微笑著連連點頭說：「正是此意。我告訴你一句名言：辦洋務只管悶頭去做不要說，一說準辦不成。就說採煤，股未集，煤未挖，礦井架子也未豎起來，你就喊修鐵路，這是肯定要失敗的。你知道嗎，眼下朝士們反對修鐵路，什麼六不宜、八大害都有，還說鐵路穿山打洞、驚天動地、拆屋毀墳、蹂田堙井，有的人甚至擺出要和人拼命的架式，誰也奈何不了他們。所以，我的主意是先把礦務局的牌子豎起來，然後再募集資金，若先讓他們成了股東，把銀子押到了礦上，煤挖出來堆在那裡運不出去，那就不是你我二人的事，該大家著急想辦法了。至於鐵路，你先把地徵好，也只說是修馬路，到時瓜熟蒂落，再鋪上鐵軌不就成了？這也是一計，叫反客為主。你說呢？」

唐廷樞這下總算把中堂的底蘊全探明了，但他不明白，鐵路是富國利民的大事，身為國家柱石之臣，應力排眾議據理力爭，何必要這麼畏首畏尾偷偷摸摸呢？再說，先修路再鋪軌這是瞞不住的。洋人的吳淞路鬧得沸沸揚揚便是明證。

正要再說，李鴻章卻似乎不耐煩了，他只好暫時告辭……

博士與碩士

見唐廷樞告辭，李鴻章忙留他在府中用過便餐再說，又說這事還要深思熟慮，改日再慢慢細談。唐廷樞因有些私事，乃謝絕了中堂盛情，約來日再親聆指教。

李鴻章於是執手將他送到二門才告別。

午夢初回，百無聊賴，李鴻章倚在靠枕上抽水煙，就在這時，材官搖著一張小小的白色紙片稟道：「香山容純甫來拜。」

李鴻章明白，所謂「容純甫」乃駐美、日、祕副公使容閎。原來此番朝廷繼派郭嵩燾使英後，又派許鈐身任駐日本欽差大臣，陳蘭彬任駐美、日、祕三國欽差大臣，容閎副之，所謂「美日祕」即美國、日斯巴尼亞（西班牙）和祕魯。

這以前，陳蘭彬和容閎為留美學生正副監督，已在美洲待了四年，對那裡的情形熟悉，朝廷故有此任。

眼下李鴻章一聽容閎來了，一邊連聲叫請，一邊卻接過容閎的名片仔細端詳——也難怪人們對容閎褒貶不一，他確實是個怪人，出門拜客，晉謁上司，不用手本也不用大紅拜帖卻用一紙小小的白洋紙片，如喪帖一般；這也罷了，可他上面的文字竟用漢英兩種文字，因而只能橫排；人家名片上的學歷往往是某科舉人，某榜進士、翰林，而他的名片上卻赫然印著「美利堅合眾國耶魯大學法學博士、文學碩士」。

「博士」和「碩士」本是中國古時候對文人的雅稱或是指專精一門學問的學官，居然被他用來標榜自己的學歷，這是與時下的舉人、進士無法參照比較的，

李鴻章看了只覺滑稽。他想，容閎以留美幼童副總監出任副欽差大臣，奉調回國述職，難道用這種名片去拜謁京師王大臣及六部九卿官員？這也夠標新立異的了……

正沉思玩味間，只聽廊下傳來一陣「咯登咯登」的腳步聲，穩重而有節奏，一聽便知這不是一般官員常穿的方頭靴而是洋貨——那種洋人常穿的、漆著黃漆或白漆的、擦得雪亮的短統皮鞋才能發出的聲音。

同在曾國藩帳下當過幕僚，李鴻章與容閎相識已十五年，故人來訪豈能怠慢，他趕緊下�迎了出來，在階沿上與容閎相遇。

「純甫，你真夠洋味的，進京去拜會那一班大老爺們，難道也用這種名片？」一見面，李鴻章一邊拱手一邊舉著手中的名片笑問容閎。

容閎微笑著鞠了一躬，說：「讓中堂見笑了。其實，這是在國外及香港拜客時用的，回到上海後因事多，還來不及印拜帖呢。」

李鴻章矜持地點頭表示理解，又說了幾句客套話後乃伸手肅客，引容閎入客廳，並請客人升匟。

「升匟」是官場的客套——自明朝以來，高級官員客廳中，常擺有一大木匟，上面鋪了狼皮褥子，中間擺一矮腳茶几，兩邊可坐兩人，匟下分兩排擺有太師椅。下屬見上官，只能坐匟下第二把椅子才算恭敬，只有老資格的屬員或好友前來主人才喊「升匟」，這表示是平起平坐。但主人雖然堅請，客人一定要固辭，如此三番才能就坐，坐下後僕役獻茶，主人又取茶敬客，客人一定要回敬，回敬後再落座，這才算是完成了「升匟」的一套禮節。

容閎出身貧賤，才十歲便被英國牧師勃朗收養，送到澳門馬禮遜學堂讀書，後勃朗從中挑選三名最優秀的學生赴美深造，容閎又被選中，在美國直到而立之年才回國。可以說，他是吃西餐喝洋墨水長大的，對國內官場這一套很不熟悉，加之在美國受到傑弗遜、林肯思想的洗禮，也十分厭惡這種尊卑等級。

同治初年他通過丁日昌介紹，赴安慶行轅晉謁兩江總督曾國藩，其時他只是一布衣，曾國藩看重他的學問，接見時也喊「升匟」。他不知這一套規矩，一聽讓「升匟」，忙上前去坐了，且也學曾國藩的樣子把雙腿盤起來，戈什哈來上茶，曾國藩取茶敬他，他接過就飲，也不知回敬。

此事一度成為江南官場中的笑話，容閎卻若無其事。

眼下他頭上有了青金石頂子，從四品補用道的官銜，李鴻章是一等威毅伯太子太保文華殿大學士直隸總督兼北洋大臣，這「匟」的位置比當年曾國藩的「匟」更高，但容閎仍一如其舊，聽說「升匟」便大大方方地坐了上去。

伺候的戈什哈是個新補上來的武弁，不知容閎的來歷，他托著一個紅木鑲羅鈿的茶盤上來，見匟上中堂對面坐的是一個陌生的年輕官員，從四品頂帶，居然也與中堂平起平坐，不由吃了一驚，但在中堂示意下仍從容上前，將茶盤放下。

茶盤裡放兩隻官窯粉彩蓋盅，泡兩盞香氣四溢的六安瓜片，戈什哈先取一盞放在客人這邊，又取另一盞放在主人這邊。

李鴻章正要端茶叫請，容閎可能是渴了，只見他早已取茶在手，一手端茶托一手撩開蓋子，一邊吹一邊咕嘟嘟地喝起來。

李鴻章不由微微皺了皺眉，示意戈什哈退下，也不再以茶敬客了。

容閎一連喝了幾口之後，放下茶盅，見主人正在看他，不由抱歉地笑了笑。李鴻章乃瞇著眼睛問他道：「純甫，這是從我家鄉送來的六安貢茶，你品出它的味了嗎？」

容閎說：「是嗎，我平日愛喝咖啡，咖啡的好壞看一眼便知分曉，茶卻只知鐵觀音好。」

「鐵觀音」是閩廣一帶人喝功夫茶常用的茶葉，自然不及「六安瓜片」好。李鴻章不由抿嘴一笑。

接下來是容閎向他詳細報告關於華工的調查——原來眼下美國、古巴（西班牙屬地）、祕魯三國有大批華工在那裡謀生，近來發生了虐華事件，需找洋人交涉，李鴻章乃奏明朝廷，令陳蘭彬和容閎就近調查，眼下調查完畢，他乃召容閎回國述職。

說起華工在美洲的境遇，真是駭人聽聞——華人被騙上船，人身即失去自由，關在統艙內不見天日，連淡水也很難喝上，饑餓和疾病，中途便奪去不少人的生命，而上岸即被奴隸主拍賣，終身供主人驅使，任打任罵，叫天天不應，叫地地不靈。

此番容閎去調查，開始摸不清路數，還了解不到實情，後來通過美國的一個朋友帶路，才見到幾個正在受虐的同胞，見面自然是訴不完的苦經，凡有心肝者，無不聞聲淚下。可眼下，祕魯的駐華公使又來北洋遊說，意欲擴大華工的招募。容閎說起這些，十分憤怒，建議中堂向祕魯公使提起交涉，必要時訴諸國際公法。

李鴻章聽後，顯得有些神情木然，又說他一人說了不算，還須將意見奏明朝廷，再由總理衙門和祕魯公使反覆交涉。

容閎見中堂不在意，心想，此事確須向總理衙門關說，於是準備告辭。不想李鴻章此時興致很好，乃在容閎臉上仔細端詳了片刻，微笑著搖頭說：「純甫，想不到一別四年，你還是老樣子。怎麼樣，美洲的華工處境如此，在那裡的學生娃娃又如何呢？」

容閎似未聽出主人的揶揄，仍當是在敘舊——因為他自帶留學生出洋，在天津拜會李鴻章，至今正好四年。一說起留洋的學生，容閎臉上頓時露出了笑容。

其實，這是容閎最感到驕傲的事。

還是曾國藩在世時，那一回，美國駐華公使鏤斐迪為擴大美國在中國的影響，曾向朝廷保證，願為大清國培養留學生。要出洋，頭道關是學好外語，最好是從小訓練，所謂「童子功」；而學習聲光化電之學也是從小學起比中過秀才舉人已滿腦子「承題破句」的人要接受得快。所以，容閎乘機向曾國藩建議選派幼童出洋，因曾國藩鼎力主持，容閎才有這學監之任。

他乃一手操持，從同治十一年第一批起至今已派出一百二十名。這些學生眼下大多安排住在美國的家庭中，按步就班在學習。所以，他一聽中堂問起，忙說：「託中堂的福，學生們倒是十分聽話，學業也很有長進。以第一批那三十個人論，他們只花了三年半的時間便修完了洋人要學六年的課程，眼下已進入中等學校學習，其中詹春成、黃開甲等好幾個學生成績最引人注目，已連續五個學期奪得年級的第一二名。這樣的成績保持下去，完全可進入美國的最高學府深造。」

李鴻章連連點頭，但似乎記起了什麼，忽然眉頭一皺說：「詹春成？就是那個廣東南海縣詹天佑嗎？我聽說此人品行不端，在外不好好讀書，卻專事遊戲娛樂之事，這種人怎麼會有好成績呢？」

容閎一聽不由急了。他明白這一定是繼任學監吳子登告了陰狀。

吳子登是由陳蘭彬引薦且由軍機大臣李鴻藻點頭後被派充學監的，所以，他一開始便秉承李鴻藻的旨意，對留學生嚴密監視。這是個冬烘先生，滿腦子八股文，根本不懂洋務，身在國外，仍用三家村學究的眼光看待洋人的教育，於是便處處不順眼，事事認為不合章法。

其實詹天佑是個品學兼優的好學生，不但成績十分優秀，就在體育方面也是個多面手。美國人愛打棒球，校園內成立了棒球隊，詹天佑便是哈芬學堂中國留學生棒球隊隊長；另外，他還是游泳能手，滑冰幹將，真是事事要與勾鼻子藍眼珠的洋人比個高下，就是釣魚也要分個勝負。

吳子登對這些橫加指責，他上任後又重新制定章程，其中就有不准學生參加體育活動的內容。這不但激起學生的不滿，連校方也不理解。他們紛紛向容閎申訴，校方的意見更直接了當，要求撤換這個學監。容閎答應回國後一定代為陳情。

眼下他尚未開口，中堂便提到了詹天佑，他趕緊說：「中堂明鑒。其實，出國的一百二十名留學生大多不錯的，第一批三十名更是成績突出。就說這詹天佑，他又是好學生中的佼佼者。他的算學成績次次拿年級第一名，且次次獲最高獎學金，我已指定他務必考取耶魯大學的土木工程系，將來學成回國，修鐵路架橋樑的擔子便可由他們來挑。」

說過了詹天佑，他見中堂仍一臉的凝重，便又向中堂介紹洋人的學校和教育，說洋學堂是要求學生德智體全面發展，與國內的教育完全是兩碼事，洋人一向嘲笑中國人體質不行，他們的新聞紙上常常畫著中國人面黃肌瘦，抱一桿鴉片槍一榻橫陳。留學生成績好又在體育鍛鍊方面能與洋人競爭有什麼錯呢？

如此這般為學生辯護過後，言語中自然而然扯上吳子登的食古不化，他不明言吳子登不宜再任學監，但言外之意十分明瞭。

其實，容閎還有很多話要說，他明白京師雖有個總理衙門，由軍機大臣沈桂芬在主持，由恭親王主管，但實際上有關洋務的事，皆由李鴻章一手操持、一言而決。不想李鴻章對這些話並不十分感興趣，聽得也並不專注，容閎尚未說完，他輕輕咳嗽一聲，打斷了容閎深入的話題，說：「純甫，我看你先住下來，有些事可從長計議。」

說著，也不管容閎的驚愕，卻望望容閎足下錚亮的洋皮鞋，又望望小几上的洋名片說：「對學生娃娃還是應嚴加管束的好，就是我輩也要做個好榜樣，不論是在國內或是國外，總總要像個人樣。所謂『君子正其衣冠尊其瞻視』。不然，徒增人口實，於國於己都不利。」

容閎一聽這話，一下子呆住了……

胡服騎射

容閎告辭出來，心中十分失望，望著北洋公署的門牆和森嚴的守衛，不由長長地歎了一口氣……

和唐廷樞一樣，他也是廣東香山人，香山臨大海，澳門本在它的境內，三百多年前葡萄牙人強佔澳門，雖是肆意蹂躪中國主權的強盜行徑，卻給香山人一個最先接觸西方的機會，香山因此得開風氣之先。

農家子出身的容閎家道貧寒，自小隨父親耕種，泥裡水裡從不閃避。農閒時做過小販，也做過學徒，直到後來被傳教士勃朗看中並由勃朗擔任了他的教父這才改變了命運。在美國耶魯大學畢業後，他已取得了美國國籍，美國教會希望他留下來做傳教士，容閎卻拒絕了優厚待遇的引誘，毅然地踏上了開往中國的郵輪。

樹高千丈，葉落歸根，他忘不了生他養他的父母之邦。

其時太平天國革命如火如荼，作為「長毛」巢穴的廣東，遭到了官府的血腥清洗，一日決人犯上千，河水為赤，泥土亦成赭色，甚至連屍體上的蛆蟲也呈血色。

受西方「天賦人權」思想影響的容閎看到這種情形，在對官府殘暴行徑憎恨的同時，不由對人們目為「叛逆」的「長毛」增添了幾分好感。

為此，他由廣州而上海，又從上海到了金陵——太平天國的「天京」，晉謁了天王的堂弟、干王洪仁玕。

彼時的容閎真是滿腹經綸，一肚子籌建一個美國式的新國家的設想，乃對著干王滔滔不絕、口若懸河。

可容閎不知此時的天國已因內訌而在走下坡路，干王也深感回天乏術，他亟需的不是建國方略，而是如何避免滅頂之災的良謀。所以，儘管容閎口吐蓮花般地在干王面前描繪了一幅西方社會的美景，儘管也受過西方社會薰陶的干王對他十分賞識，容閎卻僅得到一個「順天義」的空頭官銜，而建立一個美國那樣的新國家的設想卻無人支持。

他不由失望了，乃謝絕了干王的委任回到了上海，暫時在洋行安身。

香山是個出買辦的地方，有「買辦之鄉」之美譽。比容閎長四歲、且也是馬禮遜學堂高班同學的唐廷樞當時正在怡和洋行當買辦，容閎若想當買辦，不愁不發財，可他卻不願替洋人當差，一心只想將平生所學貢獻給國家。

為此，在丁日昌介紹下，又去見了曾國藩。

見面伊始，曾國藩即問容閎能帶多少兵，容閎直言相告說，軍旅非其所長，若貿然承之於心有愧。一句誠實話立刻讓曾國藩看出其為人，乃留在行轅籌辦軍械修理所，並派他攜巨款赴美國採辦機器。後來曾國藩又採納他的建議選派幼童赴美留學，可惜第一批幼童才成行，曾國藩便撒手歸西。李鴻章雖有志「薪盡火傳」，可他能和容閎心目中「完美的真君子」曾國藩比嗎？

帶著滿肚子的心事他住進了北洋公所的客房，打算在天津多住幾天，一定要說服李鴻章聽從他的主張，撤換吳子登，並多派留學生去美國。

就在他一人在房中思謀第二次見中堂如何進言時，忽聽門外有人用粵語在大聲喊道：「純甫，純甫，你在那兒？」

容閎一聽聲音很熟趕緊走出來，原來是唐廷樞在尋他，不由高興地上前與唐廷樞相見。

「景星大哥，我正準備找你呢。」

容閎好不高興。同是香山人，又同在馬禮遜學堂讀書，他倆關係十分親密，哪怕一個常在國外也不曾中斷書信往來。容閎在美國便知唐廷樞已從怡和轉到了北洋，所以此番他一到上海便去輪船招商局找唐廷樞，可招商局的人說唐大人已去天津。天津正是容閎回國後的第二站，於是，他打算見過中堂後便去尋唐廷樞，不想他卻找上門來了。

唐廷樞身上穿的也是四品文官服，胸前補子繡的也正是一隻野雁，頭上同樣是青金石頂子，與容閎這一身服色毫無二致；唐廷樞見中堂時穿的是一雙方頭靴，那是他讓聽差特意買下的，一出北洋公署他立刻換上了洋皮鞋，也是黃色；他倆都是剪了辮子的，也都是回國入仕才又蓄起來，與常人比要短小得多，也因此要遭人非議。

眼下相見，二人如一個模子出來的，大概覺得滑稽，不由相視大笑。

二人攜手進入唐廷樞的住處，因先來，唐廷樞佔的是東跨院一套房子，曲徑通幽，松篁滴翠，很是雅靜的。

唐廷樞一進門立刻脫去公服，露出裡面的洋裝，居然是雪白的襯衫，法蘭絨緊身衣，西式長褲。容閎也跟著學樣，裡面雖與唐廷樞的略有不同，卻也是洋裝，二人相視不由又一次大笑。

「不行不行，趙武靈王不是要胡服騎射嗎，俄羅斯的彼得大帝也割鬚剪袖哩，我們的李中堂若真有心辦洋務，就應該從服飾上變起，這一套官服既不好看又累贅，還有這辮子，洋人一見便說是豬尾巴，真是貽笑外人。」

唐廷樞尚未坐下，先向好友發了一通牢騷。

容閎不由感慨系之。

他是個聰明人，觀言察色，聽話聽音，豈不明白剛才中堂所說「要像個人樣」、「正其衣冠尊其瞻視」的所指？自己不就是用了一張洋名片、穿了一雙洋式皮鞋嗎？眼下唐廷樞要學趙武靈王胡服騎射，起碼李中堂便會反對。

想到此他不置可否地搖了搖頭，卻沒有說什麼。

寒暄過後，唐廷樞馬上恭賀容閎履新——得任駐三國的副欽差大臣，這在唐廷樞一派人眼中可是非常榮耀的事，何況容閎和自己一樣，出身布衣，連個「縣學生員」也不是呢。

誰知容閎一聽，卻連連搖手說：「其實呢，小弟我的志向並不是當公使，而且，處此形勢之下，弱國無外交，這公使也很不好當。」

唐廷樞對此說表示理解，並連連點頭說：「我知道，你的興趣是向國人介紹西學，著意為國家培育人才，那麼，你帶去的那幾撥學生可好？」

這一問，自然打開了容閎的話匣子，他乃向好友吐起了苦水。

「景星，依我看，中國人一點也不比洋人蠢，無論二十六個英文字母的拼讀還是聲光化電學的研究，雖然出國前聞所未聞，但只要有人教，一說就懂一學就會，倒是我們那位督學先生始終忘不了嚴夷夏之大防，時時要拿個緊箍咒套在娃娃們的頭上。」

容閎深有感慨地說起在美國這四年的經歷，用十分厭惡的口吻說起陳蘭彬及吳子登。唐廷樞一聽吳子登在美國督學，每逢朔望之日，仍逼著學生向孔子牌位行跪拜之禮。不由歎了一口氣說：「這怎麼行，人家洋人講平等，根本就不興這一套，甚至會來看稀奇呢。」

容閎又搖搖頭說：「陳蘭彬和吳子登都是翰林，出國前連二十六個英文字母也不認識，又遑論算學和聲光化電之學？所以對洋學絲毫不理解，開口閉口不忘孔聖人就也不奇怪，奇怪的是李中堂，他老人家不是一直高唱師夷之長技以制夷麼，怎麼對流落美洲的華工如此漠不關心，卻對學生橫挑鼻子豎挑眼呢？」

「怎麼說呢，這個李中堂。」唐廷樞沉吟半晌字斟句酌地說：「眼下辦洋務已成了一種時髦，罵的人固然不少，但趨之若鶩的人也很多，有些人喊洋務只是為了做官，李中堂呢，不辦洋務也是個大官。所以，他還是肯做實事的。不過，做此官行此禮，他可是正而八經的兩榜進士、翰林院編修出身，是道道地地的孔門弟子，可不敢像我輩那樣，信馬由韁，出圈離格，不以他人是非為是

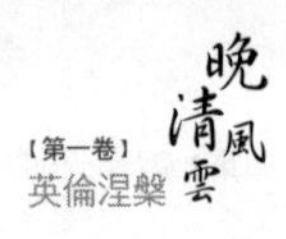

非。所以，在某些事上，他多少有些葉公好龍的味道。」

接下來他便告訴容閎中堂欲開礦山的個中細節，直到這時，容閎總算對中堂的洋務思想有了進一步的了解。

唐廷樞接著又說起自己手中正辦著的輪船招商局，這個中國人自己辦得最早的一個公司。它於三年前在上海掛牌成立，一開始就是衙門的架子，主管官稱總辦，下設兩個會辦、四個幫辦，再下來又是提調又是管事，還有許多書辦、工頭。一個公司，做實事的不多，有銜頭管空事的卻不少，全是上頭有權有勢的大人物安插的私人，甚至有人在外省做官也在招商局掛名支薪水的。

真是當官的引來當官的，大人物安插小人物，呼朋引伴，城狐社鼠。以致招商局才成立便人浮於事，開支浩繁。小小的招商局每日供差的、跑腿的、作雜役的川流不息，門前車夫轎馬，冠蓋如雲，比起李鴻章的北洋公署森嚴不足，卻熱鬧有餘，而真正有心入股的商人自然望而生畏，逡巡不前。須知入股就是合夥做生意啊，誰見了這排場不怕將白花花的銀子來打水漂呢？所以，牌子掛了大半年，商招不來，帳上先虧空了好幾萬，後來勉強才招到一萬多兩銀子的認股，卻不夠花銷，最後李鴻章看收不了場，乃由北洋先行墊付了十五萬兩白銀才啟動。

局務如此不堪，經營更是混亂。李鴻章指派的第一任總辦朱其昂原是辦漕運起家的，會駕那種寬底沙船，與輪船不沾邊。這樣的人管輪船，一開始便鬧笑話——買船時只揀便宜的買，好虛報浮銷得回扣。

俗話說：便宜無好貨，由他經手購進的一艘「伊敦號」大而舊，一艘「福星號」體小而艙通，都不適用，不久便發生事故；另外由他購進的「厚生號」與「長江號」也相繼遇險，所以剛開始時聲勢造得很大的輪船招商局，才辦了三年便奄奄待斃，朱其昂也知難而退而遞交了辭呈。為圖補救，李鴻章才將唐廷樞用重金挖過來，任為總辦。

眼下唐廷樞合併了美國人開辦的旗昌公司，一次購進十多條新船，在積極開闢海運的同時，也增闢了幾條內河航線，使公司的經營業務漸趨正軌，但於局務的整頓卻回天乏術，尤其奈何不了人浮於事的情況。

「唉，」唐廷樞說完這些，長長地歎了一口氣說：「李中堂當初要我頂替招商局的爛攤子時，我便向李中堂提出過，辦公司便是辦公司，不能辦成個衙門，要我當經理可，當這四品候補道的總辦可不成，又經商又做官，不中不西、非驢非馬，洋人看著便笑話我們。再說，我名為總辦，手上又沒有尚方寶劍，那班會辦、幫辦一個也得罪不起怎麼行得？他們只管拿錢不管事也罷了，可拿了錢還要來礙手礙腳就氣人了。眼下呢，要開煤礦，我吸取教訓，第一便是閒雜人一個也不要，要我當總辦便什麼事都依我的。萬不料才開頭又與中堂拗著，說什麼吳淞路已吵翻了天，胥各莊的鐵路只能瞞天過海，你說能瞞嗎？」

容閎聽他如此一說，想起遠在美洲的華工，想起仍在美國的那一班學生，想起自己有心引進西學的雄心勃勃的計畫，一顆心竟全浸在冰水裡……

從頭做起

容閎告辭出來時，李鴻章也是將他送到儀門。

望著容閎穿著洋皮鞋、邁著輕鬆的步履匆匆離去的背影，李鴻章好半天才回過神——容閎為什麼不穿皮靴而穿皮鞋呢？要說，皮靴也有很多種類的，有方頭、尖頭、雙樑、單樑數種，軟緞的、泥絨的面子都很漂亮，不過比較洋皮鞋它還是要笨重些，也沒有洋皮鞋模樣古怪，洋皮鞋擦上洋鞋油後，賊亮賊亮的，的確好看，不過講保暖卻比不上皮靴。

隆冬將近，北方氣候奇寒，容閎穿這種洋鞋進京，且不說愛評頭品足的公卿仕大夫要議論，就是保暖也很不合適。

他又想，容閎回國了仍丟不掉腳上的洋皮鞋，可以推測他在國外，只怕連一身公服也不屑穿得的。昔日箕子諫紂王勿用牙箸，因為用牙箸便思美味，酒池肉林便會跟著來，這就是箕子的「見微知箸」罷。穿洋皮鞋是要配西裝領帶的，這自然要梳洋頭，既梳得洋頭，辮子便不能要了，於是，「從頭做起」的故事又出現了。

大清定鼎後，士民一律薙髮，這就是「從頭做起」，為此還曾殺得人頭滾滾呢，眼下若也真的「從頭做起」，那他的雙眼花翎戴不成了，文官的正一品仙鶴補服也穿不成了，人人都西裝革履，無品級之分，那一班下人見了上官也可不叩頭了？

想到此，他忽然覺得自己辦洋務這麼多年，對有些人學洋人，超出了聲光化電及船堅炮利的範圍怎麼辦這個問題似乎從未考慮過，這又不由記起好友馮桂芬在他的大作《校邠廬抗議》中為洋務下過定義，所謂「以中國之倫常名教為原本，輔以諸國富強之術。」

這是當初連老師曾國藩也十分激賞的。

他想，這應是當今我輩辦洋務的不二法門。那麼，既然以中國的「倫常名教為原本」，容閎的

「從頭做起」就顯然是悖逆的了；中國的「倫常名教」都體現在現行的民風和政教中，既然如此，郭嵩燾那以民風政教為本的洋務觀又是不合規範的了……

如此化開去想，又歸攏來比較，想來想去，總總得不出結論。就在這時，李鳳苞請見。

李鳳苞字丹崖，上海崇明縣人，早在同治初年李鴻章在上海辦同文館時，他即入館學習，不但熟悉英德兩國文字，且工算學、測繪學，因此受到江蘇巡撫丁日昌的器重，曾在江南製造局、吳淞口炮臺工程局任職，後由丁日昌推薦入北洋幕府，成為李鴻章的心腹之人。眼下他奉派赴歐洲考察，今天是來辭行並請訓的。

「好，好，丹崖，你先坐下吧！」一聽李鳳苞說各項準備已做好，近日便可動身去上海，下月便可出洋，李鴻章忙說：「你此番去泰西，雖沒有公使頭銜，但使命同樣重大，不僅僅要帶好留學生，且一樣的要坐探夷情、考察要政呢！」

李鳳苞一聽，連連點頭稱是，並把挑選的以卞長勝為首的五名學生履歷呈上來。李鴻章戴上老花眼鏡，細細看過，然後點頭說：「怎麼才五個人呢？」

李鳳苞歎了一口氣說：「唉，中堂大人，人才難得呀。其實出洋學船政、學炮術，人人都想，難就難在語言不通。福建水師學堂的學生中，以劉步蟾為首的二十多名學生被選派赴英國了，那是一班洋話說得最好的，再要挑，且要挑懂德語的，除了這五名是再也挑不出了。」

李鴻章無奈地點點頭，自寬自慰地說：「好，好，五名就五名，寧缺毋濫。」

說著，把履歷遞與身邊的材官鍾化科，吩咐拿去存檔，然後又說：「丹崖，這回將你派出去我很放心，你畢竟聖學底子比一般人紮實，不像容純甫，除了會念洋書，漢學連一本《三字經》也沒讀過。要知道，我們辦洋務，不是要事事學洋人的，一步一趨，連衣食住行也跟他們一樣。依我看，洋人除了聲光化電、利炮堅船比中國強，其餘皆不足道。我們中華，孔孟之道已歷二千餘年，如江河行地，日月經天，是最完美的，其四維八德、文物典章更是洋人那一套萬不能比的。所以，你出洋只要留意奇技淫巧如何能為我所用就成，其餘則不看也可，這是最最要緊的。」

李鳳苞連連點頭說：「學生一定謹遵中堂之教。不過到了泰西，還可事事請教郭筠仙少司馬，他老人家也是個碩學通儒，極有主見的。」

不想李鴻章一聽，連連搖手說：「錯了錯了，我正要交代你，你不清楚，郭筠仙人品學問是沒得說的，但他性情急躁，來在海外，見了洋人的一些花花綠綠，必然目炫於實，心切於求，有時會管不住自己的嘴巴，須知多言賈禍！此番你見了他，就說我講的，要謹言慎行，這是我贈他的四字箴言。」

接下來，他說了一些郭嵩燾不利於輿論的往事，李鳳苞記在心中，唯唯而退……

曾紀澤

送走了李鳳苞，李鴻章不由想到了曾紀澤。

眼下朝廷雖派了郭嵩燾使英，但還有俄、法、德等三個強國未曾遣使，三國駐華公使多次在總理衙門提出要求，且一再向他提起，無奈眼前大清外交乏人，一時派不出既懂洋務又有一定資歷的人來。

他想，丁憂服闋的曾紀澤前不久寫信來，說不日北上候官，此人可是個洋務人才，應該為他謀一個合適的位置。

正想到這裡，只見材官陳金揆雙手捧著一張大紅燙金的拜帖進來，道是：「曾襲侯來拜。」

李鴻章想，這真是說曹操，曹操到——曾紀澤已襲父親的一等毅勇侯爵，故有此稱。於是一邊準備出迎一邊連聲叫請。

郭嵩燾乘槎泛海之際，曾紀澤正公車北上。

五年前，父親中風病歿金陵，曾紀澤和弟弟紀鴻在家丁憂守制，不想三年未過，母親歐陽夫人薨，他只得又在家中待了三年。父輩的蓋世功勳，已為他步入官場鋪就了一條灑滿鮮花的坦途，所以，賦閒在家毋須再習制藝時文，靈前寂寞便用一本漢英文對照的《聖經》自學英語，英語雖佶屈聱牙十分難學，但他冰雪聰明，自如烘爐化雪。眼下口語雖不十分標準卻能看懂英文書報。

國家多事之日，身為將門虎子的他，早有以身報國之志，而實現這一願望的途徑自然是要做官。

他自長沙乘麻陽快船北上，到漢口後原本是要坐招商局的船輪東下的，不想親友攔阻，說招商局尚在創辦中，既不安全，且常常誤點。於是，他改乘怡和公司的輪船東下上海，一路順風順水，到滬略作盤桓即又乘法國郵船直達天津，上岸後自然先拜李鴻章。

「劼剛，忽忽五年，雲天阻隔，得知你北上消息後，我是數著日子候著你呢！」

一見面，李鴻章忙喚著曾紀澤的表字拱手讓坐。曾紀澤也不敢怠慢，口稱中堂，一揖到底請安。

五年前也是這個時候，為處理天津教案已焦頭爛額的曾國藩被迫上表稱病辭官，兩宮太后優容老臣乃調他回任兩江，遺下直隸總督一職由他的學生李鴻章接替。其時，曾國藩右目已失明，常感頭

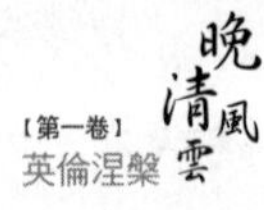

昏目眩，曾紀澤隨侍左右，一般的文件諮札由紀澤代勞，交卸時也由他一手一脈向李鴻章做交代。

果然有其父必有其子——李鴻章對曾紀澤的幹練果斷有了深刻的印象。眼下他已自學英語，真是個有心人啊。蔭補授職，照例從優，何況曾國藩遺響至今，看來若由他出面舉薦應是所請無不准的。

坐下後，略述過寒溫，李鴻章便問曾紀澤：「此番北上，一路之上坐的是哪家公司的輪船？」

曾紀澤一聽，立刻明白李鴻章的用意。馬上說：「早聽說中堂的輪船招商局辦得有聲有色，今年又吞併了美國的旗昌公司，真是有氣魄。紀澤在家中傾慕不已，尤其是想到萬里長江終於有了掛大清黃龍旗的輪船，這可是先父企想了多年卻終生未實現的事，更令人倍增欣慰，所以到漢口後，自然是要坐自己的船的。」

李鴻章一聽，也不追問他後來坐了沒有，坐的是哪條船，卻立刻呵呵地笑了起來，說：「招商局開始用人不當，經營不善，去年我把唐景星從怡和公司挖過來，用為總辦，這唐景星果然有魄力，眼下公司業務是越做越大了。」

曾紀澤也陪笑道：「要說辦洋務，當然要數中堂，我在家便聽說中堂已在上海籌辦機器製布廠，在上海又聽說中堂已派人在和洋人協商收買淞滬鐵路，看起來不用多久我們又可坐自己的火輪車穿自己的機製布了。」

才三言兩語，李鴻章覺得十分投機。人一高興，不覺忘形，他於是大談自己的洋務規劃——洋務之道不外兩途，一為自強一為撫夷。自強即強兵富國，具體措施無非是開礦山辦工廠興實業，只要我中華也能船堅炮利，我大清也就九轉丹成了；撫夷則是辦外交，在國勢未強時忍辱負重、和輯列強，為自強贏得時間，國家強盛後則宣撫四夷，折服列國。這也是曾文正公畢生的追求，可惜中道而殂，留下志決身殲的終身遺憾，他這個做弟子的自然要完成老師的未竟之志。

這一說不由令曾紀澤肅然起敬。二人各抒已見，交談得十分投合。

說著說著，李鴻章忽然打住話頭，微傾身子，上下打量曾紀澤，好半天才閒閒言道：「我說劼剛，其實你早該出山了，父母之喪，守百日孝期便可，何必要拘守舊禮呢？眼下外交人才奇缺，郭筠仙使英後，俄德法三國公使乏人，是該你一展長才的時候了。」

曾紀澤一聽，不由怦然心動，口中仍謙遜地說：「中堂太抬舉了，郭筠老是何等之人，我輩豈能與他老人家比？」

李鴻章搖一搖頭，說：「怎麼說呢，若論資歷和學問，筠仙自然要勝你我多多，但他卻因書讀多了，反顯得有些呆氣。」

曾紀澤聞言不由吃驚，正錯愕之際，李鴻章乃從容說起此番朝野上下「討郭」的內幕——起因便是「馬嘉理事件」。

馬嘉理被殺，英國公使威妥瑪指雲貴總督岑毓英為幕後主使之人，在總理衙門堅持要將岑毓英撤職押解至京審問。此議遭到總理衙門斷然拒絕，為敷衍威妥瑪，朝廷派了李瀚章赴雲南查辦，李瀚章調查後指出此事與岑毓英無關。

偏偏在這個時候，郭嵩燾上疏主張議處岑毓英，認為他未做先事之防才導致此一糾紛。此舉不但迎合了威妥瑪的意見且也讓李瀚章難以自圓其說，自然招致清流的怨恨，大家不由要群起而攻之。

至於長沙學生搗毀郭府，李鴻章雖也認為學生過激，並說已函請恭王出面，責成湖南巡撫查處為首的學生，但言語之間卻有幾分怪郭嵩燾不會做人之意……

聽他如此一說，曾紀澤不由代為排解道：「據我看，筠老之說也有他的道理，且也不像迎合威妥瑪，因為奏章不是寫給威妥瑪看的。雲南出了這麼大的事，引起國際糾紛，害得國家又要出讓權益，身為地方當局，岑毓英怎麼沒有責任呢？朝廷自己先將他議處，可免洋人要脅，這最終也是在設法保全他。」

不想李鴻章連連搖手道：「我不是這個意思，我是說筠仙說這話不是時候，不是地方。眼下京師以李蘭蓀為首的清流一聽洋字便深惡痛絕，雲南殺了個窺伺邊陲的英國人是好事，巴不得有千萬個岑毓英，都是這麼個殺法。所以，岑毓英便是他們心中的英雄。這班人不明天下大勢，更不知循情循理，戳爛天不補，一踩九頭翹，筠仙上那個奏疏，還不是正好成了他們的出氣筒？」

洋人該殺卻一時殺不得，中國不該讓步卻又不能不讓步。這情與勢，與五年前發生的天津教案如出一轍，曾紀澤一想起就心有餘悸。他想，父親當時是處在那個位置上，不得不焉，而這個郭筠仙卻不是當事人，何必發此議論，招人詬罵呢？想到此，乃歎道：「筠老是個實心人，老而彌篤。」

李鴻章卻又一次搖頭說：「實心，實心只合交友，一用到官場便是呆氣。」

接下來李鴻章便勸曾紀澤留下來，在北洋幫辦軍務，伺機推薦他出任一國公使，他說：「別去京師了，眼下朝廷輿論已被李蘭蓀那一夥人把持，但凡帶一點洋字的人都受到排斥。你自學英語本是好事，可在李蘭蓀那班人眼中就成了異端。」

曾紀澤卻謝絕了他的好意——他本是進京候選的，都未入，君未面，怎麼就留在北洋當一個幕僚呢？

妖孽

李蘭蓀即同治帝的老師、軍機大臣李鴻藻。不過，李鴻藻此刻正熱孝在身，名義上已不能左右朝政，所謂反對洋務，把持輿論，也只是幕後操縱而已。

論起來，李鴻藻不過咸豐二年的進士，比李鴻章、郭嵩燾等人晚了兩科，只因治經學有成，為咸豐帝看中，選作大阿哥（皇子）的師傅，這以後，兩宮太后「愛子重先生」——只幾年時間便將李鴻藻拔擢至內閣學士、戶部侍郎，至同治四年更以左都御史改工部尚書入直軍機。

身為帝師，李鴻藻以擊濁揚清為宗旨，以闡揚聖學、排斥異端為使命。這些年西學東漸，許多人嘆服洋人的奇技淫巧，大有「用夷變夏」之勢，為「嚴夷夏之防」，李鴻藻以帝師之尊，終於成為大學士倭仁之後的清流領袖，帶領一班青年後進抨擊時政，頗令恭親王及李鴻章等洋務派有肘腋之感。

去年秋天，他生母病逝，雖然兩宮太后令他移孝作忠，只在家守孝百日便可仍回軍機當值。但清流一個個以理學名臣自居，「以孝治天下」更是李鴻藻平日啟沃年輕皇帝的口頭禪，自己焉能不率先垂範？所以，他硬是辭謝了本兼各職回了老家。

每日服「斬衰」之服，「括髮以麻」，在靈前陪伴老母。好在他老家就在高陽李家莊，這裡地處保定府迤南，至京師驛馬不要一日工夫便到。所以，但凡國家大事、京城要聞，他仍瞭若指掌且指揮如意。

這天，李鴻藻用過早餐，盥洗後匆匆來母親靈前上香，三炷香後，忽聽前面槽門人聲嘈雜，家人手持兩張拜帖進來說：「大理寺少卿王家璧、翰林院編修于凌辰來拜！」

李鴻藻最不願上香時有人來打攪，但此刻一聽是這兩人，忙說：「有請。」

前年（同治十三年）朝堂上那場圍繞洋務的大辯論，衝鋒陷陣、出力最多的便是王家璧和于凌辰。

當時總理衙門因日本犯台之事上了一個條陳，分六項籌議海防，朝廷下令讓沿海各省督撫參與討論，丁日昌、李鴻章等人主張改變祖宗舊章、大辦洋務。此議遭到清流的迎頭痛駁，于凌辰和王家璧更是急先鋒，罵丁日昌為「丁鬼奴」，罵李鴻章是「用夷變夏」。因此之故，李鴻藻十分欣賞他二人。

此刻，二人進來先在李母靈前叩了頭，又隨李鴻藻進書房，分賓主坐下，獻茶畢，李鴻藻馬上問起了來意。

原來去年夏秋間，保定、河間兩府遭了蝗災，禾苗多被吞食。直隸總督李鴻章奏報了災情，眼下春耕在即卻災民乏食，他二人乃是奉旨趕來這一帶察看災情的。

李鴻藻聽完介紹，連連搖頭歎息卻先不發表評論，只問道：「二位從京師來，京師近日有什麼新聞？」

王家璧說：「要說新聞，最近只有駐西班牙的副公使入覲請訓。」

這對李鴻藻來說，確實是一件新聞。因為他在京時除有郭嵩燾使英，再不曾有第二個駐外使節。於是他又搖了搖頭，說「怪事，怪事，葡萄有牙，西班也有牙，世上哪有這麼多名字怪怪的國家，還不是洋鬼子在咱們中國討利益討多了，自己也不好意思了，便變著名字來要！」

于凌辰說：「老師，要說怪，還不在此。」

李鴻藻忙問還有什麼比這更怪的。于凌辰說：「老師可知這個副使的來歷？」

李鴻藻忙說不知。于凌辰於是告訴他是容閎，李鴻藻不由鄙夷地一笑，用不屑的口吻說：「不就是那個駐美國留學生副監督的容純甫麼？」

二人忙點頭說：「正是此人。」

李鴻藻又問怪在哪裡？這回卻是王家璧搶先說道：「這個容純甫據說還是曾文正公拔識的人才，卻一點規矩也不懂，拜客時不管拜的何人，一概稱兄道弟，喊上匠時，也不想想自己是什麼身分，居然一屁股便坐上去。」

于凌辰說：「最可笑的是他的拜帖，上面竟然有博士、碩士頭銜。張幼樵（佩綸）戲問他，足下這『博士』比賈誼賈太傅的博士如何？他居然連賈誼是誰也不知道，只問這賈太傅的博士是在英國讀的還是美國讀的。」

李鴻藻說：「這樣的人，兩宮太后、皇上也接見？」

于凌辰說：「見了，不過僅問了幾句話便叫他跪安退下。但在恭王府卻成了上賓，六爺與他暢談竟日，還留了飯呢！」

「妖孽！妖孽呵！」李鴻藻狠狠地用食指戳著桌面說，「妖孽出現於朝堂之上，能不招致天災？二位回京覆命，就以『天象示警』四字上奏可也！」

《易經》上本有「天垂象，見吉凶，聖人象之」一說，當局者往往引而將天災比附人事。二人馬上領悟到了，王家璧忙說：「正是此說，此番蝗蝻害稼，不去山東山西，也不去河南和陝西，單單發生在直隸省，而且以保定府為最，這不大有來頭麼，因為李少荃是此地最高長官嘛。」

于凌辰正好也想到了，忙附和說：「是的，容純甫就是他引進來的，唐景星也是他招來的。這兩個二毛子不幹好事，聽說最近又豎起了開平招商局的牌子，想在唐山開礦山、修鐵路呢。」

說著二人便大罵洋務，罵李鴻章。見他二人如此激動，一臉哀毀之容的李鴻藻不由露出了微笑。身為帝師，李鴻藻練就了少有的涵養功夫。就是平日與恭王面折廷爭時，他也能做到面不改色心不跳，顯得言談穩健、舉重若輕。此刻，面對這兩個青年後進、自己任會試總裁時選拔的門生，他更顯得從容。一邊慢慢品茶，一邊聽他們高談闊論，待二人罵夠了之後，才長長地歎了一口氣說：「其實，李少荃是老馬不死劣性在。我等打蛇幾次都未打中他的七寸。」

兩個年輕人一聽，立刻想到了鐵路，于凌辰說：「眼下淞滬路總算收回來了，可李少荃派盛杏蓀（宣懷）去談判，想收回自己營運，還想以此類推，到處去修築鐵路。這事是我輩斷不能答應的。」

李鴻藻搖搖頭說：「鐵路和輪船打的都是富國強兵的牌子，所以還只能算是枝節。」

王家璧不意老師這麼漫不經心，忙說：「老師，吳淞路才二十幾里，可滬上已鬧得沸沸揚揚，人命也出了；他想在唐山修條鐵路通大沽，那可是京畿腹地。一旦成功，門戶洞開，洋人可就長驅直入了。」

李鴻藻冷笑著說：「在唐山動土，他敢？」

于凌辰不知就裡，說：「他有什麼敢不敢的？門生聽人說，他把土地徵好了，正在開挖，說什麼修築馬路，這不正是洋人那瞞天過海之計嗎。」

李鴻藻見他們尚未領悟，乃喚著于凌辰的表字說：「蓮舫真是個書呆子，怎麼忘了唐山胥各莊屬開平衛，開平衛又在灤州呢？那裡距東陵才多遠，皇陵禁地，長眠著大清列祖列宗，能讓鐵路火車折騰？穆宗毅皇帝（同治）才入土，他可是兩宮太后的親兒子！」

于凌辰知老師記錯了，忙分辯說：「開平屬永平府管轄，東陵在遵化縣，乃屬順天府範圍，中間還隔一個豐潤縣，三百餘里距離，驚動皇陵之說，只怕有些牽強。」

李鴻藻把眼一瞪，說：「蓮舫，我說你是書呆子一點也不假，平日只關心經書，輿地之學就沒瀏覽過。地理先生不是有『千里來龍，結於一穴』之說嗎？東陵的馬蘭峪是龍形之地，發脈在黑峪關的五龍山，結穴於馬蘭峪，開平的徒河便是接馬蘭峪的龍鬚溝而成，此所謂有來龍有去脈，脈行千里，頂頂不歪。他李少荃若在開平去脈之地穿山打洞，修一條鐵路，豈不斷了龍脈？民間也知攢草驚墳，那火車的轟隆聲聲震千里，又豈是三百里便能遮斷的呢？所以，李少荃不起這個意便罷，他若起念，只須在親貴王大臣中，找一個人出來向兩宮太后奏明利害，他便要前功盡棄。」

于凌辰和王家璧聽老師如此一剖析，不由連連點頭。

李鴻藻說得起勁，面對兩個門生目光炯炯地一瞥，又用指關節敲著茶几說：「眼下歐風東漸，世人沉湎於洋人的異端邪說之中，整肅紀綱、拯救世道人心才是我輩當仁不讓的頭等大事。孔子當年為何除少正卯？辟異端誅邪說也。少正卯妖言惑眾，以致夫子門下三盈三虛，故夫子任司寇，三月而誅少正卯。今天也到了誅少正卯的時候了，這就是那一班認賊作父的人，他們宣揚洋人那一套，我們講敬天法祖，他們卻鼓吹師事洋人；我們歷來賤貨貴德，他們卻要興商富國。事事與我輩唱反調，若不口誅而筆伐之，可真翻天了。」

所謂「南山有鳥，北山張羅」——李鴻藻侃侃而談，至此算是「千里來龍，結於一穴」了……

怪現象

于凌辰和王家璧回京後，圍繞吳淞鐵路的爭論已趨白熱化，而李鴻章籌辦開平礦務局並徵地修「馬路」的消息也已傳得很廣了。

因李鴻藻有話在先，于凌辰終於按捺不住，不由想到了醇親王。論起近支王大臣，自然以先帝咸豐爺三個弟弟為最，但恭王主持洋務最力，不能進言；惇王耽於酒色不問朝政；只有醇王合適。

不過，醇王也有他的苦衷——身為當今皇帝的本生父，不得不避嫌疑，怕別人說他想當太上皇，幾乎與大臣們斷了往來，一心閉門讀書。但靜極思動，本是人之常情，何況生於九重宮闕，活動於權力中心，才過而立之年，精力又如此旺盛，醇王又焉能心如止水？

這天，他在西山別墅的大草坪裡，由一班侍衛陪著打靶。旗人習騎射本是奶操，是男子的一門必修功課。如今雖不習弓箭了，但用洋槍打靶更過癮，醇王幾乎三五天便要去打靶，神機營的火器營裡有的是好槍，醇王最愛使德國克虜伯兵工廠造的左輪手槍，又漂亮又好使，打得多了準頭足，出手能中鵠，二十步內彈無虛發，加上侍衛們捧場，喝采聲此起彼伏，驚天動地，醇王不覺十分開心。

今天也是這樣，醇王手使雙槍，騎一匹黃驃馬，跑了一個圈子後，就在馬背上仰身，背對靶心，左右開弓，連發兩槍，竟一下在紅心上穿了兩個洞，眾侍衛一齊叫好，醇王不由有些飄飄然，就在這時，一名小蘇拉手持一張大紅拜帖，從前面氣喘吁吁地跑來了。醇王知有客人，乃丟了槍，跳下馬走了過去。

原來是于凌辰來了。醇王自辭謝本兼各職後，摒絕了官場一切應酬，卻仍和翰林院一班文人學士來往。這班人手中無實權，職位也不顯赫，和他們交往談不上操縱政局。這班人也愛跑醇王府，他們雖操名士派頭，卻囊橐空空，窮得叮噹響，一年上來，少不得要來醇王府打秋風，而醇王為解悶，也以與名士相交為樂，尤其是要顯示自己的風雅，時不時要湊幾句五言八韻或來幾筆山水花鳥，字斟句酌之餘，點染勾畫之際，更離不開這班人湊興，就是捉刀代筆也無可無不可。所以，王爺無論是在城內王府還是在西郊別墅，對這班人是來者不拒的。

去年秋天，醇王在西山別墅新修了一幢藏書樓，內有一小軒，十分精緻，乃自題額曰：「退省齋」。于凌辰來了，見了也沒說什麼，回去後卻差童僕送來一方壽山石章，上刻「退省齋主」四字。石頭雖極普通，說不上田黃田白，但鐵線篆字，刀法十分蒼勁古樸，邊款也很有餘韻。醇王把玩之餘，很是欣賞。昨天他在退省齋練筆，乃根據「退省」之意寫了一首詩，正想找人評品，不想又是于凌辰來撞頭籌，不由高興。馬上傳話，請于先生在退省齋說話。

說著自己去上房脫下戎裝，換一身便服前來相見。

「蓮舫來得正是時候——我昨天胡謅了幾句詩，不知跑韻了未，你看看。」

好個禮賢下士的王爺，一邊說著一邊笑盈盈地將于凌辰讓到廳上梨花木椅子上，待侍從獻過茶，他便取出詩來，開口就是討教的口吻。

「七爺太謙虛了。您的詩作早已是爐火純青，豈是我輩能置喙的！」

于凌辰邊恭維著邊瀏覽詩稿。原來是一首五律，用上平聲四支韻，道是：

勵志唯崇約，修身務退思。

己情非力省，物理固周知。
爵秩榮叨忝，奢華念易茲。
鑄顏期寡過，不疚發於私。

仔細玩味詩意，于凌辰明白這詩和「退省齋」的齋名及「退潛別墅」的莊名一樣，都是韜光養晦之意，照例恭維幾句或竄改幾個字便可討得歡心了。但他今日有目的而來，豈能敷衍？所以看後略作沉吟道：「好固然是好，七爺畢竟是七爺，以詩明志，恰到好處。不過——」

「不過」之後，似有難言之隱。醇王莫名其妙，乃說：「蓮舫今天怎也酸澀起來？」

于凌辰在醇王目光迫促之下，突然顧左右而言他道：「近日京畿出了奇聞，七爺可曾聽說？」

醇王論詩正在興頭上，不知于凌辰何以突然改變話題，但一聽「奇聞」不由也跟著轉彎道：「什麼奇聞？我孤陋寡聞得很。」

一見醇王入彀，于凌辰索興丟下詩稿，面色凝重地說：「為這事李少荃特地上了一道賀表，說是祥瑞之兆，但有趣識之士卻認定是凶不是吉，是禍不是福。」

這一來醇王興趣更濃了，乃連連追問。

原來今年正月，豐潤縣一家農戶養的母豬下了一窩豬娃子，其中一隻鼻子忒長，似是一頭小象，獅象是吉祥之物，豬能產象應是上天預示吉祥。因在直隸境內，故李鴻章乃上賀表報喜，且扯到去年玉田縣有一麥兩穗的事，說瑞物和瑞麥降生，乃天下太平之兆。

聽完故事，醇王說：「古人有言，瑞麥生堯日，芃芃雨露遍。眼下母豬產象、一麥雙穗，的確是吉兆，蓮舫何以說是禍不是福？」

于凌辰說：「七爺，其實祥瑞之說，哲人不言。豬牛產異物，猶人之怪胎，當然是禍；至於麥生雙穗，不過是土地肥沃罷了。元朝的馬端臨著《文獻通考》，舉歷代祥瑞，統統稱之為『物異』。去年江南洪魔肆虐，秋末直隸又有兩府備受蝗螭之苦，加之這物異，怎麼還有吉兆可言？」

于凌辰如此危言聳聽，醇王不由凜然，乃說：「這麼說，不知主何凶兆？」

于凌辰神祕兮兮地說：「七爺忘了，玉田和豐潤不緊挨著東陵嗎？眼下穆宗毅皇帝的萬年吉地尚未竣工，孝哲皇后尚未永遠奉安（死後未入土）呢！」

一句話提醒了醇王。

大清朝列祖列宗，除了太祖努爾哈赤、太宗皇太極葬於遼寧外，其餘分葬東陵和西陵。地處馬蘭峪的東陵有順治的孝陵、康熙的景陵、乾隆的裕陵、咸豐的定陵，眼下同治帝雖已「永遠奉安」，但孝哲皇后卻尚未，另外，地宮雖已完工，地面上的享堂及一些建築尚未完全竣工；而西陵在河北易縣永寧山，那裡除了雍正的泰陵、嘉慶的昌陵外，尚有慕陵，那是醇王爺的父親、廟號為宣宗成皇帝的道光爺的萬年吉地。

道光帝一生崇尚節儉，生前在營造自己的陵寢時，先也是選定在東陵，但不願太靡費，下旨陵工費用不准超過二百萬兩。所以工程只能從簡，地宮兩側原應開的龍鬚溝也省掉了。快竣工時，皇帝恰好行圍至此，乃令親信太監去地宮探視，太監出來時靴底盡濕——地宮滲水。道光一怒之下，承辦陵工的官員、太監皆遭嚴譴，後改在西陵營造陵地。

由此可見，歷代帝王無不看重自己的萬年吉地，就是崇尚節儉的道光帝亦在所難免，因為這不但是自己的最終歸宿，且也關係到國運的興衰。眼下醇王一聽于凌辰提到東陵，不由問道：「聽說兩宮太后已派五爺偕內務府大臣去惠陵工地察看，不知他們是如何回奏的？」

于凌辰說：「眼下倒是按部就班在進行。」

這句話留了尾巴——既有「眼下」就有「將來」。

醇王馬上說：「難道將來還會有什麼變故不成？」

于凌辰長長地歎了一口氣說：「將來可不好預測。眼下李少荃已任命唐景星為開平礦務局的總辦，要用洋機器採煤，又嫌運河水淺，運煤困難，已在胥各莊至大沽間修築鐵路，七爺想想，開平距東陵才幾步路，若鐵路開通，穿山打洞，那龍脈能保無虞？地下的列祖列宗又能永保安寧？」

本是笑臉團團的王爺眉毛一下豎起來，竟連連在房中踱起了方步。

于凌辰知道火候到了，反不急不慢地品起了香茗，好半天才重新拿起桌上的詩稿吟哦道：「厲志唯崇儉，修身務退思……七爺這立意是不錯的，可就是太消沉、太置身局外了。」

醇王沉吟半晌，搖了搖頭，囁嚅著說：「不在其位不謀其政。你要我怎麼辦？」

于凌辰說：「事關宗廟社稷，當說的還是要說。須知五寸之矩，可正天下之方！」

一句話竟讓醇王爺熱血沸騰起來……

第三章 大清公使

坡蘭坊四十五號

國內為了吳淞鐵路，洋務、守舊兩大派鬧得劍拔弩張之際，中國駐英使團的人卻並不知情，此時此刻，他們乘坐的「北夏窩爾號」已駛過地中海，出直布羅陀海峽，經大西洋到達了英國本土的蘇士阿姆敦。

此時已是農曆臘月初八了。

自十月十七日從上海開航，歷時五十一天，行程三萬餘里，五大洲經歷了三大洲，四大洋過了三大洋，國家計十八個，亞洲有安南、暹羅、印度、波斯、阿拉伯、土耳其六國；非洲有阿比西尼亞、努北亞、埃及、的黎波里、突尼斯、阿爾及爾、摩洛哥七國；歐洲計有希臘、義大利、法蘭西、西班牙、葡萄牙五國。宗教則除了安南信儒教、暹羅信小乘佛教外，其餘不是基督教便是伊斯蘭教。停靠的全是英屬殖民地。上岸觀光所見皆英國國旗，真不愧其自詡的「日不落帝國」，此行算是親眼目睹了。

議論及此，使團中人，無一不喟然興歎。

船靠蘇士阿姆敦後，早在蘇伊士就渡地中海去法國的禧在明，已於五天前到達倫敦，此時，又趕到蘇士阿姆敦偕同上海駐倫敦的海關代表金登幹來碼頭迎接。蘇士阿姆敦的海關官員斐利普策也跟著來了。

據斐利普策說，他已奉到外相德爾庇的公文，中國使團到達後，其行李一律免檢及免徵稅費。於是使團之人上岸後，立刻在禧在明的陪同下，乘火車前往倫敦。

因赫德、威妥瑪事前關照，在倫敦市政當局的安排下，禧在明為使館租房子的事十分順利。

使館房子安排在倫敦坡克倫伯里斯四十五號。坡克倫伯里斯簡稱坡蘭坊，在新城的東南，正處繁華熱鬧的地段，為一獨立的花園洋房，前面有一個大草坪，後面有花園、水池、亭子、石凳及秋千架，還有庫房、馬廄和廚房及下人住的平房。房東為一侯爵，在倫敦及鄉下廣有物業，因慕中國公使之名，願以整幢房屋出讓，月租為一百零五英鎊，合白銀三百六十七兩五錢。

此時的倫敦已用上了煤氣和自來水，貴族和有錢人已用上了電燈。侯爵的花園洋樓自然層層水電氣一應俱全，居家和辦公都十分方便。

使團之人到達後，看門的老人邦克和他的愛爾蘭牧羊犬已迎候在側，放下行李，稍事休息後，有邦克帶路開門，禧在明、金登幹陪同大家先樓上樓下參觀。

只見房間寬敞明亮，布局也很講究，就是各種器皿和家具也一應俱全。觸目處，窗明几淨、帷幕低垂，一切都像是在恭候新主人。

各處看過後，郭嵩燾等十分滿意。因考慮到自己畢竟是滿花甲之人，不宜登高，他乃選定一樓東邊的一個大套間作為自己的居室。

這裡有五大間房子，另有洗浴及廁所、雜屋等幾間小房，裝飾十分考究，西邊則為辦公之所，中間有一間很大的客廳，自然是會客之所。他想讓劉錫鴻住二樓的東邊，彼此往來會商也方便一些，但劉錫鴻卻執意要住到三樓去。

於是，參贊黎庶昌、隨員劉孚翊、翻譯馬格里等人住了二樓，翻譯張德彝及隨員姚若望、張斯栒等人則上到三樓與劉錫鴻作伴，四樓則住了幾個武弁，其餘的空房做了文書檔案庫。

匆匆安排之後，天色已晚，因旅途勞頓，各自歸房休息。

第二天上午，英國的駐華公使威妥瑪即匆匆造訪。

他是一個身材魁梧的蘇格蘭人，與郭嵩燾同年，也已五十九歲，大鬍子，戴夾鼻眼鏡，面色紅潤，舉手投足彬彬有禮，頗著紳士風度。

郭嵩燾是清楚此人履歷的——早在三十七年前，他才二十出頭即隨著鴉片戰爭的硝煙來到中國，由一名普通的書記官做到上海海關稅務司，而其升遷的每一個腳印無不因參予中國事務有關。同治十年，他終於繼阿禮國之後出任駐華公使。

此人算是一個地地道道的中國通，不但能操一口流利的華語，熟悉中國的經史典籍及朝章制度，且為了向本國人傳授華語，他於同治四年自編一本教材曰：《語言自邇集》，首創用二十六個拉丁字母拼寫漢字，使從未學過華語的人能用這種方法通讀華文，書出後世人稱便，就連懂行的中國人也覺得比中國傳統的反切注音要方便得多。

在外交活動中，威妥瑪因為是個中國通，故比一般的洋人更難對付，在他出任公使五年時間裡，便一手製造了「馬嘉理事件」，在總理衙門及李鴻章面前一尺風三尺浪，翻雲覆雨，極盡威脅訛詐之能事，在國人心中他真是一個窮凶極惡的「洋鬼子」。

不過，郭嵩燾自與他交往，發現若丟開各自的立場只論交情，威妥瑪倒不失為一個平易近人、和靄可親之人。

威妥瑪自簽訂《煙臺條約》後即回國述職，故先兩個月回到倫敦。此番因「馬嘉理事件」，威妥瑪使自己的國家不費一槍一彈便獲得不少好處，但他在向國會報告時，仍受到不少責難，認為允許中國對鴉片徵取較高的進口稅和抽取釐捐，使鴉片販子受到了損失……

眼下郭嵩燾一行終於到達倫敦了，威妥瑪見面不便告訴《煙臺條約》在國會討論受到指責事，他先問過途中情形後，便轉入正題——外相德爾庇想在最近時間內會見中國公使。

郭嵩燾欣然允諾，時間由威妥瑪安排。

根據國際慣例，公使到了駐在國後，必須晉謁了駐在國國家元首、當面遞交了國書後，他的公使身分才被確認，在未履行這道手續前，因身分未被確認，故不宜交結其他官員。

因此，郭嵩燾提醒威妥瑪，希望早日安排他晉謁女王。

威妥瑪告訴他，外相要見他正是為此事商談必要的細節。不過，女王眼下正在外地度假，近日內不會回城，須多待幾天。

雙方正在無拘無束地交談，只見隨員張斯栒的家人張錫九、劉孚翊的家人閻喜披頭散髮從外面跑進來，閻喜的臉上且有血跡斑斑的爪痕。

郭嵩燾、威妥瑪及陪坐一邊的人都大吃一驚，立即終止了會談，一齊追到張錫九、閻喜的房中問究竟……

蠻荒鬼域

雖然回到了使館自己的房中，張錫九和閻喜仍一臉的驚懼之色，說話也哆哆嗦嗦，望著公使和洋大人進來，他們趕緊垂手而立，面對公使的詢問，張錫九只一個勁地說：「洋、洋瘋子打人。」

廣東人閻喜則摸著自己已散亂的髮辮說：「庇格退爾，庇格退爾，那個洋瘋子揪我們的辮子，口中只嚷庇格退爾。」

在場懂英語的都明白這是說辮子，英語辮子與尾巴是同一個詞，這在中國人聽來明顯帶有侮辱性，但這是一個什麼樣的「洋瘋子」，為什麼要罵人還要打人？張錫九和閻喜都說不明白，只一個勁說自己沒有惹誰，直到使館看門的老頭邦克和兒子佩里進來說明原委，眾人才明白。

原來張錫九和閻喜早飯後奉主人之命上街買東西，因不懂英語，且頭一遭上街，乃邀請佩里同去。來到大街上，倫敦市民早已得知中國使團到達的消息，都想見見中國人。就在眾人都在指指點點之際，不料從人群中走出一個醉漢，一見兩個中國人，竟猛地上前，一手一個逮住了兩個人的辮子，一邊哈哈大笑一邊胡言亂語道：「庇格退爾，庇格退爾！」

張錫九和閻喜一時手足無措。佩里則上前排解並斥罵醉漢，圍觀的市民也上前拉醉漢，張、閻二人費了好大的勁才掙脫開，閻喜臉上被抓了一爪，也不敢還手也不敢購物便匆匆跑回來了。

聽完佩里的敘述，威妥瑪不由勃然大怒，他問明了事發地點後，立即帶了兩名隨員走了出去。不一會兒，威妥瑪的隨員中一個叫道格爾的返了回來，進門便向郭嵩燾道歉，說：「實在對不起，沖犯客人的是一個一晚狂飲、尚未歸家的酒徒，事發後，立刻被憤怒的市民扭送到了警署。威大人認為這是一起嚴重的事件，他已去向外相報告，並主張予此人以嚴懲。」

郭嵩燾聽馬格里翻譯之後馬上問道：「按照貴國的法律，此人將獲什麼樣的懲罰呢？」

道格爾說：「按我國法律，酗酒屬觸犯治安條例，一般只是拘留罰款。但他當眾毆辱外賓，後果十分嚴重，故處治當會從重從嚴，估計除了被拘留罰款外，還將當眾受鞭刑，即褫衣鞭背二十！」

郭嵩燾當時沒表示什麼。道格爾告辭後，郭嵩燾送客回來，眾人在過道上議論此事，劉孚翊認為這是英國人蓄意製造事端，要給中國人一個下馬威。郭嵩燾覺得此議未免危言聳聽，乃把目光移向一直未開口的黎庶昌，說：「純齋，你看呢？」

黎庶昌想了想說：「依我看，威妥瑪不像做戲。好奇心人皆有之，就像我們內地人乍見洋人也免不了要圍觀並指指戳戳一樣，何況他是個一夜未歸的醉漢呢。再說市民將其扭送警署，足見圍觀者並無惡意。我看不如做個人情，請威妥瑪不要嚴究醉漢，這才見我們天朝上國之人，胸懷豁達、懷柔遠人。」

此說甚合郭嵩燾之意，不由連連點頭。他又問劉錫鴻，劉錫鴻也說：「我也是這麼認為的。不過我們應向他們提出，要注意保護使團所有人的安全，不再發生類似事件。」

張德彝也贊成這個提議，又補充說：「我們自己的人也應注意個人行為的檢點，最好要議定幾條章程，作為全體人員的行為準則。」

正副使也認為必要。

當下郭嵩燾召集所有的人在一樓客廳開會，議出一個章程，名曰《五戒》，宣布即日起無論長官或僕役一體遵行。《五戒》即：一戒吸食鴉片；二戒嫖；三戒賭；四戒外出遊蕩；五戒口角喧嘩。

宣布完畢，郭嵩燾乃派黎庶昌會同馬格里去英國外交部遞交照會，正式商請英國方面安排晉謁女王之日期，同時口頭向外相德爾庇表示，請免除對毆辱中國外交人員的肇事者的鞭扑之刑。

第二天威妥瑪又來了。一進門便笑嘻嘻地說：「郭大人，您和您同事的雍容大度一下就博得了倫敦市民的好感，您看，這是今天各大報對您的介紹。」

說著，他將腋下夾著的羊皮護書打開，取出一疊報紙，遞與郭嵩燾，郭嵩燾立刻轉交馬格里，馬格里翻了翻，這裡有兩份報紙，都是當天的日報，一份名叫《泰晤士報》，一份名叫《謨里普斯報》，都是倫敦頗有名氣的大報，兩份報紙上果然都載了有關中國公使進駐倫敦的文章，馬格里先翻看了一遍就將文章大意告訴大家：英國人民盼望已久的中國使團終於踏上了大英帝國的土地。中國是一個歷史悠久的文明古國，有著優秀的人物和豐富的物產。此番派出的郭公使不但學識淵博，還十分熟悉國際關係和外交準則，對各國人民都十分友善和謙和，昨天才踏上英國本土，即遭遇醉漢無端生事，郭公使以大局為重，竟代醉漢求情，足見他的寬宏大度，果然與眾不同……

昨天發生的事，今天一早就見了報，使團成員不由吃驚，都興致勃勃地聽著，郭嵩燾見他不提劉錫鴻的名字，不由問道：「就只有這些？」

馬格里明白這是在關心副使，他抬頭望了一邊正睜大眼睛望著報紙的劉錫鴻一眼說：「也提到副使了呢。」

劉錫鴻立刻說：「怎麼說的？」

馬格里望望威妥瑪，又望望郭嵩燾說：「上面說副使劉大人也是個十分優秀的人物，帶過兵打過叛匪，還很關心洋務。」

劉錫鴻這才勉強點了點頭，臉上露出了笑容。

郭嵩燾又問警署對醉漢的處理，威妥瑪說：「因有公使大人代為求情，故原定鞭背二十之數乃減為十九下。」

眾人吃了一驚——公使的求情，豈可僅減一鞭。

郭嵩燾正要發問，威妥瑪已知眾人之意，乃說：「這是法律，任何人無權凌駕於法律之上，就是英王，也不得蔑視法律。此人已觸犯條例，故當懲罰。一鞭之減，已是給公使大人天大的面子了。」

張德彝也於一邊低聲向公使解釋道：「大人，這是實情。在英國，英王不如法律尊。大人為醉漢求情，只能說明大人大量，洋人雖領了情，但不能法外施恩。」

郭嵩燾聽了，一時浮想聯翩——他對洋人的法制，其實早有所聞，但具體到一件案例上，便又有些驚詫了。在大清國，雖也有「王子犯法與庶民同罪」一說，但那僅具虛文，什麼「陳若霖斬皇子」，什麼「包公斬九千歲」，那是只能從戲文中才能看到的，大清律例中就堂哉皇哉地載有「議親議貴」的一條，所以，除了謀逆，「刑不上大夫」是真正的現實。

想到此，他竟不知說什麼才好。

接下來威妥瑪便代表外相德爾庇正式提出約見中國公使，時間就在次日，地點在外相府邸。

郭嵩燾和劉錫鴻自然十分愉快地接受了邀請。

於是，正副使於第二天偕同參贊、翻譯一行八人，乘坐三輛馬車隨威妥瑪去拜會德爾庇。

倫敦的街道與國內街市不同，不但十分寬敞，且把行人與車馬錯開，街心供車馬專用，兩邊用石頭砌出略高數寸的路面供行人行走。

眼下他們的馬車行進在大街上不但不用喝道，且非常引人注目。當市民看清車上坐的是中國公使後，他們立刻停下來向車上揮手致意——文化和種族上存在的差異是那麼明顯，中國使團的到來早使倫敦市民轟動了。市民看使者，使者也在車中看市民、看兩邊的建築物。

這已是到達倫敦的第四天了，使團之人首次正式瀏覽倫敦的市容，這真不愧是當今世界的第一大都會，其布局之恢宏、建築之優美、街道之寬敞整潔、店鋪的繁華、行人的禮貌恭謙都堪稱完美，它不但與東方古都北京城的格局迥然不同，且屬於另一種風格，或者說是一個全新的世界。

郭嵩燾坐在馬車上，穿行在人流中，接受沿途市民瞻仰與歡呼，只覺得耳目一新，這才真正感覺到天外有天。自己和僚屬們已到了異域殊方，但這異域殊方是那麼美麗，根本不是傳說中的蠻荒鬼域，不要你去學蘇武牧羊，吞氈臥雪，也不是范成大的經歷，觸目處荊棘銅駝，面對的是一個神話般的世界。徜徉在這個世界裡，他感到無比的新鮮和滿足，覺得很值得——接受使命，風雨登輪，嘲諷詬罵如潮而湧，眼下這一切統統丟到腦後去了，只一個心思關注自己的使命，覺得只有不辱使命，才是對那班人的最好回答……

下馬威

德爾庇外相已迎候在府門前。

郭嵩燾早已對目前英國政壇有所了解——這是一個君主立憲制國家，國事完全由兩黨操縱，彼此的競爭遠非中國歷史上的朋黨之爭可比，現任首相為畢根士·菲爾德，乃保守黨黨魁，前任名葛蘭斯頓則是自由黨領袖，手下各有一派人在議會佔有席位，相互攻擊爭勝，不遺餘力。眼下要去拜會的外相德爾庇便是保守黨黨員。

他想，這些情形於一個從全封閉的封建國家中來、對政黨政治僅只耳聞的清國使團之人看來，是一次難得的驗證的機會……

外相府終於到了。

郭嵩燾匆匆下車後，德爾庇笑容可掬地迎上來。威妥瑪站在中間，先向客人介紹了外相，又將客人一一向德爾庇介紹，德爾庇立刻親切地上來與郭嵩燾握手。

郭嵩燾一邊握手，一邊暗暗打量他——瘦高的個子，絡腮鬍子，年若五十餘，精神矍鑠，舉止斯文，說話輕言慢語，果然一言一行都不失紳士風範。心中不由讚歎道：「此人叱吒政壇，折衝樽俎，必有超人的手段。」

德爾庇也在留意對方——接待一個來自清國的使團，是他和他的政府嚮往已久的大事。近百年來，隨著東西方交往的激增，大批西方人去了清國。但清國將西方人與其四周落後的少數民族一體對待，西方商人只准在廣州交易，有事只能在廣州找地方政府商談，不能去北京，更不能見皇帝。

第二次鴉片戰爭後，英法諸國公使憑著堅船利炮終於進駐北京城，清國的皇帝仍以種種藉口拒不接見西方的使者，也不肯將自己的使者派往西方。互派使者相互溝通，這在當今世界已是極平常的事，清國人卻遲遲不肯走出國門。今天，他們的公使終於來了，這公使之來，與其說是清國皇帝的本意，毋寧說是威妥瑪製造了「馬嘉理事件」後，用戰爭威脅訛詐而來的「戰利品」。

但來了總是好事。德爾庇早已聽威妥瑪介紹過郭嵩燾，知道他因學問根底紮實、知識淵博，一度出入宮廷，擔任過老皇帝的文學侍從。更重要的是他與清國最有影響的地方勢力派頭目曾國藩、左宗棠、李鴻章等人有著非同尋常的關係，在外交上他與李鴻章一樣，屬於頭腦清醒、能認真地、友好地對待西方人的一批清國官員。自然，在他身上，清國士大夫那目空一切而又愚頑不化的倔強之氣要少得多。

德爾庇想，清國的皇帝派定他作為公使，看來是合適的……

眼下德爾庇用審慎的目光細細地打量這個矮他一個頭的中國人，他也正笑瞇瞇地望著自己——圓圓的、胖呼呼的臉上一團和氣，但那黑黑的、亮晶晶的雙眸十分有神，充滿了東方人的睿銳與深沉。頭上的官帽和身上的服飾是那麼華美，尤其是袍服上那彩色絲繡紋飾突出地表現了東方人豐富的想像和精湛的手工藝術。

真不愧是最具代表性的東方人啊！德爾庇滿意地點點頭，緊緊地抓住郭嵩燾的手握了又握，卻只對一邊的副使及隨員們點了點頭，便把客人們引入他那豪華氣派的客廳。

落座後，僕人們擺上水果點心，端上熱氣騰騰的咖啡，接下來便是寒喧。

客人們首次從東半球來到西半球，黃臉對白面，碧眼望黑瞳，作為外交官，要套近乎表示親熱，立刻可以找出許多話題，就以天氣而論，倫敦與北京也迴異。但客套過後轉入正題，氣氛立刻凝重了——郭嵩燾希望盡快晉謁女王。德爾庇微微一笑，說女王即將返京，不日即安排接見來自大清國的使者。卻又說我們大英帝國的使者去北京等了十餘年才見到貴國的皇帝呢。這話頗令客人有些莫名其妙，細心的郭嵩燾且有一種不祥的預感。

果然，接下來提到晉謁的禮節時，德爾庇又望著郭嵩燾微笑著說：「大清是東方最大的國家，清國臣民覲見本國皇帝要行三跪九叩之禮，我們大英帝國是西方最強大的國家，領土遍布全球，我們的女王當然享有與清國皇帝同等的尊嚴，入覲時當然也要行三跪九叩之禮！」

德爾庇口氣十分肯定，馬格里翻譯時，一連用了兩個「當然」，張德彝又做了一些補充後，郭嵩燾和他的同僚們不由大吃一驚——德爾庇的理由是堂皇而冠冕的，英國與大清國是平等之國，兩國元首當然享有同等的尊嚴，既然見本國元首行三跪九叩之禮，見駐在國元首也該同樣。

三跪和九叩雖然繁瑣，不也就是肢體的屈伸運動嗎？上古時，以再拜稽首為常禮，晉大夫見秦穆公創三拜九稽首後，諸侯各國仿效，已通用兩千餘年，至大清仍以一跪三叩首為常禮，而朝會大典則三跪九叩首為大禮，《日知錄》上更有八拜稽首及百拜稽首之說。清國人不是特講究拜嗎？眼下讓你拜到倫敦來。

然而，明眼人看得出來，他們自踏上英國本土後，在溫文爾雅的揖讓後，德爾庇代表英國政府第一次在故意出難題——清國人固然善拜，卻也特別講究拜，拜什麼？上拜天地君親師，下拜閻王、土地和各路神祇，朋友之間那是相互對拜，如果去拜異國君王，那就是大逆不道、變心、反水、叛國！可以說五千年朝代更迭，政壇風雲，濃縮起來是一個字，這就是「拜」，誰拜誰，誰受誰拜。多少人九族皆除、血流漂杵，究其原因也就是「不拜」或「錯拜」。

德爾庇沒去過中國，也不熟悉中國的典章制度，可他熟悉中英交往的歷史，身邊更不乏威妥瑪一類「中國通」，自然記得中英之間，關於「拜」的糾紛——早在西元一七九三年，也就是清國的乾隆五十八年，英王曾派馬戛爾尼去清國，要求晉謁皇帝，商談有關通商事宜。

乾隆皇帝聽朝臣們說，馬戛爾尼是來「朝貢」的，他雖同意接見這位「貢使」，卻要求對方用三跪九叩之大禮見他。馬戛爾尼到北京後呈遞一份備忘錄，要求清廷派一名地位相同的官員向英王的畫像跪拜，他才能跪拜皇帝。這個要求在大清朝廷看來簡直是天大的笑話。

雙方僵持不下，馬戛爾尼後來雖用晉謁英王之禮——下了一單跪，但仍引起皇帝不快，最後不得要領而歸。

二十年後，英王又派阿美士德來華，此時紫禁城的主宰為乾隆的兒子嘉慶帝，聽說英使來華，終於答應「賜見」，卻又派出專使赴天津，教導英使如何行三跪九叩之禮。這事在大清皇帝看來是十分正常的，普天之下莫非王土，率土之濱莫非王臣，英國人自然應該是「王臣」，晉謁功追三皇、德配五帝的皇帝自然要行三跪九叩之禮。所謂「九天閶闔開宮殿，萬國衣冠拜冕旒。」英國人怎麼能例外呢？

不料阿美士德卻堅決拒絕行跪拜之禮。為此，嘉慶帝一怒之下，下旨將不知禮節的「英夷」驅逐出國。

這以後直到鴉片戰爭爆發，大清被迫簽訂喪權辱國的《南京條約》，但皇帝卻始終不許「夷人」駐在北京。第二次鴉片戰爭爆發，《北京條約》草簽了，種種屈辱的條件都答應了，可對洋人唯一合理的要求——在北京開設使館並互派公使一條不答應。

咸豐帝不是不願見洋人，而是洋人不願跪拜，皇帝的金鑾殿上容不得「不跪之臣」。於是，議和的大臣千方百計拒絕洋人來北京，洋人卻一強到底，非來不可，終於導致怡親王逮捕英人巴夏禮，大沽口失守，英法聯軍攻入北京，火燒圓明園等一系列慘劇。

可以說，第二次鴉片戰爭的後半截，純是因為一個「拜」字。

眼下，西方各大國終於在北京城駐下公使了，可大清皇帝卻拖了十多年不接見外國公使，直到五年前同治帝親政才正式在紫光閣接見各國使者。自然是平等之禮，即使者僅向皇帝鞠躬。

對此清流仍十分不滿，認為洋人狂妄，李鴻章出面打圓場，說：「取其敬有餘，恕其禮不足」。

洋人見終於得到皇帝的接見十分高興，但到後來他們打聽到了，中南海的紫光閣原是專門接見朝鮮、越南等「外藩」的地方，又轉而生氣了。

今天，他們可找到報復中國人的機會了——你們不是愛跪拜麼？那你們也該拜拜我們的女王。這真是一個天大的難題擺在了郭嵩燾和他的同僚面前。

在來的路上，郭嵩燾想到了很多難題，唯獨沒有想到這一點。

正在思考怎麼回覆時，劉錫鴻忍不住立刻大聲抗議了，他用廣東方言很重的官話說：「這怎麼行呢？大清的三跪九叩之禮是臣子晉謁大皇帝之禮，你們的女王只是一個王，怎麼能跟皇帝比？」

此話一出，效果更糟。翻譯馬格里先不照譯，卻馬上反駁道：「劉大人，這純是一種文字遊戲，女王也好，皇帝也好，都是一個國家的最高元首，貴此賤彼，不是對等的外交原則！」

另一個翻譯張德彝不由也點頭——其實最初把英國的國君翻譯成「王」而區別於皇帝，譯者夜郎自大的心態暴露無餘，就如俄國的國家元首「沙皇」其實是「凱撒」的轉音，可一到中國，雖用了一個「皇」字，卻仍要把堂堂凱撒（皇帝），譯成「沙皇」，「沙」者，微小的顆粒也。

反正在這些人心中，皇帝只配大清有，天上地下，唯我獨尊，別的國家，哪怕它一再打敗你，也只配做「王」，不能稱「帝」。

眼下馬格里雖沒把劉錫鴻的話照譯，但顯然代表對方在反駁了。懂華語的威妥瑪連連點頭表示讚許。

因為沒有照譯，德爾庇不明白副使說了什麼，僅從他那大聲嚷嚷中猜到了一定是不同意跪拜，他見威妥瑪在冷笑，忙問是說什麼。

郭嵩燾把這一切看在眼中，忙使眼色制止劉錫鴻再說，也示意威妥瑪先不作聲，卻微笑著向德爾庇道：「請問閣下，其他各國公使及貴國臣民晉謁女王時也行三跪九叩之大禮嗎？」

此言由馬格里譯出後，德爾庇和威妥瑪都一怔，好半晌德爾庇才遲疑地說：「不，我們大英帝國崇尚文明與平等，各國公使和我們的臣民雖對女王陛下無比地尊敬，但這尊敬只用鞠躬來表示。」

郭嵩燾輕輕吁了一口氣，說：「本公使奉大皇帝之命來到貴國，和各國公使一樣，為的是敦睦邦交、增進友誼，本公使對女王陛下當然無比地尊敬。不過，敝國素有隨鄉入俗之說，各國公使和貴國臣民用何等禮節晉謁女王，我們當然也用同等禮節晉謁女王。」

德爾庇不由點頭笑了。

「入鄉隨俗」一句不但拒絕了在英國必行三跪九叩之禮的要求，卻也為大清的「先帝爺」最初堅持洋人見皇帝必行三跪九叩之禮進行了辯解，德爾庇從這四個字的答辯中，看出了正副使的高下。

但他不甘心，仍堅持說既然清國有跪拜之禮節，作為使臣自然應用自認為最恭敬的禮節來對待駐在國的君王。

郭嵩燾既然探到了對方的底蘊，當然得理不讓人——一個國家怎麼可用兩種禮節來要求使者呢？再說你們的使臣不跪我們的皇帝，我們的使臣怎麼要跪你們的女王呢？

雙方爭論不休，互不相讓。

一邊的威妥瑪說：「依我看，此事可報請女王陛下親自裁決。不過，郭大人和劉大人用什麼身分晉謁女王應在這裡定下來。」

郭嵩燾很高興威妥瑪的轉圜，馬上回應道：「好的，英明的女王陛下一定會做出令我們能接受的決斷的。至於我們的身分，不是事先已議好了嗎？」

威妥瑪點點頭說：「不錯，這是本人和李中堂共同商議定下的。不過，最好還是先看看你們的國書。因為在郭大人備辦國書之前本人已離開天津了。」

郭嵩燾對此早有準備，國書也由黎庶昌帶在身上了。眼下黎庶昌聽他們提到國書，忙把羊皮護書打開，取出國書呈上來。

不料一看英文本的國書，德爾庇一下眉頭深鎖，把那顆長著連鬢鬍子的頭搖得跟撥浪鼓似的……

國書不合

這份國書是郭嵩燾正式接受使英的任命後，在作動身的各項準備之際與主持總理衙門的五大臣共同商討、且遂字遂句推敲後寫下的。

中國向泰西派遣特使是第二次，派遣公使卻還是頭一遭，故出具公使國書在總理衙門也是頭一回。不過，堂堂的總理衙門有的是飽學之士，就算派遣公使的國書沒寫過，他國駐華公使遞來的國書卻見得不少，正本副本、洋文華文的都有，套用華文本的格式和口氣寫一份也錯不到哪裡去。

不想此番出使，郭嵩燾身分較為特殊，有雙重身分：既是因「馬嘉理事件」向英國女王道歉的

「特使」，又是道歉後留駐倫敦的公使。

按國際慣例，雙重身分就必須備辦兩份國書，把不同的使命說清楚。然而總理衙門司筆札者圖省事，把兩件事扯在一起了，上面該說的話沒說。

這裡德爾庇在搖頭，威妥瑪似不知何意，忙湊過來看。其實，國書的款式未錯，口氣也不卑不亢，但文字卻確實欠推敲，只見它上面寫道：

大清國欽差大臣郭嵩燾副使劉錫鴻敬奉國書，呈遞大英國大君主五印度大后帝：上年雲南邊界蠻允地方有戕斃翻譯官馬嘉理一案，當飭雲南巡撫查報，嗣經欽派湖廣總督李瀚章馳往會辦，並將南甸都司李珍國拿訊，又經欽派大學士直隸總督李鴻章馳赴煙臺，與大國欽差大臣威妥瑪會商辦理。威妥瑪以寬免既往、保全將來為詞，一切均請免議，中國大皇帝之心，極為惋惜，命使臣前詣大國，陳達此意，即飭作為公使駐紮，以通兩國之情而申永遠和好之誼。敬念大君主大后帝含宏寬恕，仁聲義聞，遠近昭著，必能體中國大皇帝之意，萬年輯睦，永慶升平。使臣奉命惋惜之辭，具於國書，謹恭上御覽，並申述使臣來意，為謹信敬睦之據。

威妥瑪傍著外相身邊看完這份國書，竟作出大感意外的樣子問道：「就這一份嗎？」

郭嵩燾見德爾庇神態不對正感到迷惑不解，又聽威妥瑪口氣不對不由大感意外——這份國書早在半年前即準備好了，其時威妥瑪尚在北京，主持總理衙門的軍機大臣沈桂芬曾當著郭嵩燾的面將國書讓威妥瑪看，威妥瑪連聲說好，眼下卻說當時已回國了，且問「就這一份」，郭嵩燾不由生氣，乃說：「國書就是一份，怎麼還有呢？總理衙門在草擬時，閣下是在場的，怎麼說不在呢？」

不想威妥瑪雙肩一聳兩手一攤說：「看來你們誤會了，鄙人在場是沈中堂讓看謝罪使國書，並沒有說公使的文件也是這一份呀！」

威妥瑪這不是明顯地撒謊嗎？郭嵩燾一時弄不明白對方撒謊的用意，乃用質問的口氣說：「沈中堂既然已請教閣下，閣下怎麼可以只說半截話呢！」

威妥瑪見郭嵩燾生了氣，竟不用翻譯直接用華語說：「您不用著急，看來這事是你們少問了一句。依照國際慣例，所謂國書是派遣國國家元首為派遣或召回公使時，向駐在國國家元首發出的正式文書，因而特別地鄭重其事，分派遣國書和召回國書兩種，上面必須註明使者的身分，包括官銜、許可權、使命和任期等項內容，接受國看了才能確認其身分並確定接待方式。可你們這份國書中，只有惋惜滇案的文字，雖也有『作為公使駐紮』一句，卻再無下文。」

說著，他又瞥了尷尬地坐在下首的劉錫鴻一眼說：「至於劉大人的身分，從這份國書文字看，僅是副謝罪使，根本不是長駐的副公使！」

威妥瑪這麼一解釋，郭嵩燾不由額上冒汗了——看來，威妥瑪是有意設難，鑽了我方不諳外交的空子。雖然這純屬文字上有欠推敲，可郵輪西指三萬里，堂堂的中華使者，居然連一份國書也不合規範。飽學之士的翰林公，皇帝身邊的文學侍從之臣，恥的就是人家說你不通，眼下居然讓洋鬼子斥為不通，能不汗顏無地？

這時，劉錫鴻又忍不住高聲申辯了。

剛才被馬格里頂了一句且不為他翻譯，覺得很丟面子，此時見威妥瑪竟不承認自己副使的身分不由更氣，乃說：「何必節外生枝呢？國書就是國書，道歉的話有，充當公使的話也有，還要如何？這一定是漢英文字不同，翻譯詞不達意！」

馬格里聽說「翻譯詞不達意」，不由把嘴一癟，立刻把華文正本遞與劉錫鴻說：「副使大人，這不在嗎？您自己看看。」

劉錫鴻沒好氣地接過來，取出老花鏡戴上，從頭至尾看了一遍：他在郭嵩燾備辦國書時請假回原籍廣東處理私事，後來在上海與郭嵩燾等人會合後，雖也曾索國書匆匆瀏覽了一遍，但當時沒想那麼多，故也未能看出破綻，今天經對方一指出，不由得也承認，文章果然有值得推敲之處——也難怪總理衙門的人，彼時彼刻，國人正為堂堂中華上國，要向「英夷」的女主謝罪一事感到憤怒，言路上紛紛其說，所以總理衙門主筆之人注意力集中在措詞是否不卑不亢這一點上，求的是既能讓英國人點頭，自己面子上也過得去，至於使者雙重身分是否說清了，他們便忽略了，何況當時已讓威妥瑪過目了呢。

眼下劉錫鴻合上國書，再無話說，只冷冷地瞥了正使一眼不再作聲。

郭嵩燾此時憤怒多於愧疚，但此時此地，去與威妥瑪理論已沒有什麼意義了，頹喪之餘，一句話脫口而出：「難道不可以稍作變通嗎？」

此話既出，威妥瑪臉上露出了難以掩飾的笑容。作為一個強國的外交官，他不單有權術要盡、鋒頭出足的欲望，而且，他對即將步入國際社會的清國外交官，還有一種居高臨下、睥睨一切、像教師爺對待小徒弟一樣的心態。不過，他想要耍弄的對象還不是郭嵩燾而是劉錫鴻。在中國任外交官這麼多年，時時關心中國的官場動態及社會輿論，劉錫鴻平日的言論他早就留意到了。此人雖也愛侈談洋務，但渾身上下卻和中國的大多數官僚一樣，充滿著顢頇無知和妄自尊大的虛驕之氣。他不喜歡這種官員，在與他們打交道時，便常常藉故找岔、無中生有，想殺一殺他們那外強中乾、至死不認輸的矯情和傲氣。

今天，劉錫鴻一開始便說女王只是個「王」，而北京紫禁城內那個乳臭未乾的少年才是一統天下的「帝」，他覺得好笑，決定教訓一下這個目中無人的清國人。眼下見對手默默無語了，他不由高興，但正使此問接下來便有捲舖蓋回家的意思了，這並不是他願意看到的。不由低聲和外相議論了幾句，德爾庇不由說了幾句委婉的話，馬格里將它譯出是：「變通辦理是可以的，不過，劉大人這副使身分恐怕很難承認。」

這就是英國人的底蘊。郭嵩燾從彼此交鋒的口氣中，從德爾庇及威妥瑪對劉錫鴻的態度上已看出一點端倪了，但二人一同奉旨，怎麼能只承認一個呢？於是，他又一次和德爾庇及威妥瑪力爭——要變通辦理便應承認副使。德爾庇冷冷地看著威妥瑪用華語和郭嵩燾反覆辯駁，看到那個副使嗒然無聲地枯坐一邊。覺得應該適可而止了，乃做了個「暫停」的手勢，然後對郭嵩燾說：「明天再議吧！」

郭嵩燾聽馬格里譯出後，才算鬆了口氣……

禮失而求諸野

郭嵩燾和他的同僚們終於正式見到英國的女王維多利亞陛下了，時間在光緒二年的臘月二十五日，這已是西曆一八七七年的二月七日了，地點在白金漢宮。

因為英國人不承認劉錫鴻的副使身分，那天從外相府回來後，劉錫鴻狠狠地埋怨了一通。他雖不當面指斥郭嵩燾，卻大罵總理衙門一班人是飯桶，從司筆札的章京到大臣沈桂芬、毛昶熙統統罵到了，連恭親王也附帶捎上一句，說他只知攬權卻不會用人。

對這些氣話郭嵩燾只能盡力解釋，就連一些明顯是影射自己的話也只好笑臉相勸，叫他少安毋躁，看樣子外相口氣已鬆動，並說如果英國人堅持原議，則正副使一道返國他絕無獨留之理。

黎庶昌也安慰說，既來之則安之，總得有個說法才行。眾人如此一說，劉錫鴻總算沒有立刻「打道回府」。

果然，第二天會談時，不待郭嵩燾開口德爾庇即表示可以「通融」，願意暫時讓劉錫鴻作為副使一同入覲，待補辦的國書上註明後再正式承認。

原來此時英國朝野的注意力並不在清國而在巴爾幹半島——第九次俄土戰爭正在醞釀之中，此地於英國關係重大，英國方面正集中全副精神密切注視著巴統、比薩拉比亞的動靜，一名清國外交官的去留，不宜耗費外相過多的精力。

於是，翌日午後，郭嵩燾一行終於如願以償。

英國的王宮有兩處，一曰：聖詹姆士宮；一曰：白金漢宮；而馬格里翻譯為「賢真木宮」和「白金噶思巴雷司」。前者為舉行朝會大典的地方，後者則是日常處理公務的所在。

使團中人，一個個懷著無比敬畏和好奇的心情去晉謁女王，想看看這個海上女霸主的巢穴究竟是如何地森嚴，不料直到去了才知，事實與他們的想像有距離。

英國的王宮無論規模之宏大或建築的雄偉壯麗，是根本無法跟中國的紫禁城比的。它座落在一條普通的大街上，行人如蟻，連宮門口也不乏平民在留連，根本沒有一點京師的「天街」、「御道」的氣象。

他們在鐵柵欄外下車，見門口有身著甲冑的禁軍在站崗。因事先有約，女王的禮賓官已等候在側，在禮賓官的導引下，他們穿過林立的禁軍走進鐵柵門，穿過一重門，來到一處極大的院落，磚石鋪地，四周華屋重重，沿抄手迴廊再進第二道門，上石階三十餘級進到一平臺上，只見德爾庇外相與威妥瑪已候在那裡。

他們一見清國使團上來立刻親熱地上前招呼，並引客人進入休息室候見。

郭嵩燾自上車後便處處留心，注意觀察周圍的一切。眼下他已被眼前的景象迷住了——這是一間十分寬大的客廳，裝飾得非常華麗。自從法國皇家畫院著名的大畫師勒·布朗以他那完美的藝術構思把凡爾賽宮裝飾成歐洲最負盛名的藝術殿堂後，「路易十四式」的裝飾風格幾乎為各國所接受，進而紛紛模仿，英國的王宮自然未能脫窠臼。但女王是個酷愛自然和歷史的人，裝飾大師們根據女王的意願自然有所更新，就如眼前的客廳論，它的風格體現出慷慨激昂和寧靜恬淡的統一。

它的正面牆上是英國皇家畫院頗負盛名的油畫大師透納的名作《納爾遜之死》。透納的畫揉合了油畫與水彩畫的技巧，十分講究線條的分明和色彩的絢麗，尤其是歷史題材，更是如此，因而顯得非常有氣勢，《納爾遜之死》便是他的代表作。

納爾遜本是英國名將，本世紀初，英法重開大戰，其時法皇拿破崙已攻入義大利，為了「讓一千五百萬英國人服從有四千萬人的法國」，拿破崙準備渡海進攻英國，納爾遜因而率艦隊與法海軍戰於西班牙的特拉法加角。此役英軍大敗法軍，徹底粉碎了拿破崙稱霸歐洲的野心。但在海戰中，納爾遜親自指揮的旗艦「勝利號」為追擊法軍旗艦「森陶號」而陷入重圍，納爾遜不幸中了敵人的槍彈，他忍著劇痛指揮作戰，直到親眼看到法艦全軍覆沒，才不無遺憾地說了一句：「他們終於打中了我」。然後從容地閉上眼睛。

此畫以特拉法加角為背景，選取納爾遜臨終時的情景，以油畫那種寫實風格集中而完美地表現了英雄臨終時那悲歌慷慨的一瞬。氣勢宏偉，場面壯觀，很是動人心魄。

德爾庇引客人入室，尚未落座，見客人們都目光灼灼地注視這幅畫，不由驕傲地向客人講述畫裡的故事。

說起納爾遜，德爾庇如數家珍，馬格里也十分起勁地為眾人翻譯，聽得客人一個個肅然起敬。郭嵩燾已是多次聽人講英國史了，自然也不止一次聽講納爾遜，但此時此地，卻是另一種感受……

這時，就連一向昂首天外，似乎對洋人的一切都不屑一顧的劉錫鴻也露出了驚愕之色。

少頃，女王的侍從官偕御前大臣西摩爾、凱木倫出來轉述女王請中國公使見面的口諭了。德爾庇和威妥瑪首先起立，郭嵩燾見狀，不由也率僚屬站起來，他們聽完翻譯的口述，一齊肅具衣冠，跟著兩位御前大臣款步入室去見女王。

眼下當政的英國女王名亞歷山德娜．維多利亞，生於嘉慶二十四年（一八六九），父親為英王威廉三世，丈夫為日耳曼沙河堡侯爵之子博雅那。十年前，博雅那病故，女王居孀。女王即位在十八歲時，因威廉三世薨後無嗣，王位由弟弟威廉四世繼承，四世亦無後，王位乃傳於侄女。

這位女王以賢明能幹聞於世，其國力也因此得以長足發展。眼下英國的生鐵年產量已達到七百多萬噸，工業與貿易坐上了世界第一把交椅，因此有「世界工廠」之名。女王和她治下的國家如日中天，本土雖只比郭嵩燾的家鄉湖南省略大，但它在海外卻有比本土大一百五十倍的殖民地。今年初，亞洲的殖民地五印度各邦紳民上女王尊號為「印度女王」，因而「英國女王」、「印度女王」並稱。

不過，令郭嵩燾永世不能忘記、且特別痛心的是英國發動的兩次鴉片戰爭，竟也是在這個女王當政期間。

當時，英國國會有不同意見，為說服國會增撥對華作戰經費，維多利亞女王還曾親自到國會演說，宣傳鼓動對華戰爭。這以後，英國取得了勝利，一紙《南京條約》打開了中國的大門，英國一次又一次在中國攫取利益，直到此番，又一紙《煙臺條約》迫使他這個年長女王一歲的老人不遠萬里前來「謝罪」。

他想，幾經曲折，他終於在今天得面見這位海上女霸主了，這個女霸主究竟是怎麼一副猙獰面孔呢？

西摩爾和凱木倫規行矩步，款款而前，把中國使團引入了另一間大廳。這一間大廳裝修得更豪華，牆壁上飾以錦緞，地上鋪有十分豔麗的地毯，華光溢彩、金壁輝煌。看來，這裡已是女王召見臣下和會見外賓的地方了。

西摩爾和凱木倫停下來，兩廊的樂手用小洋號吹奏了一支短短的樂章。大廳正面的大門從兩邊打開，眾人正驚愕間，突然眼前一閃，門洞口出現了一名絕色金髮少女，扶著一名貴婦人——憑直覺郭嵩燾也明白，這個貴婦人一定就是名聞遐爾的女王了。

他有些不相信自己的眼睛。

幾天前，外相不還在堅持使臣要用三跪九叩之禮晉謁女王嗎？今天，女王竟起身迎客人於門前，前倨而後恭，這未必也是洋人的手段？他立刻想到中國的古禮——彼此的謙恭和揖讓；想到沿途在英屬殖民地的禮遇，心想，丟開彼此的爭競不說，洋人的國度其實也是禮義之邦，而以禮義之邦自詡的大清，皇帝高高在上，雖屢次敗於洋人之手，卻始終不願以對等國看待洋人，甚至堅持要洋人以跪拜之禮入覲，皇帝的面前容不得不跪之臣，哪怕就是後來終於讓洋人不跪而入覲了，也要從孟夫子那「以大事小」的理論中尋一份安慰，所謂「以大事小者，畏天命也；以小事大者，知天命也。」這實在是虛驕之氣已灌頂了。

想到此，他不由愧顏，心中頓生「禮失而求諸野」的悲哀。

西摩爾和凱木倫立足後微微向女王鞠躬，然後分立兩邊。郭嵩燾立刻和女王面對面了，之間僅數步之遙。

他不由打量一下女王，她已是近花甲之年的老人了，圓臉微胖，豐容盛鬋，半點也不顯老相，因不是大典，故著常服，頭上也沒戴王冠，只是一條白碎花巾，穿一身黑衣裙，顯得十分慈祥和莊重。侍立一邊的公主碧阿他麗絲則穿著潔白的衣裙，輕盈妙曼，光彩照人。

因做了充分的準備，郭嵩燾一點也不慌張，他跨前一步，向女王從容地行鞠躬之禮，不料女王也鞠躬回敬，郭嵩燾一連三鞠躬，女王和公主也一連三鞠躬。

接下來由張德彝上前將國書交與郭嵩燾，由郭嵩燾親手將國書交與老臣西摩爾，西摩爾轉交女王。

這份國書雖被英方指為不合規範，但女王仍然笑納，接下來由馬格里用英語念頌詞，女王認真聽著並頻頻點頭。待念完頌詞，女王開口言道：「貴公使此次遠來，為通兩國之誼，願英清兩國永遠和好！」

當女王身邊的中文翻譯把這句話譯出後，郭嵩燾不由連連點頭稱是。

女王又問清國大皇帝好，郭嵩燾連聲答好。女王又說：「既然大皇帝有書來，我們當有回信。」

郭嵩燾說：「靜候陛下回玉。」

於是，這一次綢繆數日、令人輾轉難寐的晉謁算是結束了。

黃腔頂板

從白金漢宮出來後，郭嵩燾按預定計劃去拜會俄國公使和法國公使。

眼下世界各國在倫敦駐有公使的國家有三十六個，其中俄、法、德、土耳其、奧地利五國為頭等公使；日本、西班牙、荷蘭、比利時、美國等十八國為二等公使；義大利、厄瓜多爾、希臘等五國公使暫缺，由臨時代辦署理日常事務，應列入三等；而多明尼加和洪都拉斯有使館而公使未到任亦未委派臨時代辦算是暫缺。

按照國際慣例，同級外交使節的排列次序有所謂「在先權」之說，即雖同為頭等公使，得按遞交國書時間而定先後。時下俄國駐英公使書瓦洛弗伯爵來倫敦最早，已任職四年，法國公使達拉固伯爵次之。於是郭嵩燾便先去拜訪書瓦洛弗和達拉固。

這兩國使臣皆在舊城區，他們一行匆匆趕到那裡，卻因未預約而沒見到人，郭嵩燾僅留下名片而歸。

不想第二天書洛瓦弗和達拉固及德國公使閔斯達爾伯爵竟連袂而至。於是郭嵩燾和劉錫鴻、黎庶昌及馬格里、張德彝在樓下大廳和三國公使會見。

因是初交，寒暄後再無話說，不想三國公使卻提出了一個共同的要求——三國早已向大清朝廷派出了公使，眼下他們與大清的貿易往來頻繁，故希望大清國皇帝陛下向他們的國家同樣派出公使。

這是一個合理要求，郭嵩燾清楚，就在他奉派使英時，三國的駐華公使也曾向總理衙門提出過，只是大清外交人才奇缺，一時找不出合適人選而已。這裡不好明說，只好說一定將三位大人的意思轉奏我大皇帝，一定盡快派出使節。三國公使這才滿意地告辭。

接著，日本公使上野景範來訪，同來的還有美麗的公使夫人上野和子。

上野景範能說一口流利的華語，故交談十分方便。因對方帶有女賓，郭嵩燾乃讓槿兒出來作陪，上野和子也能說華語，故和槿兒在一邊用華語交談。

同在亞洲，為一衣帶水鄰邦，無語言障礙，故他們的談話無拘無束。據上野景範說，他們素崇尚中華文化，中國古籍，上自《十三經》下至坊間話本日本應有盡有，日本的上層貴族都有十分好的華文根底。

郭嵩燾明白這不是假話，這以前他也對日本情形略有知聞，知道日本有不少漢學家，對詩書畫印都有較深的造詣。中國人看日本字不用翻譯也能知道大概，因為日本一般文字多用漢字，僅句讀不同，如「孟子見梁惠王」一句在日本便成了「孟子梁惠王見」。眼下和上野景範談起，雙方都哈哈大笑。

說及使命，上野景範說除敦睦邦交、發展貿易外，還得花費大量精力管理留學生。他們自明治維新後，因天皇下令「求知識於世界」，故近年有大量留學生派往歐美，眼下單在英國的留學生便有幾百人，從政治、經濟到軍事，聲光化電各學科應有盡有。除了派年輕學生，政府官員也分批來考察，戶部尚書井上馨是最早的留英學生，眼下又一次來英國考察稅政，而另一個官員伊藤博文不久也將來考察憲政和政黨政治。因此，使館人員很多，除公使外，有參贊四人，留學生監督及隨員、翻譯數十人。官員中，大多能說英語。

一聽日本使館官員能說英語的有這麼多人，郭嵩燾不由羡慕不已。上野景範來英國已兩年，對這裡的情形較為熟悉，他拿出一個本子，上面不但記有英國上層政要的姓名和職務，且連所在政黨及個人政治主張、府第所在應有盡有。建議郭嵩燾去一一拜訪。又說西國風俗，公使遞交了國書後應該四處拜會各官員，過三日即為不恭。

郭嵩燾接過名冊看後，覺得這類似京師的《縉紳錄》，大清原本也時興的，且有一句俗話說，胸中一部《縉紳》，足下千條胡同——蓋熟悉各部官員的底細，便好和他們打交道辦事也。

他感謝上野景範的贈予，第二天即四處拜客，從首相畢根士到上議院議長鏗恩斯、下議院議長白蘭德；從各部院大臣直至倫敦的市長都一一拜到。

除了拜各政要，倫敦還有不少老朋友，其中就有戈登和上海怡和、永利等好幾家洋行的高級職員，他們得知郭嵩燾到達倫敦的消息後，紛紛前來拜訪，郭嵩燾沒有時間一一回拜，而槿兒是認識他們的，這些人的夫人又大多能說華語，於是他只好讓槿兒在戈登夫人陪同下，代勞回拜。夫婦分頭出門，忙了好些天。

黎庶昌等一班隨員年輕，精力旺盛，公務之餘便由張德彝或馬格里帶著去各處遊覽。

自從道光十六年（一八三六）第一架照相機問世後，攝影已在世界各大城市興起，報紙上常有新聞照片出現，倫敦更是有好幾十家照相館。使館的隨員們早嚷著要去照相了，郭嵩燾也想在異國留影。

這天，該拜的客差不多都拜完了，乃在午後讓劉孚翊去告訴劉錫鴻，約劉錫鴻偕夫人一同去照相。劉孚翊上樓去半天也不見人下來，眾人都不耐煩了，又讓一個馬弁上去催，直到這時才見劉孚翊匆匆下來，仍只一個人，郭嵩燾不由著急，乃問道：「雲生怎麼還不下來？」

劉孚翊望了眾人一眼說：「劉大人說身體不適，免了。」

黎庶昌說：「吃飯時不還好好的嗎，大家去合個影多好。」

劉孚翊說：「這是無法勉強的，他不去我們去。」

眾人於是帶著一份遺憾出了門。

就在眾人都在草坪上車時，劉孚翊特地走後，他挨著郭嵩燾吞吞吐吐說了實話：「劉副使這兩天火氣大得很。那天晉謁女王後一回到下處便罵人，說女王處上不尊，那個公主袒胸露乳，更是一副輕薄之相，也說了您一些閒話。」

郭嵩燾一驚，忙問道：「我有什麼供他說的？」

劉孚翊湊近前，悄聲說：「他是衝尊夫人來的。」

郭嵩燾大惑不解，槿兒規行矩步，與使館之人很少接觸，就在船上也很少與人打照面，幾時得罪了劉錫鴻呢？可劉孚翊話說到這裡卻欲言又止，郭嵩燾更加生疑，乃停下來硬要劉孚翊說。劉孚翊被逼不過，於是說：「他說尊夫人一到倫敦便洋化了。今天去買一個茶瓶，明天又買一盒香水，這兩天更是腳不沾地拋頭露面去與洋人應酬，很是不成體統。他還說——」

劉孚翊說到這裡又不說了。但他不說郭嵩燾也能猜出來，無非是槿兒的身分——一個小妾，原是上不得臺盤的。

於是氣得手顫心搖，乃連連追問劉錫鴻還說了什麼，劉孚翊見他氣成這樣，加之槿兒又跟在後面，不敢再往下說了，只說：「他不願照相，還有一說，就是照相會攝去人的精氣神，照多了連魂魄也被洋人攝去了！」

這又是一個天大的笑話。且不說洋人報紙上天天有女王和官員、貴婦人的照片，就在上海、天津的租界裡也設有好幾家照相館，不少中國官員和有錢人也去「開洋葷」，誰也沒有「攝了魂」的遭遇。他明白劉錫鴻言外之意，無非是說他心中的「魂」被洋人攝去了。

他一氣之下，便要去找劉錫鴻問個明白。

劉孚翊慌了神，乃一把拉住他死死相勸。這裡眾人已上了車，因公使夫婦未上車，大家又從車窗口探出頭來招呼，他只好忍下這口氣，勉強上了車。但到了照相館，他的情緒仍未恢復正常，以致鏡頭中的正使大人竟枯眉嘛嘴，一副苦相。照相師打出手勢，又做出示範才勉強把相照好。

照了集體相，又分別照單個的，槿兒照了後，按他們事先約定是要照個夫婦合影的，不想他竟要槿兒下來，不再照了。

回到使館，他的氣消了一些——國書上沒署副使的名字，將心比心自己也會有氣，他想和劉錫鴻推心置腹談一談。

劉錫鴻像早知他要來似的，進門剛落座，立刻將一份奏稿交與他。到達倫敦後，他即向朝廷寄去了平安到達的奏報，今天他又將把晉謁女王的情形奏報回國。

劉錫鴻身為副使，有專摺奏事之權，自己要上封奏是極正常的事。但既然交與他又未封固，顯然有徵求意見之意，他遂取出從頭看起。

就在這時劉錫鴻開口了，他說：「筠公，這兩天我想了很多，覺得此行實在多餘。既然人家不高興我在此，徒留無益，且增加開支、虛耗國帑，卻又何必？因此，我請求朝廷將我召回去。」

郭嵩燾一聽，不由急匆匆將文稿看了一遍，上面果然是說此事。心想，劉錫鴻才學確不堪副使之任，這事既怪他無自知之明，也應怪軍機大臣李鴻藻無知人之明，以致來到海外遭洋人輕看，故有此舉。他想，難得他今天自己明白過來，本想稱讚幾句，但轉念一想，當初劉錫鴻千方百計要出洋，才遭此小挫，豈能就萌生退念，只怕言不由衷。念及過去友情，他不由生出幾分同情心。忙說：「雲生，依我看，既來之則安之。有些事還是少計較些好。」

不想劉錫鴻卻冷笑道：「是我要計較，還是有人成心要排擠我呢？」

郭嵩燾一聽口氣不對，不由說：「雲生，看來你是生我的氣了。我可以賭個惡咒，當時備辦國書時，確沒有想到這些。如果是有心漏掉你，天誅地滅好嗎？」

劉錫鴻冷笑說：「賭什麼咒，豈不聞雷打火燒，命理所招？」

郭嵩燾說：「那你就將情斷理呀。主筆的不是我，看過草稿執筆竄改的不是我，定稿的人也不是我，我若有意將你的名字漏掉，總理衙門三大臣、還有主管總理衙門畫押蓋印的恭王爺能依嗎？再說我若容不得你，當初又何必推薦你？」

劉錫鴻又連連冷笑說：「你推薦我？嘿嘿，謝謝你的好意。可別忘了，你只推薦我任參贊，這副使是李蘭蓀中堂破格舉薦的。可能就因這你放我不下。不然何以一到上海，新聞紙便把我貶得一錢不值，而把你捧得天人似的，到了倫敦又是如此？」

直到這時，郭嵩燾才發現劉錫鴻對他積怨已很深很久，且不是為一件事。正要與他剖析明白，不想劉錫鴻竟走上來從他手中把稿子抽走了……

一之為甚

從劉錫鴻的房中出來，郭嵩燾好不快快。不想回到自己房中，前腳才進門，黎庶昌便跟進來了。「劉雲生跟您賭氣啦？」

他在沙發上坐下，黎庶昌也跟著坐下，且匆匆發問。

他不由點點頭說：「嗯啦！」

「要上封奏，請撤副使？」黎庶昌接連發問。

「不錯，他跟你商量啦？」

黎庶昌聽出正使話中對自己有懷疑，忙連連搖頭說：「哪裡，是晚生猜到的。」

接著他不容郭嵩燾再問又說：「老師，易地而處，晚生也會有想法，所以您應該原諒他！」

「嘿嘿，」郭嵩燾連連冷笑著說「看來，那次你的猜測是對的，他恨我已不止一日，也不止一件事，你讓我如何原諒他？」

說著，便把劉錫鴻的話學說了一遍。

黎庶昌邊聽邊點頭。這些天他冷眼旁觀，把劉錫鴻情緒變化全看在眼中了。心想，不管劉錫鴻如何，但才到倫敦便冒出副使請辭的事這在旁人看來算什麼事呢？正想相機進言，不想郭嵩燾卻不以為然地說：「他要辭也不是完全沒道理。倫敦駐有三十多個國家公使，都只有正使而無副使，李蘭蓀當初的薦舉顯是多此一舉。」

「不妥不妥。」話未說完，黎庶昌連連搖手道：「老師，劉雲生此舉顯然是故作姿態，言不由衷，您何不做個順水人情出面挽留？再說，他既然是蘭蓀相國推薦的，就是請辭朝廷未必就會准允。」

郭嵩燾沉吟半晌，說：「你說說，他如此食古不化，叫人如何與他共事？他自己要走，我也巴不得。」

黎庶昌沒有急於回答，卻取出兩支洋煙，先敬一支與郭嵩燾，再自己叨上一支，又取出打火機先替老師點上再自己點上，一連抽了幾口煙始閒閒言道：「眼下俄、法、德三國都希望我朝廷遣使，您何不上表推薦他任去一國當個正使？這樣豈不兩全其美？」

郭嵩燾微笑著不語了。

黎庶昌果然書生氣，劉錫鴻連當個副使也為外人看輕，又如何當得正使？眼下俄、法、德三國都是一等強國，與大清貿易往來僅次於英國，其重要性也僅次於英國，彼此之間交涉很多，且一旦有事便不是小事。以劉錫鴻的知識和閱歷，能從中化解糾紛、達成和協、講信修睦，且讓洋人信服嗎？若這麼貿然出奏，朝廷一旦採納，自己耳根是清淨了，卻於國家帶來無窮的禍患。這不是拿國事當兒戲嗎？想到此，他不由正色道：「黎純齋，你是想讓我背上千秋罵名！」

黎庶昌笑了笑說：「老師何必過於認真。眼下的局面，是外交亟需人才，朝廷卻又拿不出，劉雲生雖資歷欠缺，畢竟也差強人意、聊勝於無吧。」

「我可不這麼看。」郭嵩燾敲掉手中煙灰，鄭正其事地說，「公使一職，在國內仍稱欽差大臣，欽差者，口含天憲，如君親臨也；在國外叫公使，頭等公使既代表國家且代表國家元首，由此可見無論國內外，都十分注重。不然，國書上少幾個字德爾庇也不會齮齕相爭。既然如此，你那差強人意、聊勝於無之說是不妥的，豈不知寧缺毋濫？」

黎庶昌說：「老師此說自是正理。不過官場上的事難說得很，您說他不行，說不定有人說他行。當初您僅保舉他當個參贊，不是就有蘭蓀相國保舉他做副使麼？」

郭嵩燾歎了一口氣說：「如果他命中注定有作公使的份，我自然奈何他不得。不過違心的事我是不願做的。一之為甚，豈可再乎？」

黎庶昌見老師潑水不進，只好起身告辭。郭嵩燾卻說：「純齋先別走，給我看點東西吧。」

黎庶昌只好重新坐下來。只見郭嵩燾起身從室內取出一疊文稿交與他道：「這是我來倫敦時，按日寫下的沿途見聞及個人的切身體會，準備要寄與總理衙門備案的。你看一看，可否做些增刪？」

黎庶昌知道這是件大事，馬虎不得，忙答應著雙手接了過去。回到自己居室，乃關上門匆匆看起來。

數萬字的文稿，一個晚上便看完了，第二天來交稿，郭嵩燾一見便興致勃勃地問道：「如何？」

黎庶昌躊躇半晌，乃說：「老師述沿途所見，觀察細緻入微，且見景生情，回想聯翩，見解很是獨特，據門生看，確能擊中時弊，令局中人深思。不過要寄回國交總理衙門備案只怕不妥。」

郭嵩燾說：「這都是沿途你我親眼所見，實話實說，有何不妥？」

黎庶昌歎了一口氣說：「老師，世上的事有些是說不得的，所謂知榮知辱牢緘口，誰是誰非暗點頭。這可是有過教訓的。」

郭嵩燾不由生氣了，說：「我這是與總理衙門有約的，寫下沿途見聞，寄回去供他們參考。再說上面又沒有什麼大逆不道的話。」

黎庶昌說：「老師，要說記述沿途見聞，志剛、張德彝等人的日記真稱得上，純是看見什麼寫什麼。您的則不同，雖也是看見什麼寫什麼，卻又要處處與中華對照，加以評議，什麼『實事求是西洋立國之本』，『什麼洋人法令修明、人民富足、民風政教自有本末』，這些話學生雖有同感，但在李蘭蓀那班人眼中便成了異端，成了悖逆，他們必然會要跳起來的。」

郭嵩燾經他如此一剖析，覺得是有些不合時宜。只好說：「純齋，朝廷既已派我等出來坐探西人國政，就應實事求是，若只揀別人愛聽的說，那不是掩耳盜鈴麼？」

黎庶昌知道老先生認死理，其實他未嘗不明白，洋務眼下雖為恭親王所大事宣導，繼曾國藩之後，左宗棠、李鴻章等重臣在大事推行，但在清流一班人眼中始終是個逆種。所以，船廠、機器局、同文館等新事物雖成績顯著，卻也罵聲一片，所謂譽滿天下，謗亦隨之。在這種情形下，悶頭做比高聲說好，務虛不如務實。

想到這一層，黎庶昌於是兜著圈子說服他，且拿郭嵩燾的個人經歷打比方，從他主張在京師辦外國語言文字學館遭人攻擊一事，直到他去年上書提出本末之說被人擱置，郭嵩燾聽著，差不多要採納了，不想黎庶昌說到最後，竟說：「左季高爵相有一句名言，辦洋務只能做不能說，一說便什麼也辦不成了……」

話未說完，郭嵩燾不知從哪裡一下冒出一股無名怒火，突然說：「算了，黎純齋，好好的事，你怎麼要扯到那個人身上，不嫌敗興嗎。」

黎庶昌一怔，這才發現自己只顧說，不知不覺中，卻犯了老師的大忌。正不知如何收場，老師卻上前把稿子從他手中抽走了……

槿兒

望著黎庶昌怏怏離去的背影，郭嵩燾眼前翳翳一片，心中好不悵然……

其實，他何嘗不明白黎庶昌是出自好心，說的也是實情，但一提到左宗棠心中就有一股怨氣沖天而起，轉而想起自己銜命出京，不遠萬里來此，究竟是為國家做事，還是要專門揣測權要心理、投其所好呢？

想到此，他終於下了決心，傳來專司章奏的隨員張斯栒，令他將這一份航海日記寄回國去。

回到自己房中，槿兒正背對門在做針線，因過於專注，直到他走到身邊時她才發現，因而吃了一驚。她沒有起身相迎，而是慌忙將手中活計藏到了被子下面，但這個動作被他發現了，忙問道：「那是什麼？」

燈下槿兒的臉一下變得血紅，低聲嘟囔道：「這不該你管的，看不得。」

他以為是女人們用的那些不便示人的東西，也就不再追問了。可槿兒口中說不讓看，手中卻將活計帶出來了——那是一件嬰兒的衣服。

「啊，你終於有了！」郭嵩燾抑制不住內心的驚喜，適才的煩惱與惆悵都似乎一下丟進了東洋大海，立刻檢討自己的行為：「我不該讓你四處拜客的，你應該好好休息。」

槿兒一聽讓她休息，不由急了，忙說：「才一兩個月，懷的又不是太子，慌什麼？我知道您不願我在外拋頭露面，劉和伯的話我都聽見了。可戈登夫人說我不應該關在屋子裡，那是中國人的陋習，在他們泰西，女人往往是丈夫事業上的助手，那才叫真正的賢內助。」

郭嵩燾歎了一口氣說：「戈登夫人是英國人，你是大清國官員夫人，中國的閫教如此，人家要說閒話也是情有可原。」

槿兒瞪著兩隻大眼望著他，鼓起勇氣說：「您說了的，到了泰西就要隨鄉入俗，不要這也看不慣那也看不慣的，還說到了倫敦就讓我見世面。您是個老爺，不能失信於人，更不能失信於女流，」

郭嵩燾不意槿兒才到倫敦幾天，和幾個洋婦人跑了幾回街，便能說出如許道理，不由加重語氣說：「不讓你一人出去是為你好，試想，你不懂洋話，碰上個不會說華語的就成了啞巴。語言不通，來不得蠻的。」

槿兒說：「話不懂可以學，我還年輕，像人家上野夫人，英語、華語都能說多好！我已和艾麗絲說好了，她教我英語，我教她華語，都不收師傅錢。」

艾麗絲是一個四十來歲的蘇格蘭婦女，死去的丈夫曾在香港銀行任職，她因此在香港住了兩年，能簡單的華語會話。為此使館聘她為英文打字員，也住在一樓。不料槿兒竟跟她混熟了。但堂堂的公使夫人，怎麼去和外國雇員交朋友呢？郭嵩燾不由用教訓的口吻說：「那個艾麗絲只是個下人，你應該自重些，不和她來往！」

槿兒被斥，眼淚一下出來了，竟說：「下人怎樣，我還是一個奴才呢！」

說到傷心處，眼淚一下出來了，竟伏在枕上啜泣起來……

郭嵩燾一見槿兒哭了，不由亂了方寸，可又不想在女人面前服軟，只好搓著手在床前兜圈子……

槿兒才五歲便到了郭家。

那時，湘陰西門郭家因長子郭嵩燾科場得意，正由一家道中落的寒素之家變成了眾人注目的閥閱門第。那一年湘北洪水為患，十數州縣盡成澤國。湘陰地處湘資尾閭的洞庭湖邊，地勢低窪，更是堤垸盡潰。昔日有名的三十六灣風月頓成一片汪洋，觸目處，餓殍遍野。

此時，郭嵩燾因父母之喪丁憂在籍，乃協助縣令設局撫卹災民。就在這時，從潰垸中死裡逃生的老佃戶梁五老漢帶著他的小孫女來投奔東家了，郭嵩燾乃將祖孫二人留在身邊。

梁老漢對郭家耿耿忠心，且十分勤快，挑水種菜餵豬等雜務全包了。槿兒聰明伶俐，性情溫順，平日幫祖父灑掃庭除、吆雞趕狗，博得郭家上下一片稱讚之聲。後來水退了，他們祖孫卻被留下來。

那幾年，郭嵩燾為協助曾國藩辦湘軍，常在外跑，後來又北上京師，供職南書房。其時，陳夫人沉疴在身不能相偕，他帶了梁老漢進京，槿兒卻留在夫人身邊。

不到三年，他辭官南歸，陳夫人已病入膏肓了。廿年結髮之情，他不忍再離開夫人半步。這一年盛夏，他就在家陪伴夫人。

早在咸豐三年，為避戰亂他已把家遷到了湘陰東鄉的白水洞，這裡是山區，出門便是綿亙起伏的丘陵，景色宜人，他的家粉牆青瓦，上下兩進，小莊園格局，十分寧靜。他一邊陪夫人養病一邊讀書，幾乎與世隔絕了……

幾年的光景，槿兒已長成一個大姑娘了。她手腳勤快、伶牙俐齒，很討夫人喜歡。陳夫人出身書香門第，能詩會畫，槿兒閒時在夫人教導下，不但能背誦唐詩宋詞，且也能信筆塗鴉，來幾筆山水或翎毛花卉，頗令陳夫人驚愕不已。

那時，湘陰縣城幾經兵燹已破敗不堪，一些有身分的人家紛紛避難山中，其中便有後來成為湘繡開山始祖的吳彩霞。

彩霞本名蓮仙，蘇州人氏，工顧繡和粵繡。後嫁與湘陰人吳小軒，隨夫回到湘陰後，又吸收湖南民間刺繡的一些針法技巧，終於自成一家。其繡品工藝精湛，色彩絢麗，生動逼真，凡是見過的無不叫絕。

因兩家相距不遠，槿兒又好學，乃拜在蓮仙名下學刺繡。因聰慧，許多技巧只要師父一說馬上就能領會，技藝進步很快，蓮仙常在陳夫人面前誇獎槿兒心靈手巧。

那一天，郭嵩燾去十幾里外的叔父家祝壽，第二天傍晚才回來。經過屋門前荷塘邊，見槿兒端一隻小板凳坐在柳蔭下，正目不轉睛地看一隻大紅蜻蜓在水面飛舞，一會兒，它停在尖尖的嫩荷上，水中魚兒嬉戲，不時攪動荷葉，荷葉的晃動卻不曾驚動蜻蜓，蜻蜓不動，槿兒也一動不動，大大的雙眸映著碧波，像是一汪山泉，直到蜻蜓飛走了，槿兒雙瞳翦水的眸子才跟著轉動起來，紅嘟嘟的臉上漾起了甜甜的笑靨。

望著這一幕，他不由怦然心動。

細細地打量槿兒，穿一件白色土布短袖衫，繫一條青布裙，雖然粗糙卻不粗鄙，且把一身線條清晰地勾勒出來，顯得那麼輪廓分明，頭上紮一隻抓髻兒，少女的面龐是那麼純真、恬靜，且帶幾分書卷氣，就像這大山下匯集著山泉的荷塘，清澈見底、平靜無波……

他默視了半天，心想，這個苦孩子自幼沒有感受過父母之愛，寄人籬下，卻不知悲苦，不覺孤單，逢人就熟，隨遇而安，粗茶淡飯，也能滋長，布衣荊釵，平添顏色，有天分、有悟性，就是一人在這空曠的野外也能自得其樂。

由此，他想到了人生：好友曾國藩曾對他說過，人生的樂境，原不過適意而已，心境好，到處都是天堂……

不知過了多久，塘基對面傳來收工歸來的農夫吆喝牛的聲音，對面黑山嘴上山寺晚鐘也敲響了。槿兒忽然醒悟過來，她偏過頭，猛地望見老爺正站在面前看她，忙不好意思地笑了笑，且問道：「老爺回來了？」

他也笑著說：「回來了。」

槿兒說：「您怎麼不坐轎呢？看，長衫下沾了不少泥灰，快成泥腿杆子了。」

說著，她取下圍裙上來為他撲打灰塵。

他由著她折騰，只盡情地呼吸著她身上透出的少女的淡淡香味……

槿兒看蜻蜓，老爺看槿兒，全都呆呆的——荷塘邊這一切全被夫人看見了。此刻，她正躺在天井邊桂花樹下的竹涼椅上，目光正對著大門望老爺歸來，待看到這裡，夫人寡白的臉上泛起了少見的胭脂紅，竟連連咳嗽起來。待郭嵩燾進屋，洗過臉上來問候夫人時，夫人呆呆地望著他，好半天才說：「你到家好久了怎麼不進屋？」

他見問得唐突，不由奇怪。低頭一望，此處正可穿過槽門望見塘基，忙說：「我走急了出了一身汗，欲在塘邊涼快一下。」

夫人抿嘴笑了笑說：「你看，槿兒來我家已整整十三年了，真是流光催出玉人來。你——何不把她收在房中算了？」

他以為夫人多心了，忙分辯說：「看你想到哪裡去了，她才十八歲，我卻四十出頭了，這不是造孽嗎？」

夫人說：「這有什麼，只要她願意。再說你終究是要出遠門的，我病體懨懨的如何陪得到頭？你身邊早應該另有個人了。」

夫人說這話時因激動，臉色如一片枯萎的暗紅色的楓葉，臉頰周圍全是蠟黃，好似是迴光返照的模樣，他看了不由傷心，乃說：「別說了，聽起來不舒服。好似我全無心肝。」

夫人卻不知怎麼對這個話題特別感興趣，仍喋喋不休地勸說道：「我不想拖累你，你終歸是玉堂金馬中人物，總不能老是淹蹇鄉間。龜玉毀於匱中，豈不是我之過歟？讓槿兒跟著你，有了正式名份，彼此都方便些。再說這也是梁老漢的遺願——他臨終時是這麼拜託我的。」

他只好由她說去，不再作聲……

不久，夫人終於逝世了，他因悲痛已極，也病了十多天。

槿兒對他的服侍十分殷勤。一晃便過去了半年，這時，好友李鴻章頻頻來信，催請他去上海幫辦軍務。靜久思動，他開始準備東行。

那一天他從城裡回來，槿兒為他打來熱水洗臉，又端上香茶，口中說：「老爺終於趕回來了。」

他不知槿兒何以這樣說，一邊洗臉一邊拿眼來瞅她，槿兒於是提醒說：「老爺忘了，今天是夫人的生日。」

他這才明白過來，說：「好，好，你記著就好，快準備香燭，我為她靈前奠酒三杯。」

槿兒其實早為夫人的「陰生」準備好了。她流水般出入廚房，搬出滿滿的一桌菜。其時他的兩個兒子都在縣城仰高書院讀書，家中只主僕二人，待香燭點上，主僕於靈前奠酒三杯，祭奠畢，他仍在發呆，早已淚眼盈盈的槿兒只好偷偷揩乾眼淚，張羅老爺吃飯。她說：「老爺請看，奴才為夫人設了杯箸，今天是夫人生辰，她一定會回來過生的，您陪夫人多喝幾杯。」

說著，她真的朝老爺下首夫人的位置上作了一個揖，又為老爺、「夫人」斟上酒，說：「老爺、夫人，請。」

郭嵩燾從悲痛中清醒過來。張眼四顧，滿目蕭然，眼前的「夫人」，僅是木主，逗不笑，問不應，哪有半點靈氣？乃歎了一口氣說：「虛應故事，何必作古正經？槿兒，你來陪我喝酒。」

槿兒推讓說：「老爺、夫人跟前，哪有奴才的位置，奴才還是站著為老爺、夫人把盞。」

郭嵩燾說：「唉，別犯傻了，人死後，氣化清風血化泥，哪能來喝酒。」

槿兒說：「夫人生前那麼精明，身後怎麼會毫無知覺？」

他只好放下杯箸，裝作生氣的樣子說：「你不陪我喝，我不喝。」

槿兒無奈，只好怯怯地在下首坐下來，卻遲疑著不敢動杯箸。

他見狀，乃挾了一大塊雞肉捺在槿兒碗中說：「吃，這些日子你也夠累了，多吃一點。」

槿兒無法推辭，只好默默地吃開了……

他一邊喝酒一邊想心事：夫人化鶴，隨著歲月流逝，那一份悲痛漸埋心底。眼前的傷感半為夫人半自悲——此番遊宦三吳，誰是那噓寒問暖、操持家務之人？眼望著槿兒，想起夫人生前的許諾，不由又有些遐想和綺念了。三杯酒下肚後，臉上泛起了紅光，乃望著身邊滿身不自在的槿兒說：「死生有命，富貴在天。槿兒今後再不要為夫人故世悲傷了，後頭日子長著呢。」

槿兒連連點頭說：「奴才聽老爺的。」

郭嵩燾連連往她碗中挾菜，說：「這些日子，你只怕把學詩學畫的事丟到腦後去了。」

槿兒說：「嗯啦，其實我也是一時高興，沒有去想想自己是什麼人呢？哪能學夫人，假充斯文。」

郭嵩燾說：「這有什麼，古往今來，能詩會畫的才女多的是呢，只要有慧根，我看你就有。」

於是接下來便邊喝酒邊和槿兒談詩。

他見槿兒只吃飯，不舉杯，乃乘著酒興捉她的手說：「不行，你現在既然坐了夫人的位子，也得喝幾杯才成！」

槿兒一驚，臉一下紅到了脖子根，慌忙抽出手，說：「不成不成，奴才可是從不喝酒的！」他說：「從不喝酒就不能喝嗎？來，就算代夫人喝了這杯。」

槿兒無奈，只好勉強舉杯，在嘴邊靠一下。他自然不依，說：「不行不行，得一口乾。」說著便要上來捉住槿兒的手灌，槿兒怕了，只好橫下一條心，脖子一仰，把大半杯酒一下倒在嘴裡，嗆得一臉通紅，連連咳嗽。郭嵩燾卻誇獎道：「好，好，李白斗酒詩百篇，槿兒能喝酒了，將來也可做一個女中詩仙。」

槿兒格格地笑著，又望他秋水盈盈地一瞥說：「還詩仙呢，只怕是醉鬼！」

一杯酒驅散了槿兒的拘謹，也加速了郭嵩燾的遐思，他又乘興和槿兒對飲了三杯。望著朱顏酡然的婢女，就如面前盛開著一朵燦爛的芰荷，郭嵩燾不由醉了。他說：「好了，有了槿兒，我再不會一人喝悶酒了，就是出門，也不會有寂寞之感了。」

槿兒睜著一雙意孜孜、情默默的大眼睛望著他，說：「老爺是何等之人，我可沒那福份！」話雖如此說，可那晚他乘醉挽槿兒同房時，槿兒卻在他枕上哭了。她固然欽佩他的人品和學問，身為奴才，得配玉堂金馬中人，應是自己的福份，可就這麼上床，她覺得太草率，槿兒可不是殘花敗柳之人。

郭嵩燾只得小心翼翼地哄著她，並一再保證說此生此世不再續娶。

不想這樣的山盟海誓竟似曇花——他後來終於經不住朋友的攛掇，娶進了凶橫潑悍的錢氏，不但失信於槿兒，且使她遭受了很大的摧殘。

今天她懷上了孩子，這本是一件大喜事，可因為一樁小事，惹得她又傷心地哭了。她可是一個要強的人，哪怕就在凶橫無比的錢氏的摧殘下，也只認命而從未抱怨過。再說，她要學英語有什麼不好呢，來在異國他鄉，語言障礙，受制於人，若夫人會說英語，真是再方便不過了。

想到此，他不覺歉然，乃坐下來拉夫人……

國會

家庭間的小小風波，終歸風平浪靜，郭嵩燾的全副精力仍復放在對英國的考察上。

這一天為英國開會堂（國會）開會之期，他們早早地便得到了消息。

「開會堂」音譯為「巴力門」，是英國國家最高的權力機關。中國人關於「巴力門」的介紹，最早見於林則徐所著《四洲志》，後來徐繼畬在《瀛環志略》一書中有過詳細介紹，謂英國凡大事皆決定於「公會」（議會），由爵房（上院）與紳房（下院）議決方可實行。

郭嵩燾早年即看過《四洲志》與《瀛環志略》，且不止一次聽洋朋友丁韙良等人介紹過西方的民主政治，謂一切權力歸國會，議員由民選，以百姓的臧否定官員之進退，上下議院可決定憲法的修改和頒布；可決定開戰與議和；君主不過總其成而畫其諾而已。

郭嵩燾早就想去巴力門，見識聞名已久的議會，那天去拜會上下院的兩位議長，他們也提出了邀請，今天機會來了，豈可錯過？

按洋人的規矩，外國使者例席國會，除正副公使外，可帶翻譯一名。但黎庶昌、張德彝、劉孚翊等隨員也早想去了，通過與內務大臣西摩爾及外相德爾庇的再三交涉，始允許眾人同往，只不過另備座位而已。

巴力門大廈設在泰晤士河畔，那是倫敦市最繁華和最整潔的地段。是日因開國會，國君及各國公使畢集，故特別隆重。

一路行來，但見沿途士女填衢塞道，候觀君駕，巡捕彈壓、警服雲連，各店鋪且懸紅張彩。會堂門外，有紅衣兵挾槍兩排，肅立兩側，公使軺車至，則兩手舉槍為禮。

進入大門後，護軍官員皆著兜鍪，穿金花紅短衣。有專門接待公使的官員上來迎接，他們引使者進入會堂貴賓席，參贊和隨員則被安排在樓上。

郭嵩燾登其堂，邊走邊打量，這開會堂有如大教堂，裝飾得金壁輝煌，分兩層，廳中設寶座，寶座兩邊設有紅墩。世爵及親貴大臣座位皆在中央，右面成梯次而上，為各國公使座位，左邊則為議員的座位。

郭嵩燾、劉錫鴻及馬格里坐下後，遠遠望見黎庶昌等人也在樓上就座。

大廳中陸續進來了許多人，貴臣皆著大禮服，襲無袖紅衣，其長曳地。據馬格里介紹，貴臣亦分五等，比照中國的爵位，則公侯伯子男以次類推。橫縫白羔皮於右臂，鑲四橫為公爵，三橫為侯爵，二橫為伯爵，一橫為子爵，紅衣而無橫槓者，男爵也。大法官和教士則著青色曳地長袍。各國公使則皆官服，但因各自風俗殊異，故色彩斑爛。清國的正副公使是頂戴花翎，著二品和三品文官服；法國、俄國等公使則衣未及膝，大鏤金花飾其肩背及四衩，嵌寶星於左胸，多寡不等；腰裹金帶，左肩斜背綬帶，也有以金花為繩，攢於兩膊者；武官則金版飾肩，末端為半圓形，綴一組金穗；文職佩劍，武官佩刀。和他們坐在一起，顯得燦爛輝煌、光華耀眼。這中間只有美國公使畢雷盤衣著普通——著一件富人常穿的黑色燕尾服，戴黑色禮帽。郭嵩燾訝問其詳，馬格里說，美國為民主共和制，因而無貴族平民之分，無上下等級之別，官由民選，去職則為平民，故衣著也與平民無別。

郭嵩燾不由暗暗點頭。

與會者都到齊了，大法官數人就座中廳，攤開紙筆，靜候君臨。少頃，女王長子威爾遜親王與王妃入。

威爾遜親王名阿拉伯爾，「威爾遜」為其封號，如中國的「攝政王」。

此刻，親王著大禮服坐於御座邊的紅墩上，王妃緊挨其側。王妃為年若三十許少婦，面額飾鏤花鑽石，繡衣，袒胸露乳，楚楚動人；緊接著女王親臨。

先是護軍八人，執儀仗為前導，儀仗約三尺餘長，以金為寶蓋，鏤獸頭踞於其巔，首相畢根士持長刀，與樞府大臣李志門捧御冠並行其後，三公主露易絲、四公主碧阿他麗絲皆著袒胸露乳之服於左右攙扶女王，女王仍是黑色的衣裙，與前幾天接見使者無異，顯得十分安詳穩重。

此時樓上樓下所有的人皆一齊起立，女王環顧左右，微微點頭，然後就御座，眾人亦就座，良久肅然。

接著宣召下議院議員進入。

他們出身平民，故皆著常服，無寶星、綬帶，進入大廳後先排隊向女王鞠躬，然後從容歸座。

接下來便由上議院議長宣布開會，先由掌璽大臣吉爾勘士宣讀敕書。

郭嵩燾低聲向馬格里詢問敕書內容，馬格里作了扼要介紹——原來此時土耳其與塞爾維亞發生了戰爭，此為第九次俄土戰爭的序幕。蓋土國受英國保護，塞國又是俄國的盟友，此前俄土之間已發生了八次戰爭，俄羅斯大多取得了勝利，勢力伸入巴爾幹半島及黑海沿岸，但上一次俄土之戰因英、法兩國支持土耳其，俄羅斯被戰敗，被迫歸還比薩拉比亞，並撤退黑海沿岸海軍基地。俄羅斯銜恨極思報復，很可能趁此番土耳其與塞爾維亞的戰爭乘機介入，作為盟國的英國不得不未雨綢繆；另外，印度發生了天災，民食為艱，作為「五印度大后帝」的英國女王，應調撥糧食賑災以示關懷。這樣一來，勢必增加財政開支。為此，女王的敕書提出兩項議程，請議員們各抒己見，達成和協……

郭嵩燾聽了不由點頭。

敕書讀畢，女王起立，向眾人又一次微微點頭，隨即在三公主和四公主的簇擁下退出會場，眾人又一次起立目送女王退場後坐下。

就在這迎送當中，細心的郭嵩燾發現世爵中有一人仍站立未坐，這就是唐寧街首相府的主人——畢根士首相。

郭嵩燾細問馬格里，何以眾人坐而首相立？馬格里乃說起原委，原來畢根士拜相前為一平民，當上首相後始由女王晉封為伯爵，得以進入上議院，以其新進，故不得遽坐。

聽他如此一說，郭嵩燾不由感歎不已……

此時，議員們開始圍繞第一個問題發言了，一個接一個，慷慨激昂，毫無顧忌，各抒己見，沒有保留。但個人演說，風格不同，有的是從容不迫，頗不失風度；有的則手之舞之，甚至唾沫橫飛、拍起了桌子。郭嵩燾也留意到了。

因發言的人很多，速度又快，馬格里是不可能做到同步翻譯的，他中文詞彙有限，有時找不到相對應的詞，所以先還斷斷續續地譯幾句，後來只好聳聳肩，做出一副無可奈何的樣子。郭嵩燾是很想知道這班議員們如何暢談個人所見的，既然翻譯不行，便只好枯坐一邊看熱鬧。但他發現坐在不遠處的日本公使上野景範及其他幾國公使都聽得十分認真。看來，公使不能懂駐在國語言真是不便得很，他不由又想到堅持要學英語的槿兒。

彼此討論了約兩點鐘，議長鏗恩斯宣布休會，議員們及列席者紛紛起立離座，郭嵩燾及劉錫鴻等也起身。

郭嵩燾不用馬格里介紹也看得出此次會議一定是議而未決，他在門口遇見張德彝時，張德彝果然說議長是宣布暫時休會，下午再議。

海德公園

眾人總算在英國國會親歷親見了一回，不由一個個興趣盎然，回到使館後紛紛其說，各種問題和設想都提了出來，一齊向馬格里討教。

馬格里興奮得很，此刻就像一個政治推銷商，閃鑠其詞，把目前英國的議會說成是世界上盡善盡美的政體。

郭嵩燾在一邊聽眾人議論，一直未作聲——聞名已久的議會今天是身歷其境了，聯想翩翩，能無感慨？

在京師時，曾聽大學士文祥說及英國的議會政治，這以前，文祥做過粵海關監督，和洋人接觸較多，對洋人政治有些了解，他說英國：「……其國中偶有動作，必由其國主付上議院議之，所謂謀及卿士也；付下議院議之，所謂謀及庶人也。議之可則行，否則止，事事必合於民情而後決而行之。」

他當時即對議會嚮往不已，今天看來，所言不虛。這種以議員票數多寡定大政歸依的作法，比較大清的御前會議或六部九卿會議，確做到了博采廣聞、擇善而從，從而杜絕了「聖躬獨斷」——其實是政由己出、刑賞由心的獨夫政治。但這不也是中國儒家一貫標榜的「民貴君輕」麼？可是，孟夫子這一名言千百年來，在君臨天下、君權神授的朝廷被人有意識地淡化了，湮沒了，而今，「朕即國家」，誰還敢提「民貴君輕」？

然而，英國是否就如馬格里所說的真正做到了「民主」呢？他們的議院有上下之分，平民競選下議院議員，條件是必具備一定的財產，就像畢根士，位至首相，領袖百僚，卻因是新進就必須站著看文件，看來，這所謂「民主」也是有限的。怪不得有人概而括之曰「商入議院，政歸富人」。但比較國內，卻又有天壤之別了。

想到這裡，郭嵩燾忙把這看法告訴了黎庶昌，黎庶昌不由連連點頭——他正好也想到了這一點。

馬格里已把正使的神色看在眼中，且聽到他們的談話，他轉向這邊說：「商入議院，政歸富人之說並不十分準確，眼下貧苦人、下等人也一樣可以議政，就是婦女也正在爭取和呼籲要參與政治。眾人對國家大事都可暢舒已見，只要說得好，報紙上就會登。議員們或可採納，拿到國會一討論，便也影響施政了。」

眾人在議論時，劉錫鴻一直未作聲，原來他也陷入了深深的思索之中。眼下一聽下等人、甚至婦女也可議政，不由嗤之以鼻地訕笑道：「下等之人愁於衣食，困於凍餒，又能有什麼政見？就是有一二不軌之徒，發莠言以亂政，又豈能載於新聞紙？那不是讓謬種流傳麼？女人也議政，那更是牝雞司晨了？」

馬格里不知什麼叫「牝雞司晨」，只就下等人議政一事回答說：「不然不然，平民中也不乏有識之士，他們有不同政見，便可盡情抒發，這是我們法律允許的。劉大人不信，只要常去海德公園看看，便可略知一二。」

眾人一聽「海德公園」四字，立刻就記起了「萬國炫奇（博覽）會」。

同治元年（一八六二），倫敦為推廣貿易，舉行了首屆萬國炫奇會，各國工商貿易界紛紛精選本國土特產、工業品及軍工軍火器材參展，如同雜劇楚莊王、秦穆公臨潼鬥寶一般，琳琅滿目，出盡鋒頭。

其時為開好那次博覽會，英國政府特撥專款，以三十萬片玻璃、五千根柱子在海德公園建一座基宇宏開的展覽館，真是鋼鐵為骨架，玻璃為門牆，頂似穹廬，屋如滿月，遠遠一望，晶瑩剔透，如傳說中的龍宮一般，故譯者謂其為「水晶宮」。

這以後，各國輪流舉辦博覽會，一屆比一屆形式壯觀，內容豐富。舉辦之初，英國政府也曾發函邀請清國政府參加，當時清國正內爭不息，流血千里，誰還顧及萬里之外的勞什子炫奇會呢？但有心留意洋務的人都注意到了。

眼下聽馬格里提到了海德公園，劉孚翊忙向正使提議，也要去看一看，聽一聽。馬格里也於一邊攛掇說：「明天為禮拜天，遊人很多，說不定有人去演說的，很值得一遊。」

郭嵩燾正在興頭上，乃欣然應允。

海德公園原屬英國貴族海德的食邑，亨利八世時，闢為王室花園，至查理一世時代始向市民開放。公園面積不大，但構思別致，風景優美，加之世界博覽會曾在此舉辦，故遊人更多。

馬格里把郭嵩燾等人引入公園後，眾人便直奔裡面，果然十分幽靜，且遊人很多，眾人一邊遊一邊議論。

郭嵩燾和黎庶昌雖也驚歎不止，但主要興趣還不在此。他們進入後，便四處留神，看是否有馬格里說的「平民演說」。但馬格里說，平民演說不能跟議員們比，沒有固定的場所，也不可能預定時間，演講者只要有興致，臨場發揮，擇人多處便可，沒地方站，隨意搬塊石頭或肥皂箱什麼的墊腳也行，拍幾下巴掌便能吸引聽眾，聽眾駐足而聽，也不似國會按等級設有座位，當然，也有事先組織好的。至於內容則從里閭新聞到國家大政，甚至官員醜行、宮幃隱祕都可評說，自然不存在「莠言亂政」的指責了。

說話之間，他們來到一處地方，草坪廣敞，中間有一石頭亭子，有臺階拾級而上，中立一銅像，十分高大英武。馬格里介紹說，是為女王丈夫博雅那之相，博雅那十年前病故，女王為紀念他，特為之塑像。眾人不由駐足觀瞻。

不想此時石階另一邊卻聚集了不少人，卻不像是在瞻仰石像，郭嵩燾忙問何故？馬格里說：

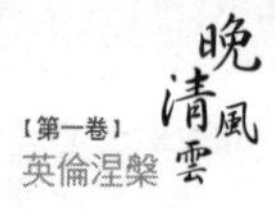

「看情形像是在集會呢。」

眾人忙往這邊奔來。這裡果然是在集會，約一百多人，臺階上有人已演講完了，稀稀落落的掌聲後，立刻又有人跳上臺階，此人衣著普通，蓄絡腮鬍子，戴一頂破氈帽，模樣粗俗，不著斯文氣質。上得台後，立刻滿臉憤怒，手之舞之向眾人訴說什麼，似是說到傷心處，乃捶胸頓足。聽眾中不少人為他鼓掌，還有人揮拳喊口號，但邊上也有閒人作不屑狀。

郭嵩燾問馬格里，此人都說些什麼？馬格里說，他在鼓動大家不要去工廠上工，以此要脅廠主。郭嵩燾要他說詳細些。

原來此人在一家織布廠燒鍋爐，這以前用蒸氣機織布，他這個鍋爐工待遇尚可。自從廠主改用電氣機織布後，產量一下翻了幾番，人員卻減了又減，開始廠主還讓他打雜，後來則乾脆將他裁減了。一同被裁的人對廠主這種過河拆橋的作法十分憤慨，他乃代表眾人在此傾訴，號召大家團結起來共同對付廠主。

似乎對一切都較淡漠的劉錫鴻此刻不由一邊冷笑了，說：「看來，厭惡奇技淫巧也不單是大清臣民，就是洋人自己也不喜歡，本來就是這回事嘛，蒸氣織布機已很不錯了，何必又用什麼電氣機呢？這不，民怨沸騰，失業的升斗小民只好聚而拒官，這是何苦之哉。」

這又是「火車不宜於中國」的老話題了，但此刻眾人注意的不在這裡，也無人願與劉錫鴻爭，黎庶昌問馬格里道：「廠主辦實業，為國家財稅之源。他鼓動眾人對抗廠主，這不是要造反嗎？」

馬格里不以為然地搖頭說：「也不，他雖然在鼓動，但別人不一定會信他的。再說，這確實是需要政府出面調處的事，他這麼一宣傳，可引起當局的注意也不是壞事。」

劉錫鴻說：「犯上作亂，聽之任之，那你們英國能不亡？」

郭嵩燾說：「這麼說說，也不就是要作亂。依我看，這倒是頗合古意。」眾人忙問所以然。郭嵩燾說：「據《淮南子》上說，上古時期，堯置敢諫之鼓，舜立誹謗之木，民有所見，可刻於謗木。這樣，民有疾苦，便不致壅於上聞。這平民講壇不就是堯舜的敢諫之鼓和誹謗之木嗎？可惜古聖先賢的苦心後來便走樣了，到如今，誹謗之木竟演變成宮門前裝點門面的華表了。這是有違古聖之初衷的。」

眾人聽了，個個都感歎不已。劉錫鴻卻冷笑道：「筠公真是博學得很，依你說，英國女主竟然成了堯舜之君了？」

郭嵩燾頓時開口不得。

其實，國會也好，平民講壇也好，馬格里的介紹僅一鱗半爪，眾人的親臨其境也只是管中窺豹，略見一斑。須知此時的倫敦，繼巴黎公社失敗之後，已成了歐洲無產階級革命的中心，英國政壇更是風起雲湧，變化萬端，各種思想都十分活躍。就說議會的改革，能到今天這模樣，也是通過無產階級發動的三次憲章運動的鬥爭才獲得的，時在中國皇帝紀元的道光中葉。

這以後，無產階級在政壇上更趨活躍，共產主義的宣傳在倫敦已十分普遍，到道光三十年（一八五〇），倫敦的《紅色共和黨人》週刊上，已全文發表了馬克思的第一個英譯本《共產黨宣言》，憲章派的報紙更是不遺餘力地宣傳科學共產主義，號召工人為爭取生存權利、爭取八小時工作制、獲得普選權而鬥爭，共產主義已出現在歐洲的地平線上了。可惜中國使團之人，受語言障礙，雖來到了歐洲革命的中心，卻很難聽到看到這些本質的東西，或者說聽到了看到了也很難理解。

林則徐在倫敦

西曆的一八七七年二月十二日，為清國皇帝紀元的光緒二年除夕，第二天即為光緒三年元旦。受大西洋暖濕氣流的影響，冬日的倫敦並不寒冷，街上行人一如往昔，獨在異鄉為異客的清國使團卻半點也感覺不出新年的氣氛。

除夕之日，只有與中國同俗的日本人記得這個日子，上午九時左右，公使上野景範偕夫人上野和子前來使館賀歲，初一日，郭嵩燾率使館全體員工向皇帝的聖牌行三跪九叩的賀禮之後，乃偕劉錫鴻等去回拜上野景範，在日本使館互賀新春。閒聊中，上野景範向他們提到了蠟像館。

就在來英國的途中，懷德船廠長在介紹倫敦的風物時，便向郭嵩燾說起過蠟像館，說它集五大洲名人於一堂，聚兩千年歷史風雲於一瞬，人物形象栩栩如生，置身其間，真有幾分超越古今之感。又說中國的林則徐也躋身其中。

郭嵩燾當時很驚訝，忙問所謂五洲名人係指哪些？懷德乃從容數與他聽，什麼美國的華盛頓、法國的拿破崙、俄國的彼得大帝等，都是歷史上有名人物，至於英國的名君名將和聖哲則數不勝數，將這些人物陳列一室，受後人景仰、膜拜，無非也是啟迪後人之意。

一聽「受後人景仰、膜拜」，郭嵩燾立刻想到了文廟，孔、孟、顏、曾及子思也都塑像其中，其餘七十二賢人及朱夫子等皆以神主附祀於側，受後人膜拜，永受馨香。但洋人與中國，各有所尊，林則徐怎麼能進入英國人的蠟像館呢？這不等於入祀英國的賢良祠嗎？他虎門禁煙，幾窘英人，是為英國人所痛恨者？他真有幾分不信。今天，蒙上野公使提醒，乃決定去看一看。

回到使館，匆匆吃過午飯，他即邀約了好幾個人去威克斯獨索——蠟像館參觀。

車行數里，到了蠟像館，館主聽說中國公使前來參觀，乃親自出迎，並陪同解說。此館為一幢三層樓房，前後兩進，各有一間大展廳，共展出蠟像兩百多尊，前廳展出的確如懷德所說，全是各國偉人，但懷德卻遺漏了一句——後廳展出的卻是各國出了名的暴君和佞幸。遠遠一望，大廳裡人頭攢動，顯得很擠，走近細看，原來是遊人混在蠟像中間，動的是遊人，不動的才是蠟像——果然與真人無異，或坐或站，皆取自生活中的一瞬。

郭嵩燾等人在館主的陪同下，緩緩進入大廳，正中一人即美國首屆總統華盛頓，旁邊兩人，各取輕鬆自如的姿勢站立，左為美國《獨立宣言》的起草人傑弗遜，右為美國頒布《黑奴解放宣言》的林肯。其實，林肯小華盛頓七十七歲，小傑弗遜六十六歲，雖都任過美國總統，但聯邦黨人華盛頓為首任，民主共和黨人傑弗遜為第三任，而共和黨人林肯卻到了第十六任，顯見不是同時代人。但這裡卻以華盛頓為中心，形成一組人物。

郭嵩燾是略知華盛頓的，也知道美國人崇拜他，至今仍以他的名字為都城的名字，對傑弗遜和林肯卻不甚了了。他想，身為十三州民軍總司令的華盛頓是領導美國人趕走英國殖民者、使美國獲得獨立自由的領袖，英國人居然將他的蠟像列於正廳，可見洋人承認事實，不以個人好惡為好惡，林則徐得「附祀」其中也就不以為怪了。

果然，劉孚翊眼尖，他站在華盛頓像前四周一掃，立刻發現在左邊的門邊有一身著一品文官公服、戴大紅金座孔雀花翎的中國人，走近一看，正是被大清咸豐皇帝諡為「文忠公」的林則徐。

此像為坐像，大小與真人相差無幾，座為太師椅，面前擺一部《南京條約》。

使團中，劉錫鴻是唯一見過林則徐的人。其時劉錫鴻就讀於廣州越秀書院，身為欽差大臣、兩廣總督的林則徐曾親至越秀書院看望師生，因此之故，他至今仍牢牢記住了林則徐音容笑貌。

眾人都問劉錫鴻，蠟像像不像林文忠公？劉錫鴻從不同角度和遠近仔細端詳蠟像，憑心而論，此蠟像與生前的林則徐毫無二致，創作者抓住了一代藎臣時時憂心國事的特徵，雖只表現他的一瞬間，但人物目光如電，面色凝重，似看到擺在大清朝這個老大帝國面前的許多新問題，似已洞察到了我們這個時代的走向，顯得是那麼有信心。

劉錫鴻對蠟像的作者算是服了，可他轉念一想，洋人為什麼不塑孔子及中國歷代名君賢相，卻單單塑一個林文忠公呢？真不知是何居心。

有此一想，在眾人的追問下，他只略略點了一下頭，用頗為不屑的口吻說：「勉強形似。」

郭嵩燾從劉錫鴻閃鑠其詞的神態中似乎窺見到了什麼，他沒有見過林則徐，卻從這尊塑像中得出人物十分傳神的結論，似乎面前正是他心中的林則徐。

他想，作為一件藝術品，這已是十分難得了，中國傳統繪畫追求的就是傳神啊，不是有九方皋相馬，不在驪黃牝牡之間一說嗎，何必要問像不像呢？於是他說：「我看不錯，洋人能憑記憶、憑想像塑出一尊蠟像且十分傳神，已是難得了，作為冤家對頭，又肯將文忠公列於一代偉人之中，則更難得了。」

一聽正使連連誇獎，劉錫鴻也不顧館主在側，立刻頭一偏冷笑說：「哼，自古薰蕕不同器，忠奸不並存。這樣好人壞人同受香火，林文忠公在天有靈還不氣死？」

劉孚翊說：「大人，林文忠左右可全是一代偉人呢！」

劉錫鴻狠狠地剜了劉孚翊一眼，說：「一代偉人？哼，你不見他面前擺了一紙南京條約？這是林文忠公生前切齒痛恨的！所以我說這不是受供奉，是在受羞辱！」

中國數千年歷史，偉人輩出，洋人為什麼只塑林則徐，而且他面前要放一紙上華文下英文的《南京條約》？眾人圍繞這個問題議論紛紛，劉孚翊說：「洋人對中國上下五千年的歷史太不了解，只知有一個林文忠公，自然塑他的像。」

張斯栒搖搖頭說：「不見得，我看這未償不是明褒暗貶、棉裡藏針。」

張德彝說：「依我看，各位全錯會意了。洋人的擺設，哪有如此高深的用意？須知蠟像館是個人展出，不代表官方，不能與奉敕建造的文廟或賢良祠比，我們的聖人賢哲因闡述聖學有成，故附祀文廟，本朝的大臣因文治武功有成，附神主於賢良祠，事蹟附國史館，讓後人瞻仰，永享俎豆，那是何等神聖的事。而這蠟像則和天橋的泥人、麵人差不多，擺著好看，哄娃娃什麼的，就算有什麼意義，也不過是寓教於樂罷咧。」

爭了半天，毫無結果，黎庶昌忍不住了，乃直接問館主，張德彝充當了翻譯。

館主其實一直在留意清國的外交官員對蠟像的評價。

他雖不懂華文，但看神色也明白了大概，眼下見問，說什麼好呢？須知當年英軍北上大沽，道光帝下旨將林則徐革職，負責與英軍談判的伊里布為討好英軍，立刻將這消息告訴了英軍統帥伯麥，並說「慶賀之至」。可伯麥卻說，林則徐先生是一位有著傑出才能和勇氣的總督，可惜的是他不懂得外國的情況。

英國人為什麼如此尊敬林則徐？是因為林則徐是一個不好對付的對手，身為軍人，他們就佩服這種人，就像下棋的人，不願和臭手對奕一樣，他們也不屑和卑劣的官員打交道。可眼下能把這真實的意思告訴客人嗎？想了半天，館主總算把道理說得委婉些，如此這般，費了好大的功夫。於是，張德彝就得到了這樣的回答：「洋人說，蠟像館之設，主要是向世人展示他的雕塑手藝，當然也有向後人宣講歷史的用意。中國的偉人之所以選定林文忠公，是因為林文忠公最為洋人所熟悉，在洋人中又最有爭議，販鴉片的自然恨他，可也有不少人認為他做得對，所以館主便為他塑像，且錄南京條約全文於他面前，其用意無非是表示事有本末，物有始終罷咧。」

眾人這才連連點頭。

回到使館，廣東新會人伍廷芳來訪。

伍廷芳字秩庸，來英倫多年，是學法律的，且對泰西各國的法律都有研究。眼下在英國當律師。他得知朝廷有使者來倫敦，特來拜望。

這以前，郭嵩燾尚不知有伍廷芳其人。他到達倫敦後，對英國的法律很感興趣，眼下一聽伍廷芳是學法律的，不由高興，乃問起英國人對中英間的不平等條約的看法，尤其是對鴉片販子的認識。伍廷芳乃滔滔不絕講述他在英國的見聞。

據他說，洋人也不是鐵板一塊，也不個個都是唯利是圖、販賣毒品，不顧他人死活的人。他在英國就多次聽到、看到英國人對鴉片販賣持批評態度；對中英不平等條約，自簽訂之日起，泰西各國便不少人抨擊，認為是強加給大清的不平等條約。再說，列國間的條約是可以修改的。

因是研究法律的，且熟悉泰西歷史，於是，他又把這以前有關列國間的條約修訂情形講述了一遍。但說到具體的中英條約，他認為要廣泛地造輿論，爭取列國的同情與支持，尤其要爭取英國國會各議員的支持。

郭嵩燾在京師，已聽不少洋人抨擊過英荷等國的鴉片貿易，認為是可恥的海盜行徑，後來在「北夏窩爾號」上聽懷德念報紙，又得知倫敦有不少士紳、其中不乏上下議院的議員，也持這種看法。他們組成禁吸鴉片協會，向世人宣傳。眼下伍廷芳此說再次證明了這事。

想到此，他說：「看來，使者來此，不但是坐探西人國政，還要走出去，多交朋友，向洋人廣為宣傳，在國會上下議院造聲勢，最後爭取修改不平等條約，這才叫不虛此行。」

眾人聽了，連連點頭。

接著，郭嵩燾邀請伍廷芳留在使館，並答應奏請朝廷授以參贊之職，不想伍廷芳卻不願在使館屈就一小小的參贊，乃推託說，已答應一個朋友的邀約，去美國謀發展。郭嵩燾見狀，已知其意，只好作罷……

第四章 擊濁揚清

把洋人搬進文廟

郭嵩燾和劉錫鴻的奏疏及郭嵩燾的航海日記裝在一個大郵包裡，由英國「俾路芝號」郵輪從倫敦帶到了上海。因事先有約，使團的奏疏由李鴻章代拆代奏，故上海道馮焌光收到郵包後，打開外層封皮，將一些私人信件分寄各處後，裡面小包裡的奏疏等公文則原封不動且加了一道封皮轉到了天津北洋公署，李鴻章得先過目。

雖費了一些周折，但英國女王終於接受使團的立場，同意以平等之禮接待郭嵩燾為首的使團，這無疑地給李鴻章以極大的安慰，《煙臺條約》是他一手簽訂的，遣使也是他極力主張的，若使團受辱，不單他在老友郭嵩燾面前無法交代，更重要的是無法向皇太后、皇上交代，須知悠悠之口，鑠石流金。

他一邊喜孜孜地看郭嵩燾的奏疏，一邊和薛福成談論郭嵩燾的事，不想看到郭嵩燾的日記及劉錫鴻請撤副使事，立刻眉頭深鎖起來。

郭嵩燾的日記純是一部遊記，以實道實，述沿途見聞，自是國人見所未見聞所未聞的事。這類遊記他也不是首創，這以前有志剛的《初使泰西記》及張德彝的三本《航海述奇》，也都是述出洋過程，記個人親歷親見，但郭嵩燾的日記卻別開生面，為表述個人思想感情而加進了不少評論，夾敘夾議，並斷言：洋人立國，自有本末，且政教修明，富強正方興未艾。最後說，據他所見，洋人不但完全有別於中國歷史上的夷狄，且是一個現代文明程度要勝於中國的嶄新的國家……

「唉，不得了，老毛病又犯了。」

李鴻章以手支頤，斜倚在匟桌上長長地歎了一口氣，且蹙起了雙眉。一邊的薛福成以為中堂的眩昏症又犯了，忙說：「大人，要不要緊，晚生這就去傳大夫來。」

李鴻章知他誤會了，忙坐直身子且把文稿往他懷中一塞說：「哪裡，我是說郭筠仙呢。你看你看。」

薛福成接過文稿從頭至尾仔細地看了一遍，說：「這文章寫得可真好呢，讀來令人耳目一新。依學生看來，此文不但可予辦洋務者以借鑒，且也於京師那一班老夫子有振聾發聵之用。」

李鴻章望他苦笑道：「你說好，我也說好，可有人會大發雷霆呢。」

薛福成說：「我看別人對泰西的考察，往往浮光掠影，惑於皮毛而忽略骨架。郭公卻不同，他是用經邦濟世者的目光，將中國和泰西做出全面比較，然後將泰西的富強歸結於政教，歸結於西學，這才叫溯本窮源。這也正是晚生蘊積於胸，早想說而不敢的。」

李鴻章冷笑著說：「你為什麼不敢呢，是因為有所懼而不敢。我記得你在《籌洋芻議》一文中說，『今誠取西人器數之學，以衛吾堯舜禹湯文武周孔之道』。你所說的只是取洋人的『器數之學』，目的還是要保衛『堯舜禹湯文武周孔』，可他這裡卻說洋人富強源於政教，源於西學，中華反不如也。那兩千年聖聖相承的孔孟只好不要了；普天下士子改學聲光化電之學，將造蒸汽機的瓦特、造火車的史蒂文生搬到文廟供起，那樣的話，豈不說李蘭蓀門下一班人會跳起來，就是我輩又有什麼想頭？」

聽中堂如此一說，薛福成不由噤聲了——李蘭蓀門下的人，還有中堂自己這功名是從哪裡來的？還不是三更燈火五更雞，死啃八股得來的。就是自己這候補知府銜的官，也是靠的詩文子曰哩，若推崇西學，大家開口A、B、C，自己這桐城派後起之秀、享譽文壇的「曾門四子」會贏不得上海灘操洋涇浜的小癟三……

中堂見他赧然有認錯之意，不由又歎了一口氣說：「當然，筠仙所記一些見聞於辦洋務之人不無借鑒，但何必如此說？豈不知古人所言，能行之者未必能言，能言之者未必能行？」

薛福成至此，不敢再為日記說好了，李鴻章卻憂心忡忡地說：「筠仙確有些呆氣，我看他與副使劉雲生只怕也生了嫌隙，合不到一處。」

薛福成說：「何以見得？」

李鴻章說：「你沒見劉雲生有個請撤副使的摺子夾在裡面麼？他那個副使是走李蘭蓀的門子、費了九牛二虎之力才到手的，怎麼一到倫敦就請撤呢？」

薛福成說：「只因國書上未列名，英國方面一度不予承認，他自覺丟面子罷。」

「不，」李鴻章說，「這只是表面文章，你未必看不出？要說國書文字不周全，正使也是。既可通融，那就正副使同進退，何來副使單獨請撤呢？」

經中堂如此一點破，薛福成不由點頭。李鴻章此時想將日記壓下來不予轉達，憑他幾十年的宦海生涯，早已看出郭嵩燾的日記雖好，必然不合清流的味口，勢必在公卿士大夫之間引起軒然大波，但是要將日記中途截留是不成的，且不說總理衙門事先與郭嵩燾有約，要將日記寄回以備參考，不見日記寄來必會追問，就是此番他的奏疏上也提到了日記，無端截留大臣函奏，上頭要是追查起來呢？

薛福成見他憂心忡忡，不由排解說：「日記不是奏章，只是寄與總理衙門的，管理總理衙門的恭王爺是個明白人，他老人家一定會審時度勢，處置好的。」

李鴻章也想不出好辦法，只好說：「這倒也是。」

此事放過不久，一天，直隸補用道盛宣懷風風火火地撞了進來。

江蘇武進人盛宣懷只是個秀才出身，在人才濟濟的北洋幕府論學歷算是個小字輩。但他絕頂聰明，觀風察色更是拿手好戲，加之父親與李鴻章拜過把，故以「乾兒子」身分進入北洋，幾年功夫便是布政使銜補用道。因身分不一般，所以他見李鴻章素來不用通報。今天，他一腳跨入西花廳，開口就說：「荒唐荒唐，幼丹宮保真是荒天下之大唐！」

「幼丹」是現任兩江總督沈葆楨的字。因吳淞鐵路之事，盛宣懷由李鴻章奏薦去兩江，代表沈葆楨與英國駐滬領事館翻譯梅輝立談判，欲將吳淞鐵路路權收回自己營運。李鴻章關心吳淞路目的十分明顯，因為這是中國的第一條鐵路，雖只二十八里，但只要保住了這一條，胥各莊至大沽這條鐵路馬上就可鋪軌。

這些日子眼巴巴地注視事態發展，前不久終於傳來消息：英國方面答應中國政府以二十八萬五千兩白銀贖回路權。二十八萬五千兩白銀，可以堆成一座銀山，鐵路不才二十八里嗎，一里就值一萬白銀，但李鴻章認為值。眼下民智未開，言路洶洶，買下這鐵路自己營運，一來可塞悠悠之口，二來讓國人目睹其利，便可漸漸推而廣之了。不想眼下盛宣懷開口便是不祥之兆，他也不打招呼讓座只急切地喚著盛宣懷的字道：「杏蓀，此話怎講？」

盛宣懷忿忿地說：「洋人好狠，二十八里鐵路敲了我們二十八萬五千兩銀子，原想自己營運，便也值得，不想沈幼丹竟想拆了扔到海裡去。」

「是嗎？」一直陪坐一邊的幕僚薛福成一驚，竟先說道，「沈幼丹宮保可是林文忠公的乘龍快婿，怎能如此辦洋務？」

「擋不住風言風語罷了。」另一幕僚周馥於一邊歎氣說，「眼下朝野上下，都對鐵路口誅筆伐，清流更是氣勢洶洶，大有窮追到底之勢，沈幼丹能不愛惜羽毛？」

「是的是的。」盛宣懷連連點頭說，「正是此說，為了這條鐵路，李蘭蓀相國跟幼丹宮保寫了長信，勸他顧及輿論，珍惜名聲。幼丹於是上奏朝廷，想把鐵路拆了扔到海裡去。」

林則徐當年編《四洲志》，最早向國人鼓吹洋務，他的好友魏源又是最早提出「師夷之長技以制夷」口號的人，沈葆楨承先人遺志，辦事一向幹練，接掌馬尾船政局，也算是「唯船堅炮利是務」，不想此番被推到風口浪尖，卻一下成了好龍的葉公。

想到此，李鴻章不由有氣，他把手一揚，狠狠地說：「我得給恭王陳明利害，不能事事讓李蘭蓀牽著鼻子走！」

貧窮的禮讓，富貴的競爭

其實，為鐵路之爭，朝野上下沸沸揚揚之際，恭親王也已在為此事苦思善策了。

自從「祺祥政變」擊敗了對手肅順之後，十五年來，恭王的地位一直如日中天，中間雖有過兩次不小的跌宕，但誤解消除後，兩宮太后又一如既往，對恭王信任有加，他那領袖百僚的地位，一時誰也替代不了。

恭王明白，自己這成就實賴左右臂膀的得力相助有關，這「臂膀」就是文祥和寶鋆。然而，比較起來，文祥見識宏遠，知人善任，且做事十分果斷，寶鋆又不能與文祥比，可惜文祥壽算不昌，去年六月竟一病不起，那些日子，恭王那「折臂」之痛，簡直無法形容。

好在世事像老天爺有意安排好了似的，文祥病故不久，另一軍機大臣李鴻藻也丁憂去職。在中樞，但凡與洋務有關的事，李鴻藻必與恭王齮齕相爭，此人一走，恭王耳根清靜不少。軍機五大臣一下少了兩個，原烏魯木齊都統景廉和湖南巡撫王文韶奉旨入直，這等於中樞一次小小的改組，新進凡事必然遷就逢迎，看恭王眼色行事，但恭王又覺得協商國家大事，首尾不知情，新手又何如老手好？

這天，海關總稅務司赫德來謁，閒談中，說起了朝廷財政支絀、寅吃卯糧之事，恭王不由歎苦經。赫德卻微笑著說：「六爺歎息財政日不敷出，可在我們看來，實在是守著金山銀海餓肚子呢。」

恭王苦笑著說：「鷺賓，你又要與我談洋務啦？」

赫德說：「不是嗎，論自然條件，貴國勝我們大英帝國多多，可我們卻稱雄全球，有日不落帝國之美譽。綜合國力足十倍於大清。其實，只要倒退幾十年，我們也和大清相差無幾，何以憑幾十年時間便驟富？財寶可不是從天上掉下來的，上帝也並不獨愛英倫……」

恭王不耐煩地打斷赫德的話說：「鷺賓，這些你已不知說過多少遍了，我也十分清楚，富國之道非辦洋務不可，以商富國。可是你不知道，我們東方人與你們西方人畢竟是兩個截然不同的民族，人種不同，所受的教育不同，國情也就各異，就如各自崇奉的，你們是耶穌，我們卻是孔子；

你們口不離摩西十戒，我們卻時刻不忘三綱五常；有如此差異，又如何一下轉得過彎來呢？」

接著，為了說明問題，恭王就跟赫德打比方，並說了一個土得掉渣的故事——一家三代十口人，一口鍋裡摸勺子，和和美美過日子，從來不曾紅過臉。俗話說，人多無好食。他們的飲食自然十分粗劣，肉食更是少得可憐，逢初一十五才能打一個「牙祭」，也不過半斤肉而已。十口之家才半斤肉，每人不到一兩，塞牙縫也不夠，但餐桌上這碗肉往往吃不完，先是家長挾給孫子，孫子又轉敬父母，父母又互敬妯娌，如此循環，周而復始。家長知道兒孫們其實並未吃夠，有天發了個利市，乃下狠心一次買下五斤肉，煮熟上桌，大家都明白一人平均有半斤，夠開懷大嚼的，於是竟一下把五斤肉吃光了。

說完這個半斤肉吃不完，五斤肉卻吃光了的故事，恭王默然不加評語，赫德卻立刻哈哈大笑起來，他說：「六爺，您這故事很耐人尋味的。的確說明你們清國人有相互關照的傳統美德，但也說明你們安於現狀、不思進取。在我們泰西，幾代人聚族而居不分家拆產的很少，我們確實提倡競爭，十口之家為什麼要半個月才能吃上半斤肉呢？為什麼不想天天吃上五斤肉呢？陶醉於貧窮的禮讓卻恥於富貴的競爭，的確是你們的國民性。不過，你們現在已處在競爭的潮流中，就不能改嗎？」

「怎麼改呢？」恭王長長地歎了一口氣，「就如鐵路，有識之士都明白，不治交通，不能貨暢其流，也無從致富，可一條淞滬路長不到三十里，朝野上下卻從不曾出現如此的齊心，一個勁地斥罵。沈幼丹頂不住了，終於打算拆了。李少荃還在談大修鐵路，這不是癡人說夢嗎？」

說起來赫德正是奔鐵路來的。淞滬路雖被買斷，聽由大清朝廷處治，但英國人還是關心它的命運。按怡和洋行的本意，是修一條鐵路做示範，只要清國人嘗到了鐵路的甜頭，他們就有文章可作了。想不到眼下沈葆楨卻要將鐵軌拆了扔到海裡去。赫德深感震驚，乃藉事謁恭王，一心想說服恭王。

「六爺，你們不是有現身說法一說嗎？說穿了，怡和公司修這條鐵路就是要現身說法，做一個示範，讓你們的官員和百姓看看火車，並不是怪物。有了它，人員往來貨物發送方便多多。為什麼連一個示範也不允許呢？」

赫德這話仍有為怡和洋行侵犯中國主權的行為開脫之意，恭王不便駁他，只就事論事說：「關鍵就在這示範上，因為開了先例。眼下士大夫咬牙切齒痛恨的便是說淞滬路不拆，學樣的便會接踵而至，於是，拆墓毀廬、蹂田堙井、壞人風水、祖宗不安、民怨沸騰、國將不國，更有甚者，鐵路一旦為長毛、捻匪一類盜賊所控制，便所向披靡，無法可制了。」

其實，士大夫反對鐵路的「六大害」、「十不宜」中，最不宜的還是「門戶洞開，關隘不復存在，洋人會長驅直入」一條，因赫德是洋人，恭王才沒有說出口。

不過，恭王不說，赫德都知道，就是恭王沒說出口的赫德也清楚，所以他連連搖頭說：「六爺，我明白，我全明白，你們的官員之所以如此，是因為太沒見識。用你們的話說，叫作坐井觀天。你們是一個語言生動、詞彙豐富的國家，可惜說的多做的少，士大夫愛發議論卻恥於實踐，坐井觀天，要克服這毛病，應多派人出去，走一走，看一看，這樣才能打破這暮氣沉沉的局面。」

提到自己的國家和朝政，恭王不想和赫德說多了，因為赫德雖為中國客卿，卻畢竟是外人，這中間有許多窒礙，是不足與外人說的。所以赫德說了半天，恭王都不搭腔。赫德見無法挽救淞滬路的命運，只好失望地走了。

但他一走，恭王不由又想起了赫德的話，恭王用赫德掌海關，國庫鎖鑰，盡付他人，此事頗遭物議。恭王心中未嘗不明白，在中國任客卿多年，赫德的那顆心究竟有多少放在任職的國家這邊，但有一條事實是不容抹去的，這就是赫德管理下的海關是目前朝廷人員最精簡效率又最高的衙門，在他的管理下，海關稅收較往年成倍地增加，幾年就增加了一番，無形中也緩解了朝廷的財政困難。

不用赫德，朝中袞袞諸公又有誰懂海關業務且可代替他呢？何人能體會恭王借才異國的苦衷啊。

今天，赫德又來為鐵路做說客了，大清若修築鐵路，擅鐵路之長的英國廠主真不知有多高興，他們可攬下大筆訂單，從而發大財。但鐵路確關乎國計民生，眼下歐洲鐵路已四通八達，大清地大物博怎麼能沒有鐵路呢？看來士大夫信奉的一條金科玉律——有利於洋人者必不利於中國一說是不可全信的。

第二天，李鴻章的信便到了，李鴻章在信中頭說鐵路尾說鐵路，且說淞滬路若不保，胥各莊鐵路更難開通，想船堅炮利嗎，無鐵不成無煤不行，大清的富強之道更不知要延宕到何年何月了。恭王一口氣讀完這信，不由又長長地歎了一口氣……

四夷賓服

下午恭王去宮中，不想才到軍機處，便遇上了沈桂芬和寶鋆，接著，景廉和王文韶也到了。

沈桂芬也是道光丁未科的進士，與李鴻章、郭嵩燾是同年，眼下以禮部侍郎、軍機大臣兼管總理各國事務衙門，負責外交的實際責任。郭嵩燾的奏疏和日記已由李鴻章轉到了沈桂芬手中，眼下他一見恭王忙說：「六爺，郭筠仙已有奏報來了。」

恭王說：「是嗎。」又默算了一下日子說：「這麼說，他已到倫敦了。」

沈桂芬又說：「他還有記述沿途見聞的日記，很有看頭的，就在我處呢。」

恭王平日就喜歡郭嵩燾的文筆，一聽日記忙說：「回頭我再看日記。」

正說著，有小蘇拉進來傳旨：上頭叫起。

此番御前會議，恭王計畫是打定主意要為鐵路而爭的——面對淞滬路的拆與留，外間輿論洶洶，沈葆楨頂不住，終於打算拆了，他那關於善後事宜的奏報已報上來，中樞五大臣也傳閱了，但並未最後定奪。今天，恭王決心要為兩宮太后剖陳利害，千方百計保住它。

五人魚貫進入乾清宮東暖閣，跪安後，慈禧皇太后發話，卻是先議郭嵩燾奏報到任情形及請補辦國書摺。

一聽是這題目，恭王面色凝重了……

這以前皇帝親政，大臣奏報到任情形之類奏疏，一般是不必拿到御前會議上討論的，往往由皇帝閱後，用朱筆批一句「知道了」便可發回內奏事處存檔。眼下皇帝尚在沖齡，離親政的日子遠著，兩宮太后垂簾，批閱這類奏章兩位太后也是劃圈子便了，但今天郭嵩燾這奏章卻有些特別——將去的國書內容詞不達意，必須重新辦理，加之後面又有劉錫鴻自請撤銷副使一摺，於是得「拿來議議」。

奏疏由沈桂芬先念一遍。在這篇奏疏中郭嵩燾詳細地講述了覲見女王的經過：議禮時，外相及威妥瑪設難，欲使臣跪拜，但最終由於使者的堅持而放棄，不過女王態度倒十分謹慎謙和，對使臣禮遇也很隆重。

恭王聽了這才稍稍寬心，待奏疏念完，他先叩了一個頭說：「洋人禮遇我使臣，洋人的女主且與我使臣相互鞠躬為禮，這說明我大清威布萬里，四夷賓服；也說明我中華人物品貌之純、衣冠之正，畢竟優於海島丑類，彼蠻夷亦知敬重中華人物。」

這一缸「米湯」一灌，慈安太后首先陶醉了，乃高興地說：「嗯，看來，選派郭嵩燾使英是選準了。」

不想慈禧太后卻沉穩得多，她聽了好半响才不動聲色地說：「既然如此，又何必節外生枝？那份國書不是由威妥瑪看過的麼？」

這一問便問到緊要處了：洋人既知敬重中華人物，何必前踞而後恭、且橫生枝節呢？要不然就是由沈桂芬辦理、由恭王審定的國書確實有紕漏，這樣，恭王和他的同事便難辭其咎。恭王左右為難，在慈禧咄咄逼人的追問下，只得敷衍說：「看來，威妥瑪陽奉陰違，有意從中生事，英國女主雖友善，卻不能約束臣下。」

「哼！」慈禧在玉座上冷笑說，「若是我們自己遇事想得周全些，威妥瑪想生事也找不到縫隙了。須知使臣到彼就如國君親臨，那是何等鄭重的事？在先帝時，原本不願向洋人遣使，怕的就是洋人另生枝節，辱及使臣，有傷國家體面。此番你們力主遣使，李鴻章又將其載入條約，就應該慎之又慎，道歉是道歉的話，駐紮是駐紮的話，兩重意思要說明白，一摺歸一摺，原是不能混同的。威妥瑪其人，陰狠歹毒，既奸且詐，本極不好對付，你們卻偏聽偏信。」

這話已有些份量了，且責無不當。恭王不由捏了一把汗，乃回頭掃了另外四個樞臣一眼——此事出錯在沈桂芬手上，所以沈桂芬也有些緊張；寶鋆對此事過程不甚了解，顯得有些茫然；景廉與王文韶卻是事不關已，雖不把幸災樂禍寫在臉上，卻也是一副無所謂的樣子。恭王見狀，只好叩了一個頭認錯說：「聖母皇太后教訓的是，奴才今後但凡辦理此類事情，一定以此為戒，精益求精，不出紕漏。」

慈安太后於一邊見恭王把責任攬到自己頭上，心有不忍，便說：「遣使是頭一遭，加之使臣身兼兩職，所以有些言語不周全，這事倒也不能完全怪六爺。」

慈安太后話說到這一層，沈桂芬再不能置身事外了，乃一邊叩頭一邊說：「這事主要責任在微臣身上，微臣確有見事不明、慮事不周之處。」

事情至此，應該是適可而止了。恭王一心只惦記著鐵路，也不願為這事糾纏。不想慈禧卻又冷冷地說：「算了吧。不過——劉錫鴻這副使當得好好的，怎麼忽然自己請撤呢？」

這又是一個令人摸頭不知腦的事，恭王只好說：「劉錫鴻請撤可能還是國書上的紕漏，因未列名，英國方面不予承認，他自覺丟面子，所以找個由頭自請撤銷。按說這樣也好，不如允其所請。」

不想話未說完，慈禧竟又連連冷笑說：「嘿嘿，只怕未必！」

慈安詫異地望了慈禧一眼說：「這中間莫非有什麼隱情？」

此話像是問中樞五大臣也像是問慈禧，恭王正不知如何回答，慈禧卻說：「事情明擺著，要說國書紕漏，郭嵩燾這正使身分也不明確，何以正使未有表示而副使請撤？」

經慈禧一點明，連木訥的慈安也點頭稱是，於是說：「這個郭嵩燾，言路上一直對他不怎麼樣，此番總不會是他容不得人吧？」

恭王一聞此言，趕緊奏道：「其實，輿論對郭嵩燾不諒，也是誤會，究其原因，皆因馬嘉理一案引起。想當初，其難其慎，這情形也早在兩宮太后洞鑒之中，郭嵩燾主張議處雲南督臣岑毓英，論其本意，是先由我們自己處分他，免增洋人口實，不想清流誤會其意了。」

眼下李鴻藻丁憂，中樞另兩人是新進，不會與恭王軒輊不下，所以恭王如此一說，便無人再爭了。慈安太后見此情形，於是點頭說：「這麼說，倒是輿論責人太苛了，劉錫鴻請撤不關郭嵩燾的事。再說，好不容易到了英國，怎麼隨便就撤回呢，這摺子先不答覆他罷。」

「不答覆」就是「留中不議」。這事總算由慈安一槌定音了。不想慈禧還有說的。她說：「要說輿論，確有被一班後生新進左右的時候，這班人愛出鋒頭，常常一尺風三尺浪的。不過，有時又少不得這些人，他們也是實心眼兒。眼下洋人猖獗，以奇技淫巧迷惑世人，我們有些人便被這些鬼迷心竅了，恨不得將洋人那一套全都照搬，這是萬萬鬆懈不得的。就說那條鐵路，洋人瞞天過海，想造成既成事實，我們一些官員也跟著打馬虎眼兒，若不是清流這班人忠心為國，以死相拼，豈不讓洋人搞成了？」

經慈禧這麼一說，慈安立刻記起昨天醇王福晉進宮請安時，提到了李鴻章欲在東陵附近修鐵路之事，說若讓他修成，勢必驚動皇陵，列祖列宗地下也不得安寧。於是馬上說：「是的，沈葆楨不是有請示處置的奏疏麼，我看既然這麼多人反對鐵路，鐵路一定不是好東西，火車也是不祥之物。聽說李鴻章還想在東陵附近修，辦海防就辦海防，又修什麼鐵路呢？那不是欲陷皇上於不孝嗎？我看鐵路這惡例開不得，不然到處動土，到處挖祖墳，只怕不是好兆頭。」

這下讓恭王有些措手不及，剛才他向兩位太后大灌「米湯」，就是為了這鐵路。他想待兩位太后高興後，再從容鋪墊、緩緩進言、慢慢說服兩位太后的，不想尚未開口便被堵住了嘴，這回堵他的，且是一向寬仁大度、處處尊重自己的東太后，打出來的且是衛護皇陵這樣一面大旗，他一時竟難以置喙了……

驚世駭俗

恭王從宮中出來頗有些怏怏，沒料到此番會議竟連連碰釘子。沈桂芬走上來想向他做解釋他不願聽，卻仍沒忘記郭嵩燾的日記，沈桂芬無奈，只好讓人取來。

恭王拿到日記，心中仍惦念著鐵路，五十餘天的日記，寫了兩三萬字，用蠅頭小楷工工整整地抄錄著，足有一大本，恭王隨手一翻，即翻到郭嵩燾到達蘇伊士，坐火車遊埃及，通篇講述歐亞非三大洲的衝要處，交通是如何發達，鐵路又是如何便民利國，看得恭王心癢癢的，想起剛才的一番爭論，他不由長長地歎了一口氣說：「好，此說正合我意，對照眼前的時局，很有些振聾發聵。」

沈桂芬瞇著小眼睛，討好地說：「關於這類議論，日記裡很多，六爺可仔細看看。」

恭王卻合上日記說：「不必了，讓大家同看吧。」

沈桂芬說：「六爺的意思是——」

恭王乃喚著沈桂芬的表字說：「經笙，你這位同年可是個很有眼光的人，也肯發一些驚世駭俗之議，以他南書房老前輩的資格，發如此之議論，足可鎮懾群儒，讓一班後生新進鉗口。所以，我想把它刻印出來，分送六部九卿衙門，讓各在事大臣看看，開一下眼界。」

沈桂芬一怔，但隨即嘿嘿地乾笑兩聲說：「行，六爺此舉極有見地，我吩咐他們即刻照辦。」

恭王回到府中，想到即將被拆毀的淞滬鐵路，自己無顏回覆李鴻章，不由悶悶不樂。換下公服來在書房，不想就在這時，曾紀澤來訪。

曾紀澤婉拒李鴻章的邀請進京候官，兩宮太后召見後，讓他以戶部員外郎的名義在總理衙門行走。這實際上是讓他在官場見習，清閒得有些無聊。

郭嵩燾知他識英文，此番寄回的郵包中，有許多英文書報便是寄與他的。其中還給他寫了一封長信，除了敘述在英國的見聞，且暢談自己對洋務的看法，繪聲繪色，議論十分大膽。曾紀澤就如自己到了倫敦，心馳神往，羨慕不已。不過，曾紀澤也從中看出一些苗頭，簡言之，郭嵩燾對洋人的一切算是服了。

心想，怪不得李少荃說他「有些呆氣」，今日看來果然——這類話對我輩說說無妨，若見諸奏章或形諸文字就有些麻煩了。

心中想著，竟有些惶然，又想，郭必有奏報到京，何不去恭王那裡聽一聽消息？有此一想，他便趁恭王下朝後前往恭王府。

到京不久，曾紀澤便成了恭王府的常客。他雖只小恭王六歲，一個王一個侯，曾紀澤卻在恭王面前執晚輩之禮，且口氣十分謙恭，恭王每有詩作，他必步其韻而和之。所以，恭王第一眼便喜歡上了他，覺得曾國藩調教出來的人就是不同。

中樞密勿，恭王口緊，從不向不相干的人露一點風，但對曾紀澤卻例外，有時卻是討教的口吻。今天一聽曾紀澤來了，他馬上起身迎到門口，見面就說：「劼剛，我正想和你聊聊。」

說著上前挽起曾紀澤的手一同進來，並坐在兩把梨木椅上，小蘇拉上前獻茶，退下後，恭王端茶不飲，卻微微歎了一口氣。曾紀澤看在眼中，乃說：「六爺遇上了不順心的事？」

恭王雙眼凝望著前面書架上的玲瓏碧玉筆架說：「唉，如蜩如螗，如沸如羹，能不令人喟然興歎？」

曾紀澤立刻便猜到了什麼：眼下言路上對淞滬路的討伐已趨白熱化，幾乎是在逼著朝廷表態。於是試探地問道：「可是為了那條鐵路？」

恭王見曾紀澤一猜便著，乃問道：「關於那條路，你聽到了什麼議論？」

曾紀澤說：「不是由盛杏蓀出面買斷了嗎？」

恭王歎了一口氣說：「買是買斷了，可如何處置卻眾說紛紜，有人竟要將它拆了扔到海裡去。」

曾紀澤嘖嘖連聲地歎道：「這又何必，這又何必！鐵路沒有錯，錯在洋人先斬後奏，侵犯了我，如今買回來了卻不營運，那不是暴殄天物？」

恭王說：「上頭說惡例不能開，不然到處修路，國將不國了。」

曾紀澤說：「其實，到處有鐵路是好事，鐵路便民利國，已是各國公認的事實，小小的島夷日本，早幾年便有了鐵路了。洋人有的我們也應該有。」

恭王說：「正是這話，貴同鄉左季高有一句名言：東西方有，中國不得傲以無；東西方巧，中國不必傲以拙；人既跨駿，我不得騎驢；人既操舟，則我不得結伐。眼下各國都在修築鐵路，泰西各國鐵路四通八達，東洋日本也有鐵路通東京，可我們仍在用驛馬舟車，李少荃欲修從胥各莊到大沽的鐵路，可沒容我開口便被堵住了嘴。」

說著便藤長長、葉蔓蔓，把御前會議上的爭執訴說了一遍。曾紀澤一聽郭嵩燾果然有封奏上來，便急於想知道內容。但口中仍說：「胥各莊的鐵路怎麼就會扯上皇陵呢？再說東邊那位一向秉性隨和，也不大拿主意的，這是什麼人把野火燒到她那邊去呢？」

恭王搖搖頭說：「猜不透，此人怕大有來頭。總之，這樣的局面非有人出來大聲疾呼不可。郭筠仙有日記，專述海外見聞，講到鐵路，頭頭是道，於那班人真不啻當頭棒喝。我已吩咐總理衙門刻印，也讓這班人看看。」

曾紀澤先只聽提到奏疏，僅是補辦國書及劉錫鴻請辭事，心中便在嘀咕，眼下一聽日記，不由一怔，忙問道：「日記中說些什麼？」

恭王說：「全是在海外的見聞，洋人如何治國，如何富強。議論也十分精闢，我已咐咐總理衙門將其刊刻，準備分發各在事大臣。」

曾紀澤沉吟半響，期期艾艾地說：「六爺，言路既然如此囂張，這日記只怕緩印為宜。」

恭王說：「這是為什麼？」

曾紀澤說：「怕火上澆油，於大事無補。所謂事緩則圓呵。」

恭王此時還在氣頭上，乃不加思索地說：「怕什麼，他個人親歷親見，說說又何妨？」

曾紀澤搖搖頭說：「六爺，事情只怕沒有這麼簡單。再說郭筠老已一度成為眾矢之的，眼下只吃得補藥，可吃不得瀉藥。」

恭王過細一想，覺得有理，可又不願被沈桂芬笑他優柔寡斷，於是安慰曾紀澤說：「你放心，沿途見聞，應無大的窒礙，再說，他也只是供總理衙門參考，是我讓刻印的，若有人說，我一定為他擔待。」

至此，曾紀澤再無話說，回到家中，在寫回信時，便一再規諫郭嵩燾，朝中政局多變，出言宜慎……

第五章 壯士填海

禁鴉片協會

其實，國內為鐵路鬧得沸沸揚揚之際，郭嵩燾等人在倫敦卻過得十分瀟灑自如。此時已是早春二月了，倫敦氣候宜人。隨著對環境的熟悉和適應，使館的官員們已漸漸融入了英國的上層社會。

英國的牛津和劍橋等大學常有學者講座，他們成了屢被邀請的常客；這以前，郭嵩燾只對洋人的政教感興趣，但在黎庶昌等人的帶動下，居然也對洋人的聲光化電之學問津了，這以前他只知道萬物離不開金木水火土，眼下居然知道目前已知的、構成物質的基本東西（化學原素）有六十三種；人們離不開的水是由氫和氧組成；尤其是牛頓發現的地心吸引力學說解了他心中的大惑——這以前，他已知人們生活在一個大球上，但總不明白，生活在球下的人怎麼不會掉下去，現在總算豁然開朗了。

這一來，他對一切新鮮事物都有了興趣，出外參觀更勤。

英國的工廠主是最歡迎使團之人的，他們早瞄準了清國這個大市場，因此，使團才到倫敦，便有多家廠主來使館拜訪，向使團之人介紹自己的廠房設備和產品，希望藉他們的口向國內宣傳。因此才到倫敦月餘，他們便應邀去參觀了好幾家工廠。

但使團中絕大多數人還是對洋人的堅船和利炮感興趣，所以，他們最愛去的還是倫敦附近的槍炮廠和船廠；此時的郭嵩燾特別忙，身為正使，英國人的目光幾乎全對著他，此間上層社會社交十分活躍，夜生活也非常豐富，因此，他除了去聽講座和考察外，經常被邀請參加一些以夫人名義舉行的酒會、茶會、舞會，只是茶酒之會，翰林公尚可勉強奉陪，舞會則只能當一名看客了。但出於禮貌，這類酬酢是不能拒絕的。

眼下中國人於西學少有精通者，但在泰西，在英國卻有不少漢學家，前香港總督大衛斯便是其中的佼佼者。

此人年已八十餘，但對中國文學的興趣卻老而彌篤，他綜合自己多年來對中國古典詩詞的研究，寫有《漢文詩解》一書，除系統地論述了中國詩詞的發展歷史外，還介紹了中國歷代著名詩人數十人，中英文對照，內容十分豐富，知道郭公使出身翰林，乃持此書稿請見，求郭嵩燾為其審稿並作序。

郭嵩燾高興地接受了這一請求，且為此費了一番功夫，大衛斯因此很是感謝。通過大衛斯的介紹，郭嵩燾又結識了不少已退休或暫時在野的政界名人，其中有前任首相、著名的輝格黨人葛蘭斯頓。

現在的郭嵩燾已對英國政壇的兩大政黨的歷史有了更深一些的了解，知道目前執政的保守黨前身名托利黨，現時在台下的自由黨乃是以原輝格黨為主合併幾個小黨而成。

當時兩黨之爭非常激烈，「托利黨」之名是輝格黨人叫出來的，原指「愛爾蘭歹徒」，蓋該黨黨徒多為愛爾蘭人；而「輝格黨」之名又為托利黨人的「投桃報李」。「輝格」一詞原指「蘇格蘭強盜」。

明明白白的貶詞，兩黨黨徒卻居之不疑，這情形又與美國國會「驢象之爭」相彷彿——民主黨以毛驢為標誌，共和黨以大象為標誌，這些比擬和自喻在中國人看來都有些「食痂之癖」。

眼下這葛蘭斯頓就是把輝格黨變成自由黨且在黨內大力推行改革的人。三年前他在國會中敗於現任首相畢根士，目下以在野的身分出任國會議員，但仍享譽政壇，大有東山再起之勢。

此人學識淵博，下野後仍傲視群雄，目無下僚，自然也難輕易以一字稱道他人。可是他卻與郭嵩燾十分投緣，初次見面，即向郭嵩燾叩以中國字的「六書」。

這以前，郭嵩燾已精研漢代許慎的《說文解字》，講解「六書」自然得心應手，所謂象形、指事、會意、形聲、轉注、假借，一一從容道來，指陳剖晝，有根有據。

葛蘭斯頓聽得十分認真，最後他竟嘖嘖連聲稱讚中國人聰明，從而創造了博大精深的中國文化；又說郭公使是他所遇見的最有學問的東方人。

因有葛蘭斯頓的稱譽，眾人更是紛紛以能交結郭公使、並能向他請教東方文化為榮，一些社會活動也紛紛向他發出邀請，各種榮譽和頭銜也接踵而至，但他最看重也最感興趣的還是被眾人推舉為「國際法改進暨編纂協會」第六屆年會的大會副主席和倫敦「禁鴉片煙協會」會員。

這以前在北京，同文館總教習、美國人丁韙良便向他介紹過自己編著的《萬國律例》一書，郭嵩燾因而對國際法有一些初步的認識，此番得以參加國際法的研討與編纂，他感到十分榮幸，只恨自己不懂英文，有關國際法方面的知識有限；而禁鴉片煙更是他最嚮往、簡直是夢寐以求的事。所以，一接到禁止鴉片協會的邀請，他馬上應允參加。

這天，禁鴉片協會舉行集會，到會者有仕紳五十餘人，除了幾名教士和醫生外，多是一些退休老人。下午一點鐘，他和馬格里趕到會場——夏弗斯百里侯爵府，會長夏弗斯百里已迎候在外。

這是一個身材高大一臉連鬢鬍子的紅臉漢子。見郭嵩燾如期赴約，非常高興，郭嵩燾剛下馬車他立刻迎上來握手，嘰哩咕嚕說了一大堆恭維話，意思是早聽說郭大人是最有學問的東方人，能有郭大人參加本會一定能為本會增光云云。郭嵩燾不由也客氣一番。

接著，主人攜客人的手進入豪華寬敞的客廳，到會者一齊起立鼓掌歡迎，郭嵩燾不由也一邊鼓掌一邊向眾人微笑致意。

夏弗斯百里示意大家靜下來，他代表大家致歡迎詞，眾人再次鼓掌。郭嵩燾舉目四望，滿堂洋人，碧眼金髮，卻一個個慈眉善目，非常友好地望著自己這個黑瞳黃臉的中國人，沒有半點鄙薄和倨傲，一時感動不已。

待眾人到齊，一個黑衣教士宣布會議開始。大家團團而坐，聽夏弗斯百里發言，看來，洋人中確不乏開明之士，他們能做到以己度人、視人猶己、仗義執言、態度堅決，面前的夏弗斯百里便是這類人，他的發言不長，卻充滿感情，說及本國鴉片販子向清國傾銷鴉片，毒害清國人民時說：「捫心自問，深有愧怍！」

那神態，像在神前懺悔自己的過錯一樣，令人感動。夏弗斯百里最後表示，希望大清政府能與英國政府一道，並力杜絕鴉片貿易，並修改英中之間的不平等條約。

當馬格里把這番話翻譯與郭嵩燾聽時，郭嵩燾不由高興，想到這以前自己的看法，認為洋人「有理可折服，有情可揣度」，立刻增加了信心。又想到了翁同龢臨別贈言：改約、禁煙、禁奸民入教——希望他來英倫能做到這三件事。

他想，三事中夏弗斯百里已說到了兩事，既然英國人也有這樣的輿論，英國政府也應該順從民意啊，英國不是民主之國嗎？但又轉念一想，此番《煙臺條約》簽訂，僅其中一項——鴉片進口，稅釐併徵一條與英國的鴉片販子有損，英國國會就一片噓聲，他明白，只要鴉片貿易仍是英國政府的一條重要財源，要禁絕鴉片又何其難哉！販賣鴉片的根子在英國，又豈是大清朝廷可改變的？

想到此，他立刻站了起來，本想直抒己見，但想到自己外交官的身分，不宜對駐在國批評過激，乃委委婉婉地指出，鴉片之所以危害劇烈，乃是有人慫恿之故，其根子不在大清。因此，還望各位共同努力。

這話說得雖十分含糊，但與會者都明白其所指，於是一個個報以點頭致意，有人竟發言予以申援……

會議最後一致通過了一份致國會的公開信，籲請國會關注鴉片對清國人民的毒害，並和清國政府合作制止鴉片貿易。

公開信由夏弗斯百里親自交與國會，希望能在開國會時交議員們討論。

想到禁止鴉片、修改不平等條約的提議終於由英國人自己提出，且有交國會討論的可能，郭嵩燾雖感到疑惑，覺得未必會有如此順利的結果，但仍有幾分高興，回到使館便將與會情形說與眾人聽，並準備自已動手起草奏疏，把這裡發生的事奏聞朝廷，並提議朝廷能再次頒布禁吸鴉片的禁令。

這時，李鴻章派到歐洲來考察、學習船炮技術的留學生終於在李鳳苞的帶領下到達倫敦了。

因上海尚有公事交代，李鳳苞耽擱了不少時日，眼下終於來到了倫敦，他們一行九人，除了卞長勝等五人，其餘三人是隨員。李鳳苞把他們介紹給郭公使、劉副公使，並請訓。

郭嵩燾一一細叩他們的學歷及身世，之後不由深感失望——這一批人與先來的那批不同，先來的劉步蟾等人幾乎都是同治五年左宗棠創辦船政學堂時的第一期學生，不但儀表及言談舉止都很不錯，且個個能說一二門外語，其中最令郭嵩燾激賞的便是嚴又陵，嚴又陵名嚴復，字宗光，又陵是他的號。此人不但書讀得好，且於洋務也有獨到的見解。記得初次見面，才叩問過鄉里，又陵便直言不諱地批評張力臣的《瀛海論》。張力臣字自牧，是郭嵩燾的湘陰同鄉，也是一個有心留意洋務的人，他在《瀛海論》一書中，說鐵路不宜於中國，有「四不宜」之說。

其實，這是張力臣早先的看法，後來即改變了。郭嵩燾出使時，一度想推薦張力臣任副使，因李鴻藻從中作梗才未果行。眼下嚴又陵指斥張力臣，郭嵩燾不得不為老友辯解，但從中他卻發現嚴又陵很有見地，是個難得的人才。

而來英的卞長勝等人卻出身行武，只略通德語，言談舉止也十分粗俗，對洋務更不甚了了。洗塵的酒席上雖不好說什麼，待席散後，他將李鳳苞邀到自己房中，只黎庶昌在側，郭嵩燾用埋怨的口吻說：「丹崖，怎麼才這麼幾個人呢？且資質也不怎麼樣。」

李鳳苞說：「哎呀呀，大人跟李中堂一個口吻。須知就這五人也不容易呢，又要懂洋話，又要在軍營歷練過，所以很不好找。」

郭嵩燾說：「出洋求學，要什麼出身行武的？人家東洋人來幾百人，全是青年學生，從憲政、學校、稅務、警政、到醫學、機器製造業，凡是西學，樣樣都學。而且，青年娃娃，比沾染了軍營氣的兵油子易成材得多。」

李鳳苞頓覺話不投機，他想起李中堂臨別贈言，又不好直接告誡，乃委委婉婉地說：「大人，李中堂可沒打算向洋人學這麼多，他老人家還是抱定曾文正公那個宗旨——大清不如洋人者，不過船不堅炮不利也，若做到了船堅炮利，便不怕洋人。所以他所派的人，都只交代朝這兩個方面用功。再說，眼下言路上對洋務也很不看好，一些話，大人在這裡說無妨，可是千萬不能往國內傳的。」

李鳳苞尚未將李鴻章那「謹言慎行」四字轉述出來，郭嵩燾已覺十分逆耳了。他悻悻地說：

「少荃真是不納忠言。年初我在那個條陳裡便說了個『明本末之序』，所謂本末便是『民風政教是本，造船製器是末』；中國之弱不在無船無炮，而是政教民風不如人家。眼下來此半年，我更看清了，洋人事事要考究原理，精益求精，他們的民風政教又鼓勵這種風氣，所以，他們的富強其來有自，且蒸蒸日上。我大清不從頭學起，從根本上學起，就是有朝一日，有了堅船利炮，也打不過洋人。」

李鳳苞被他這連珠炮一轟，半天也開口不得。

接下來黎庶昌又迫不及待地問起了淞滬鐵路的事，李鳳苞沉吟半晌，說：「我們離開上海時，盛杏蓀尚在和英國駐滬領事館的翻譯梅輝立在談判，雙方已達成諒解，只花二十八萬兩白銀，便可望買回來，只是——」

說到這裡，李鳳苞有些吞吞吐吐，郭嵩燾於一邊已有不祥的預感，乃冷笑道：「只是謠言滿天飛，會容不得這妖怪。」

李鳳苞連連點頭說：「是的是的，滬上新聞紙上才有人撰寫文章，說鐵路收回後應由自己營運，李中堂也是這個意思，不想馬上就有人上書，重彈鐵路不宜於中國之說，淞滬路應立即拆除。一時附議者如雲，沈幼丹宮保開始尚和李中堂同心，如今這陣勢，只怕會頂不住。」

黎庶昌一聽，搖頭不已。

郭嵩燾不由說：「我說主張拆除的人都是一班混帳東西，這班人口談忠義，其實是一群奸佞小人，李少荃要想做幾件大事，必先清君側。」

李鳳苞一聞此言，不由心驚肉跳，雖不敢苟同，卻又不敢駁得——李鳳苞雖是北洋舊人，可在郭嵩燾這個湘軍耆宿、李中堂的同年好友面前可不敢造次。於是小心翼翼，為李鴻章的洋務辯解了幾句，這才告退。

李鳳苞此番來，除了帶來了幾名留學生，且還帶來了總理衙門幾封公函，其中有補辦的國書，國書文字不但完全依照洋人的要求撰寫，正副使官階、任期、使命清清楚楚，且同意郭嵩燾關於在新加坡設置領事館，任胡璇澤為總領事的建議，但劉錫鴻那請撤副使的奏疏，卻不見回覆，眾人明白，這不回覆也是一種回覆——摺子「留中」了，劉錫鴻這副使還得幹下去。

其實，自從將請撤副使的摺子拜發後，才過幾天劉錫鴻便有了悔意——且不說外交官待遇優厚，窮京官遠不能比，就是三年期滿可從優議敘這點指望也落空了。他越想越後悔，一怨自己過於衝動，二怨郭嵩燾沒有半句惋惜和挽留之表示，事已至此，他只好寄希望於正使態度的轉變了。因存此念頭，他由開始事事與郭嵩燾頂撞到有意無意地逢迎。

三月初六日是郭嵩燾的六十初度，早幾天劉錫鴻便出面籌備，到時辦了四桌酒席，約使館同寅一道，祝正使大人「海屋添籌」。

郭嵩燾看在眼中卻不動聲色。今天，大家聽了禁煙協會的情況後，黎庶昌和張德彝不以為然——他二人翻看並研究過不少外交文件，知道修改條約是正常的事，幾十年來，大清與列強間的條約便不斷被修改，且每改一次，大清便吃虧更多，所以者何？這便是洋人憑藉武力相要脅，大清朝廷不得不焉。

眼下鴉片貿易為英國政府帶來滾滾財源，不平等條約更使得英國人在華享有無限特權，他們能輕易放棄嗎？要把民間少數開明之士的一時義憤轉化為政府行為，這要經過多少艱難曲折的抗爭和遊說啊。但正使的辛苦是不可否定的，他至少也可在英國社會造成一些影響，讓英國百姓明白，這些年他們的統治者在大清為所欲為，大清可是在忍氣吞聲，只是時機不成熟而已。

他們把這看法與正使說了，郭嵩燾深以為然。因見劉錫鴻在一邊，於是便徵詢他的看法。劉錫鴻卻用十分贊成的口吻說：「洋人的事有時也難說，這些日子據我悉心考察，他們確不同於一般。別的不說，他們治國確實有方，你看士民的揖讓恭謙、倫敦街道的整潔、橋樑畢修、各衙門官員勤於職守，哪怕是小小的巡捕也一絲不苟盡職盡責，這確實是匈奴、突厥等夷狄不能比的。與這樣的國家交往，喻之以情，曉之以禮，或許也有意想不到的結果。」

他原來不是事事看不慣的麼，今天總算把洋人與夷狄分開了，黎庶昌正暗暗納罕，劉錫鴻又說：「就說這夏弗斯百里，也是個侯爵，可不是一般士庶可比，我們不如等著瞧，反正一不費糧二不費餉，三也不要我們出面不怕丟面子，怕什麼呢？就算他們姑妄言之，我們也姑妄信之。」

眾人聽劉錫鴻這話有理，不由一齊點頭說：「這倒也是。」

英國人的公道

第二天，有郵差遞到從國內兩江總督衙門來的一份公函，原來是沈葆楨欲請駐英使館代辦兩件交涉案：一件是前年十一月，有華商周復順等所雇運鹽船隻在江西湖口被英國太古公司輪船「惇信號」撞沉一事，因英商享有領事裁判權，周復順無法在國內衙門告太古公司，乃告到英國駐上海領事館，但英國領事庇護本國僑民，官司打了兩年多迄今無結果。另一件是太古公司在鎮江碼頭躉船停靠處擅自造橋通岸，因栽樁托架引起江堤坍塌，鎮江海關多次要求太古公司將躉船移泊而太古公司卻不予理睬。

就這麼兩樁小小的官司，只因牽涉到洋人，居然就一直處理不下來，事情層層上報到總理衙門，總理衙門一面行文咨請英國公使處理，一面還託赫德從中斡旋，可就是沒有結果。為此，沈葆楨特將案情詳細具文轉郭嵩燾，請他直接找英國外交部交涉。

看完公函，郭嵩燾不由熱血賁張，一邊把公函遞與劉錫鴻看一邊自言自語地說：「哼，英商在我大清如此蠻不講理，所恃者何？無非就是這領事裁判權也，你們說是尚待時日，我看是一天也不能等待了。」

黎庶昌和張德彝也湊到劉錫鴻身邊看公函，三人看完也一個個氣憤不已。劉錫鴻說：「看來，條約的修改固然有待，但就事論事，這交涉是非辦不可。」

黎庶昌等人也認為刻不容緩，於是立刻就此發了個照會，遞交英國外相德爾庇，敦促他們迅速處理這兩件案子。

照會由黎庶昌執筆，正副使共同署名，字斟句酌後再交馬格里、張德彝商議翻譯成英文。正在這時，只見另一翻譯鳳儀拿了一疊報紙進來，往案上一放，興沖沖地說：「各位大人請看。」

眾人看時，上面一張是《泰晤士報》。使館之人現在已對倫敦的各大報紙有了較全面的了解，知道保守黨和自由黨各自辦了自己的報紙，保守黨的名《得令紐斯》；自由黨的名《斯坦德》，各持一家之言攻擊對方，宣揚自己一黨之主張，但最著影響的卻是《泰晤士報》，它不但歷史悠久——創刊近百年，且不偏不倚，持論較為公允，所以每天報紙來了，眾人總是先留意該報。眼下黎庶昌瞥見報紙，先喚著鳳儀的字說：「夔九，什麼事把你喜歡成這樣，說與我們聽聽。」

鳳儀指著報紙說：「這上面有大家關心的呢。我先念與大家聽聽吧。」

說著他拿起《泰晤士報》念了一篇文章——此文作者名師丹里，乃澳大利亞世爵。他撰文評述本國政府這些年來取得的外交成就，洋洋灑灑，面面俱到，但文章最後，卻直截了當地抨擊政府不該以武力脅迫亞洲和非洲國家，簽訂一系列不平等條約；僑民不遵守僑居國家的制度和法令，常有恃強凌弱的行為，這是國民的恥辱，政府有責任糾正——這些話幾乎句句說到了在座者的心坎上。

郭嵩燾待鳳儀念完忙問：「你說這師丹里是個世爵？」

鳳儀說：「不錯，這報上登了他的頭銜呢。」

「好啊，又是一個爵爺。」劉錫鴻高興地對黎庶昌說，「純齋，那本英國的《縉紳錄》不在你手中麼，查一查師丹里現居何職，家住何方，我們應該去拜訪他。」

郭嵩燾也興趣盎然。忙說：「雲生此議甚合我意。」

鳳儀又說：「這裡還有一條消息呢。」

眾人看時卻是一份《謨里普斯德報》，此報為晨報，類似中國的邸抄——宮門抄，專載政府公告及官員升絀等時政要聞，不再登其他社會新聞，因此是外交官必須常常留意的報紙。

此刻鳳儀將其展開，在左下角尋到一條消息：據載，日本駐英公使上野景範已在外交部及國會遊說，欲修改《日英條約》中的不合理部分，但外交部及大多數國會議員認為其修約理由不充分，難以同意云云。

「理由不充分，難以同意？」聽到日使欲修約一事，郭嵩燾便聚精會神起來，到最後不由眼睛一亮，乃緊盯著鳳儀問道：「是這麼說的嗎？」

鳳儀聽公使這麼問，似是對自己的翻譯不信任似的，乃將報紙遞與張德彝。在使館數名翻譯中，張德彝與鳳儀官階相埒，一個為兵部候補員外郎，一個為戶部候補員外郎。但論英文程度，張德彝要比鳳儀強。此時張德彝從鳳儀手中接過報紙，匆匆瀏覽一遍，然後說：「沒錯，日使提議修約，英方認為所說理由或沒有根據或舉例不當，故不能同意其要求。」

一聽張德彝也這麼說，郭嵩燾更興奮了，口中喃喃地說：「舉例不當、沒有依據。這不是說商量還是可以的嗎。」說著頭一偏，問劉錫鴻道：「雲生，在我們朝廷，如果有洋人提出一件要求，傷及國家體面，毫無商量的餘地，我們朝廷當做何批示？」

熟悉朝章典故的劉錫鴻想了想，說：「那一定是批八個字，道是：事關國體，斷難准允。」

郭嵩燾連連點頭說：「不錯，應是這麼答覆。看來，英國人確實有情可揣度，有理可折服。就這改約之事，他們的大門也並未關死」

說著，他吩咐黎庶昌，準備一份照會，正式向英國外交部提出修改條約的要求。

聖詹姆士宮

照會遞到外交部，一連兩天毫無動靜。這天是英國朝會之期，地點在聖詹姆士宮。

聖詹姆士宮建自數百年前，其時英國還是個小國，體制簡易，王宮建於舊城區，規模不大。隨著城市發展，王宮眼下已與市肆毗連，國君車隊出入甚為不便，故於道光年間另建白金漢宮，雖有新宮，但大的朝會及大慶典仍在舊宮。

此宮外表以漢白玉為主砌成城門形，護軍數百，皆著紅色龍騎兵軍服，列隊於內，門口則為身著金色鎧甲的軍官，佩長劍。進入大門，有石階數級，升階後至一大堂，裝飾得金壁輝煌，大堂有門兩重，頭道門立著御前大臣西摩爾，清國公使第一次覲見維多利亞女王即由他領見。

此時陪侍一邊的馬格里立刻上前向西摩爾遞交名片——郭嵩燾和劉錫鴻已隨鄉入俗，由馬格里代印了一大疊洋式名片。西摩爾已是熟人，接過名片隨即高聲唱名，謂：「大清國公使郭大人、副使劉大人到！」

立刻另有負責接引的大臣過來引客人一行進入休息室。

隨著各國公使及夫人陸續到齊，有內大臣赫弗侯爵手執一個小本子、一支鉛筆在門口登記公使及隨員人數、安排入覲順序。

自由與平等是洋人平日的口頭禪，體現在外交禮儀上則各國公使不分國之大小，一視同仁，入覲時以該國公使遞交國書的時間先後為序，清國公使剛來不久，故排在最後。

聽馬格里介紹了這一細節後，郭嵩燾雖排在最後，卻十分高興，認為洋人通情達理，確有古風。

上午十點鐘，內廷奏響了音樂，內宮大門洞開，在儀仗隊導引下，威爾遜親王夫婦在前，維多利亞女王在三公主露易絲、四公主碧阿他麗絲左右攙扶下緩緩進入大廳。待女王登上寶座，威爾遜夫婦立於寶座之下，三公主和四公主則立於女王身後，各大臣隨即進入，分立兩旁，接著由赫弗侯爵唱名，各國公使相繼進入，向女王鞠躬，女王亦回敬，威爾遜親王則上前與公使握手問好。

當郭嵩燾與劉錫鴻及翻譯進入時，威爾遜親王一一如前，問候過後又說：「聽說貴公使學識淵博，鄙人景仰不已，改日當親自上門請教。」

郭嵩燾連說「不敢不敢。」

馬格里則翻譯為「歡迎，歡迎。」

女王則問起：「貴公使何不偕夫人一同來？」

各國公使皆偕夫人一同入覲，這是擺在郭嵩燾面前的事實，槿兒也私下嘀咕過要去王宮見識，但想到中國的禮俗及同僚的議論，郭嵩燾仍下不了決心。眼下女王問起，他只好以身體不適為對。女王於是反覆叮囑，下次來時希望能看到尊夫人。

接見過後，女王留宴所有外交官。宴會在聖詹姆士宮的大花園舉行，女王年歲大了且肥胖，不耐周旋，乃早早退出，一切交由威爾遜親王主持，用雞尾酒，菜肴自取。宴後親王又留公使們參觀聖詹姆士宮。

在這幢森嚴古老的城堡中，除了女王寢宮，其餘地方都可參觀。

郭嵩燾和眾公使一道興致勃勃地參觀了國君的圖書室、王世子及公主的居室和貴賓室，只見屋宇皆錯花飛金、玻璃明鏡，懸大小各式彩燈，各廳堂皆以錦緞為壁衣，花色與地毯相合，壁上皆嵌掛名畫，接見使臣的大廳繪有英國歷代君主的畫像，正面有一面巨大的鏡子，嵌鑲在鏤金的框架中，與之相配的是對面繪有維多利亞女王年輕時的半裸的巨幅畫像，顯得十分美麗動人。

王世子、公主室內几榻皆以金飾，上面擺設用純金或純銀及象牙鏤花的器皿，連壁爐的周邊也用金飾，遊廊夾道上則陳列著古銅製品及名貴的瓷器，在紫藤架下有三艘很大的象牙船，雕刻如吳越間的花艇，上面人物、篙架、座椅畢具，郭嵩燾看著眼熟——似是圓明園中之物。花園噴水池邊，有漢白玉雕裸女十數尊，或坐或立，或舉水瓶自浴，大小與真人差不多，模樣十分逼真。客人置身其中，就如遊仙境一般……

眾人隨威爾遜親王參觀，相互交談，清國公使受語言障礙，顯得較為冷落，日本公使上野景範善體人意，他馬上與郭嵩燾走在一起，邊看邊用華語與郭嵩燾聊天。

因歐洲各國都在關注巴爾幹半島的戰爭，這裡的人幾乎全在議論這個話題，郭嵩燾近日也找馬格里等人了解了一些情況，知道那裡民族雜居，有信奉東正教的塞爾維亞人、有信奉伊斯蘭教的土耳其人，還有信奉天主教的克羅埃西亞人，彼此因教派之爭而相互仇恨，常年爭鬥不息，這中間又因俄羅斯人覬覦巴爾幹半島及黑海海峽，未免推波助瀾，英國和法國則唯恐俄國人得手又從中助土拒俄，從而導致了俄土八次戰爭，居然互有勝敗。

眼下雖說是土耳其與塞爾維亞的戰爭，俄羅斯表面保持中立，但已把志願軍派到了塞國；而英法則一如其舊，將軍火源源不斷運往土耳其。

在郭嵩燾眼中，土耳其人為西突厥苗裔，眼下又支持新疆的阿古柏政權，封其酋阿古柏為「埃米爾」，是對中國不友好的行為，不過彼此並未直接為敵，使者間不必尋仇。故當上野景範提到這個話題時，郭嵩燾只說：「總總以解兵息爭為宜。」

上野景範則直言不諱，說土國內政不修卻又橫挑強鄰，兵連禍接實在是不智之舉郭嵩燾細問其故，據上野景範說，這以前土耳其稱奧斯曼帝國，創立時間約在中國的元世祖末年，其時國力強盛，軍隊所向無敵，乃滅東羅馬帝國，佔領敘利亞及巴爾幹半島等大片土地，大約到明朝初年，其疆域橫跨歐、亞、非三洲，為世界第一大強國。可接下來因國王——蘇丹好大喜功，內政不修，連年征戰，國力虛耗，至明正德十一年（一五七一），其艦隊為西班牙與威尼斯聯合艦隊所敗，此後便一蹶不振，繼位的國王一個比一個好戰，不知休息，外與俄羅斯等國爭鬥不息，內又貪污賄賂公行，文恬武嬉，值此世界各國紛紛改革國政、咸與維新之際，卻仍一如其舊，視新政為異端，目下國力更趨衰落，以致國土分裂，降為二三等小國，不得不依附英法，苟延殘喘……

上野景範知道的真多，說起來有根有據，比馬格里的介紹更為詳盡。

郭嵩燾聽後不由感慨不已：土國的情形又與眼下寢處積薪卻仍固步自封的大清國何其相似！上野景範此說是否在影射呢？他裝作不在意地說：「土國地處地中海要衝，乃兵家必爭之地，為抗衡俄國，不得不與英法結盟，這也是不得已之舉，為結好英法，想必要給諸多好處。」

上野景範冷笑著說：「不是嗎，英法與土國所訂條約就像與貴國及敝國所訂條約一樣，都是利己不利人的不平等條約。」

郭嵩燾不意上野自己提到了條約之事，於是一邊點頭一邊試探道：「聽說上野大人欲與英國外相商討改約，讓他們放棄領事裁判權等許多特權，他們何來理由不足一說？」

上野景範歎了一口氣說：「這不過是托詞罷了。其實論其本意，在他們心目中，乃是到口的肥肉不願吐出而已。」

郭嵩燾說：「我們有一句俗話叫做『拳打理不動。』若果真於理不合，自應該吐就吐。」

上野景範說：「是的，這以前敝國不諳外交，不知有國際公法，且迫於武力，只好和他們訂了條約，但凡事都要合理合法，不然，何所謂平等相處呢？」

郭嵩燾覺得日使說的正是自己要說的。他見威爾遜親王正回頭望他們，雖明知親王不懂華語，卻仍故意大聲說：「英吉利眼下正標榜自由與平等，國使入覲也不分大小強弱，何以抱住不合理條約不肯改正呢？」

上野景範也大聲說：「此事並未了結，我們是必爭到底的。」

從聖詹姆士宮出來後，郭嵩燾約上野景範往訪師丹里世爵，說他是英國人中反對不平等條約且敢於仗義執言的人。上野景範也讀過那篇文章，乃欣然應允。他用英語吩咐了馬車夫幾句，於是由日本使館的車子引路，一行人直奔師丹里侯爵府。

原來師丹里已退休在家，上野和他熟稔，見面後先介紹清國的正副公使郭大人和劉大人，師丹里立刻笑盈盈地上來與客人握手，並將客人引入寬敞豪華的大廳。

主賓落座後，上野代表郭嵩燾說起來意：感謝師丹里爵爺在報上撰寫同情亞洲人的文章。

師丹里不由興致勃勃地談起了他的個人所見，認為英國人在大清有四件事做得極不光彩：第一是不該傾銷鴉片；第二是不該擁有領事裁判權；第三是傳教士不遵守法度；第四是馬嘉理一案錯在英國，不該反賴大清賠償並開放口岸。

其實，英國人用堅船利炮叩開大清的大門後，硬是五凶十惡，又豈止這四端呢？但郭嵩燾和劉錫鴻聽了仍如醍醐灌頂般快意，口中連連稱善，並和師丹里談了打算，師丹里認為找外交部交涉是對的，並口口聲聲保證，有機會一定要代為遊說國會。

改約

回到使館，郭嵩燾等人對改約一事更有了信心，想到第一步——國內交辦的兩件交涉案尚無回信，正準備派人去催問，不想就在此時，郵差送來當日報紙，《泰晤士報》，翻開來，第四版上發表了兩篇文章，一篇報導了「禁止鴉片協會」開會並上書國會的消息，其中有清國公使的即席發言一節，另外卻在左上角用醒目的字體發了一條消息，謂清國公使自己即是一個鴉片吸食者，每日在使館吞雲吐霧、一榻橫陳云云。

使館之人聽鳳儀念出後不由大譁，郭嵩燾更是氣得繞室徘徊——平日認《泰晤士報》立論公允，不偏不倚且常發表同情大清的文章，不料今日竟如此黑白顛倒、信口雌黃，洋人的反覆無常，與市井小兒何異？

這中間劉錫鴻表現尤為激烈，他立刻把馬格里找來，將報紙往他面前一扔說：「馬清臣，你們英國人怎麼血口噴人呢？」

馬格里不知劉錫鴻氣從何來，也不明白大廳裡的人為何個個對他豎眉瞪眼，像審案一般，乃撿起報紙仔細瀏覽一遍，終於看到那篇文章，不由淡淡地一笑說：「原來是這麼回事，這沒有什麼大不了的。」

黎庶昌說：「我們使館上下無不潔身自好，才到此地便約法五章，其中之一便是禁食鴉片煙。這是你所看到且也應該遵守的，正使大人對鴉片更是深惡痛絕，這也是你天天看到的，可報紙居然如此顛倒黑白，這可不是一般的汙人清白，而是別有用心呢！」

於是眾人紛紛質問，就像文章是馬格里寫的一般，馬格里無奈，只好說：「大家還是稍安毋躁的好。」

劉錫鴻說：「這是何等大事，叫人能不氣憤？」

馬格里說：「我們大英帝國一向講究言論自由，凡各有所見，均可在報上撰文發表，就如你們朝廷的御史可風聞奏事一般，不必件件落在實處的。尤其是在競選的時候，為詆毀對方，極盡造謠誹謗之能事。你若認真，那可會氣死呢。」

張德彝也聞訊趕來，代為寬解說：「這《泰晤士報》原名《每日天下紀聞》，約在乾隆初年創刊，屬湯姆森報業集團，所載文章均是自由撰稿，並不代表政府。我看可能是正使主張禁煙的話觸怒了一些鴉片販子，於是他們便造作出這等謠言來。」

經他如此一解釋，眾人總算稍稍息怒。

但這事不但關係今後修約之議，且事涉正使臉面，甚至是一國之名譽，豈能小看？大家議來議去，決定緊急約見威妥瑪，先看他有何話說。

「啊呀呀，就為了這件事？」

威妥瑪風風火火地趕來，大概在路上已聽黎庶昌說了，進門便用十分輕鬆的口吻說：「小事一樁，去一封信讓他們更正並向郭大人道歉就是。」

郭嵩燾聽他說得如此輕鬆不由更加有氣，乃說：「如此信口亂噴，假如是發生在你們身上，不知當做何處置？」

當做何表示，威妥瑪其實心中有數——自從《煙臺條約》簽定後，國內外反映不一，因條約規定鴉片在中國的銷售必須稅釐併徵，大大地傷害了東印度公司鴉片販子的利益，故他們對此群起而攻之，加之俄法諸國也對英國單獨與中國的商定不滿，故有不少人從中作梗，今日報上發表此文，絕非無因。不過此時此刻，他怎麼好對郭嵩燾說呢？只好笑了笑，說：「也不過一笑了之。」

自從得知英國國會遲遲未能批准《煙臺條約》後，郭嵩燾早已明白其中底蘊了，眼下他見威妥瑪期期艾艾，知他的難言之隱，但此事牽涉到個人名譽，他終不能釋懷，乃說：「這裡才說本人在夏弗斯百里家發表禁煙的演說，那裡又說本人吸食鴉片煙，如此反覆無常，那我成了什麼人了？」

威妥瑪被他問得無言可答，只好說：「報紙純一家之言，並不代表政府立場，若硬有侵犯名譽之事，可以請律師和他們打官司，不過，據我國法律，像這類事也無法科以大罪，無非是道歉了事。但不打官司國人或許知之不多，一旦打起官司，反弄得舉國皆知。不如依我所說，倒可得息事寧人之美名。」

郭嵩燾尚在沉吟，威妥瑪又連連好言勸解，並說自己將親自去報館交涉，保證更正與道歉的文章第二天同時見報，郭嵩燾才稍消其怒。

威妥瑪走後，馬格里又反覆勸解，據他說泰西的言論自由，確有為東方人所不能理解者。他說了一件往事：一日女王與一班文學侍從之臣在宮中舉行宴會，席上有人提議即席編故事，要求是一要簡短，以一句話為宜，二要關於女王，三要牽涉到風流韻事。各人臨場發揮，都有作品，最後選定的一篇眾人皆說好，你說這篇是如何寫的？原來他竟寫道：「女王身懷有孕，誰幹的？」

你想想，誰都知道女王與丈夫感情甚篤，居孀十餘年仍為丈夫服喪，怎麼會有這等事呢？當時大家都捏了一把汗，可女王聽了也不過一笑了之。

眼下眾人聽馬格里說起，一個個都覺得匪夷所思。

在中國，普通人就是確有其事，別人也不敢說，又何況事涉宮幃內祕呢？

郭嵩燾卻始終輕鬆不起來——此事不管怎麼說，都有些蹊蹺。因為一面是他發表關於禁煙的演說，一面卻誣衊他本人吸鴉片煙，而且，繪影繪聲，什麼「一榻橫陳」、「吞雲吐霧」，哪有如此巧合呢？

第二天上午不到送報的時候，威妥瑪便帶個隨員來了，手持一張尚散發油墨香的《泰晤士報》，見人便揚了揚。郭嵩燾聞訊迎出來，在臺階前與威妥瑪相遇，威妥瑪得意洋洋地說：「郭大人，這下放心了吧？」

郭嵩燾讓張德彝把更正的文章口譯與他聽，張德彝念道：「昨日本報記者鍾斯所寫謂大清國公使吸食鴉片一文，採自傳言，與事實不符。大清公使郭大人立身端正，從無不良嗜好，為一體面君子。本報特予以更正，並向郭公使道歉，且保證今後不再發表此類文章，望郭公使寬大為懷，不咎既往……」。

文章措詞還算得體，郭嵩燾及聞訊下樓的劉錫鴻等人聽了，這才臉上露出了笑容。臺階上不是說話處，郭嵩燾乃伸手肅客，把威妥瑪和隨員讓進客廳，又讓傭人擺上水果點心，且端上咖啡，接下來談第二件事——昨天是氣頭上不想說，今日正好接續前言：「湖口的鹽船案、鎮江的躉船移泊案，照會到外交部已一個星期了，何以不見回覆？」

到得此時，威妥瑪的面色立刻凝重起來，頭一偏，口氣頗為倨傲地說：「這兩件事發生時，本人尚在貴國，首尾都十分清楚，簡言之，不就是死了一個水手麼？你們的照會也才到五天，急什麼呢？」

「死了一個水手」僅指湖口的鹽船案；而鎮江的躉船移泊關係江堤可能坍塌，危及垸內數十萬人的生命，卻避而不提，再說「死一個水手」就是小事麼？「馬嘉理案」也才死一個翻譯呢，可你威妥瑪卻掀起翻天濁浪，百般恫嚇，險些就發動一場戰爭。

想到這裡，郭嵩燾把心裡想的委委婉婉地說了出來，並說：「我們的照會雖只發了幾天，可案子已拖了兩年了。」

威妥瑪正在喝咖啡，聞言放下杯子說：「要說兩年也事出有因——此案敝國派在上海的領事麥華佗博士本已做了了斷，可你們原告不服才拖下來。眼下交涉到了外交部，外相慎之又慎，要派大員專辦，這就必先調集案卷，派員覆核。須知我們是法制國家，聽訟時為免出偏差，手續十分繁複，怎麼能在近日就能答覆呢？」

其實這也就是答覆。可發生在大清的事，為什麼大清的官員不能根據大清的法律做出裁決，而要交由洋人審理，官司拖了兩年，又從上海轉到倫敦來，何以捨近求遠呢？話說到這份上，自然歸結到中英間的不平等條約之一的領事裁判權了。

郭嵩燾想把話說得委婉些——在這件事上，威妥瑪是關鍵人物，他是現任駐華公使，有關大清的事，外相以他的意見為主。

正想緩緩進言，不想劉錫鴻先發言了。

這些日子，劉錫鴻也研究了不少外交文件及國際法準則，故開口也有理有據。他說：「這事歸根結底錯在領事裁判權上，根據國際公法，外交豁免權是正當的，領事裁判權是不合理的。為什麼你們的傳教士、商人在我國犯了法，我們官員不能管呢？所以，我認為，要想兩國永遠相安，應該重新考慮修改中英條約。」

話未說完，威妥瑪立刻站了起來，手一揮，打斷了劉錫鴻的話。

自從日本公使提出修改不平等的條約後，外相德爾庇已料定清國公使必然效尤。儘管英國與歐美各國的條約都無領事裁判權這一條，他們也料定清國公使已掌握了有關情況，但仍一腳踩定條約不能修改。威妥瑪已接受外相這一訓令，故當劉錫鴻才開口馬上堵他道：「郭大人、劉大人，你們今天究竟是為了兩件具體的案子提出商討，還是要公開指責我們的前任政府呢？如果要撕毀前任政府已訂的條約，那正好，才簽訂的《煙臺條約》墨跡未乾，我們的國會尚未批准呢。」

一見威妥瑪突然變臉，郭嵩燾認為劉錫鴻出言太陡，忙用和緩的語氣說：「不要急，威大人還是坐下來吧，都是老朋友了，見面何必激動？我們算是朋友之間的談心吧。」

威妥瑪見郭嵩燾態度從容，相比之下，自己卻是急躁了些，於是坐下來，但仍用咄咄逼人的口吻說：「談什麼？談你們不想履行條約？」

郭嵩燾說：「此話從何談起？要毀約我們何必來？須知本公使來到貴國就是為了履行條約的。不過，中英之間歷次所訂條約確有不完善之處，應該斟酌、修改，剛才劉大人的意思便在這裡。」

威妥瑪一聽，鷹眼直逼郭嵩燾，連連追問道：「斟酌？修改？條約就是為了約束雙方行為而簽訂的，訂者，定也，怎麼還可修改？反覆無常、信口雌黃怎麼能取信於人呢？」

郭嵩燾望他冷冷地一瞥說：「閣下不必把話說得太絕了。其實，中英之間自第一個非正式條約——《穿鼻草約》起到眼下的《煙臺條約》止，其間屢有更改，《南京條約》就是在《穿鼻草約》的基礎上有所增加，《天津條約》、《北京條約》又是在《南京條約》上層層加碼，只不過每修改一次，更加有利於貴國，敝國則更加不堪罷了。再說，條約每十年修改一次本是列國的規矩，也不是我們興起的。」

威妥瑪經郭嵩燾一反駁自知失言，但仍不以為然地搖了搖頭說：「本人認為英中之間所有的條約都是根據當時的實際而訂，十分合理，且經兩國元首蓋印，經敝國國會批准，毋庸再議。」

熟悉中國朝章典故的威妥瑪此番終於用了一個「毋庸再議」了，但郭嵩燾從他話語中看出了心虛和強詞奪理。事情既經劉錫鴻點明了，他決心率性說下去，於是說：「不然，這以前敝國尚未開放，在事大臣不諳外交，也不知一些外交原則，故不該答應的事也答應了，就如領事裁判權，據本人所知，這是針對野蠻國家而設立的，並不針對文明國家。我中國為五千年文明古國，當今皇上、太后為一代仁厚之主，內修法治，外睦友邦，貴國視我大清為野蠻國家，乃是不友好的行為。」

郭嵩燾原想這一番話入情入理，應可折服威妥瑪，不想威妥瑪竟連連冷笑道：「既然閣下有此一說，本人不妨把話挑明。不錯，領事裁判權確是針對野蠻國家而設，因為敝國法令乃根據耶穌基督的教義——要拯救有罪之人的靈魂而不是懲罰肉體而設。故一向寬大人道，敝國人民也習慣在這種寬鬆法律下生活。貴國自詡文明法治，據本人所知，法治極不完善，嚴刑峻法、貪污賣法、種種不人道的事屢有所聞，凌遲、腰斬、宮刑、幽閉等等駭人聽聞的條文更載入堂堂律例，如果我們不用領事裁判權來保護我們的僑民，一旦誤觸刑法，難道讓我們大英帝國的公民也遭受凌遲、腰斬的酷刑麼？」

郭嵩燾不料威妥瑪竟有如此一說，正要反駁他，劉錫鴻卻搶先說：「凌遲腰斬為大辟之刑，乃處置謀逆大罪的，哪會用在你們僑民身上。」

黎庶昌等人也一齊駁斥威妥瑪，可威妥瑪一看這陣仗，他又「通」地一下站了起來手一揮說：「既然是朋友談心，我可告訴你們，這種場合是不適合談這種話題的。再說，以貴國眼下的法治狀況，要我們放棄領事裁判權是絕不可能的。」

說著不屑地一聳雙肩，手一揚，便和隨員跨出了客廳……

威妥瑪一走，正副二使氣得連連搖頭歎氣，眾人氣憤，齊聲大罵威妥瑪囂張。劉孚翊說：「什麼公使入覲不分國之大小，一律平等，看來全是表面文章。」

姚若望長長地歎了一口氣說：「誰讓我們打不過人家？強權即公理，弱國無外交。」

這中間，最失望的莫過於郭嵩燾，威妥瑪的專橫，讓他心中那「洋人有情可揣度，有理可折服」的觀念徹底破滅了，女王雖謙虛有禮，外相雖溫文爾雅，看來，這全是表面文章，洋人其實是笑面虎。在他們面前，有什麼公理可援引，又有什麼情義可揣度呢？

張德彝於一邊聽眾人爭論，乃回屋裡找出一部英文書，翻了幾頁說與大家聽：「其實，泰西各國法律也是不斷完善的，就說嚴刑竣法和不人道之舉，他們也未嘗沒有過。」

說著，他便根據書本，說起了洋人以前的不人道處。原來他們也有絞刑、火刑、溺刑和磔刑，磔刑就是中國的五馬分屍，英國的大法官托瑪斯．莫爾就死於磔刑，而眾人熟悉的布魯諾即死於火刑，都慘不忍睹。尤其令人髮指的是殺人喝血。據記載，英王亨利二世被處死後，許多士兵就搶著喝他的血。還有法國的路易十六世被斬首後，血也被人搶著喝，且有人說，國王的血很鹹。只不過隨著社會的進步，他們逐步廢除了這些酷刑，僅保留了斷頭臺一種而已，就是監獄，也是近世紀才有了改變。

劉孚翊說：「既然洋人也有不仁道之舉，憑什麼便在我們面前裝出一副善人的面孔呢？原來是假善人。」

於是眾人紛紛罵洋人偽善。黎庶昌聽後，若有所思地說：「不過，威妥瑪雖強橫，洋人雖確實偽善，但人家畢竟現在廢除了嚴刑峻法，這是我們在香港、在新加坡等地親眼看到的。所以，我們便也不能說威妥瑪的話毫無可擇之處，這就是我們的法律確也有待完善，僅憑一部現存的《大清律例》是無法判審目前涉外案子的，比較香港、新加坡的監獄和法庭，我們也確有亟待改進的地方。」

這句話算是憑心而論，眾人不由一齊點頭稱是。只有劉錫鴻不受用，但他盡量保持克制，故也只翻了黎庶昌一眼，沒有反駁……

就在這時，門丁送來當日報紙，張德彝因有氣，只懶懶地把《泰晤士報》翻了一下。見與威妥瑪送來的一般無二便丟在一邊，卻又隨手撿起了《斯坦德報》，才一瀏覽，不想一行觸目驚心的大字標題一下映入他的眼簾：

上海已試通車的淞滬鐵路行將被毀

副標題則是：

清國簡訊：這就是清國的洋務

眾人一見這情形，忙央張德彝細讀正文。

原來通篇皆是諷刺文字，謂清國的兩江總督費二十八萬五千兩白銀買下一條鐵路，原以為是要由皇家營運，卻不料是要拆了扔到海裡，送與龍王做壽禮云云。

張德彝一口氣讀完這一段文字，郭嵩燾聽了不由仰靠在沙發上，又長長地歎了一口冷氣……

左相英名

一次關於改約的外交試探便這麼不歡而散了，雖然郭嵩燾把它說成是閒聊，可就是這麼一「閒聊」，郭嵩燾總算把洋人的底蘊看穿了，「強權即公理，弱國無外交」原是舉世一轍、歷久不衰的古今通理，只不過洋人畢竟不是夷狄，臉上蒙有一塊文明的面紗，不及那逼南宋君臣稱「兒皇帝」的金元蠻族那麼直裸裸、面目猙獰罷了。

然而，歸根結底是我們不能反省，不能自強，不能完善政治與法律，與洋人同步。他想到這一層便心痛，尤其是身處交通四通八達的倫敦，想到國內一條不到三十里的淞滬鐵路也即將拆毀。一葉而知秋，國人何時才能猛省？

那一種無望的悲哀，就如大西洋的滾滾寒潮，時時襲上心頭，令人戰慄……

然而，不利中英邦交的消息卻接踵而至——這天，《謨里普斯德報》上登出了英國政府任命沙敖為駐南疆阿古柏的所謂「哲德沙爾罕國」的「公使」的消息。

使館之人讀到後無不憤怒：南疆本是我大清領土，身為浩罕國軍官的阿古柏霸佔在那裡，僭號稱王，眼下左宗棠已指揮十萬楚軍出關，眼看就要收復全疆了，英國人居然還向那裡遣使，這不是無視大清主權，分裂大清領土麼？

郭嵩燾得報，一面具疏向朝廷奏報，一面行文照會英國外交部，提出抗議。照會由黎庶昌和鳳儀親自持去外交部，當面遞交外相德爾庇。

下午德爾庇約見郭嵩燾和劉錫鴻，答覆是：目下在南疆喀什噶爾地區有不少英國人在那裡從事貿易，英國政府遣使的目的是保護那裡的僑民。

這一說當然不能為兩位公使所接受，雙方唇槍舌劍，反覆詰駁了好幾個回合，最後郭嵩燾和劉錫鴻卻仍得不到滿意的答覆。而修改條約的要求也一併提出來了，卻是一說立即遭到拒絕。

回來的路上，劉錫鴻不由大罵英國人無恥，說德爾庇簡直就是一個無賴，黎庶昌顯得較為沉著——眼下新疆伊犁八城為俄國人「代管」，南疆則駐有英國「公使」，洋人何敢如此膽大妄為？無非是大清眼下勢力尚無法到達這些邊陲地區而已。於是他說：「依我看，使者在倫敦，只能做到這一步了，希望在新疆，在十萬楚軍和左帥身上，打不贏沒得說的，新疆肯定要被英俄瓜分。打贏了，俄國人、英國人都無法賴著不走，就是要改約，他們也不敢這麼強硬。」

一聽黎庶昌又提到了左宗棠，郭嵩燾此番沒有發火，卻只長長地歎了一口氣，那神情真說不出是希望還是失望……

但不管郭嵩燾怎麼想，黎庶昌的預言卻一步步在接近實現。

五月杪，倫敦的各大報開始在頭版頭條報導新疆的戰況——劉錦棠指揮的各路大軍在完全收復烏魯木齊後，稍作休整，立即發動了對吐魯番的進攻，阿古柏會合白彥虎部在達阪城下擺出與楚軍一決雌雄的架式，但阿古柏和白彥虎的鬆散聯盟擋不住楚軍凌厲的攻勢，阿古柏那支受英國教官訓練、擁有英式和俄式裝備的武裝才交鋒便被擊潰，劉錦棠的「老湘營」和張曜的「嵩武軍」兩大主力終於會師吐魯番，全殲逃敵並俘獲了阿古柏的大總管愛依德爾呼里……

洋人也有譽成毀敗的毛病，因此，在報導這些消息時，往往用許多誇張的筆墨來報導大清國的軍隊，說他們已完全掌握了現代歐洲戰場的攻防戰術，策劃是如何周密，炮火又是如何猛烈，帶兵官料敵如神，士兵勇敢善戰。眼下阿古柏已完全放棄吐魯番，收集敗兵欲在庫爾勒站穩腳，但據估計，阿古柏很難阻遏清國軍隊的下一步進攻……

這些消息於使館的官員如注入了一支興奮劑，他們無不歡欣雀躍——須知楚軍痛打的雖是阿古柏，卻實實在在地挫敗了英國人覬覦中國西北的野心。

想到僅僅才提出修改不平等條約，威妥瑪、德爾庇在公使面前便擺出一幅盛氣凌人的面孔，今天終於可還以顏色了，他們能不如醍醐灌頂、浮一大白而稱快哉？

只有郭嵩燾對這些消息多少有些不自在，或者說尷尬。這中間既摻雜了海防、塞防的不同政見之爭，也拌有他與左宗棠個人之間的恩恩怨怨，他常常感到不安，心中總有一種莫名的惆悵，對報上的消息既急切地想知道又有些怕知道……

兩天後，在事先未預約的情況下，威妥瑪帶著兩名隨員突然造訪。

就像他們之間從未發生過不愉快的事情一樣，威妥瑪神色自若，欣然用華語和站在門口迎接他的正副公使打招呼：「二位大人好。」

「好。」郭嵩燾心中對這個威妥瑪看法已大不如前，面子上卻也不便表露，劉錫鴻卻似笑非笑地「哼」了一聲，勉強地伸出右手讓威妥瑪去握。

威妥瑪似乎沒在意，他仍像個老朋友似的一手拉著郭嵩燾又一手拉著劉錫鴻，勁頭十足往客廳走。賓主坐定後，威妥瑪略作寒暄，郭嵩燾即叩來意。威妥瑪笑了笑說：「我是來向各位賀喜的。」

郭嵩燾聞言不由詫異，乃說：「何喜可賀？」

威妥瑪望著客廳壁櫥上的報紙狡黠地笑了笑說：「貴國軍隊在新疆地區與阿古柏部的戰鬥中，獲得大勝，眼下倫敦各大報紙報導了此事，且盛讚貴國軍隊的神武，各位能不感到驕傲？」

這一說自然讓眾人喜笑顏開，尤其是前天外相會見正副公使時，提到阿古柏時竟稱之為「哲德沙爾罕國」的「畢條勒特汗」。對此，正副使當場表示抗議，而這裡威妥瑪卻直呼其名，這自然更讓大家開心，郭嵩燾於是點頭說：「誠然，這說明我朝廷為收復舊疆，使大清皇輿復歸一統的決心是不可改變的。另外，我十萬湘楚健兒也確實英勇善戰，不負眾望。」

正使的回答十分得體，劉錫鴻和黎庶昌一齊點頭，不想威妥瑪卻突然話鋒一轉問道：「各位是否認為有了左帥的十萬大軍，新疆從此就可高枕無憂了呢？」

郭嵩燾一怔——威妥瑪說的正是自己心中的隱憂，簡直是一語中的。狡猾的威妥瑪，他說這話是何用意？正猶豫間，劉錫鴻馬上說：「當然，左帥素來用兵如神，這以前戰功卓著，無論是平長毛平捻子，還是平關內回回，無一不是勢如破竹。此番出兵北疆也是如此，吶，連你們的報紙也誇他一炮成功，奪下烏魯木齊，又以秋風掃落葉之勢收復吐魯番。眼下阿古柏在庫爾勒風聲鶴唳、草木皆兵，徹底收復全疆已是指日可待的事了。有左帥出鎮西北，還有什麼不放心的呢？」

不想威妥瑪雙肩一聳，雙手一攤微笑著說：「劉副使此說太想當然了。事情如果就這麼簡單，新疆問題也不會有今日了。」

郭嵩燾說：「看來威大人還很用心留意我西北地方，且自有見解，我倒很想聽聽。」

威妥瑪說：「據我所知，新疆問題十分複雜，單就軍事力量而言，此番左帥的勝利並未傷阿古柏的元氣，阿古柏所建之國名『哲德沙爾罕』，哲德沙爾罕者，七城之國也，所謂七城僅指南疆，北疆的佔領者是那個有名的『清真王』，他是本地穆斯林，與阿古柏僅為同盟，阿古柏的主力仍在南疆。所以左帥雖佔領了北疆和吐魯番，未必能同樣順利地進入南疆，因為距離太遠、戰線拉長、兵力分散，加之運輸困難，補給不及時，就是暫時佔領，也無法長期在那裡站穩腳跟，因為那樣的話你們的財政必然會被拖垮。」

威妥瑪不愧是個中國通，他在駐北京期間早把湘淮兩大派系——左宗棠和李鴻章的矛盾以及塞防與海防之爭的背景了解得一清二楚，所以直奔主題，句句與李鴻章的海防論暗合，郭嵩燾一聽不由沉吟起來。

這邊劉錫鴻明知威妥瑪起心不良，但他對新疆的形勢尤其是目前的軍事對峙情形，知識僅限於英國人的報紙報導，所以也無法反駁他。威妥瑪見狀又侃侃言道：「這還僅是就眼前的軍事勢力做比較，若從長遠的地方看，那就問題更多，更是難上加難，甚至無法預測。」

郭嵩燾冷笑著說：「威大人不要危言聳聽。」

威妥瑪正色道：「一點也不。說到新疆的歷史，列位比我更清楚，居住在那裡的多是穆斯林，他們與蔥嶺以西的中亞各國同種同文同宗教，新疆發生的幾次叛亂都與境外的支持有關。比如說道光年間的張格爾之亂，他就受浩罕國的支持，眼下俄羅斯勢力已遍布蔥嶺以西中亞各汗國，他們早盯上了新疆地方。十年前即賴在伊犁不走，如今更望著南疆垂涎欲滴；張格爾叛亂時，俄羅斯即曾插手其間，眼下更難保不在幕後操縱了。這以前的新疆便屢撫屢叛，你們能保以後不會加劇嗎？面對這情形，我想套用貴國一句成語叫做鷸蚌相爭，漁翁得利，這『漁翁』，捨俄羅斯又其誰也？」

威妥瑪一席話說得頭頭是道，且也確實說中了中亞及新疆眼下的實情，只是俄羅斯固然想做漁翁，英國人未嘗不想做螳螂身後的黃雀。

郭嵩燾和劉錫鴻漸漸從威妥瑪的長篇大論中悟出了一些玄機，也是主張海防為當務之急的郭嵩燾不由憂慮重重，劉錫鴻卻連連冷笑道：「威大人用局外人的口吻議論我們的新疆，真不乏真知灼見。不過，據我所知，貴國似乎比俄羅斯人更看重新疆，不然你們不會承認阿古柏政權，官方文件及報紙也不會稱阿古柏為國王且向那裡派出公使，更不會把武器源源不斷地往那裡運。」

威妥瑪似乎早料到劉錫鴻會有此一說，馬上說：「不錯，劉大人所說全是實情，但那只是為了抗衡俄羅斯。因為那裡緊鄰印度和阿富汗，我們絕不能容忍俄羅斯的勢力浸透到新疆，從而威脅大英帝國的利益。」

兜了半天圈子，說到頭還是為了自己。眾人看穿了威妥瑪的底蘊，不由生氣，黎庶昌忙說：「新疆是我們國土，怎麼容許你們在那裡角逐較勁呢？我相信左帥一定會把那裡的局面收拾好，到時所有外人恐怕都不能賴在那裡不走了。」

威妥瑪笑了笑說：「這個，剛才我已說了，黎大人不要一廂情願才好。」

郭嵩燾看出威妥瑪是有所希求而來，於是緩緩言道：「威大人說得頭頭是道，想必不只是為了向我們炫耀關於新疆的知識而來吧？」

威妥瑪哪是為說教而來呢，他是肩負了外相的使命而來的。此時火候已到，他躊躇著正要下說

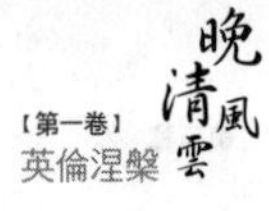

詞，不想就在這時，又是鳳儀從外面拿來了當日報紙，擺在面上的《泰晤士報》在頭版用顯著的字體排出一條新聞：

中亞哲德沙爾罕國求和使者賽義德．牙庫甫已於昨日到達倫敦

原來在楚軍的猛烈攻勢下，南疆的阿古柏已感到末日來臨，為此他特派出自己的外甥賽義德前往土耳其求援，不想土耳其的統治者哈里發此時正忙於對付塞爾維亞人和俄國人，根本沒有力量顧及遠在新疆、被他封為「埃米爾」的阿古柏。賽義德無望，只好遠走英倫。

這一來，威妥瑪造訪使館的目的便更明顯了。劉錫鴻聽張德彝當眾念完這條消息後，立即質問威妥瑪道：「威妥瑪先生，以前你說你們向南疆遣使是為了保護僑民，那麼，今天接納這個賽義德又是為了什麼呢，難道倫敦也有浩罕的僑民？」

這一問確實讓威妥瑪不好回答，他只好亮出底牌，說：「沒錯，這個賽義德．牙庫甫確已於昨日到達倫敦，但他是為了和平的目的而來——南疆的那個你們深惡痛絕的汗，欲挽我們出面，和你們議和，只要你們停止對南疆的軍事行動，他願永遠臣服在你們大皇帝腳下，就像越南和朝鮮一樣，奉大清為宗主，不但永為藩籬，且年年進貢、歲歲來朝。如果你們願意化干戈為玉帛，議和的具體細節賽義德願直接和你們談。」

一聽威妥瑪確認此事，眾人驚詫之餘，不由議論紛紛，大多持反對意見。劉錫鴻、黎庶昌斥責尤厲，認為英國政府隨便接納一個主權國家的叛匪是不友好的行為；阿古柏只有投降認罪別無出路。

這中間只有正使沒有作聲，威妥瑪看在眼中，乃拋開劉錫鴻等人轉向郭嵩燾問道：「郭大人，他們雖說了很多，卻忽略了一個基本事實，這就是這個阿古柏已在新疆有效地統治了近十年。你們

必須通過艱苦的戰爭才能收復，而且，就算收復了也不一定能長治久安。你們的孫子兵法上不是也說了，善戰者不戰而屈人之兵嗎？」

一聽這話，郭嵩燾不由心動。從威妥瑪進來，聽其言觀其形，郭嵩燾早猜到了對方來意，之所以遲遲未搭腔，是在思考——威妥瑪的分析，確與李鴻章的海防之議暗合，他雖未參預那次辯論，但卻認同李鴻章之議。眼下遠在倫敦，不知新疆的實況，心想，我軍若真能順利拿下南疆尚可，若戰事拖延，將士疲憊，兵連禍結，國家更加不堪；就此止步，消兵戈而弭戰禍未嘗不是辦法。於是他用較為平和的口吻說：「威妥瑪先生，使者遠在倫敦，對南疆的情形不清楚，且未奉朝廷諭旨，無議和之權。再說，倫敦也不是受降之地。不過，本公使願將貴國政府之意代為轉奏朝廷。」

郭嵩燾此說，遠不及眾人詞意嚴正，但卻也明顯地拒絕了威妥瑪的要求。威妥瑪見此情形，知道一時難以說服正使，只得怏怏告辭……

偽使

郭嵩燾等人身在倫敦，未奉朝廷諭旨，不知新疆消息，此時的英國政府也不完全清楚中亞情形。其實，眼下的南疆已是風聲鶴唳了。

六月間，阿古柏在庫爾勒被人毒死，兩個兒子——伯克胡里和海古拉為爭奪汗位而發生內訌，原住南疆的布魯特酋長斯的克又在喀什噶爾發動了叛亂，而南疆的本土居民早厭倦了阿古柏的殘暴統治，紛紛與官軍通款，準備簞食壺漿以迎王師，南疆的光復比局中人預料的要快得多。

此時英國政府的注意力卻被吸引到巴爾幹半島上，哪有精力顧及南疆？但有一部分人卻不死心，死馬想當活馬醫，只想暫緩清國軍隊的進攻，保住實際上已不存在的阿古柏政權。所以，當威妥瑪的遊說失敗後，他們又想出了另一招……

這天，澳大利亞世爵師丹里突然來函，邀正副使去府中茶會。

師丹里在使館之人眼中是一個同情清國、肯仗義執言的朋友，郭嵩燾於是和劉錫鴻欣然前往。

師丹里以退休官員的身分，好結交名人，他的客廳常高朋滿座。今天也是一樣，郭嵩燾和劉錫鴻下了車，師丹里已迎候在府門前，他親切地上前擁抱了客人，然後引客人進入他的客廳。

這時，客廳裡已坐了十餘男女貴賓，見主人陪公使進來，忙一齊站了起來，師丹里將客人一一介紹與公使見面。

不想劉錫鴻眼尖，也特別敏感，竟一眼便瞥見客人中有兩個高大的漢子，著新疆回回的衣帽，頷下髭鬚飄然。他開始還以為是土耳其國的外交官，心中便有了幾分警惕，不料師丹里在介紹時卻說：「這位是哲德沙爾汗國的特使賽義德．牙庫甫先生。」

因此行張德彝未能同來，翻譯由馬格里一人擔任，馬格里已知正副公使對阿古柏政權的立場，明白師丹里此舉有些荒唐，正在猶豫如何翻譯。此時，那個賽義德已向郭嵩燾伸出了手，郭嵩燾也準備出手了。

就在這時，劉錫鴻從師丹里介紹客人時那一連串的英文中聽出了「哲德沙爾汗」一詞——這些天眾人關心的及威妥瑪來遊說時，這個詞用得太多了，他已「耳熟能詳」。於是手一攔，擋住了正使即將伸出的手，然後用嚴厲的語氣問馬格里道：「他是不是從南疆來的？」

馬格里只好點頭說：「是的，他是阿古柏的特使。」

劉錫鴻不由板著臉向師丹里道：「師丹里先生，這是什麼意思？」

郭嵩燾吃了一驚，忙問道：「師丹里先生，你怎麼事先不告訴我們都是一些什麼客人？」

師丹里的本意便是欲導演一場意外的戲，讓清國公使在不經意的情況下，與阿古柏的使者坐到一張桌子前來，造成握手言歡的事實。不想劉錫鴻精明，一下便看出了這把戲，師丹里知道這「戲」再也演不下去了，索性說：「是這樣的，今天除了我的幾個老朋友外，特地邀請了一個大學者，這就是賽義德．牙庫甫大阿訇。大阿訇對《可蘭經》的研究十分精闢，是聞名伊斯蘭世界的大學問家，而大清國公使郭大人又是儒學的大宗師，兩人有幸相聚，一定有許多說不完的共同話題。」

說著，竟拉起郭嵩燾的手，欲與賽義德相握。

郭嵩燾見狀，趕緊抽回自己的手，且嚴肅地說：「師丹里先生，你一向被我們視為最尊敬的朋友，這回怎麼做妨害我們之間友誼的事呢？」

劉錫鴻又補充說：「阿古柏是大清的叛逆，僭號稱王，我們從來沒有承認過他那個什麼國，什麼王，自然也不會承認這個使者。師丹里先生此舉是十分荒唐的。」

師丹里見狀不由說：「劉大人何必拒人於千里之外？今天是在我家裡，純是私下相見，只討論學問不談公務，這下總可以了吧？」

劉錫鴻說：「我們身為使臣，一言一行皆代表國家，何來私事？閣下如顧及友情，請立即驅逐偽使，不然我們告辭！」

說著，拉起郭嵩燾的手就往外走。

師丹里一見，不由急了，他一邊伸手攔住客人，一邊對身邊的隨從使了個眼色，隨從會意，乃轉身向怔怔地立在那裡的賽義德．牙庫甫說了幾句什麼，賽義德更尷尬了，乃和隨員訕訕地跟著師丹里的隨從從另一張門走了出去……

此次茶會，與會者雖為英國上層社會名流，但氣氛卻十分沉悶，交談中主賓皆斟詞酌句，生恐再刺激了對方。郭嵩燾注意到了這情況，乃和劉錫鴻早早地告辭。

還在車上，劉錫鴻便將馬格里狠狠地訓了一頓，謂他不知機，甚至有幫助洋人瞞天過海之嫌。回到使館，他更像一個凱旋的英雄，逢人便告，說自己如何精明，識破了師丹里的陰謀詭計，不然將釀成大錯。言外之意自然是說正使顢頇懵懂。

郭嵩燾聽了心中有氣卻又無法表白。劉錫鴻見狀，便得寸進尺，竟提出來不要將偽使求和之事奏聞，以免干攪朝廷的決策。

郭嵩燾堅持要奏，說既然奉旨坐探夷情，眼下有事自然應向朝廷報告，讓朝廷全面權衡，做出正確決斷。

使館之人大多支持正使之議，劉錫鴻只好不再堅持。

於是，郭嵩燾乃囑黎庶昌草疏，黎庶昌接受這一使命後，立刻將文章撰寫出來，在落款時，他落下了正副使的名字，然後交郭嵩燾審正，不想郭嵩燾看後對內容文字沒有異議，卻盯住劉錫鴻的名字先是皺起了眉頭，接著便提起筆，一下便把劉錫鴻的名字圈掉了。

黎庶昌接過一看忙說：「老師，這名字圈不得。」

郭嵩燾說：「他不是不主張上這個疏麼，何必強人所難？」

黎庶昌說：「他後來不是沒再堅持了麼？再說，這以前的奏疏都是正副使聯銜，此番若不著副使的名字，別人會有話說的。」

郭嵩燾只好說：「那就依你的，算我沒圈。」

口說沒圈，但稿紙上劉錫鴻的名字上已有了一道橫槓。黎庶昌沒法，只好又在名字下畫三個小圓圈，表示這名字仍然保留，之後他把草稿交劉孚翊謄正，交張斯栒加蓋關防。

不想就在這謄正和加蓋關防的過程中，副使名字一度被圈掉的事便傳到了劉錫鴻的耳中，劉錫鴻再見到郭嵩燾時，臉色便又冷若冰霜了。

這天，眾人在客廳裡讀報時又扯上了新疆的事，這回是個看似無聊卻又是人人都看重的話題——若是全疆光復，朝廷酬庸有功之臣，作為主帥的左宗棠將得什麼封賞？就在這時郭嵩燾走來了。

「筠公，你是熟知朝章典故的，你說說。」

劉錫鴻明知這是郭嵩燾的心病，卻故意問道，「貴同鄉眼下已是一等恪靖伯加太子太保、東閣大學士，再要晉封該是個什麼爵位呢？」

郭嵩燾一聽那話題一見劉錫鴻那眼神就明白為何而來，心中未免有氣。

劉孚翊不知利害，竟跟著說：「只怕要晉一等公爵。」

一等公爵豈不要比曾國藩還要高出一級？張德彝不由連連搖頭說：「不可能，漢人封公的只一個岳鍾琪，這以後再沒人獲此殊榮了。」

黎庶昌知道此事犯忌，趕緊打岔說：「這事朝廷自有權衡，眼下說有什麼意思。」

誰知劉錫鴻不是省油的燈，他盯了黎庶昌一眼說：「說說又何妨。」說著又故意找郭嵩燾搭訕道：「筠公，左恪靖不是你的同鄉舊好麼，依你說他該得個幾等之封呢？」

一聽劉錫鴻用那陰陽怪氣的語調說出「同鄉舊好」四字，郭嵩燾終於忍不住了，他沒好氣地說：「這樣的議論我看無聊！」

劉錫鴻冷笑著說：「看報紙議時事，何所謂無聊？再說左恪靖揚威西域，連洋人也欽佩不已，朝廷酬庸功臣也應該呀。」

面對劉錫鴻的挑釁，郭嵩燾再也克制不住了，他立時拂袖而起，也冷笑著說：「應該，依我看就是封個平西王也應該。」

「平西王」是吳三桂造反前的封號。這一說，不是明指左宗棠擁兵自重，想造反嗎？

眾人不由愕然，郭嵩燾卻手一甩，回自己的房間去了。

劉錫鴻望著他的背影，不由連連冷笑不已……

一向老實不得罪任何人的姚若望不明白正使這火氣從何而來，悄聲嘀咕說：「怎麼把左恪靖比吳三桂呢，這怕不合適罷。」

劉錫鴻「哼」了一聲，大聲說：「這還看不出嗎，這就是嫉妒，嫉妒左帥之功！」

「嫉妒」二字清楚地追上來，鑽進了郭嵩燾的耳中，他真想返身回去質問劉錫鴻，但一想起口舌之爭徒費精神，便又把火氣強壓下去了。

但人有氣，強忍畢竟不是辦法——本是好好的，怎麼就無端惹一場口舌？他越想越不能平靜，回到房中不由生悶氣……

左郭交惡

其實，論起來，這以前左宗棠何止是他的同鄉舊好？湘陰地方偏僻，讀書人不多，左氏兄弟和郭氏兄弟是同聲相應、同氣相求的摯友。後來，左宗植的長子左渾又娶了郭嵩燾的五女為妻，於是，左宗棠又是郭嵩燾的叔親家。

左宗棠中舉早郭嵩燾六年，但三試禮部不第。待郭嵩燾進士及第後，憐老友困於場屋，乃合湘陰籍京官聯名薦舉左宗棠應孝廉方正之選，事雖未果，二人相互提攜之情可見非同一般。

後來，左宗棠在郭氏兄弟的敦促下，出佐湘撫駱秉章之幕。

咸豐九年，受樊燮一案之累，幾陷不測之禍。在京供職南書房的郭嵩燾聞訊，乃浼翰林院編修潘祖蔭出面向咸豐帝陳情，述左宗棠在湘剿賊之功，所謂「國家不可一日無湖南，湖南不可一日無左宗棠」被傳頌一時。

為了此話，十餘年後，已是文拜相、武封侯的左宗棠仍在潘祖蔭面前下了一跪，其實原話就出自郭嵩燾之口。

這以後，左宗棠因禍得福。先是自募一軍由湘入贛，後轉戰浙江，僅一年時間便升任浙撫，不二年又擢閩浙總督。

郭嵩燾為國薦賢，在湘省仕紳中留下一段美談，但名望日隆的左宗棠卻在朋友遭受困厄時，落井下石，終使一對刎頸之交的摯友落下凶終隙末的結局……

那是在同治四年，郭嵩燾在廣東出署巡撫已三個年頭了。廣東有督有撫，督撫同城。按朝廷制度，督撫勢分略等，體制平行，許可權區分，相沿不甚明晰。時兩廣總督毛鴻賓自恃郭嵩燾這官出自他的推薦，趙孟所貴，趙孟能賤之。凡事自作主張，奏章布告，囑郭嵩燾代擬，卻又不讓他聯銜，將巡撫看作私人幕僚。郭嵩燾嚥不下這口氣，兩人頡頏不下。

後來毛鴻賓因事降調，繼任者為廣州將軍瑞麟，瑞麟對巡撫更為不堪。他重用一個叫徐灝的幕僚，凡事聽他作主，在總督眼中，巡撫連一個幕僚也不如。郭嵩燾因此與瑞麟關係十分緊張。

恰在這時，已是閩浙總督、欽差大臣的左宗棠督率數萬楚軍因追擊太平軍餘部，威風凜凜殺奔廣東來了。他設行轅於閩浙贛三省交匯處的衢州，一天正在營中批閱各路軍報，故人郭崙燾突然訪友於軍中……

「志誠，我說這兩天為什麼又是燈花又是鵲噪，今天這喜蛛又老在眼前吊來吊去，原來是主賢弟要來之兆。」

此時的左宗棠意氣發舒、談笑風生，顯得極為瀟灑，他一把拉住崙燾，喚著他的表字如同見了久別的親人。

崙燾也雙手緊緊地抓住左宗棠的手，情深意篤地說：「數載闊別，常懷雲樹之思，但念及仁兄軍務倥傯，不敢打擾。」

「嗨，忙固然忙，卻也常常念舊，尤其想到你們兄弟當年與我艱難共赴之情景，更是拳拳友情，渴想殷殷。」

聽左宗棠如此一說，崙燾十分感動。當下二人攜手進營帳。剛坐下，左宗棠又問道：「志城，我問你一事：此番平長毛之役，筠仙無橫草之功卻得疆寄之任應該知足了，為什麼幾次跟我來信，總是寥寥數語，似有滿腹委屈呢？」

崙燾一聽左宗棠說他大哥「無橫草之功」，心裡雖十分不快，但也不朝壞處想，只解釋說：「唉，你不清楚，廣東督撫同城，他頭上有一個總督壓著，那哪是做巡撫呢，是做小媳婦呢！」

左宗棠嘴角露出一絲冷笑卻不言語。崙燾乃信手拈起案上的筆，寫下一首詩遞與左宗棠道：「你看，這是我此番在廣東時，見他寫下的一首律詩，他的心境，盡在詩中。」

左宗棠接過一看，只見上面寫道：「嶺表三年事事乖，無端棖觸上心來。寒蚊繞榻冬逾猾，病眼支離漏轉催。肺腑全教真相變，瘡痍先為一身哀。大言自合干天忌，眠食於今竟兩裁。」

左宗棠輕輕吟誦了一遍，故作不解地笑道：「嶺表三年事事乖，瘡痍先為一身哀——筠仙在廣東是不合水土麼？」

郭崙燾沒聽出左宗棠有揶揄之意，仍說：「不合水土，是不合廣東官場的水土。」

左宗棠連連搖頭說：「這只怕有些言不由衷罷，筠仙尚不滿五十歲呢。」

郭崙燾說：「詩為心聲，他豈能故作姿態？」

左宗棠點點頭說：「是的，仔細玩味，詩中確有求去之意。」

郭崙燾說：「家兄以內廷供奉辭歸，分明已有志高蹈遠引了，此番是李少荃強拉出山又推到這個位置的，今日勢成騎虎，要退也不容易。」

聽崙燾如此一說，左宗棠翹著二郎腿，端著水煙筒連連微笑說：「他也是，廣東一省富甲天下，誰不想染指，李少荃勸他就任粵撫用意深遠，他可不要辜負人家一片苦心。」

此時左宗棠已和曾國藩翻臉，和李鴻章亦各修門戶，崖岸分明。郭侖燾雖精明，只因左宗棠與郭氏兄弟關係太不一般了，故仍未朝壞處想，且仍實話實說道：「他未嘗不想做出個樣子來，只是總總力不從心。」

左宗棠又笑了笑說：「倒也是，督撫同城，不是東風壓倒西風，就是西風壓倒東風。這中間主要看誰有手段。」

說著，他放下煙筒，輕輕啜了一口茶，乃向著侖燾屈指數起了廣東官場往事：嘉慶道光間，那彥成督粵，百齡為巡撫，二人不和而相互指責，後來百齡以罪獲譴；繼百齡者為孫玉庭，又與那彥成不睦，孫玉庭乃尋那彥庭過失檢舉，那彥成因此被參革；不料那彥成走後，百齡又被起用，捲土重來且任總督，又以孫玉庭跋扈而劾罷之。這以後督撫之間，往往相互攻訐，直到鴉片戰爭時，總督琦善私割香港，又被巡撫怡良檢舉，被充軍黑龍江，說起來這真是風水所致……

左宗棠閒而談，漠不關心的口氣，郭侖燾未免失望。但既然來了，有些話不能不說，只好又訕訕地言道：「仁兄說的確是事實，所以家兄便十分苦悶。加之他碰到的對手，一個毛寄雲原是他的薦主，一個瑞麟又是個旗人，與這號人周旋他更覺單了幫。」

聽到這裡左宗棠終於證實了自己的猜測——郭侖燾此行，是為大哥求援而來。於是露出會意地一笑說：「單了幫？志誠仁弟，別人說你兄弟三人數你最聰明，有些事何必要我說破呢？我問你，你估算一下我下一步棋該怎麼走？」

郭侖燾不明就裡，乃問：「下什麼棋？」

左宗棠詭祕地一笑說：「兩軍交鋒不是如棋局麼？眼下金陵長毛掃地以盡，僅剩下李侍賢、汪海洋殘部，我現在是剁尾巴辦善後，李、汪二逆雖號稱六十萬，但已是敗鱗殘甲，流竄在閩粵邊，惶惶不可終日。你說說，這一網將從哪裡下，又將從哪時收？」

郭侖燾想了想說：「小弟從江西一路來，沿途聽軍民談起擒斬幼逆——所謂小天王洪福瑱之事，無不繪聲繪色，敵愾同仇，可見民心已恢復正道；到了廣豐、上饒一帶，見我軍正在布防，壁壘森嚴、士氣旺盛。所以，依小弟看，流賊若犯贛，只怕是飛蛾投火。」

「著。」左宗棠手往桌上一拍說，「仁弟之見與我不謀而合。」

說著，他袖子一捋，手蘸茶水，在空案上揮揮灑灑，一下畫出了幾道線，又信手從案邊圍棋缸子裡抓出幾顆黑白棋子，作幾下擺了，然後比劃道：「你看，金陵光復，潰圍之殘賊及李、汪二逆已是疲癃殘疾，能戰者不多，且兵無鬥志，一敗再敗，退至閩粵邊，已是驚弓之鳥了。眼下的局勢是偽侍王李侍賢據漳州；偽來王、奏王據龍岩；偽康王據長汀、連城、上杭；我軍自克服金陵後軍威大振，如今不止江西一帶如銅牆鐵壁，北邊蘇皖及兩浙也無不壁壘森嚴。所以，我料定餘賊斷不敢回戈向西或向北，東邊為東洋大海，欲渡無舟楫，只有南邊，粵東北潮州、嘉應州一帶，歷來為盜賊淵藪，發逆天王洪秀全祖籍即嘉應州，所謂自哪起至哪滅，這是天意，我斷定流賊捨粵東再無去路。下一步棋怎麼走，明擺著是下廣東，我軍以百戰之師擊此失魂落魄之賊，能不是驅猛虎而入羊群、秋風掃落葉嗎？」

郭侖燾急於明白下文，只好連連點頭恭維道：「仁兄燭照千里，穩操勝算，佩服佩服！」

左宗棠得意之餘，眉飛色舞，又說：「志誠仁弟，你寫信告訴筠仙吧，據我所知，長毛殘賊已拔隊撤往粵東北，我已下令窮追，不日便移行轅於廣東的大浦縣。你看，假如我到了廣東，筠仙還會有『單了幫』的感覺嗎？」

這話出自節制閩、贛、粵三省軍務的欽差大臣、閩浙總督左宗棠之口，真不啻一言九鼎，郭侖燾似吃了定心丸，不由會意地和左宗棠相視大笑起來……

當下，左宗棠留郭侖燾在軍中盤桓。自統軍以來，家鄉難得有親朋前來探望，侖燾算是稀客，左宗棠特設宴為他洗塵，出席作陪的皆是家鄉人，無須主人一一介紹。賓主落座後，左宗棠下首便是收復兩浙出力最多的、現任浙江布政使的蔣益澧。席間談得最多的是軍事，眾人自然歸功左大帥，但這個譽已成癖的左大帥今日卻一反常態，當著郭侖燾連連誇獎蔣益澧，並多次提到蔣益澧率湘軍援粵的往事，侖燾卻並未在意……

告別了左宗棠，郭侖燾回到長沙，乃把與左宗棠談話的內容，詳細寫了一封信，告訴大哥嵩燾，勸大哥不必氣餒，真要和瑞麟翻臉，已殺奔廣東、奉旨節制三省軍務的左宗棠一定不會坐視。

郭嵩燾對此說深信不疑。

不想左宗棠一到廣東，立刻以廣東方面圍堵不力為由，奏薦蔣益澧督辦廣東軍務，兼籌糧餉。蔣益澧不過一布政使，廣東方面有督有撫，可左宗棠薦他來廣東，不稱「幫辦」、「會辦」而稱「督辦」，分明有鵲巢鳩佔之意了。郭嵩燾卻渾然不覺，他自認有能耐，官聲不錯，也相信左宗棠胳膊肘不會往外彎，故仍與左宗棠書信往來，對「季高兄」一往情深。又幾次上疏朝廷，指斥瑞麟的失誤。

督撫失和公開化，朝廷於是令左宗棠就近查辦，這下正中左宗棠心懷，他先是假惺惺上一道請求迴避的奏疏，表明自己與郭嵩燾為同鄉兼姻親，懇請朝廷收回成命，朝廷自然不允，且令他「秉公辦理」，左宗棠於是一連上了四摺，指斥廣東軍政失誤，皆巡撫「負氣使性」之故，最後一摺，竟隱隱然指郭嵩燾有貪污行為。

這道奏疏一上，郭嵩燾終於「摘頂子」了。左宗棠於是將自己的親信蔣益澧推上了粵撫的寶座——郭嵩燾直到後來才聽說，蔣益澧在去廣東任督辦的路上，即準備了接任巡撫的布告和查封府庫的封條。

左宗棠終於一舉平定了太平軍餘部，朝廷自然論功行賞。左宗棠得封一等恪靖伯、賞戴雙眼花翎；左部將領一個個升擢有加。眾人彈冠相慶、皆大歡喜之際，郭嵩燾卻冒著酷暑返鄉，青衣小帽，驢車駑馬在五嶺山路上蹭蹬……

這以後，左宗棠雖名望日隆，但他那刻薄寡恩、英雄欺人之手段在摯友郭嵩燾心中，留下了終生也解不開的死結，就是湘中仕紳茶餘酒後論是非，也對此搖頭不已。

今天，左宗棠又逞兵天山、揚威中亞。作為昔日的摯友，他是深知左宗棠的志向和能耐的，也知道他一定會成功，但心中卻不無酸楚，眼前也常常浮現出左宗棠的面容，在向他誇口說：「挹東南之財賦，養西北之甲兵，試看老夫的手段！」

眼下，劉錫鴻說他嫉妒。自己有必要和這樣不可理喻之人辯駁嗎？他一時思前想後，感慨萬千，總總解不開心中這一團亂麻，萬般無奈，皆付於一聲長歎：「往事塵封休再啟，此心如水只朝東……」

第六章 西風落葉

用夷變夏

總理衙門將郭嵩燾的日記刊刻之日，正是西征楚軍攻克達阪城之時。吐魯番為南八城門戶，達阪城為官軍由北疆進入南疆的孔道。眼下拿下了這兩處地方，南疆的光復已是指日可待了。因此之故，戰役剛剛發起，京師得悉內情的官員們便翹首以待西征的消息，官軍完全收復吐魯番的紅旗捷報，終於被陝甘總督左宗棠以「六百里加緊」的速度遞送到了京師，一見提塘官那一臉的喜色，人們不由狂歡起來……

這真是北京城多年來少見的景象，自道光庚子鴉片戰爭以來，提塘官送來的都不是好消息，北京城的人一聽那驛馬急驟的鈴鐺聲，臉上不由浮現出惶恐與不安，三十多年來幾乎成了習慣。雖然中間也有平長毛、平捻、平回民起義軍的「捷報」，但那是內戰，殺的全是中國人，而對外從未取得過勝利，報送到京的全是噩耗噩音。

此番左宗棠西征，對手阿古柏是浩罕汗國的軍官，他的背後有英俄兩大列強做後盾，阿古柏雖稱「畢條勒特汗」，國號為「哲德沙爾汗」，其實卻是英俄爭霸中亞而產下的畸形兒，他強佔天山南北，在他人的國土上稱王，左宗棠不信邪，排除萬難，痛殲丑類，打的雖是阿古柏，教訓的卻是英國和俄國。

這以前國人在洋人面前從來未硬過一回，左宗棠此番揚軍威於中亞，算是為中國人揚眉吐氣了。

在左宗棠與李鴻章之間，清流一向揚左抑李，清流幹將張佩綸、何金壽等人對左宗棠更是推崇備至。他們早已窩了一肚子火——《煙臺條約》簽訂，國家主權又一次淪喪，西南門戶洞開，加之郭嵩燾出使，向夷人的女主謝罪，國家臉面算是丟盡了，好容易盼到今天，左宗棠一掃陰霾，應該「浮一大白而稱快哉」了。

於是，由御史鄧承修發起，去剛剛回京的老師李鴻藻府上暢談。

丁憂在籍的李鴻藻終於未待終制便奉旨復出了，回京銷假仍復入值軍機，才到家，新任戶部侍郎翁同龢便興沖沖地來府中探訪。

翁同龢此番拜府大有來頭——早已奉旨在弘德殿行走的他，這回再次奉旨以內閣學士遷戶部侍郎，典學毓慶宮。弘德殿行走為普通的經筵講官，五日一進講，在簾前為兩宮太后說《治平寶鑒》，而典學毓慶宮便不同了，學生不再是太后而是皇帝，當年他父親大學士翁心存便任此職多年。

身為帝師，為百官表率，天下景仰。所以他一聽旨意，不由欣然，在再三推辭不獲准允後，便興沖沖地來看望前任——同治帝的老師李鴻藻，想得李鴻藻些許指點。

「叔平，這是好事。」李鴻藻早已得訊，見面便向翁同龢道喜，並說：「子承父業，啟沃聖心，這還是一段千古佳話呢。」

一聽李鴻藻如此恭維，翁同龢雖感到無比快意，面上卻露出不勝惶恐之色，且說：「這擔子太重了，真令人不知何以自處呢。」

「這倒也是。」李鴻藻面色也凝重起來，歎了一口氣說，「眼下歐風東漸，令人目迷五色。身為帝師，自應以敬天法祖為宗旨。不過也不要急，皇帝不才五歲嗎？」

一聽「歐風東漸」四字，翁同龢不由感慨系之——去年冬天他請假回老家常熟修墓，回京時路過上海，住滬紳徐潤家。徐府是洋樓，花園亭院皆洋式，器皿用具也是泊來品，連早餐也用洋點心，他覺得很不自在。後來又目睹淞滬路風潮，深感「以夷變夏」之風在沿海一帶正悄然進行，心中不由憂慮。

正想就這個話題暢抒己見，就在這時，鄧承修、何金壽、王家璧、于凌辰四人連袂而至。

此四人中，鄧承修年紀最大，何金壽學位最高——他是同治元年壬戌科的榜眼。二人也是清流中堅，常聯手出擊，攻惡不遺餘力。因鄧承修字鐵生、何金壽字鐵香，故又有「雙鐵漢」之譽。

四人匆匆而來，因見翁同龢也在座，乃與李鴻藻請過安後，又跟翁同龢道喜，客氣半天才各自歸座，李鴻藻乃問起來意。

「老師，大喜大喜！」鄧承修耳朵有些背，講話洪鐘也似的聲音，「吐魯番已經光復了。眼下朝野上下，無不興高采烈在議論這事呢！」

李鴻藻點點頭說：「我已聽說了，這是賴列祖列宗在天之靈，也是兩宮太后和皇上的齊天洪福！」

何金壽說：「還有，左季高爵相也真是了不得，中興將帥中就數他最不信邪，也不把洋人放在眼裡。」

這一說竟打開了翁同龢的話匣子，他立刻和眾人說起有關左宗棠在洋人面前態度強硬的故事——左宗棠任閩浙總督時，寧波已是五口通商的口岸之一，英國和法國駐有領事館。左宗棠對領事行文，居然是下劄子。英法領事來拜訪他，他既不開中門也不放炮。這在國內還是頭一回，英國領事不依，找他理論，他答覆說，論官階領事官不過相當大清一道台，與總督相差甚遠，行文當然只能下箚子，也沒有放炮的道理。英國領事辯不過他，也就無可奈何。相沿下來，至今通商口岸中，督撫對領事行文皆用「諮」，只閩浙用「箚」；領事見督撫，各省皆要開中門鳴禮炮，獨閩浙無。大家都說這是左爵相的規矩。

翁同龢是常熟人，族人中有幾個在寧波府謀事，說起這些故事自然有典謨，有訓誥，且繪聲繪色。

在座的人聽了，更是對左宗棠景仰不已——清流關心的正是這些，所謂「名份」之爭，有關國家體面。眼下左宗棠與李鴻章如雙峰對峙，崖岸分明，讚揚左宗棠自然就免不了罵李鴻章，于凌辰、王家璧更不甘示弱，一齊大罵李鴻章喪心病狂，不但想保住淞滬鐵路，還想說動恭王，在胥各莊修鐵路，連皇陵也敢動土。

但眾人儘管罵，李鴻藻卻只微笑，不插一句言，篤定得很。就在這時，只見在總理衙門任職的張佩綸夾著一疊書悠悠地走了進來。

張佩綸是河北豐潤人。豐潤毗鄰開平，李鴻章成立開平礦務局，在胥各莊徵地修鐵路，開始對外密不透風瞞得死死的，但卻沒有瞞過他，消息最早便是他先透露出來的。今天，郭嵩燾的日記由總理衙門刊刻又是他最先知道，他一看日記便明白又有好題目可做了，乃夾著幾本尚散發著油墨香的書來見老師。

鄧承修眼尖，一見忙打趣說：「幼樵惜寸陰，連走路也不忘用功。」

張佩綸把書揚了揚，笑著說：「奇文共欣賞，我又豈能擅專！」

說著便把書依次從兩個老師手中發起，因只拿了五本，自己不要發到鄧承修手上也只一本了，何金壽只得與鄧承修共看。

這就是郭嵩燾的航海日記，上面寫有使團一行於光緒二年十月十七日從上海登上「大馨廓號」西行，至十二月初八日抵達英國的蘇士阿母墩，歷時五十一天，行程三萬餘里，沿途的所見所聞。其實，郭嵩燾寄來時並未命名，在刊印時，總理衙門才加了個書名曰《使西紀程》。

一見這書名，又聽說是郭嵩燾所寫，眾人的神情立刻就嚴肅了。主位上，李鴻藻戴著近視眼鏡還將書湊到鼻尖上看；翁同龢小他十歲，且不近視，只摸出一副淺光老花鏡便和眾人一道看得。張佩綸無事，乃手捧茶盅，慢慢地啜著，眼睛則一會兒望望老師，一會兒望望大家……

「這個郭筠仙，才出國門便忘了自己姓甚名誰了！」何金壽手中雖無書，卻有一目十行的功夫，竟就著鄧承修的書，一下就看到使團參觀香港，受到港督歡迎，郭嵩燾嘆服香港街道整潔、市面繁榮、庶民相互禮敬有加、監獄犯人無凍餒之苦；並說洋人政教修明、法度嚴謹、立國本未有序上了。不由狠狠地用手指頭戳著書，就像已戳著郭嵩燾的鼻尖一樣，氣憤地說：「洋人政教修明，我中華反不如也。這難道是大清臣子和以孔、孟為宗師的讀書人該說的話嗎？我說大清無此臣子！」

鄧承修也幾乎同時看到這裡，馬上附和說：「哼，中洋毒了，這是個吃洋煙的人在說鴉片煙話呢！」

他二人正氣咻咻地破口大罵時，于凌辰和王家璧也急匆匆看到這裡了，不由也頓足大罵起來。于凌辰說：「洋人什麼民主，怎比我們皇上『合天下而君之』？洋人之間禮敬有加，怎比我們『老吾老以及人之老』？」

王家璧說：「洋人的國度有何法度可言，豈不聞『夷狄之有君，不如諸夏之亡也』？」

這班後生晚輩大罵郭嵩燾，李鴻藻卻能沉得住氣，且仍從從容容地看下去，翁同龢則乾脆丟開幾段從到香港看起，見郭嵩燾果然是這麼說的不由連連歎氣說：「唉，他怎麼也有一時犯渾的時候。」

說起來，翁同龢與郭嵩燾是好友。翁同龢是咸豐六年丙辰科的狀元，晚了郭嵩燾好幾屆，應算是晚輩，但郭嵩燾當年得出任南書房行走卻是出自翁心存推薦。

那一回，身為帝師的翁心存共向皇帝推薦了四名翰林，皇帝選了兩個，郭嵩燾便在其中。有此淵源，郭嵩燾與翁同龢交往密切。郭嵩燾出國前曾來拜府，他尚千叮萬囑，讓與洋人交涉改約事，當時對郭嵩燾寄託了很大的希望。眼下翁同龢知郭嵩燾犯了眾怒，有心維護他，不想才開口便被李鴻藻截住了。他說：「叔平，他這麼寫你認為奇怪麼？依我看，他這是本性難移且變本加利！」

身為軍機大臣，參與密勿，李鴻藻自然比翁同龢知道得多，他見翁同龢尚怔著，且出語溫和，便不屑地歷數郭嵩燾的過去——從上疏請建外國語言文字學館，到彈劾禦夷有功的岑毓英；從上書恭王主張民風政教為本、船堅炮利為末到今天盛讚洋人政教修明，一以貫之，此人中洋毒已深，已徹頭徹尾成了個漢奸二毛子。李鴻章辦洋務尚可認作「制夷」之舉，而郭嵩燾此回發如此言論直可認作變心從賊、非用夷變夏不止。

李鴻藻一口氣數完這些，又用質問的口氣向翁同龢道：「叔平，剛才我們不還在講敬天法祖麼？不還在歎息世風日下麼？我看李少荃修鐵路還在其次，怕的就是鼓吹異端邪說，從根本上動搖我們聖教的人，尤其是像郭筠仙這樣的讀書人，這以前頗負時望，說的話有人信。可以說他算是當今的少正卯！」

李鴻藻接下來便侃侃而談，從孟夫子批駁陳相的「用夷變夏」說起，再次提出「戎狄是膺，荊舒是懲」這個大題目，且罵湖南人凡事敢為天下先，魏源、曾國藩等人宣導洋務，已是始作俑者，郭嵩燾變本加利，大放厥詞，若不迎頭痛駁，最終將為大清帶來無窮禍害……

經李鴻藻如此一說，翁同龢不由心虛，本有心為郭嵩燾開脫，說幾句好話也不敢啟齒了。

這裡于凌辰、何金壽等人卻早被李鴻藻煽起無名怒火，一個個異口同聲，要對郭嵩燾提起彈劾。

討郭

清流發動了對郭嵩燾的圍攻，彈章如雪片，可此時中樞的注意力卻放在新疆。西征楚軍在吐魯番的大捷，震撼了英俄兩國，英國人尤其不安。此時英國已承認了阿古柏政權，且已派沙敖作為「公使」進駐南疆，他們的本意是在南疆扶植一個親英的傀儡政權，屏障印度，遏制俄國勢力南下，不想楚軍進軍神速，擊阿古柏如摧枯拉朽，眼下正一步步粉碎著他們的美夢，為此，英國外交大臣德爾庇一邊在倫敦糾纏清國公使，一邊卻飭令英國駐北京臨時代辦傅磊士頻頻造訪總理衙門，要求朝廷下令停止進攻。

為此，兩宮太后集軍機大臣會議，商討一個應對之策。

「怎麼，英國人竟代那個阿古柏乞和？」

聽過恭親王的陳奏，慈安太后和慈禧太后都感到意外。慈安先開口問道：「我們在新疆用兵，乃是光復祖業，這也礙著英國人什麼事了嗎？」

恭王知慈安太后對政務一向懵然，對西域情形更不甚了了，只好耐著性子把那裡的地理位置及英、俄在中亞爭霸的由來解說了一遍，慈安太后這才恍然大悟，不由氣憤地說：「這英國人也太霸道了一些，竟想用我們的國土做他們的藩籬，這怎麼可答應呢。」

「這當然不能答應。而且英國人扶持這個阿古柏，用意只怕還不止這些，眼下東南已被他們攪得一塌糊塗了，他們莫非還想在西北也尋一塊立足之地？」

慈禧果然比慈安要精明，政務的嫻熟也遠不是忠厚而顢頇的慈安能比的，故恭王一說馬上明白，且連恭王沒說的也想到了。

恭王不由佩服地叩了一個頭，說：「聖母皇太后精明，據臣揣測，英國人確有此意。」

有恭王一捧，慈禧不由有些飄飄然，她瞟了身邊的慈安一眼說：「不過，英國人既然起了這個意，我們總要好生回覆他，不要又紮下仇結下怨才好。」

「是。」恭王低頭答了一句說，「眼下左宗棠已擬定乘勝進兵的計畫，阿古柏已是釜底遊魂，英國人想幫武力是來不及了，無非是代其緩頰——讓我們暫緩進軍，故臣等回覆傅磊士時，只說阿古柏要投降，可直接向我官軍接洽，至於仍要在南疆立國，那是斷斷乎不能答應的。」

慈安太后在一邊聽了仍有些不知就裡，乃問道：「讓他向我官軍接洽，那不是把個難讓左宗棠為嗎？」

慈禧一聽，不由笑道：「姐姐，你不知，左宗棠有什麼難處呢，他眼下是得勝之師，受降自然是他的事。再說這個人對洋人一向有辦法，不愁他應付不了。」

慈安這才放了心，乃點點頭說：「嗯，就這麼辦吧。」

恭王忙叩頭遵旨。慈禧卻又說：「不過，我們不也有公使在英國麼？這邊讓六爺直接回覆傅磊士，同時也傳諭與郭嵩燾，讓他就近向英國的朝廷解釋，這樣免得這個傅磊士傳話不清，轉而又另生枝節。」

這一說，恭王更佩服了，乃響亮地答了一句「是！」

此事看來就要算了了，不想就在這時，一個甕聲甕氣的聲音從後面傳了過來道：「太后聖明，不過，此事恐仍有未周全處。」

這是李鴻藻的聲音——清流要就日記事對郭嵩燾發難，恭王已得知消息了。恭王是此事的責任人，且在曾紀澤面前說了硬話的，所以對此事十分關注。正準備應付之方，萬不料李鴻藻選時擇日，偏偏在這個時候突然出手，不由回頭瞅了一眼，只見李鴻藻就跪在身後左邊，正睜著一雙摘去眼鏡後，眼球突出的近視眼瞅著簾後的兩宮太后，似是很氣憤要跟人鬥架的樣子。

慈安太后見狀忙問道：「李師傅，你說說，有什麼地方不周全？」

李鴻藻叩了一個頭說：「英俄如封豕長蛇，早虎視眈眈欲對我大清行蠶食鯨吞之事，可喜的是左宗棠洞察其奸，早有準備。此番神兵天降，在一舉收復北疆後，又迅速拿下吐魯番，英俄措手不及，才有代其求情之舉，故我朝廷答覆他們時，宜義正詞嚴、斬釘截鐵，斷然回覆，萬不可因措詞失當，資人以口實。六爺及各在事大臣熟諳外交，自可做到這點，他人就只怕難以做到了。」

李鴻藻此奏後半截沒有說明，慈安雖聽得仔細，卻如拾到一個悶葫蘆，不知就裡。乃問道：「李師傅這話是什麼意思？他人又是指誰呢？」

「哼，我明白。」慈禧太后一邊冷笑一邊低聲跟慈安說，「他這是指郭嵩燾。」

經慈禧點明後，慈安這才弄明白——清流似是在一夜之間，一同對郭嵩燾發起了大規模的討伐，彈章已陸續由內奏事處呈送上來，慈禧太后看過後只畫了個圈圈便轉到她手中，她卻怎麼也看不出究竟——郭嵩燾不就寫了幾篇日記，記述了沿途見聞嗎，這又礙著誰了，值得如此大張撻伐，何金壽甚至說「大清無此臣子」呢。

眼下她見慈禧似是熟知底蘊的模樣，乃問道：「妹妹，這郭嵩燾究竟出了什麼錯，竟招致這麼多人的彈劾呢？」

慈禧尚未回答，但慈安太后這一問，卻給恭王一個辯解的機會，於是叩了一個頭說：「郭嵩燾奉旨出使英國，並無過錯，就是面對英國人的無理苛求，他也能嚴詞拒絕、虛與委蛇，終於保全了國家體面，不失臣道。只因出使之前與總理衙門有約，要其將每日沿途見聞記下，以備將來查考，郭嵩燾依約而行，並寄來日記，臣乃令總理衙門將其刊刻，發與各在事大臣參考，臣以為並無不當之處，更不能就此下郭嵩燾不會辦外交的斷語。」

寶鋆也看出復出後的李鴻藻，有藉日記一事重舉清流大旗之舉，他是事事看恭王眼色行事的，郭嵩燾的日記他看後雖也認為有些出圈離格，但一經恭王認可，他也就只能維護了。於是馬上呼應恭王，出奏道：「據臣所知，郭嵩燾記述沿途見聞，純是看見什麼記什麼，有聞必錄，應無可非議。」

恭王與寶鋆把話說在前頭，原是要堵李鴻藻的嘴的，但另一軍機大臣沈桂芬卻看出清流來勢凶猛，絕不會輕易甘休，反正日記寄來時，是恭王堅持要刊刻，自己可置身事外，犯不著去當靶子挨冷箭。於是叩了一個頭，從容奏道：「不錯，郭嵩燾出使之初，臣確曾交代讓其轉交日記，一如斌椿、志剛、張德彝等人，不過斌椿等所記，純是沿途見聞，並無關礙之語。郭嵩燾日記臣不曾詳審，私心揣度，郭嵩燾以先帝舊臣，老成持重，所記之事，應無不當之處，不料刊刻發布後，有人指出其多處涉及洋人民風政教、監獄、學校，且多感慨之詞，有張揚西學、矮化儒學之嫌，若果如此，則微臣有失察之處，自應處分。」

事情還才開頭，沈桂芬便先認錯，這是恭王始料不及的。錯愕之餘，正要再說，李鴻藻卻不能再等了，馬上接著說：「郭嵩燾日記，臣手中有一本，洋洋灑灑，凡三萬言，臣瀏覽之餘，深感震驚——其書中多處盛讚洋人政教修明、法紀嚴謹，相比之下，中華反不如也。臣至此不忍卒讀。試想其人如此服膺西學，心中豈有君國，豈有我兩千年聖聖相承之孔教？故此，臣以為諸臣彈劾郭嵩燾有二心於中國不為無因，郭嵩燾日記不止張揚夷虜、詆毀中華，乃是離經叛道、直要用夷變夏不止。今為新疆之事，中英又起交涉，若授權郭嵩燾，恐有不當，不如讓劉錫鴻充正使，將郭嵩燾撤回議處。」

一聽要撤郭嵩燾並議處，恭王不由大為不平，心想此事果然讓曾紀澤料中了，若不力爭，不但不合公理，且自己何以面對曾紀澤？於是急忙奏道：「此議失之公允，臣實不敢苟同。郭嵩燾出使，朝廷予其使命是敦睦邦交、坐探夷人國政，其日記乃按日記事，述沿途見聞，以備稽考。據臣所見，縱有誇張之詞，卻絕無失實之處，況此乃其職分所在，與著書立說不同，何況印數有限，只發各在事大臣，縱有不妥也未張揚，小題大作，後繼者勢必畏首畏尾、裹足不前，外交則更難辦了。」

李鴻藻得理不讓人，哪能接受「小題大作」四字，馬上針鋒相對地爭了起來，為息爭，慈安太后乃指著跪在後排的景廉說：「景廉，你也說說。」

景廉正想說說——他原在新疆任烏魯木齊都統兼督辦軍務欽差大臣，本負有收復新疆的責任，後因籌糧事與左宗棠不和，左宗棠一道奏疏上來，朝廷乃將督辦新疆軍務欽差大臣一職交與左宗棠，卻將景廉內調，雖入值軍機，但他對左宗棠仍銜恨不已。他只知郭嵩燾與左宗棠是同鄉兼姻親，卻不知二人早在十年前即反目，眼下左宗棠聲譽鵲起，他報復不了左宗棠，便想報復郭嵩燾。見慈安太后垂問，於是跪前一步，叩了一個頭說：「郭嵩燾的《使西紀程》臣已讀過，原以為郭嵩燾一介儒臣，奉節使西，定要弘揚聖教，啟迪愚頑，不料區區一書，多悖謬之詞，臣竟不忍卒讀。因此，臣以為不嚴處郭嵩燾，勢必導致謬種流傳，世風更不堪問矣。」

景廉說過，王文韶不待上頭發話也跟著出奏——他是賴左宗棠的推挽才一步步上來的，深知左宗棠的好惡。去年湖南學生討郭並搗毀又一村郭府時，他還是湖南巡撫，郭家與撫署僅一街之隔，他卻置若罔聞。後來李鴻章寫信與恭王告知此事，恭王移咨王文韶，責其查辦為首者，他卻以「民氣可鼓不可洩」為詞搪塞過去。眼下王文韶仍記得此事，見這麼多人說郭嵩燾的不是，於是也跟著數落郭嵩燾，說他的日記為洋人張目。

六個軍機大臣，有三個指責郭嵩燾，一個沈桂芬態度模稜，恭王不由氣憤已極。他明白，景廉不滿郭嵩燾是因左宗棠之故，這裡是郭嵩燾代左宗棠挨了一記黑拳；王文韶一向和左宗棠關係密切，有李鴻藻帶頭，他跟著來不為無因。所以，恭王只恨沈桂芬水晶球一般玲瓏乖巧，心想，此番不能讓他兩邊討好，賴尿的睡乾床，得逼一逼他。於是說：「當日派郭嵩燾使西是經李鴻章推薦，總理衙門考慮再三又徵得英國公使威妥瑪同意後始定下的，如今若遽爾言撤，總理衙門無論對內對外總要有個說法，另外也得英國人接受。」

恭王這逼腳棋子一下，沈桂芬再也無法騎牆了，他怕的就是這「對外」的說法。英國人對郭嵩燾獲首任駐英公使之選是十分滿意的，而對劉錫鴻則很是鄙薄，這從出使之初，英國人在上海辦的《字林西報》上對正副使的評價即可看出來。身為主管總理衙門的軍機大臣，沈桂芬自然清楚這些。若將郭嵩燾撤回，英國人不依自己又如何回覆呢？於是乃奏道：「臣以為郭嵩燾日記縱有悖謬之處，傳旨申飭可也，撤使卻大可不必。據臣所知，郭嵩燾並非良知喪盡之人，且經手洋務最久，熟諳個中詳情，就新疆之事責其與英國外交部交涉，應不致有誤；劉錫鴻於中英關係首尾不如郭嵩燾了解之深，且資歷太淺，一旦英國政府拒絕接受，豈不造成兩難局面？眼下駐德、法兩國公使尚缺，兩國公使對此深感遺憾，劉錫鴻既已上疏請調，不如就讓其出駐德國。」

一聽這建議，寶鋆也跟著叫好，恭王卻仍不滿意——劉錫鴻無論資歷、學識皆不堪正使之任，不能因保全郭嵩燾便放寬尺度。於是他又奏道：「劉錫鴻使德一事宜慎。眼下德國事事與英國抗衡，自然十分看重駐德公使資歷和學識。若以駐英副使充駐德正使，德國人是否願意接納，還請三思。」

李鴻藻是堅決主張撤換郭嵩燾的，沈桂芬出的主意仍是折中，不想恭王連個折中也不接受，李鴻藻怎肯依從？兩造各不相讓，慈安太后一時沒有主意，於是對慈禧太后說：「妹妹，這事你怎麼看？」

其實，慈禧太后早有主意——恭王的意見是對的。公使出駐他國，總得人家樂於接受，不然，時時不給好臉色看，終難久居且也不利邦交。但玉座上的慈禧卻愛看軍機大臣們爭吵，因為鐵板一塊凡事以恭王主意為定論的中樞，勢必危及在珠簾後穩操政權的她；她也愛看遇事一頭霧水、分不出子午卯酉的慈安的窘態，等的就是這句話。於是她故作思考地默了一會神，然後從容地說：「李鴻章前幾天有一個摺子，說起眼下泰西船艦數英國的好，大炮數德國的優。又說已派人去德國學炮術並商討洽購船炮，可惜大清無駐德公使，無人坐鎮監督。看這口氣，他似乎有意推薦駐德公使。今天議到此事，何不聽一聽他有什麼說的？」

慈安太后一聽連連點頭說：「是了是了，此事是應聽聽李鴻章怎麼個看法。」

議到這裡，事情總算可了結了——郭嵩燾出言不慎，頗招清議，撤職議處雖不必，但放縱是絕不可的。於是決定對其傳旨申飭，卻讓他就近跟英國人解釋大清朝廷關於新疆的立場；同時又讓恭王寫信，就使德一事，聽一聽李鴻章的意見……

第七章 西望長安

申飭

清流大舉討郭，白簡盈庭，身在倫敦的郭嵩燾雖暫時不知情，但個人情緒卻遠不如前。

這天下午，大約是二點過後，他聽見大廳裡人聲嘈雜，不一會，劉錫鴻的家人盛奎走來大聲說：「郭大人，我家老爺叫你去。」

郭嵩燾見盛奎太不知禮貌，本想罵他幾句，但話到嘴邊又忍住了，只瞪他一眼，便跟在後面來到大廳。

這時，只見使館的人除了李鳳苞已去普茲茅斯軍港考察外，其餘的都來了，大家都用一種奇怪的眼光看他，劉錫鴻則笑容滿面、容光煥發的樣子，一見他立刻將手中一個大信封向他揚了揚說：「有諭旨！」

說完將信封往他懷中一丟，便冷笑著背轉了身子。

「有諭旨」三字郭嵩燾未聽清，但劉錫鴻主僕的態度引起了他的警覺，接住信封後先看了看，信是用的兵部衙門封套，上面寫的是郭嵩燾、劉錫鴻共同開拆。眼下是劉錫鴻先他開拆了，他正想質問劉錫鴻，不想劉錫鴻像早料到了這點似的，身子不轉，卻用翦在背後的手往下戳戳說：「你看，你先看看。」

郭嵩燾忍住火氣抽出了信紙。這是一份廷寄，開頭有「軍機大臣字寄」的字樣——凡是這種格式的開頭，都可稱「聖旨」，雖不是皇帝親筆誅諭，卻是軍機大臣的轉述。郭嵩燾一見，面色不由凝重起來。

廷寄分兩段，講了兩件事，一是說郭嵩燾的航海日記已由總理衙門刊刻發布，有人指出文章多處吹捧洋人民風政教，貶損中華，立論荒謬，閱者無不以為狂悖，乃令總理衙門收回銷毀，並對郭嵩燾傳旨申飭；

第二件事是說英國駐華代理公使傅磊士請大清暫緩對南疆的進攻，英國欲說服阿古柏臣服大清，經軍機大臣會議，認此說斷難依從，諭旨令郭嵩燾就近向英國外交部解釋大清朝廷的立場，不致產生誤會云云。

郭嵩燾一口氣讀完這份廷寄，不由一下驚呆了。新疆的事，不待朝廷諭旨使者已做了，且與朝廷的諭旨吻合，只是日記有什麼荒謬之處呢？竟要被銷毀？

就在他錯愕莫名之際，身邊的劉錫鴻竟在得意地冷笑了——他顯然已先讀過且向眾人宣傳了，此刻卻「哼」了一聲，重複諭旨上的話說：「立論荒謬，閱者無不以為狂悖。這是做臣子應有的嗎？還有吹捧洋人民風政教，簡直是孔門敗類！」

郭嵩燾氣得臉色發白嘴唇發烏，雙手無端的自抖，口中喃喃地說：「這，這是從哪裡說起？」

郭嵩燾的航海日記寄回去肯定要惹禍的，黎庶昌對此早有預感，只是未料到如此嚴重。眼下見郭嵩燾已氣成這樣，劉錫鴻尤在一邊幸災樂禍、層層加碼，他實在不忍心，於是一邊連連向劉錫鴻使眼色，提醒他不為已甚，一邊卻和張德彝左右扶住郭嵩燾，生恐他就此中風倒下去。

按朝廷制度，傳旨申飭是朝廷對官員的常用的處分方式。若在京師，傳旨申飭是必有人賫旨前往的，且賫旨的往往是太監，所謂「申飭」，說白了就是罵一頓，罵什麼，諭旨上並未寫明，這就靠太監臨場發揮，在這班閹豎口中能有什麼好詞眼呢？所以被申飭的大臣往往要向太監行賄，不然，個人隱私及十八代祖宗的醜事只要讓太監知道了都會罵出來，有人甚至因此而氣死。

郭嵩燾在倫敦受申飭，朝廷的諭旨只能靠洋人郵船遞送，不可能派一個專使漂洋過海來罵人，郵寄來也不便交由劉錫鴻罵——這樣會促使正副使不和，只交正副使共同開拆，讓劉錫鴻知道這回事。所以，郭嵩燾這被「申飭」還算是撿了便宜。然而這「便宜」卻已使他大傷元氣，此刻，他就像腳踩棉花，四肢軟軟的冰涼，若不是黎、張二人的攙扶，他真不知是怎麼走回去的……

不想進門後，槿兒一眼望見老爺臉色慘白，以為他發了急病，忙丟下手中的刺繡迎上來扶他，他知槿兒有身孕，怕她閃了腰，忙輕輕推開她，自己在沙發上坐了，黎、張二人也說大人沒有什麼，槿兒見狀這才放了心，又讓小翠絞了個熱毛巾把兒遞過來，他呆呆地接了，揩去了額上的冷汗，乃仰靠在沙發上微微喘粗氣……

望著一下幾乎老去許多的郭嵩燾，黎庶昌不由十分同情，雖然郭嵩燾當初不聽勸諫，執意要將那日記寄回去，可此時此刻，黎庶昌卻深為不平，心想，日記只是述沿途見聞，並無誇張，更沒有生造，以實道實，為什麼不能說呢？更不能容忍的是落井下石的劉錫鴻，為區區一官，奔走逢迎，翻雲覆雨、忸怩作態，此番得勢，他更得理不讓人，老夫子今後將有受不完的氣。於是他說：「老師，其實說好說歹，人之常情。王仲任（充）說得好：譽人不增其美，則聞者不增其快；毀人不溢其惡，則聽者不愜於心。既然如此，何必過於認真呢？」

郭嵩燾此時只覺怨氣難抒，只想找人申訴，卻又一時什麼都說不出來。聽黎庶昌如此一說，像是稍稍好了一些。於是問道：「純齋、在初，你們不是要去德國麼？」

黎庶昌知此時的郭嵩燾最怕寂寞難耐，再說，他也主張老師此時宜暫避劉錫鴻的鋒芒，於是說：「老師，您不如也外出走走，我們來泰西不就是為了參觀考察洋人的國政麼？這些日子，倫敦的王宮、國會、工廠、報館都看過了，前些日子利物浦好幾家工廠廠主來人來函邀請，何不去外地走走看看呢？」

聽了這個建議，郭嵩燾不由怦然心動——原來李鴻章派往德國學炮術的卞長勝等三人在德國武學院被開除，他們寫信向駐倫敦的公使申訴，此時的李鳳苞已去普茲茅斯，於是郭嵩燾決定派黎庶昌和張德彝前去柏林查問。眼下他二人一走，面前又少了兩個排解的人，日日與劉錫鴻相見，難免無端嘔氣，於是他接受了這個建議。

第二天，他也不跟劉錫鴻商量，只把館務稍作安排，便攜夫人並帶了馬格里、姚若望等人出了門……

利物浦

他們先奔英國的第二大城市利物浦，準備在那裡參觀後，再渡海去都柏林，順便在愛爾蘭兜個圈，反正該看的地方都要去，不想此去收穫果然十分豐富。

原來此時的英國，正處在工業高度發展時期，利物浦作為英國的工業重鎮，發展更是迅速，下車處，正是工業區，只見到處煙囪林立，黑煙蔽空，街上多是下班的工人，熙來攘往，很是熱鬧。而下榻處在市中心，那裡的繁華不亞於倫敦，街道的整潔、秩序井然也與倫敦無異。因有市政府官員的接待和安排，他們住進了維多利亞大酒店。

聽說清國公使來訪，市長查理親自來酒店看望公使，並設宴。閒談中，郭嵩燾提到了在倫敦的參觀活動，除看了《泰晤士報》館，還有上千人的麵包工廠、火柴廠、及紡紗廠、織布廠，言語中不無讚歎。查理微笑著點頭，又說：「倫敦為首都，工廠以輕紡業為主，敝市為重工業區，規模又不同些。」

接下來，郭嵩燾便提到了自己來此的目的，查理愉快地答應他的要求，並預祝他參觀訪問成功。

郭嵩燾本想第二天設宴回請查理，不想席尚未散，侍者便用盤子端來一大疊名片，幾乎全是工廠業主發來的，上面不是邀請參觀，便是茶酒之會，且是與夫人同時被邀。因李鴻章一再交代要考察船炮，利物浦又以此兩項聞名於全歐，於是，郭嵩燾決定先去看萊德槍炮廠。

萊德槍炮廠眼下已收到上海海關代兩江總督訂造的五千桿來福槍的訂單，這是一筆不小的買賣，眼下見中國公使首先接受自己的邀請，自然非常高興。當郭嵩燾一行到達後，廠主亨利早迎了出來。

亨利雖不會說華語，但一見清國公使立刻點頭哈腰，模樣十分殷勤。他先引客人去他的辦公樓，那是一座四層的洋樓，周圍花壇草地，十分美觀整潔。據亨利介紹，一樓為客廳，二樓為會計及工頭們的辦公處，三樓為技師設計繪圖之處，四樓才是他的辦公之所。

他們來到客廳，只見四面牆上掛了各種圖表，有廠房的平面圖、各工廠生產進度表及產品樣品和性能介紹圖表等，客人一走進來，雖正中方桌上擺了茶點和鮮花，卻無心享用，因為他們被這些圖表吸引住了。

馬格里見公使對圖表感興趣，忙上來一一介紹，因此，郭嵩燾一下便對萊德廠的情況有了粗略的了解——這是一所有二百餘年歷史、專造大炮和步槍的工廠，眼下有工人七千多人，廠區廣袤不下十數里，雖由十數名股東集資設廠，有理事十多人、董事十多人，但由廠長一人總其事。廠部下設各工區，各工區有工頭，負責管理各工匠，工匠們則造槍造炮，各有專司；而會計、出納則從事考核，定額到人，層層上報到廠長，廠長又須按月向理事、董事報告生產的進度、利潤的盈虧，日清月結，一目了然。全廠這麼多人，從勤雜工到技師，按部就班，無一閒置之人更不可能有掛名領餉吃缺額的閒漢。

郭嵩燾聽了介紹不由連連點頭——洋人不事虛文，講究實效，遠非國內官督商辦的實業可比。主人介紹過後，趁客人們興趣盎然時，又邀客人去生產區參觀。

生產區有圍牆相隔，有士兵守戍，但有主人陪同，他們一路暢通無阻。進到裡間，只見各工區皆為獨立平房，一排排鱗次櫛比，一眼望去沒有盡頭，老遠便聽到裡面機聲隆隆，而鍛造工廠那氣錘的巨大撞擊聲更是驚天動地，震得人耳膜生痛……

一度做過炮廠技師的馬格里對這些還是十分在行的，郭嵩燾等人一邊走一邊聽廠主介紹，由馬格里翻譯：近邊是一間專造槍管的工廠，進到裡面，只見上百台車床十分整齊地排在大廠房裡，人頭攢動，一人或二人守一台機器，他們穿著統一的工裝，戴同樣的帽子，如士兵上操，排列有序，如農夫翻地，壟垈井然。

郭嵩燾仔細察看，只見車床飛輪轉動，隆隆聲中火花飛濺，這麼多人似在做同一種工作。他偕槿兒佇立在一台機器前，看一個年輕的洋匠車一支槍管，只見他的身後已放了好多根已車好的槍管，眼下又把一根粗糙的鐵管架上機架然後開動飛輪，大約一袋煙的工夫，便把它的外表車成一根

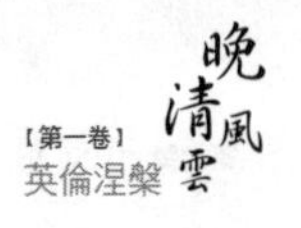

十分光亮且大小尺寸劃一的槍管。

郭嵩燾問馬格里，洋匠的年齡有大小，技術必然有高低，工價的計算大約是以活計的多寡為準則？

馬格里不由連連點頭，但郭嵩燾接著又問假如機器有新舊，工具有好歹呢，那不影響活計嗎？再說人多事雜，按件計價，工作一定十分繁雜。

馬格里說：「這就看工頭的管理了，一般來說，一個工區有監工數人，各管匠目數人，匠目各管工匠數人。機器新舊大約一致，工匠所做活計由匠目驗收，大小尺寸合格即付與工票，按月合計工價；若不合格，發還重做；若機器老化，必須更換，由廠方負責；若機器損壞，則責令責任人修理，修理不好，由責任人賠償。一般的工具如車刀鑽頭之類，工區發給工匠一次，再用須自己整治。這樣，從技術高低、工具好壞便分出工價高低了。因計件論酬，所以，人人都思上進，爭取多拿工資。」

郭嵩燾聽了不由佩服洋人管理有方。說到須自己整治車刀鑽頭，不由又點頭說：「此所謂工欲善其事，必先利其器也。」

看過槍管工廠，又來到一處火光沖天的處所，那裡正在煉鋼。據馬格里說：「那座高與樓齊的火爐，即有名的西門司馬丁爐也，這還只是小型的，但一天也可煉好鋼數十噸，供炮廠造炮用。」

接下來馬格里又介紹煉鋼的過程和配料。

郭嵩燾僅聽懂了煉鋼時須鼓熱煤氣和熱空氣，用無硫無磷之生鐵，其餘全是無法用華語表達的。因煙薰火燎，灰塵四起，郭嵩燾等只在遠處看了看便走開了。

接著便是鍛造工廠，待走進去，才知那震耳欲聾的撞擊聲發自這裡——原來那是在沖打大炮的底座，用的是一百噸氣錘，數名工匠操縱機器，架起一塊從烘爐中夾出來的鐵塊，送到鐵坫上，一名工匠操縱氣錘，吊環一拉，轟然一聲，火花四濺，地動山搖，槿兒嚇得緊緊地挽住老爺的手臂，其他人莫不深感震駭，但工匠卻操縱如故。

再往前走，更不可思議的物事出現在眼前，那也是一座高與樓齊的巨無霸，但不是火爐而是一座大機器。馬格里說，那是一台利用水的重量來壓製器物的機器，用水壓的叫水壓機，還有一種用油壓的叫油壓機，大的物件，如火車、大炮的輪子非用它不可使成型，有了它，大鐵鉈便如麵團一般聽話……

郭嵩燾細看此物，只見它的四樑八柱皆是鋼鐵，但在工匠操縱下卻升降自如，此刻它將一個直徑若三四尺重約上千斤的鐵坯像揉麵團一般壓製成一個輪盤，輪盤剛壓製出來，尚火花四濺，便由架在樓頂的行車吊起，隆隆地從空中走過，送到了另一處再淬火加工。站在邊上的人看了，無不驚得目瞪口呆、心膽俱裂。

郭嵩燾想，這情景，什麼鬼斧神工、挾泰山以超北海之類的詞彙恐不足形容，只《西遊記》、《封神榜》中的法寶差可比擬……

接下來，郭嵩燾耳中只有機器的隆隆聲、氣錘的撞擊聲，馬格里的介紹，什麼擠壓、沖製、複合板軋製、拉製、熱處理等金屬加工工藝及車、鉗、刨、銑等設備、作用他都聽不見了。

第二天，他們又去郊外看了幾家火藥廠和化學工廠，全是聞所未聞見所未見的場面。

夏蟲不可語冰

郭嵩燾一行在利物浦、都柏林參觀考察之際，黎庶昌和張德彝卻在飽覽歐洲著名的旅遊勝地——瑞士風光。

他倆先去德國調查了卞長勝等人被開除的事。

原來卞長勝等出身淮軍營伍，在兵營多年，沾染了一身兵油子氣習，而德國武學院紀律最嚴，豈能容許他們吊兒郎當？所以，幾次警告無效後，即掛牌開除。

黎庶昌和張德彝在和校方座談、了解實情後，轉而對卞長勝等人嚴加訓誡，通過原在淮軍中任職的德國軍官李勸協從中轉圜，乃讓他們改學船政——李鴻章派七人去德國學炮術，一下少了三個人。

處理完事後，二人趁機在歐洲轉了一個圈。除德國外，又在法國及瑞士、西班牙參觀、訪問。其時，西班牙已衰落，首都馬德里遠不及倫敦繁華，但作為千年古都，仍有不少名勝古蹟供遊覽。他們跑了好幾處地方，雖未能觀看到名聞遐爾的歌劇《卡門》，卻看了幾場驚心動魄的鬥牛賽，且去瞻仰了著名的喜劇作家卡爾德隆的故居。

西班牙人以有卡爾德隆這樣的大文豪而驕傲，準備三年後為其舉行逝世百年紀念大會。

法國自七年前敗於德國，巴黎又經過了民軍的暴動，國力大衰，但法蘭西自有十年生聚十年教訓之恆心，眼下正雄心勃勃地圖恢復。

他二人在巴黎待了五天，參觀了羅浮宮、凱旋門、聖母院和凡爾賽宮，遊覽了有名的古蹟楓丹白露古堡，看了油畫院的油畫展，其中油畫院於黎庶昌最有收穫——西人那刻畫人物、栩栩如生的畫風讓他久久難忘，他為此把參觀的體會寫進了他的遊記中。

但四國的考察最讓他感興趣的還是德國和瑞士，身為外交官，出外參觀考察，自然山水及人文景觀雖屬其範圍，但異國的民風政教卻最值得留意。德國正值威廉一世時代，由著名的鐵血宰相俾斯麥主政，其間不但贏得了對丹麥的戰爭，完成了德國的統一，且色當一戰，大敗法軍，俘獲法皇拿破崙三世，後又協助凡爾賽政府用血腥手段鎮壓了巴黎公社，一紙《法蘭克福條約》，輕易地迫使法國割讓了阿爾薩森和洛林，並得到五十億法郎的賠款。此時國力如日中天，處處追步英國。

他們在柏林及法蘭克福各待了兩天，覺得眼下德國人正傲視歐洲，無論民氣士氣都較英國人旺盛。而地處歐洲中部、國民大多數為日耳曼人的小國瑞士卻是另一格局。

此國夾在法、奧、德、意諸強之間，由二十二個縣（州）組成聯邦，不但山水風景殊勝，且政治也與他國迥異——蓋自兩百多年前的中國明朝起，即不與他國結盟，至道光初年，始經維也納會議承認其為「永久中立國」。

眼下歐洲各國政體多為議會制，所謂紳主之、官成之，國君僅肩其虛名。瑞士則更加徹底，既無國君之設，也無伯理璽天德（總統）之名，二十二縣（州）每縣（州）各公舉上議院議員二名，下議院議員則以每縣（州）人數多寡為額，大約二萬人中選一，上下議政院得議員約一百三十餘人，從中又遴選七人為首，再從七人中推出一人為執政官，有最後裁定之權。執政官任期僅僅一年，如出現失誤可隨時罷免。

舉國上下無君臣貴賤之分，一切平等，賦稅十分輕微，刑獄更是公正，真所謂「草生囹圄靜，花落訟庭閒。」人民生活其中，自然心情愉快，毫無壓抑之感。加之自然條件優越，歐洲各國無不以樂土目之，公餘輒來此度假……

想到自己的國家由君主專制，皇帝以一人治天下，父子相承，萬民只能服從，無所選擇。皇帝居深宮，凡事「聖躬獨斷」，退一萬步說，皇帝為有道明君，但有事則獨任其勞，有難則獨承其憂，這又是何等的不合天理。

黎庶昌把這個看法和張德彝說了，張德彝連連點頭，卻又說：「純齋，這話可只能在這裡說，也只能對我說，若在使館讓劉雲生聽到，可就大逆不道了。」

黎庶昌說：「當然，所謂不可與之言而與之言，謂之失言。你把我當成郭老頭那迂夫子了？」

一提到「郭老夫子」，張德彝不由深有感慨地說：「你別說他迂夫子，這迂夫子還真是個有心人。也是堂堂的翰林，卻與那些個翰林不同，能放下周公孔孟，承認天外有天，一視同仁地看待耶穌基督，也能放下身分去鑽研聲光化電，醫巫百工，這樣的迂夫子我大清不是多了而是太少了。」

黎庶昌說：「我說他『迂』，不是說他這方面。」

張德彝說：「我清楚，不過他也是恨鐵不成鋼呀。」

黎庶昌說：「難得你肯這麼看他，不過朝廷未見得會這麼看，還有清流那班書呆子也未必會這麼看。此番傳旨申飭，據我看只怕還才起頭呢。」

張德彝深然其說。但郭嵩燾被申飭在先，縱有不平，官卑職小，夫復何言？他們都想到了出外考察的郭嵩燾，不知他此行可安逸？

其實，黎、張二人動身回使館之日，郭嵩燾一行已離開格拉斯哥渡海去了都柏林。

格拉斯哥是英國最大的造船基地，有納比爾、愛勒達、曼雪勒等數家大型船廠，目前世界上最大的巡洋艦「英弗來息白號」即愛勒達廠所造。因此，郭嵩燾一行先到愛勒達船廠參觀。

這座大型船廠建在水邊，有船臺數座、大石船塢數座。船塢就山坡鑿成，據廠主介紹，一座大型船塢約費金十二萬鎊。大塢寬九十尺，長五百餘尺；小塢寬四十尺，長二百餘尺，俱就岸邊的紅沙石崖鑿成，塢門接水一面用磚石砌成，有閘門啟閉，船艦維修時，先開閘放水，讓塢內水與海面平，船艦緩緩開進來，閉閘抽乾海水，船艦就坐在塢內石墩上，完工開閘放水，船即可浮在水面，從閘門口開出來——洋人的構思可謂巧矣。

此刻，各船臺及小船塢皆空，唯大船臺上正在造一艘大型巡洋艦，據說此艦為俄國人所訂造。艦身長約四十餘丈，寬六丈，排水量為八千餘噸，馬力為一萬一千餘匹。雖未竣工，但已初具規模，遠遠望去，只見望台、天橋及前後炮塔傲然挺立，十分威武，上百名工匠散布船上工作，四處火花飛濺，敲擊聲此起彼伏，很是熱鬧。

此時廠主正陪在一邊，十分恭敬。

郭嵩燾知其意，但自己此行純屬參觀，並無採購之責，只好搭訕著問起艦船價格。廠主介紹說，視艦船的大小及材料而定。大約全鐵者每噸三十金英鎊，鋼面者每噸七十金英鎊。一艘八千噸巡洋艦，價格當在五六十萬鎊之間，其他輪機、大炮另外計價，總數略少於船價，統包統算，百餘萬金英鎊足矣。

金英鎊與白銀比價為三換，百萬英鎊折合白銀約三百餘萬兩。姚若望一聽不由咋舌。

然而，參觀可使人眼界大開，卻也讓人徒增傷感；遊興也可使人忘情於一時，卻不能使人歡樂到永久。他們就像貧女聽富婆數嫁妝，像餓叫化看酒保報菜譜。尤其是郭嵩燾，他想得更多、更遠——利物浦兵工廠建廠已二百餘年，愛勒達造船廠也有八十餘年歷史。三十多年前，鴉片戰爭爆發，林則徐想依靠一排排土烘爐打造的弓矛矢石，來抵禦用這些設備製造出的利炮堅船，大清之敗能不立見？李鴻章辦洋務，辦機器局，知製造而不知原理，知模仿而不能更新，那只是東施效顰，邯鄲學步——洋人能有今天是源於學問，洋人所有這些學問又來自兩黨爭勝、人盡其才的政教和事事考究、實事求是的民風。然而，這又是在當今大清國說不得的，自己的日記不就說了這些而闖了禍嗎？不能說又如何能做？個人或少數人做又何如普天之下，人人皆能？可決定大清命運的士大夫卻熱衷於坐而論道，憂道不憂貧，他們究竟能憂出什麼？

待渡海來到了都柏林，他終於把這些想法和姚若望說了。他說，上古時期，即所謂三代以前，獨中國有教化，四夷茹毛飲血。所以那時是以中國之有道，制夷狄之無道；秦漢而後，專以強弱相制，中國強則兼併夷狄，夷狄強則侵凌中國。但自西洋人以炮艦叩開大清的大門後，雖於大清種種不堪，但憑心而論，這是以其有道攻大清之無道。

幾天的遊歷，姚若望這個老學究也一直嘖嘖連聲，嘆服不已。可一聽正使將這些和國內比，不由一下緊張起來，尤其是正使把這些上升到「道」，這裡的「道」雖說是指學問或方法，但這是一個十分敏感的詞，聽著令人揪心，在國內是干犯大忌的。

所以，郭嵩燾剛說完，他便連連搖手勸大人不要想遠了——姚若望雖沒中進士點翰林，學問無法望正使項背，但畢生都在習六藝、攻經書，能不明白正使的觀點，其實牽涉到儒家經典中一個常見的命題——究竟是「用夏變夷」還是「變於夷」？當然，孟子的答案是前者，所謂「戎狄是膺，荊舒是懲」。這是孔門弟子二千年來的不二法門，眼下以李鴻藻為首的清流正是手持這面大纛在反對洋務，高唱「嚴夷夏之大防」。你說洋人「船堅炮利」嗎？儒家經典上只有「正其誼而不謀其利；明其道不計其功。」你說洋人以商富國嗎？可兩千年來的華夏，「農本」思想一以貫之，須知中國人的祖先可是神農氏而不是「神商氏」呵。

這些姚若望都看到了，偏偏面前這個迂夫子開口就犯忌，專揀不可說的說，今日竟然說洋人有道而大清無道。日記事件已使姚若望警惕起來，官卑職小的他可做不成離經叛道的志士——這在雍乾之世，文字獄盛行時，可是要誅九族的。他既不願自己惹上無妄之災也不忍正使再遭不測之禍，他只能做到這些。

郭嵩燾不察姚若望的難處，一時竟有「夏蟲不可語冰」之感。

因一時無可與語者，未免鬱悶難安。到夜晚仍不免失眠，好容易瞌上眼睛卻又作噩夢，不是夢見左宗棠在向他誇口，便是李鴻藻帶一班人在向他吐口水，一夜不得安寧。

這天，他們住在愛爾蘭首府都柏林的一家豪華旅館內，卻夢見自己仍在長沙城南書院掌教，因出了一個作文題：「萬物皆備於我矣」，引出了一場是非。

本來，此題語出《孟子．盡心》篇，如果從孟子「至大至明、以直養而無害」一語生發開去，可以自由發揮做出一篇好文章，可學生們做不出，晚上卻在他書齋門枋上黏了一幅陌頭對聯，道是：「萬物皆備孟夫子；一竅不通郭先生。」

他見了直氣得一佛出世，二佛升天，夢中竟也拳打腳踢，直到槿兒把他搖醒，睜眼一看，自己分明躺在洋人的白銅鋼絲床上，明月在床、樹影映窗，遠處一陣陣雞鳴犬吠，又一個黎明在異國的利菲伊河畔降臨了……

槿兒翻過身，用一隻手輕輕敲著他的手肘，悄悄地說：「已是滿花甲的老人了，怎麼還像個小孩似的發夢癲？是又夢見那個姓左的了嗎？」

他無法回答這個問題，只覺得有些古怪，乃不顧槿兒勸阻，匆匆披衣下床，衣不扣，頭不梳，卻乾乾淨淨洗了手臉，然後去後面沙發上盤腿而坐，虔誠默誦了半天《南華經》，然後取出兩枚銅錢，卜了一金錢卦，卜畢翻出卦詞一對，竟是大凶，主同室操戈。

「同室操戈」這不是明說劉錫鴻的橫逆嗎？想到劉錫鴻自出國後與自己的齟齬，想到自己受申飭後，劉錫鴻的幸災樂禍，他心中不由怦怦然……

翻臉

早餐時，馬格里告訴他，今日的遊覽路線——將乘車去愛爾蘭南部、赫德的故鄉科龍城。他一聽連連搖頭，卻吩咐速購回倫敦的火車票。

「回倫敦？」馬格里瞪著一雙大眼睛顯得很驚奇，正使何以突然改變主意？

郭嵩燾也不想向他解釋什麼，只點點頭，口氣堅定地說：「對，回倫敦。」

一行人終於匆匆趕回了倫敦。

果然，一進坡蘭坊四十五號的大門，郭嵩燾便發現有些不對頭——正使出外十餘天才回，僚屬們卻並不怎麼親熱，僅簡單地問候了幾句便散了，劉錫鴻則不見蹤影。回到自己房中略作安排，即傳隨員張斯栒來問話：國內是否有文報書信寄來？張斯栒是專管文報收發的。

不想一提文報，張斯栒便言語不順暢，竟吞吞吐吐地說：「諭、諭旨沒有，不、不過，兩江總督倒是有一份公函，另外幾封私信，都是寄與劉大人的。」

私信寄與劉錫鴻，郭嵩燾自不過問，但兩江總督沈葆楨是郭嵩燾的同年好友，關係一向親密，今日來函，不論公私，都該是寄與他的。於是手一伸說：「拿來我看。」

不想張斯栒低頭說：「交、交與劉副使了。」

郭嵩燾眼一瞪，語氣十分嚴厲地說：「既是公函，哪怕上面寫了我與他共同開拆也應先交與我，你怎麼越來越不懂規矩了？」

張斯栒抬起頭，顯得有幾分委屈地說：「封皮上只寫了劉大人的名字。」

郭嵩燾不由疑雲頓起——為淞滬鐵路事，他曾向沈葆楨寫信，述自己海外見聞，讚鐵路便民富國，對淞滬路被毀，惋惜中不無誚責，沈葆楨難道生氣了？不然，有事為什麼不找我而找劉錫鴻？

就在這時，黎庶昌匆匆走進——他剛回到使館便碰上此事。此時趕來作證說：「不錯，沈幼丹宮保確實是專函劉雲生，託他在德國留意購炮事宜。」

「託他去德國購炮？」郭嵩燾更加糊塗了，尚未開言再問，張斯栒卻開口了，有黎庶昌在，張斯栒不覺輕鬆了許多，乃趕緊推託說：「這事的首尾黎大人都是清楚的，大人沒別的事，晚生就走了。」

說著就像躲是非似的趕緊走開了。

郭嵩燾早看出情形有異，乃留黎庶昌坐下說話。黎庶昌閒閒說道：「沈幼丹也在加緊籌辦海防，要與北洋遙相呼應。為此，他欲在沿江及各海口增設炮臺，此番得知朝廷有任劉雲生為駐德公使之意，故先透消息與他，並請他在德國留意購炮事宜。」

「什麼，任劉雲生為駐德公使？」郭嵩燾大吃一驚，連連冷笑說：「可能嗎？要知道他任個副使也不行，能任正使嗎？」

黎庶昌卻顯得冷靜得多。他曾勸郭嵩燾推薦劉錫鴻出任駐德公使，算是有言在先，眼下已被印證了。但他此刻只想把此事淡化，於是用極平和的口氣說：「官場的事，誰也說不清，你說他不行，他偏行。」

「斷無此事！」

郭嵩燾不由拂袖而起，好像黎庶昌就是推薦劉錫鴻出任公使的人似的，氣咻咻地說：「別看他平日也侈談洋務，其實一點也不懂外交，資歷學識都不行，何況一身虛驕之氣，洋人斷難接受，朝廷若非派一個駐德公使不可，不如從你和李丹崖中任擇一人。」

說完又連連搖頭，說沈葆楨的消息不可靠。黎庶昌不由也搖頭說：「老師，這只是你一人之見，未必就與朝廷看法相吻合。再說消息來自兩江，兩江的坐探在京也是無孔不入的。依晚生看，到了幼丹宮保見諸文字並請託公事，此事絕非空穴來風。」

郭嵩燾在黎庶昌分析時，便在房中踱方步，此時他不得不承認黎庶昌說的有理，尤其想到自己直言見忌、好好的淞滬路也要拆毀等等怪現象，心想，說什麼虛驕之氣呢，說不定人家看中的，正是他這一身虛驕之氣呢。有此一想，心中不由湧上一層悲憤之情，乃憤然作色說：「洋務洋務，如此的洋務不如不辦。」

黎庶昌知道郭嵩燾一時難以接受這一事實，他看出老夫子有時難以理喻，這裡還有一件事想告訴他，卻怕他更接受不了。心想，他不也是宦海沉浮、幾起幾落的人了嗎，曲折與艱難怎麼就不能稍稍改變他的個性呢？其實，執拗與狂狷只配詩人有，從政者卻不能沾邊。他不由記起曾國藩對郭老夫子的評語，所謂「著述之才，非繁劇之才。」公使之任，本身便是出任繁劇，除了要面對驕傲自負、盛氣凌人的英國人，又要應付國內愚頑不化、一身虛驕之氣的老學究，即此一點，郭老夫子也未嘗就能勝任呢。

想到這些，黎庶昌把要說的話噤了下去，改口問起他出外的觀感，郭嵩燾因有心事，沒情沒緒的——有什麼說的呢，洋人遇事精益求精，因此，他們的富強正方興未艾。此番在西部的參觀考察，所得印象大多如此。

黎庶昌對此自然認同，他也說了自己的觀感，他說：「老師，泰西確實是一個全新的世界，有一門全新的學問，李中堂唯船堅炮利是務，只是師其皮毛，十年二十年怕也不見成效，個中波瀾曲折是有的，大家都得有個打算，可不能一蹶不起，更不能以個人榮辱為懷，此說老師以為然否？」

黎庶昌不比畏首畏尾的姚若望，老師面前還是敢說的，只是郭嵩燾一時尚未能悟出他的言外之意、弦外之音罷了……

傍晚，使館之人用過晚餐，各自歸房休息，因尚未上燈，空蕩蕩的走廊裡光線很暗，就在這時，劉孚翊像個幽靈似的來到了正使住的院子裡，見四周無人，乃一步踅了進來。

「郭大人，辛苦了。」

劉孚翊進門先說了一句客套話。其實上午正使回來時，他便說過了。

郭嵩燾正在踱方步消食，自然也在想心事，猛然一見劉孚翊，似乎想到了什麼，乃親切地招呼

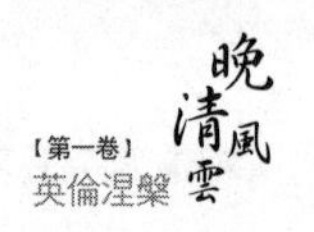

道：「和伯，坐啊。」

劉孚翊坐下來，略有些侷促。他也坐下來，裝作不經意地問道：「我走了半個多月，館裡可有什麼大事？」

這一問正好打開僵局，劉孚翊先不直接回答，卻反問道：「這些日子，大事頻仍，黎大人大概都一一稟過了罷。」

郭嵩燾點點頭，含糊其詞地說：「嗯，你也說說，黎大人出外，只比我早回來三天，哪有你清楚。」

劉孚翊又小心翼翼地問道：「劉大人，不，劉副使即將出任駐德國欽差大臣的事，您可聽說了？」

郭嵩燾點點頭，用十分不屑的口吻說：「嗯，那只是傳聞，未有諭旨，不足為據。」

劉孚翊忙諛笑著說：「大人認為不足為憑，可劉副使卻已『撿起封皮就是信』，且已辦了酒，接受了我等同寅的慶賀了呢。」

「哦，」郭嵩燾一驚，這就是黎庶昌略而未說的了。堂堂的欽差大臣、駐紮一國的公使，其身分不但代表國家且代表了國家元首，那是何等鄭重其事的大事，未奉諭旨，未有國書，僅憑他人一句話居然當真了，真是笑話。他不由冷笑道：「這就是黎大人不屑講的了，不是說，債憑文書官憑印嗎？他怎麼就如此猴急呢？」

劉孚翊連連點頭，也用頗為不屑的口吻說：「大人不知，當郵包遞到時，劉副使那個欣喜之狀，真令人肉麻呢。」

劉錫鴻先是上疏請撤，不想卻乞漿得酒，自然歡喜。只是未見諭旨便辦升官宴，未免太暴露形跡了。郭嵩燾想，這一場鬧劇真不知將如何收場。

劉孚翊見正使不作聲，又故作猶豫地說：「還有一件事，不知黎大人告訴了沒有？」

郭嵩燾說：「你有什麼說什麼，各人所見不同，我又怎知他說的就是你想說的呢。」

劉孚翊見正使有責怪之意，乃小心翼翼地從靴統子裡，掏出一張皺巴巴的紙，遞過來說：「這是此番從國內發與劉副使的一份私函，劉副使卻讓我們傳閱，晚生因見事關大人名譽，乃偷偷地抄了一份在此，大人請看吧。」

郭嵩燾滿腹狐疑地接過那份抄件，展開來湊到眼前細看。原來這是他那《使西紀程》刊布後，御史何金壽彈劾他的一份奏疏——上回傳旨申飭說：「閱者無不以為狂悖」自此找到了注腳。他很想知道別人怎樣雞蛋縫裡尋骨頭，怎麼得出「狂悖」的結論來的，乃捧著文章仔細地讀，不想越看越氣。何金壽除了說他「造作日記，多悖謬之詞」外，又說他「有違聖教，欲用夷變夏」、「有二心於中國」、「大清無此臣子」、「請將其撤回，從嚴議處。」

郭嵩燾一邊看一邊冷笑，看完了眼睛已望著別處卻仍冷笑不止。劉孚翊見狀乃說：「大人，孔聖人說得好，君子有不虞之譽，求全之毀。您也不必汲汲於懷。」

說著就伸手欲索回抄件。誰知郭嵩燾口雖不語，手卻捏得緊緊的，劉孚翊居然抽不出來。

就在這時，走廊上傳來腳步聲和咳嗽聲，劉孚翊一聽，也顧不得索回稿子，乃急匆匆告辭出來……

內鬥

走廊上的腳步聲更近了，一步一步，是那麼輕鬆，充滿了自信。郭嵩燾一聽便知是誰，且從這一聲聲的節奏之中，想到來人步子一定邁得開，腿抬得高，不然，何來「趾高氣揚」一說？此刻他心中雖經緯萬端，紛無頭緒，但立刻強迫自己轉過身，將憤怒的目光投向門口……

劉錫鴻滿面堆笑，意氣發舒地走了進來，用十分親切、隨和的口吻稱他為「老兄」。

「筠仙老兄，你終於回來了。」

郭嵩燾「哼」了一聲，目光炯炯地瞪著他，沒有接他的話。

劉錫鴻毫不在意地走攏來，在郭嵩燾的對面坐下來，又從荷包裡掏出兩根粗大的古巴雪茄，丟了一根與郭嵩燾，管他接也未接，卻用打火機點著自己的一支，叨在嘴裡，旁若無人地翹起了二郎腿。

眼下，劉錫鴻在抽煙一事上是徹底「用夷變夏」中「洋毒」了，這是形勢所迫。首先是那根竹管水煙筒攜帶不便。

那天去參觀烏里軍工廠，跟班盛奎抱煙筒隨後，守門的英國兵不知是何物，接在手中審視了半天，不小心把煙水倒出來，濺了旁人一身。這以後外出，他只好改抽紙煙。

兩個月前發大風，接著又下暴雨，使館地下儲藏室積滿了水，把幾十捆毛邊紙和煙絲全浸濕了。只幾天便發了霉，用不得也吸不得了，於是他不但出外吸洋煙、用洋打火機，且連在使館也無法保存那「國粹」了。

眼下，郭嵩燾不屑嘲笑他，因憤怒已極，連劉錫鴻丟過來的雪茄也不接，任它在地板上滾來滾去，卻連聲冷笑道：「得了，你來此一定有什麼事，說吧。」

劉錫鴻不以為忤，寬仁地笑道：「好，此來無它，我被任為駐德欽差事你大概也知道了吧，未雨綢繆，我得籌備在柏林建館的各項事，特和你商量。」

「哦，」郭嵩燾用極為平淡、漠不關心的口吻說：「你已是正欽差了，比肩人物，你的事何必問我。你就是買下德國的皇宮作官邸也不關我的事。」

劉錫鴻一怔，臉上的肉抖了起來，雙目射出冷森森的光，與郭嵩燾那憤怒的目光對接，但只一瞬間便轉開了，他極力抑制住內心的憤怒，停了半晌才不在意地笑了笑說：「以後的事，當然不會再來討你的嫌了，可眼下我要經費，數目且不小。」

原來他是為錢而來。

使館的經費由上海滙豐銀行劃撥到倫敦，憑會計開出的支票支領，但兼司財務的鳳儀不管關防印鑒，那是由張斯栒管著的，小筆開支由黎庶昌說了算，大筆開支則須報正使。劉錫鴻籌備在柏林建館及開辦費用，預算造出了近一萬兩白銀，國內的諭旨、國書尚未來，又哪能有款子指撥與他呢？眼下他要找郭嵩燾通融，只好裝出十二分笑臉。不想郭嵩燾連連冷笑說：「你既然當上了正欽差，自然有經費，專款專用，何必要學響馬出身的王三泰，唱一齣《指鏢借銀》呢？」

劉錫鴻見郭嵩燾在挖苦他，罵他是個響馬。以他的本性是立刻以眼還眼、以牙還牙，但此時卻是少見的涵養，仍用商討的語氣說：「筠公，駐德使館當然會有專項經費撥來，不過尚須時日，這裡我要派翻譯伯朗去德國找房子，無錢法不靈，你就通融一下，不都是皇上家的錢嗎？」

郭嵩燾卻連連冷笑，橫豎不鬆口。

劉錫鴻的語調漸漸高起來。此時燈亮了，黎庶昌和張德彝已聞聲趕到這裡來了，姚若望和張斯栒等隨員也站在走廊上向這邊張望。黎庶昌進屋後，發現形勢不對，為緩解氣氛，乃說：「筠公才回，大概還不清楚雲生已移駐德國罷。」

郭嵩燾說：「哼，駐德也罷，駐俄也罷，債憑文書官憑印，敕諭沒有，國書沒有，不唯我不相信，想必德皇也不會接納的。」

劉錫鴻此時再也忍不住了，他一拍桌子站起來說：「姓郭的，你太豈有此理了！」

郭嵩燾不意劉錫鴻跑到自己家裡來拍桌子，更加火了，也跟著一拍桌子說：「是你豈有此理還是我豈有此理？」

接下來他便大罵劉錫鴻忘恩負義——當年他任粵撫，劉錫鴻不過一低級幕僚，不被人看重，是他將劉錫鴻派往香港採辦軍米，劉錫鴻才得以出頭；年終考績，又是他數次將劉錫鴻列入保單，劉錫鴻才得逐步升遷，赴部候選；劉錫鴻能有今天，受恩何人？想不到如此梟獍成性，翻臉不認人……

劉錫鴻也不示弱，馬上以牙還牙，說你姓郭的貪天功據為己有，我能有今天是參與平捻匪，百戰功勞，與他人毫無關係。你姓郭的嫉賢妒能，昨天嫉妒左恪靖伯，今天又嫉妒我——如此唾沫橫飛，互揭老底……

槿兒此刻正在前院艾麗絲處聊天，聽得爭吵聲趕緊往這邊走來，一見二人發如此大火，嚇得眼淚汪汪地立在門邊不敢進屋，旁人看著不成體統。此事起因固然是劉錫鴻不應該將何金壽的奏疏抄單在使館同寅中傳觀，但郭嵩燾去翻那些老底也實在黔驢技窮，顯得小器。黎庶昌和張德彝費了好大力氣，總算把劉錫鴻推搡著出了門，可臨末劉錫鴻仍回過頭，冷笑著丟下一句話：「哼，姓郭的，你別猖狂，你的性命在我手中捏著呢！」

郭嵩燾一聞此言，氣得手顫心搖，心想，不就是一個參案嗎，既然已傳諭申飭過了，還要怎樣？劉錫鴻此說，看來大有來頭——此番他不是收到國內許多私人信件嗎，看來他有勾結京官，交通構害之嫌。於是追到走廊上說：「姓劉的，你別走，你與我說明白，我究竟做了什麼大逆不道的事，便有性命之虞？你不說，我馬上越洋上奏，控告你無端攻訐大臣！」

劉錫鴻雙手一甩，擺脫黎、張二人的拖拉，衝上去指著郭嵩燾連連吐著口水說：「呸、呸、呸！我怕你告上狀麼？我正要上書揭發你呢！」

郭嵩燾說：「為人不做虧心事，半夜不怕鬼敲門！」

劉錫鴻站在走廊上雙手叉腰，一邊吐唾沫一邊說：「你還嘴硬。我問你，使臣在外，如君親臨，應正其衣冠，增其觀瞻。可你遊咯墩炮臺時，卻披英國水師提督的大氅，這不是改從胡俗、披髮左衽嗎？又豈是心存君國的正人君子所為？那回在德爾庇相府議事，與巴西國王相遇，你以堂堂中華使者，居然與小國之君起立行洋禮，這不是自降身分、自取其辱嗎？」

郭嵩燾見劉錫鴻果然在暗記自己的言行，尋自己的過錯，顯是早有預謀，越想越恨，若手中有刀，真想上前將劉錫鴻碎剮了。可恨黎庶昌等人隔在中間，自己上前不得，只好邊喘粗氣邊說：「好，好，還有嗎，是屎全嘔出來！」

劉錫鴻見他無法反駁，不由得意洋洋地說：「哼，我嘔屎麼？我說你是舔洋人的屁股呢。你去白金漢宮聽音樂，居然學洋人的樣子，頻頻取閱節目單，洋人那是什麼狗屁音樂，怎比我中原正音？去聽聽不過是虛應故事、敷衍洋人罷了。你居然那麼五體投地，把國格人格全丟盡了。算了算了，我不說了，你已是京師人人皆知的漢奸，人人皆欲殺之而後快，會有人要和你算總帳的！」

這裡眾人見劉錫鴻痛詈正使，正使又一次臉色發烏口吐白沫卻說不出一句完整的話，生恐正使因此中風或被氣死。

在黎庶昌的示意下，姚若望、鳳儀等人拼命把劉錫鴻往樓上拖，張德彝和劉孚翊則左右扶住正使，黎庶昌見馬格里雖不在場，卻有好幾個洋雇員在旁邊看熱鬧，於是對劉錫鴻說：「雲生，使館內洋人耳目甚多，他們的新聞採寫員又最愛捕風捉影的，副使大鬧使館，傳出去可有失國家體面！」

張德彝也說：「是的，使館外籍雇員就不少，連馬清臣那張嘴也是靠不住的！」

如此一說，劉錫鴻還是有些懼怕——洋人的新聞採寫員無孔不入、繪影繪聲的厲害他是知道的。於是，他左右看了一眼，然後轉過身，罵罵咧咧地上樓……

孽報

劉錫鴻一走，槿兒趕緊進來了。

此時老爺冷汗直淌，走路搖搖晃晃的。她見狀不由慌了神，趕忙上來扶住他，幾個人相擁著郭嵩燾回屋，讓他坐在大沙發上。槿兒先絞了一把熱毛巾為老爺揩去冷汗，又把煙袋遞到他手中。郭嵩燾下意識地接住，待槿兒為他打燃火，他那因氣憤而抖得厲害的手竟不用紙媚子度火而用煙袋嘴去接。

槿兒知老爺已氣得亂了方寸，乃接過紙煝子替他把火度上，交到他手中又代他裝上一袋煙，遞到他手上，把煙嘴轉到他嘴邊，他這才回過神來，舔了一下乾焦的嘴唇，又放下煙筒，指了指案上的茶缸，槿兒這才醒悟過來——老爺嘔了這麼大的氣，已是唇焦舌敝、精力虛耗盡了，不應吸煙。她正好熬了參湯傾在暖杯子裡，於是把參湯端來遞到他手中。

郭嵩燾一連喝了幾口參湯，用舌頭浸潤了乾焦的嘴唇，這才緩過一口氣來，竟淚眼婆娑地對一邊的黎庶昌等人說：「唉，天作孽，尤可為；自作孽，不可逭！」

其實，黎庶昌心裡也有這看法。往遠處說，他曾勸諫過老夫子，要他防著劉錫鴻，或者將他薦往他處；再說今日之爭，是他自己沉不住氣，缺涵養功夫；劉錫鴻固然惡劣，但具體到今天的言語衝突、相互詈罵，也是老夫子一步步逼的。

他正在斟酌其詞，郭嵩燾卻又一次翻陳帳了。說自己如何提攜拔擢劉錫鴻，且還扯上左宗棠和僧格林沁，歎息自己命中不帶六合——接人待物，相生的少，相剋的多。有大德於人便遭大孽報；有小德於人便遭小孽報。

黎庶昌只好勸他不要扯遠了，又說：「今日之事是個教訓，李中堂囑咐謹言慎行是金玉良言。」

郭嵩燾此時氣昏了頭，連李鴻章的話也反感，加之何金壽的奏稿在同寅中散發一事，黎庶昌沒有告訴他卻出自劉孚翊之口，他看作有意瞞他，不由對黎庶昌也有幾分不滿，眼下他瞪了黎庶昌一眼說：「哼，黎純齋，你也不應該。什麼謹言慎行，不就是披了一次洋衣嗎？那天在炮臺上我衣少畏寒，那個提督哥倫布硬要將他的大氅披在我身上，這也是洋人知禮之處，下炮臺後我便還他了。至於在白金漢宮聽音樂，取閱節目單；見巴西國王起立，那全是一派胡言。他自己一到倫敦便去鑲金牙，後又去買洋布請洋裁縫；還有，他眼下抽洋煙、喝洋酒，配洋眼鏡，要說中洋毒，他比我更甚之，他能勾結詞臣參我，我就不能反訴他麼？」

一見郭嵩燾火氣又上來，且連自己也攪在中間，一時也撇不清，黎庶昌只好不作聲了。張德彝等人也怕惹火上身，只好於一邊勸息怒，說一些泛泛之詞。待正使大人的情緒穩定下來，便一齊告退……

眾人走後，郭嵩燾靜下心來，雖頭痛欲裂，但還是在心中將劉錫鴻出使後的言行細細地撿索了一遍，漸漸理清了思緒——看來，劉錫鴻的狂悖大有來頭，這是與京師何金壽等人在遙相呼應。不然，何金壽的文章何以漂洋過海，傳到倫敦來？這中間也不能排除李鴻藻背後操縱之嫌。

他想，李鴻藻樹大根深，自己固然奈何他不得，但對何金壽的誣陷與劉錫鴻的狂悖應該回擊。他決定就此對劉錫鴻和何金壽提起彈劾，至於彈章如何立意，寫什麼內容卻一時決定不下來。

第二天他仍在想這事，就在這時，劉孚翊又一次來看望他，一進門便大罵劉錫鴻不是東西。原來此時劉錫鴻約了張德彝去德國駐英公使館拜會公使瓦洛弗。他那駐德公使雖未正式發表，但他認為不可不未雨綢繆，聯絡感情、請教有關民情風俗總是不錯的。

他一走，劉孚翊便無所顧忌，立刻來郭公使處聊天，以示關心。

自從初來時劉錫鴻非議槿兒行為不端、劉孚翊悄悄告訴了他後，郭嵩燾便有意將劉孚翊當耳目。這以後，劉孚翊常常來向他透露一些同寅中的言行，郭嵩燾因此對他刮目相看。

眼下劉孚翊一進門，他立刻親自動手為他削蘋果，然後細細盤問他：劉錫鴻近日有什麼言行越軌之處？

不想劉孚翊翻了半天白眼珠子也說不出個子午卯酉。他認作公使大人十分寵愛自己，一面吃蘋果一面又說：「劉雲生去拜德國公使瓦洛弗了。」

郭嵩燾失望之餘乃漫應道：「是嗎？」

劉孚翊又說：「他是真正在做走馬上任的準備了。翻譯已聘定了原在天津海關任職的德國人伯朗，還要上疏指調黎純齋兼任政務和商務參贊呢！」

郭嵩燾一聽，不覺又一次證實了自己對黎庶昌的懷疑——黎庶昌這以前和劉錫鴻多次齟齬，此番若不主動去討劉錫鴻的喜歡，劉錫鴻何以會指名奏調呢？身兼兩職，兩邊討好，黎庶昌可謂左右逢源！想起當初他在曾國藩門下問學，自己也曾指教過他，眼下卻有倒戈相向的跡象，不覺寒心。

這裡劉孚翊卻又說：「大人，依晚生看，劉雲生一走，黎純齋又兼職兩地，必分身乏術，這裡辦事的人更少了，眼下中英貿易大增，應該奏請添一個商務參贊才好。」

郭嵩燾此時正思潮起伏，感歎不已，沒有把劉孚翊的話聽進去。

劉孚翊見自己說了許多，正使卻有一搭沒一答的，不由失望而去……

亂命

不久，一封電報自法國馬賽發來——北洋派往歐洲考察的馬建忠已齎詔乘輪抵達馬賽，將乘火車於明日下午到達倫敦。

一聽這消息，眾人口中不說，心裡都明白，馬建忠所「齎」之「詔」肯定是劉錫鴻使德的任命。看來，沈葆楨不是捕風捉影、信口亂說之人。

郭嵩燾聽張德彝口譯完電稿，臉色鐵青地回到自已臥室，張德彝乃將電稿轉交劉錫鴻。

劉錫鴻一下眉飛色舞、精神煥發，又讓鳳儀把電文複述了一遍，然後趾高氣揚地指揮隨員們準備迎接使者，由姚若望安排車馬，張斯栒準備接風酒宴，同時還交代不要忘擺跪聽諭旨時的香案和紅氍毹。

眾人一邊向劉錫鴻再次道賀，一邊各自匆匆去準備。

黎庶昌注意到郭嵩燾已回屋，趕緊追過來，推門一看，只見他仰躺在大沙發上，槿兒正往他身上蓋毛毯。黎庶昌明白郭嵩燾此刻心情，忙在一邊坐下來，想說些什麼，卻又不知如何啟齒。

其實，黎庶昌自出洋便和劉錫鴻齟齬，但他是個聰明人，待看出劉錫鴻的為人後，覺得道不同不相為謀，既然做了同事，犯不上處處和他計較。所以，有些事，但凡劉錫鴻在場他便不說，避免和他發生爭論。劉錫鴻既已下定決心和正使作對，便也犯不上和參贊也翻臉。所以，這以後，他們之間反相安了。

眼下老師有責備之意，黎庶昌一時不知從何說起。

倒是郭嵩燾先開頭，他偏過頭目光冷峻地望黎庶昌一瞥說：「純齋，恭喜你又要履新了，只可惜這份兼差是沒有薪水的，他頂多讓你報一些車馬費罷了。」

黎庶昌沒在意郭嵩燾話語中有譏諷的意味。他知道劉孚翊常往這裡跑，這消息肯定是劉孚翊講出來的。於是坦然說道：「門生正是為此來的。劉雲生欲指名奏調我兼任駐德使館參贊，我已答應他了。這事門生是這樣考慮的——雲生為人行事，老師深知，不必贅述，且無論資歷和學識都不符公使之任，他大概自己也清楚，所以，在接獲幼丹宮保的信後，便與門生商量，欲門生幫他一把。為大局計，門生只好答應了他。另外，門生也可藉此增長一些閱歷。上回和在初在柏林走馬觀花一回，覺得真了不得，有此機會，豈能放過？反正柏林與倫敦有鐵路相通，往來便利，我便兩頭跑也無所謂的。」

黎庶昌的話字斟句酌，十分委婉，且有一個「為大局計」擺在前頭，郭嵩燾心想，這黎純齋真是個八面玲瓏的角色，雖不高興卻也不好反駁。他早知李鴻章要安排手下幕僚來歐洲考察，馬建忠只是頭一撥，羅豐祿也即將動身，這班人都是郭嵩燾的晚輩，來了便來了，卻不料馬建忠此行卻兼有「宣旨」的差事，既有「欽差」身分，自己便應該和劉錫鴻一道去車站迎接。他既不願看劉錫鴻春風得意的那副輕狂相，也不願意為「恭請聖安」在洋人眾目睽睽之下，行三跪九叩之的禮。於是苦笑著歎了一口冷氣，懶洋洋地說：「你看我這樣子，車站就不去了吧。」

黎庶昌此時可謂洞察他的肺腑，將心比心，也覺得這「病」來得正是時候。忙連連點頭說：「病了當然不能勉強，再說，馬眉叔是晚輩，您不去接他，諒他也無話說。」

說完便匆匆出來，和眾人一道去車站。

劉錫鴻終於如願以償。他跪在紅氍毹上，喜孜孜地聽馬建忠念完上諭——果然是任他為駐德國二等公使。雖說是二等，月薪比郭嵩燾少了二百兩，但離京時他只是五品京堂加三品銜，比郭嵩燾這正二品兵部侍郎差遠了。如今都是公使，都是欽差，一樣平起平坐了，他能不得意？

他算是對浩蕩皇恩感激涕零，先是望闕謝恩，三跪九拜，後又對著馬建忠本人，連連作揖打躬。

這裡馬建忠宣旨畢，將上諭供在香案上，然後甩一甩馬蹄袖，上來欲與兩位公使大人請安。直到這時他才發現郭嵩燾不在。

「咦——」馬建忠四處一望，詫異地說：「郭筠老呢？」

「是這樣的。」黎庶昌忙上前喚著馬建忠的表字道，「眉叔，筠公偶感風寒，才吃過發表的藥，要禁風，所以特讓我向你表示歉意。」

馬建忠不知就裡，忙說：「無妨無妨，再說不是有『行客拜坐客』一說嗎？」

於是，大廳裡眾人仍圍著劉錫鴻道賀，黎庶昌卻陪著馬建忠去看望郭嵩燾。

剛轉彎望不見大廳了，黎庶昌便悄悄地對馬建忠說：「眉叔，你見了郭老夫子，宜好好地開導他。」

同為北洋幕府中人，黎庶昌與馬建忠之間也十分隨便，他接下來便把此間發生的事簡略地向馬建忠作了介紹。馬建忠連連點頭說：「這早在中堂的意料之中。」

說話之間，已來到了郭嵩燾的住室前，推門進去，郭嵩燾仍躺在沙發上，一見二人進門，他趕緊欠身道：「眉叔，怠慢了。」

一邊說一邊便病懨懨、慢吞吞地要趿鞋下來與馬建忠見禮。馬建忠不待他下來先上去按住他說：「筠公不必客氣，建忠是晚輩，應該先來看您。」

黎庶昌也於一邊勸郭嵩燾不必拘禮，郭嵩燾只好順勢又上沙發，雖坐直了身子，卻仍把毛毯拉上來蓋住大半截身子。

這時，早有僕從上來獻茶，並擺上了洋水果、洋點心。郭嵩燾問過路上情形及國內一些故舊的近況後，突然話鋒一轉說：「眉叔，你不該來的。」

這話何等突兀，馬建忠不由愕然一驚，尚不知如何作答，郭嵩燾忙補上一句說：「我是說你不該齎來那一道亂命。」

將上諭稱之為「亂命」，幸虧只有黎、馬二人在場，黎庶昌一怔，連連搖手說：「筠公，既成事實，不為已甚。」

馬建忠終於反應過來，忙說：「筠公，此番劉雲生之任，乃是恭親王授意總理衙門沈中堂寫信，徵得合肥伯相的意見後才最後定下的呢。」

郭嵩燾說：「什麼，這是李少荃的主意？我不信。」

馬建忠只好把他知道的經過敘述了一遍，最後說：「李中堂也明白劉雲生的為人，但人家是蘭蓀相國夾袋中人，相國以帝師之尊，中堂也無奈其何，所以，與其讓您荊生肘腋，不如遣而去之，這也是兩害相權取其輕之意。」

聽馬建忠如此一解釋，郭嵩燾總算釋疑，不由長長地歎了一口氣。馬建忠又取出一封信，雙手捧與郭嵩燾說：「這是李中堂給您的信，您寫與中堂的信，中堂字字句句都看進去了，總之，您的苦衷，中堂都清楚。千言萬語歸結成一句——一要保重身體，二要看遠些、看破些。」

直到這時，郭嵩燾的臉色才漸漸開朗些。

馬建忠接下來便說起李鴻章眼下的洋務：胥各莊的鐵路路基工程已接近完成，他本意是想讓淞滬路開鐵路先河，待國人目睹其利後，再在胥各莊從容鋪軌，不想眼下淞滬路保不住，清流已下定決心，要拒鐵路於國門之外，恭王雖拒理力爭，但擋不住眾怒，所以眼下形成了進退兩難的局面。淞滬路不保，胥各莊的鐵路便不能見天日，開平煤礦產量可觀，可無鐵路，挖出來堆在露天與埋在地下何異？

江蘇丹徒人馬建忠雖沒有舉人進士的頭銜，卻比李鳳苞有學問。眼下談起洋務是滔滔不絕，感慨殊深。郭嵩燾雖然氣憤，但又冷笑說：「李少荃是又要吃魚又要避腥，他只相信左季高那句話，什麼辦洋務只能幹不能說。我就不以為然。你不說別人就不知道嗎？左季高在陝甘那是天高皇帝遠，你就在京畿，能瞞得過誰？我可不是他這個想境，大不了丟了這區區一官。」

聽他這口氣，是已下定決心要有所動作了，黎庶昌知道老夫子的性格，一旦打定主意，九牛拖不回，眼下又對自己有了誤解，若再勸更會撇不清，只好不以為然地搖了搖頭……

果然，他二人一走，郭嵩燾立刻下地扶筆草疏。經過幾天的構思，腹稿早已有了，此時走筆匆匆，一下便將奏疏的題目寫了出來：《辦理洋務橫被構陷摺》。

題目一經寫下，不由思緒萬千，悲從中來，幾不能自持，竟忘了這是為自己辯白，而像是和朋友訴衷情，乃從咸豐末年的痛心往事說起——自鴉片戰爭以來，因在事大臣不通曉洋務，在與洋人辦交涉時，往往因小事而引發一些不必要的糾紛。為此，推考事理，通曉洋情已成當務之急。自己出仕以來，內值南齋，外任巡撫，未嘗一日不顧念及此，乃悉心考究，公私兼顧，以求裨益大局，不料卻處處遭人誤解，動輒受到攻擊……

接下來自然要舉例，於是從主張開設外國語言文字學館被人垢罵說起，直到去年主張議處雲貴總督岑毓英、及接受出洋使命遭到清流攻擊，至此番因日記一事，無端又被何金壽等人彈劾，劉錫鴻造謠中傷至使館同寅無所適從，「回思反省，應是自己知人不明、蒞事多暗」，結果「求益反損」、「一生名節、毀滅無餘」。深恐有負朝廷委任，文章最後提出：「副使劉錫鴻、編修何金壽等勾通構害情形應否交部議處，伏候聖裁。」

一口氣寫完奏稿，自己默誦一遍，覺得十分淋漓酣暢，這才稍舒憤懣。本想給黎庶昌、馬建忠看看，聽一聽他們的見解，但一想到黎庶昌已由劉錫鴻推薦出任駐德參贊，腳踩兩邊船，便又不想給他們看了，自己審完後即匆匆繕正拜發……

第八章 舉步趑趄

眼中釘

郭嵩燾果然還是和劉錫鴻翻臉了，李鴻章看完來自倫敦的信件，不由長長地歎了一口氣……

胥各莊的「馬路」路基工程進展十分順利，就是鐵軌與火車頭也已委託洋商訂購好，只等鋪上路軌，火車一聲吼，由自己一手操持的第一條鐵路就算正式通車了，雖也只幾十里路長，可這也是為天下先啊。

前後想想，修鐵路不難，怕的就是清流那一張張利嘴，所謂綿綿鐵路易建，悠悠眾口難當。眼下吳淞口的那條鐵路不保已成定局——雖未丟到海裡，卻已完全拆毀了。因此，他特別留意京師的動靜，生恐又有人出來攔阻，不想越是小心謹慎，越是鬼多。不久，恭王來信向他透露，已有人對修築中的胥各莊「馬路」說三道四了，慈安太后並已明確表示，謂皇陵國脈，可不能輕易驚動云云。

遵化馬蘭峪距唐山胥各莊數百里，中間隔著一個豐潤縣，修一條鐵路出來，居然與「皇陵國脈」有關，聽到這個消息，李鴻章真是一頭霧水，哭笑不得。這以前他只知朝士們議鐵路，有「十不宜」和「六不宜」、「八大害」之說，不想此番卻扯上了皇陵，這可是一頂天大的帽子，誰也擔待不起的。

瞞天過海不成，李鴻章乾脆來明的——他於前不久上了一個奏摺，開宗明義，說當今世界，要強兵富國，離不開鐵與煤，無鐵不成，無煤不行。眼下招商局輪船用煤以及各機器局用煤全靠洋煤，這樣不但讓利於人，且也受制於人。上天假中國以豐富的地下資源，自己不開發利用，未免外人覬覦。所以內外臣工，近年多有條陳，提出要開礦山、修鐵路。經他委託洋人勘探，近在京畿一帶便不乏資源，現已探明開平府胥各莊地下藏有大量的優質煤，經聘用洋人開礦發掘，才開工產量便十分可觀，但運輸困難。所以，修築鐵路實在是迫在眉睫之事，他已在開平胥各莊徵地修築路基，且已委託怡和公司在英國訂購火車和車廂，但拘於部議，礙於條例，一時尚不敢與洋人正式定議云云……

其實，確如李鴻章所說，開礦山、修鐵路，說的不止他一人，條陳也不止上這一回，但這次卻有所不同——他已先斬後奏，開工動土且在訂購有關設備了。

所以這個條陳一上，證實了眾人以前的猜測，立即引得輿論大譁。當兩宮太后發交軍機大臣議決時，李鴻藻便做了死不退讓的準備，於是，六個軍機大臣議來議去，任恭王費盡口舌，也達不成協議。

兩宮太后又讓六部九卿衙門共議。這裡意見尚未統一，在李鴻藻的指使下，清流便傾巢而出，大做文章。御史余聯沅首先發難，指出李鴻章此舉荒謬，明為強兵富國，實為洋人張目；接下來王家璧、何金壽、張佩綸、鄧承修等紛紛上書，對李鴻章大加撻伐，且說他操洋人故伎，想瞞天過海；醇親王更是親自入宮請見，且再次搬出了「驚動皇陵、危及國脈」這個大題目，面對兩宮太后，慷慨陳詞，幾乎是要聲淚俱下了……

這一來，不但李鴻章，就連恭王也抗不住了。

清流卻仍抓住這事不放。不久就又有人上奏章，說近年歐風東漸，異端邪說氾濫，究其原因，洋務首開其端，丁日昌、郭嵩燾等人崇洋媚外，莠言亂政；總理衙門推波助瀾，包庇縱容，以至愈演愈烈。朝廷應防微杜漸，立予丁日昌、郭嵩燾等以嚴懲。

此疏不但痛批洋務，把李鴻章、丁日昌、郭嵩燾等人大罵了一頓，且掛上了總理衙門，隱隱約約，連恭王也捎上了一筆。

好在這篇文章題目雖大，火力卻分散了，且也沒有具體事例，所以才到兩宮太后手上便擱了淺。但儘管如此，清流卻沒有因此而收手的意思，據李鴻章所知，他們一個個都似乎在磨刀霍霍、伺機而動。值此情形之下，郭嵩燾對何金壽、劉錫鴻提起彈劾，能有什麼好果子吃呢？

這時身邊只有幕僚薛福成在座，他乃把信件遞與薛福成說：「我想支開劉錫鴻，免得筠仙荊生肘腋，不想他卻認為此舉荒謬，這真是其難其慎。」

李鴻章當時贊成總理衙門關於劉錫鴻的任命，薛福成便有不同看法──任副使尚不稱職，又何堪正使之選？就是設身處地為郭嵩燾想想，也心有不甘：劉錫鴻分明是李鴻藻安在郭嵩燾身邊的一顆釘子，中堂若有心成全朋友，自應將他拔而去之，又何必要遷就他？

眼下薛福成見中堂問起，乃匆匆看過手中的信件說：「這也難怪，劉雲生如此施虐，人何以堪？」

李鴻章歎了一口氣說：「要知道，人家是有恃無恐呢。眼下言路上本就不看好他郭筠仙，可他卻偏偏要挖撇尋蛇打，能不惹禍上身？」

其實，薛福成是十分佩服郭嵩燾的，尤其是贊成他關於洋務的本末之說，就是日記之事，他也認為無有不當，可中堂卻說它徒託空言，惹事生非；就是此番對他彈劾劉錫鴻一事，也是不以為然的神態，薛福成不由替郭嵩燾大為不平。乃說：「郭筠老在倫敦，不但出色地完成了使命，且為禁煙、為改約四處奔走，劉錫鴻卻處處掣肘，不但將何金壽的彈章在同寅中撒發，甚至當著眾人的面罵他為漢奸，這還有什麼堂屬之名份呢？這種人若遷就，誰還願意再來當這份嘔氣差呢？」

不想李鴻章卻說：「可眼下言路如此囂張，他以為這一封奏章上去，朝廷就有人為他主持公道？」

薛福成說：「晚生認為，言路固然囂張，但一味遷就也不是辦法，有郭筠老這樣的人出來大聲疾呼是大好事，不然就沒有是非可言了。」

李鴻章也心有所動，但仍說：「筠仙確實敢說，也難得他肯說，可時世如此，他除了招災惹禍，又待如何？」

薛福成此時已摸透了李鴻章的心理：也怕惹禍上身。乃說：「郭筠老這差使是大人您推薦的，未出國門，便被人罵得體無完膚，此番又受此無妄之災，大人您不為他說話，又還有誰出來為他說話？再說，焉知劉雲生不是受人指使，在項莊舞劍呢？」

此言一出，李鴻章不由色變。

其實，李鴻章何嘗不想維護郭嵩燾這個老友，再說郭嵩燾若真的鎩羽而歸，自己不但無顏對老友，且又有何面目對世人？尤其想到清流的猖獗，劉錫鴻背後明顯地是李鴻藻在撐腰，眾人對鐵路的申討也是李鴻藻在暗中作祟，心中更是氣憤，於是說：「叔耘，你說的是！」

告誡

郭嵩燾彈劾何金壽、劉錫鴻的奏章由李鴻章轉奏上來後，李鴻章致恭王的一封信也同時遞到了恭王手中，恭王一口氣讀完，不由陷入沉思……

郭嵩燾的反擊原本在恭王的意料之中，但郭嵩燾在反駁何金壽的同時，對劉錫鴻也一道提起彈劾，且詞意十分嚴厲，似是以攻劉為主，這卻是恭王沒有想到的——劉錫鴻與郭嵩燾的淵源他十分清楚，郭嵩燾還曾保薦劉錫鴻出任參贊，雖後來由李鴻藻出面保薦為副使，但劉錫鴻資歷不堪副使之任，應算是破格。因此，劉錫鴻至少也應不怨恨郭嵩燾。他想，對一個自己一手提攜上來的副手，郭嵩燾怎麼會壓制不住，且有荊生肘腋之感呢？

他又想，郭嵩燾此時這反擊來得真不是時候，須知眼下清流就如一頭發了情的瘋駱駝，見人便又踢又咬的，誰也無法近身呢。

可郭嵩燾的彈劾之外，李鴻章的來信也發盡牢騷——言路如此囂張，辦洋務動輒得咎，明明是富國利民的事，偏偏不能辨，明明是正直君子，卻屢屢遭人誤解，長此以往，人人只求免責，縮手縮腳，規行距步，人才哪得脫穎而出，又哪天才能做到強兵富國？

恭王清楚李鴻章牢騷的由來，可也明白自己力量有限，他只好懷著惴惴不安的心情等待著上頭的召見。

「看來，這郭嵩燾果然是不滿劉錫鴻。」

這天兩宮太后召見軍機時，才開始慈安太后便提到這事。又說，「那個劉錫鴻不是已放了駐德國的欽差嗎？」

「聖母皇太后聖明。」恭王馬上叩了一個頭說，「劉錫鴻雖已出任駐德國公使，但去德國尚須時日，郭嵩燾奏劾中所舉各事，便是其在倫敦時所為，總之，劉錫鴻以副使幫辦外交，自應以正使之意見為意見，正使之是非為是非，不應事事掣肘，處處與正使為難。尤其是將言官的彈章及京師傳言在同寅中公布，致使正使名聲掃地，更為不該。須知使臣身在國外，稍有不慎便貽笑外人。眼下劉錫鴻又出使德國，獨當一面，若仍意氣用事，難免誤事。所以臣以為太后、皇上應嚴旨責督，令其自省。」

「不過，郭嵩燾奏疏中頗多怨恚之詞，似不止針對何金壽、劉錫鴻而發。」一邊的慈禧太后是不太輕易開口的，但她開口便一針見血。因為郭嵩燾的奏疏確從咸豐末年主張辦外國語言文字學館受攻擊一事說起，且再次扯上了輿論看好的雲貴總督岑毓英。他不知上次為了日記事件時，李鴻藻等人仍在提他彈劾岑毓英的事，須知這是犯清流大忌的。恭王是個明白人，他的本意是迴避這些，就事論事，以免引起李鴻藻等人的不快，不想慈禧卻指了出來。

「正是這話。」慈禧話音剛落，李鴻藻馬上接言——恭王收到李鴻章的信的同時，李鴻藻也收到了劉錫鴻給他的信，對倫敦的情形已瞭若指掌，他知道李鴻章、郭嵩燾等人不會善罷甘休，已做了反擊的準備。眼下見恭王起了頭，立刻也叩了一個頭從容說道：「臣以為郭嵩燾此奏確對朝廷多有怨恨。論起來，有遠因也有近因。這以前雲南發生馬嘉理事件，是非已有定論，郭嵩燾卻為迎合洋人，對岑毓英橫加指責，守正之士自然要迎頭痛擊，這又何來誤解之說；此番他造作日記，無恥吹捧洋人處處優於中國，自然要遭人彈劾，若依公論，郭嵩燾用夷變夏、離經叛道之舉，該遭嚴譴，朝廷傳諭申飭及何金壽之彈劾、劉錫鴻之指責，正是其罪有應得，又何來動輒遭人攻擊之說？臣以為郭嵩燾以先帝舊臣，出使在外，不能以弘揚東方聖學為使命，卻甘心中洋毒而不知自省，朝廷應立即將其撤回，交部議處。」

恭王一聽，哪裡肯依，馬上出奏道：「郭嵩燾的日記本無大錯，朝廷傳諭申飭，便也罷了，若仍處處糾纏，恐負朝廷廣開言路之苦心；再說劉錫鴻身為副使，也不該與言官互通聲氣，開攻訐之端。」

李鴻藻又馬上反唇相譏說，郭嵩燾此番的彈劾，才是首開攻訐之端。

慈安太后見此情形，乃說：「這個郭嵩燾，出外不過年餘，已為他會議了三次，當初六爺在介紹他時，說他洋務精透了，後來召見時，我看他模樣還是很厚道的，現在看來，這究竟是怎麼個人呢？」

慈禧說：「此人的履歷我還記得，是道光二十七年丁未科中的進士，與沈桂芬、李鴻章是同年。只是後來在粵撫任上被人彈劾落職，在長沙當了很久的寓公。這其間王文韶一直在湖南任職，應對他的情形清楚，王文韶你說說，這郭嵩燾究竟人品如何？可否容人納物？」

王文韶於是清清嗓子響亮地奏道：「是，據微臣所知，郭嵩燾的為人，曾國藩生前對他有一句評語，謂其乃著述之才，非繁劇之才。據臣私心揣摩，曾與郭為姻親、為摯友，此評語可謂不刊之論，一語定終身。郭嵩燾其人，心性急躁，凡事急於求成，有時竟責人太苛。然辦理洋務時，又確有些遷就。在臣看來，以其秉性，到了外洋，見了洋人一些奇技淫巧，未免不能自持，若劉錫鴻立身剛正，不肯附和，只怕就會有些難容了。」

有李鴻藻發難，王文韶緊跟，景廉等便紛紛附和，竟又重提將其撤回的老調。

沈桂芬一見這陣勢不由慌了神——上回因態度遊移，被恭王將了一軍，私下更受到了恭王的數落，眼下若贊成撤使，豈不又要重蹈覆轍？於是他趕緊奏道：「臣以為郭嵩燾此奏雖跡近負氣，但他自履任後，就外務交涉，頗能奔走效力，於改約事宜發表個人之見，語多中肯，足見其對洋務確很精熟。眼下朝廷已向德國遣使，駐法公使尚缺，為此，總署正擬奏請由他兼任駐法公使，若遽爾言撤，一時尚無人可替代他；再說近年洋務繁難，外務交涉匪易，人才誠然難得；且郭嵩燾已晉謁英國女主，頗受尊重，若易生手，恐洋人不知就裡，又要生出什麼事來。」

沈桂芬此說，算是摸透了李鴻藻一班人的心理而說的，雖也說郭嵩燾負氣使性，卻把洋人搬出來擺在前頭，他明白清流雖恨透了洋人，卻又對其無可奈何，既硬不起來，卻又不願示弱，尤其忌諱與其打交道，要李鴻藻舉一個能替代郭嵩燾、並兼使兩國的人是舉不出來的。所以，一提洋人「要生出什麼事來」，李鴻藻果然不作聲了。

一邊的寶鋆一見這情景，明白是該自己出來做這個和事佬了，於是出班奏道：「臣以為曾國藩有何評語，純屬道路傳聞，不足為信；至於郭嵩燾負氣使性，事出有因。既然使事繁難，與其臨陣易將，莫如仍用其人。對其負氣使性之舉，嚴詔告誡可也。」

李鴻藻還要再爭，這裡慈安太后已看出恭王對郭嵩燾曲意保全之意，想到外交確實乏人，李鴻藻雖然雄辯，卻也舉不出一個可替代的人，她明白，為了鐵路之爭，恭王已受了不少閒氣，不便再駁恭王，於是說：「我看不須再爭了，郭嵩燾、劉錫鴻同為公使，自應和衷共濟，共恤時艱，不該輒以他人之言為意，更不該負氣使性。他的奏疏，確有些無的放矢，告誡一下是應該的，就依寶鋆之議可也。」

慈禧太后見慈安太后將此事做了了斷，自己不好再說不是，再說，她於郭嵩燾也無所謂好惡，於是也連連點頭。

曾國藩的慧眼

此番會議，恭王本意是想予劉錫鴻懲誡，不想事與願違，郭嵩燾反落下不是。這樣一來，郭嵩燾使英不到一年，竟落了個兩遭申飭的結果，這結果是開始時自己已預料到的，與李鴻藻面折廷爭，只不過為了盡責而已。

思前想後，審時度勢，竟也認為這郭嵩燾確有些不識時務，明知不可為的事偏偏要幹，明知不可說的話，偏偏要說，到頭來，不但於事無補，且招災受氣，這又是何苦？下朝回到府中，仍在想這事，就在這時，曾紀澤來了。

「六爺又有心事了。」朝堂論政，李鴻藻每與恭王齮齕相爭，軒輊不下，曾紀澤是清楚的。眼下見恭王一人在書房眉頭深鎖，便已猜到了八九分，於是開口就說，「李少荃辦洋務，目眩於實，心切於求，有時是性急了些，但不知有些人腦子就怎麼如此不開竅。」

「正是這話，不過今天不是為胥各莊而是為劉錫鴻。」

恭王點點頭，接下來便把朝堂上的爭論說了一遍，末了又深深地歎了一口氣，用探詢的語氣說，「郭筠仙實在是個聰明人，為什麼有時要發呆氣呢？」

說郭嵩燾有些呆氣，曾紀澤在李鴻章口中也同樣聽到過，於是他也深深地歎了一口氣說：「說起來，郭筠老確實有時缺心眼，這也不是自今日始。所以，當年家父對他第二次出山是很不以為然的，並多次對人說過，所謂『著述之才，非繁劇之才』。」

曾國藩一生保舉不少人獨當大任，唯獨不曾保舉老友郭嵩燾。這中間大有原因，恭王也聽人說過，但事非親歷，說的人往往語焉不詳。不想今天朝堂上王文韶說過的話，又從曾紀澤的口中出來，不由興趣盎然，於是細細盤問這話的來歷。

曾紀澤不由感慨系之，和恭王一道回憶起往事：

……說起來道光二十七年丁未科是地地道道的龍虎榜——但凡那一科榜上有名的，如今都是朝廷舉足輕重的人物，狀元張之萬不用說了，眼下已是大學士兼禮部尚書；榜眼沈桂芬以總理衙門大臣入值軍機，班次排在第三；李鴻章榜上名次雖稍後，但憑他的豐功偉績出將入相，官爵已無以復加了；另外，沈葆楨督兩江、李宗羲督四川、李孟群巡撫河南、何璟總督閩浙——幾乎無一不做到封疆大吏。

郭嵩燾也是那一科榜上有名之人，可出仕後卻一直鬱鬱不得志。中進士點翰林後，因遭父母之喪，丁憂在籍，直到咸豐八年因籌餉之功始奉旨北上，被選入值南書房。南書房行走，區區六品官也，但位居清要，日近天顏，為世人所矚目。故此，對這一任命，曾國藩、胡林翼等人都寄予了莫大的希望。

當時，曾、胡等人以書生從軍，驟當大任，頗招他人嫉妒，如果皇帝身邊有一個能為自己說話的貼心人，那是何等理想的事。另外，從郭嵩燾個人功業計，皇家圖書典籍汗牛充棟，翰林院有的是碩學通儒，郭嵩燾長於著述，與這班人相互切磋，相互砥礪，能不成一家言？須知立言原是在立功之上的啊。

可郭嵩燾卻讓朋友們失望了——先是因主張在京師設立外國語言文字學館受到清流的譏諷，待到協助僧格林沁守大沽時，又因與僧王意見不合受排擠，後在查辦山東釐捐時得罪權貴受彈劾，被連降兩級仍回南書房。為此，他感到十分鬱鬱，乃託病辭歸。

其時，曾國藩已被任為兩江總督、督辦江南軍務欽差大臣。用人之際，當年與他有舊或正追隨左右的無一不意氣風發，官符如火：左宗棠以四品京堂的名義在長沙創楚軍，由贛入浙，只幾個月便實授浙江巡撫；沈葆楨由一道員直升江西巡撫；李續賓授安徽巡撫；嚴樹森授湖北巡撫；彭玉麟授兵部侍郎；連湘陰東鄉的李桓也弄了個江西藩司。

待同治改元，新正一過，朝廷頒發的第一道上諭即拜曾國藩為協辦大學士，這已是完成了拜相的第一步。為激厲將士用命，他一個保舉摺子奏上，紅頂子官升了一大批，李鴻章就在那一次發跡——因太平軍攻上海，曾國藩保薦他組淮軍援滬，松江一戰成功，旋即奉旨署理江蘇巡撫。眾人彈冠相慶，皆大歡喜之日，獨郭嵩燾隱居湘陰鄉間，落寞無聞。

李鴻章看在眼中，大有不忍，乃私下向老師進言道：「冠蓋滿京華，斯人獨憔悴——老師不該冷落了郭筠仙。」

曾國藩說：「哪裡話，當初發逆初起，兩湖危急，是筠仙苦苦勸諫，讓效春秋故事，墨經敗秦，今日能不飲水思源？只是我為此思謀了很久，終是難以位置他。」

李鴻章說：「眼下蘇淞太道出缺，老師何不讓筠仙去？」

曾國藩一聽，三角眼翻了翻，連連搖手道：「你我他，或親戚或摯友，只可成全他的志向，不要去害他。」

李鴻章一聽大惑不解，說：「蘇淞太道所轄地方富庶，且兼管上海海關，是江蘇省數一數二的肥缺，何所謂害他？」

曾國藩笑著說：「你別看上海關一月有三十萬兩關稅的進項，可伸手的多，眼紅的多，所謂衝、繁、疲、難四字俱全，要一個能周旋會應付、方方面面都玩得轉的全挎子才能勝任，郭筠仙可不是那個料。」

李鴻章更加不解，說：「郭筠仙好歹也是個翰林，在皇上身邊又歷練了三年，未必還不如那班舉人秀才？」

李鴻章口中這「舉人秀才」是指左宗棠、劉蓉。他們一個出身舉人，一個只是秀才，可左宗棠眼下已是浙江巡撫，劉蓉已是陝西巡撫。

不想曾國藩一聽，竟連連搖手說：「可不敢比這兩個人，他們的能耐大得很，目前可不是太平時節，做官論文憑、學歷，而是要有真本事，須知做官與做事可不是一回事。」

李鴻章當時無法說服曾國藩，只好作罷。

李鴻章走後，曾國藩曾對身邊的兒子紀澤說：「少荃看人還欠火候。」

曾紀澤忙問所以然。曾國藩說：「他只看到郭筠仙是個翰林，卻不知筠仙缺少做官的才幹。」說著，又舉著指頭數說道：「湘陰三郭，嵩燾、昆燾、侖燾，論學是一二三，論才是三二一。」

又說：「有學問的人不一定能做好官，會做官的不一定全是讀書人，郭筠仙就是有學無才之輩。」

李鴻章說服不了老師，心中卻拿定了主意，到上海後，竟自己出面上疏保薦郭嵩燾為蘇淞糧道。

郭嵩燾不知個中曲折，接旨後由湖南興沖沖乘船赴上海。途經安慶，曾國藩款留數日，相待殷殷，臨別贈以手書條幅，把自己對老友的規諫寄寓其中，道是：

好人半自苦中來，莫貪便益；世事皆因忙裡錯，且更從容。

做官以耐煩為第一要義，這是曾國藩經常放在嘴邊的一句名言，這裡他又對老友重彈老調。可惜此時的郭嵩燾卻並未領會其中的奧義。江干送別，望著他興沖沖登船赴任的背影，曾國藩又對兒子說：「郭筠仙芬芳悱惻，乃著述之才，非繁劇之才也。淹蹇鄉間，正好窮而著書，何必要來湊這個熱鬧？」

待郭嵩燾到達上海後，曾國藩不放心，又囑紀澤代他向李鴻章寫了一封信，謂「筠仙性情篤摯，不患不任事，患其過於任事，急於求效，若愛其人而善處之，宜令其專任糧道，不署他缺，不管軍務餉務，使其權輕而不遭人猜忌，事簡而可精謀慮，至妥至妥。」

可惜言者諄諄，聽者藐藐——郭嵩燾到任後，李鴻章不但讓他管糧且管釐捐，不半年又兼鹽務，再實授兩淮鹽運使，不久又和毛鴻賓聯銜推薦郭嵩燾出署廣東巡撫。結果，他一到廣東便和毛鴻賓形同水火，後來又和繼任總督瑞麟鬧到相互奏劾的程度，落了個撤差的下場。

郭嵩燾不反省自己，卻怪別人，說曾國藩一生保舉了不少人，唯獨錯保了一個毛寄雲（鴻賓）。曾國藩也不示弱，乃反唇相譏說，毛寄雲一生也保舉了不少人，唯獨錯保了一個郭筠仙……

對於這些往事，曾紀澤知之甚詳，但儘管已成過去，卻仍有不可言傳者，尤其是曾國藩初掌兵權時，朝廷對他的疑忌，這是不能在恭王面前說的，曾紀澤只能擇要說一些。

不想恭王聽完，竟連連佩服曾國藩能識人，且讚其為「風塵巨眼」，卻又微微歎道：「這樣看來，郭筠仙那一份固執與癡迷是老而彌篤了。」

曾紀澤聽話聽音，明白恭王已對郭嵩燾有所不滿，仔細想來，自己未免話多了一些，正要再說幾句寬解的話，不想恭王卻說：「劼剛，聽說你已自學英語，且能看懂書報，此事果真？」

曾紀澤不明白恭王何以突然問起這事，只得照直說了。恭王聽了連連點頭說：「這真是文正公在天有靈，你這步棋算是走對了。」

曾紀澤怕恭王誤會，忙辯解說：「那時是無聊，為打發時光才學的，現在想來是用錯了心，須知時文制藝原是立身之本。」

誰知恭王一聽，連連搖手說：「哪裡哪裡，時文制藝雖有用，但學多了反壞事，像李蘭蓀輩那是讀了一肚子書的人，可書讀多了食古不化。眼下歐風東漸，國家要的是像你這種懂洋務、『能醉草答蠻書』的人。」

說著，又將曾紀澤上下打量了一番，說：「劼剛，我看你儀表堂堂，又懂洋務，莫混在這班京官中間糟蹋了自己，看情形，郭筠仙這公使駐不長了，我保薦你去何如？」

曾紀澤乍聞此言，一則以喜，一則以懼。喜的是若能出任駐英公使，不但能出國觀光長見識，且能為國家和輯列強，敦睦邦交，這足了自己平生大願；懼的卻是在長輩郭嵩燾面前有攘奪之嫌，這是自己絕不能做的甚至連想也不敢想的。於是連連推辭說：「好六爺，您可千萬別有那個打算，駐英公使郭筠老那是我的父輩，我若存有此念，豈不要遭天譴？」

誰知恭王卻不以為然地說：「據我看來，郭筠仙自打接受出使以來，屢遭誤解，此番又受了委屈，加之他乃不勝繁劇之人，此何能堪？萌生退志是必然的，清流與總署都不看好他，他若主動請辭，正好求之不得。這一副擔子撂下來，誰人頂得？我想與其讓一個不明事理的人去濫竽充數，不如你去，須知駐英、駐法都不是一個泛泛的位子。」

可任恭王如何說，曾紀澤卻不肯輕易點頭……

出頭榱子

郭嵩燾一腔怨氣對劉錫鴻、何金壽等提起彈劾，結果自己反被傳諭「告誡」，李鴻章得知消息，一邊搖頭歎息，一邊對薛福成說：「叔耘，你看，我料中了吧？」

薛福成雖鼓動中堂向恭王寫信，但對結果卻有所預料，此時不由說：「雖然如此，要說的話，還是要說，不然一潭死水，毫無生氣。」

李鴻章說：「不說白不說，說了也白說。大前年為洋務，朝堂上好一場大辯論，我和丁禹生（日昌）才提出要變更舊章，不能拘泥成法，就被清流那班人罵得狗血淋頭，丁禹生還被罵成丁鬼奴，置此情形之下，我再也不想當出頭榱子了。」

薛福成見中堂也提到要變法，一句話到了嘴邊卻又嚥了回去，只好說：「依學生看，士大夫泥古不化，也不是一天兩天了，早在道光末年，龔定庵（自珍）就在大聲疾呼，還說『我勸天公重抖擻，不拘一格降人才』。可這麼多年來，滿朝公卿，仍了無生氣，究其原因，乃是像中堂這類有識見的人太少了，單憑一二人的抗爭，無法改變這局面。」

就在這時，唐廷樞求見。

唐廷樞還是為胥各莊的鐵路來的。眼下礦山用機器採煤，產量十分可觀，路基工程已接近完成，鐵軌、火車頭也在倫敦等待發運，但朝廷關於鐵路的爭議也傳到了他的耳中，他一時不明就裡，生恐中堂頂不住來自上頭的壓力，改變主意，於是特地趕來見中堂。

「中堂大人，聽說胥各莊的消息還是傳出去啦？」唐廷樞尚未落座，立刻就問此事。又說：「如果沒有鐵路，那麼多的煤挖出來，堆在露天讓山洪沖走，那就真可惜了。」

李鴻章不由苦笑著說：「景星，你的耳報神也真快，你看，我們正在議論此事呢。」

說著，就把剛才的話題向他重複了一遍。唐廷樞一聽，不由想起了容閎，容閎歸國入覲，原想說動朝廷增派留學生去美國，不想此議不但被擱置，且連本年應派的三十名學生也由李鴻藻奏請取消了，容閎乃是懷著十分失望的心情鬱鬱返美的。眼下李鴻章說起士大夫的因循守舊，他不由說：「依卑職看，薛大人的話是不錯的，一二個有識之士改變不了這死氣沉沉的局面。因為滿朝公卿，腦子裡只裝了個孔夫子，只知道嚴夷夏之大防，卻很少有人知道中國以外的事，和他們談聲光化電之學，他們認作左道旁門，談國會、談立憲，更是目為大逆不道。所以，和這班人談洋務，無異於對牛彈琴。要改變這局面，當務之急是多派人出國見識，容純甫建議增派幼童出洋學習，這是一個好辦法，設想一下，如果全國上下，有很多頭腦清醒的人，形成一股子，那還有那班啃八股的書呆子說話的地方嗎？」

李鴻章一聽這話，面色不由凝重起來——剛才薛福成欲言又止，他明白薛福成要說什麼，因為一扯開，自然牽扯到朝廷的選士，自然又要扯上政體和制度，不改變制度出不了人才，沒有人才又打不破這死氣沉沉的局面，自從郭嵩燾提出「民風政教不如洋人」後，李鴻章圍繞這個題目想了很久。眼下，唐廷樞又提出同一個話題，他於是說：「郭筠仙幾次來信都提到了向泰西派留學生的事，說小日本向泰西派出的留學生是我們大清的十幾倍，從憲政、警政、法律、稅務到軍事、教育、醫學都有人在學，可我們呢，除了向英國派了幾十個人操習船炮，就只有容純甫帶出去的一百二十名幼童，未免相形見絀。他和容純甫唱的是一個調子，恨不得像日本一樣，事事都跟泰西學。可我不是這樣看的，話說回來，我中華畢竟非小日本可比，我們的儒學源遠流長，且也盡善盡美，四維八德，更是不二法門。像郭筠仙主張的，凡事都要向泰西去學倒大可不必。」

唐廷樞一聽中堂老調重彈，不由想起了容閎對中堂的評價，他也是從小就接受西方教育的人，可不像薛福成那樣，腦子裡有那麼多的溝壑，馬上說：「卑職可不這麼看。」

李鴻章一見唐廷樞當面反駁他，心中未免不高興，乃提高語調說：「景星，我知道，你和容純甫一樣，是從小就啃洋麵包長大的，自然凡事都是洋人的好。可知道，我們是生活在有五千年文明的中華大地上，四維八德是做人的根本哩！」

一邊的薛福成見中堂用教訓的口吻和唐廷樞說話，不覺好笑：其實他一直生活在中堂身邊，看得最清楚，每逢中堂為洋務的事被人攻擊、洋務的主張被駁回時，他便對朝廷那一班書呆子恨得牙癢癢的，恨不得脫胎換骨地改變這局面才好，可一想到自己的功名、頭上的花翎頂戴，卻又是另一副面孔了。眼下也是，唐廷樞才開口便遭駁斥，他倒要看看唐廷樞如何收場。不想唐廷樞不以為意地笑了笑說：「中堂大人，卑職尚未說完哩。」

李鴻章沒好氣地說：「你說，你說。」

唐廷樞說：「這以前的泰西尚不如中華，眼下稱雄世界的盎格魯．撒克遜民族，其祖先也一樣的茹毛飲血，與夷狄毫無二致，如今他們驟然富強，可不是上帝的厚愛，而是大有原因的，概而括之，利炮堅船源於學問，源於政教和制度，須知政教和制度才是根本，才是精華。中堂欲興辦洋務，必先著意培育人才，造成聲勢，然後從改革制度入手，從移風易俗上做文章。」

李鴻章一聽，不由連連搖手說：「嘿嘿，又是一個郭筠仙，得了吧，我也不和你說多了，胥各莊的那條路，你放心去修，鐵軌來了也只管放心地去鋪，我可不是沈幼丹，修成的鐵路又拆掉，至於要費唇舌，要和那班人打筆墨官司，由我一人擔待好了，你只要不像郭筠仙一樣與我捅漏子就行。」

唐廷樞一見自己才說了個開頭中堂便關門，心中不由失望。但中堂在鐵路一事上的態度卻又讓他放心，他只好歎了一口氣，把要說的話嚥了下去……

第九章 內外交困

苦人兒

說來，恭王的猜測是對的，在倫敦的郭嵩燾，這段日子過得確實鬱鬱。為避劉錫鴻的狂傲，在劉錫鴻準備上任卻又未走的日子裡，他都以身體不適為由不出大門。槿兒知老爺有心事，也謝絕了艾麗絲的英語課，天天在家陪老爺。

這天晚上，郭嵩燾早早地上床睡下了，槿兒雖很累，卻不好跟著睡，乃移坐床邊陪他。

望著槿兒可憐兮兮的樣子，郭嵩燾不由拉過她的手，抱歉地說：「槿兒，這一陣子我也未能過問你的事，你身子好吧？」

不想這一問卻觸著了槿兒的心事——她一肚子話早想和老爺說了，但老爺一直忙不過來，連在外旅行也沒個好心情，她便不好再煩他，今日問起，她一時不知從何說起，眼淚卻一下湧了出來。

他見槿兒哭了，不知為何，趕緊坐直身子問道：「怎麼，你哭啦？」

槿兒急忙揩乾眼淚，否認說：「沒，沒有呢！」

郭嵩燾說：「你明明哭了，怎麼說沒呢？」

槿兒知道瞞不過，回頭望他淒然一笑說：「老爺，我好怕。」

他一時還未會意過來，茫然問道：「怕什麼？」

槿兒怕什麼？三十出頭的人了，還是生頭胎，來在這九洲外國，周圍全是洋人，發作了連個收生婆也沒有，假如難產呢？這些槿兒開先並未放在心上，她只為即將做母親而高興，哪能想到這許多，直到近來胎兒在腹中頻繁活動，她才開始有了這種恐懼感。

郭嵩燾被她提醒，也一下懵住了——得知槿兒有喜後，他也只有喜悅，卻沒想到誰接生。使館中雖有好幾個眷屬，但官太太都只能生孩子，收生是三姑六婆的事。而帶在身邊的婢女小翠才十五歲，尚不諳人事，那麼真的到了槿兒臨盆之日會連個抱腰的人也沒有呢。可這以前怎麼就沒想到呢？

槿兒見他發怔又說：「我已找艾麗絲問過，她說他們生孩子上醫院，也有請教堂牧師的，不過多為男人，只有護理才是女人。」

槿兒說的這些，郭嵩燾也全知道。但槿兒是來自東方禮義之邦的官太太，自有避忌，公公尚不得進入兒媳婦的房，女人又怎能赤身露體讓男人接生呢？難怪槿兒一問就掉淚，她原來是為了這。

槿兒自從被他收房後，他原是山盟海誓不再娶妻的，可後來意志不堅，終於背盟了。他想，槿兒可真是個苦人兒……

那是在同治元年，他應李鴻章之約，第二次出山來到上海的時候。李鴻章開始是保薦他出任蘇淞糧道，到上海不久又讓他兼管釐捐，後又遷兩淮鹽運使，鹽運使沒當幾個月又在毛鴻賓的保薦下出署廣東巡撫。為赴任，他從揚州仙女廟鹽運使署回到上海，準備由滬乘輪轉粵。不到一年時間，連連出任闊差，真是「一日九遷，官符如火」，在上海灘十分引人豔羨。

此時，李鴻章在軍事上連連得手，十里洋場成了淮系大本營，郭嵩燾在上海籌備去廣東之任的日子裡，和李鴻章麾下一班幕僚打得火熱，公餘也少不得去打茶圍、吃花酒，應酬一班人。

法租界宜春院有花界著名的「金陵十二釵」，其中「林黛玉」亦如《紅樓夢》中的林妹妹，天資聰慧，卓爾不群，許多洋商買辦爭致纏頭，欲藏嬌金屋，都被她一一拒絕。當別人問急了竟口吐真言：「非郭翰林不嫁」。

此言一出，舉座皆驚。紛紛佩服她的好眼力，又紛紛來向郭嵩燾道喜。但他不動心，因為有槿兒在。

滬紳馮桂芬是他談洋務的朋友，所著《校邠廬抗議》一書算是中國人最早研究洋務的著作，令郭嵩燾佩服不已。二人原本無話不談，此回馮桂芬居然關心起他的私生活了。他說：「不行，風塵女子，水性楊花，林黛玉的話如何信得，不過逢場作戲罷了。但你中饋乏人，眼下行將巡撫廣東，可不能沒人主內政！」

郭嵩燾忙以槿兒對。可馮桂芬不以為然，他說：「我知道，梁氏賢淑，但畢竟出身卑微，也沒個正式名份。」

一句話駁得郭嵩燾無話可說，在眾人再三勸說下，終於同意斷弦再續。只要他鬆了口，做媒的接踵上門。他選來選去，相中了一周姓女子。此女父親也出身詞林，在山東做過一任知府，染時疫歿於任上，母寡弟弱，周小姐在家撐持門庭，故年近三十仍待字閨中。

郭嵩燾已打聽到了此女相貌雖屬一般，但能書會畫，且十分賢淑，眼看便要點頭了，不想這時馮桂芬又來打岔。

原來此時馮桂芬已受錢鼎銘之託，要將錢的妹妹瑞雲嫁與郭嵩燾。

錢鼎銘字調甫，父名錢寶琛，道光末年曾任湖南巡撫。郭嵩燾中舉人公車北上即在錢寶琛撫湘時，因而得識錢寶琛，且十分仰慕；眼下錢鼎銘又是上海灘的大名人——李秀成率太平軍圍攻上海時，情況緊急，錢鼎銘受上海道吳煦之託，趕赴安慶曾國藩大營，效申包胥秦庭一哭，才有李鴻章組淮軍增援上海之舉，此為淮軍之發軔。因此之故，李鴻章一到上海雖竭力排擠吳煦，卻十分賞識錢鼎銘。所以，一聽錢鼎銘欲與郭嵩燾聯姻，也十分贊成。

郭嵩燾處此情勢下，自然也動了心。在他看來，太倉錢氏為江南巨室，詩禮傳家，父兄都是一表人才，錢小姐應也是蘇小妹一流人物。乃趕緊斷了聘周氏的念頭而應了錢家。因急於去廣州之任，議過三天便下聘納采，第五天便迎娶過來。

不料洞房之夜，掀起紅蓋頭，熊熊燭光下，錢瑞雲面目猙獰，「五岳朝天」的面孔，門板一般的身軀，栗子一般的膚色，郭嵩燾暗暗叫苦的同時似才省悟——錢氏門第如此顯赫，哪能「有女摽梅」尚閨中待字？看來，馮桂芬不是被人哄騙了便是成心惡作劇。

回頭一想，「娶妻取德，娶妾取色。」只要新人德性好也就有一頭想了。

不想這個「新人」貌雖不都，脾氣卻十分古怪。新婚之夜她見新郎心有不懌便不高興，整夜嘈。三天後回門，竟當著賓客和娘家人大聲哭罵，而馮桂芬卻躲得不見影了……

此時最可憐的當數槿兒。

老爺背盟原本不意外，槿兒自歎命薄春冰，身輕秋葉。雖命中注定了要跟老爺一輩子，卻從不曾把老爺的誓言放在心上，也從沒想過要爭這個「皇封誥命」。老爺名列仕版，騰身青雲，眼下又與江南望族通婚好，定能於個人事業以臂助，這可是天大的好事。槿兒只希望新人能像陳夫人一樣賢淑可親，於下人便是如天之福。

為此，她熱心張羅，新人過門後，她立刻將自己房中的老爺用具一一轉到新人房中。老爺煙袋不離手，上床睡覺前和起床後非先抽幾袋不可。所以，他的煙袋在何處必宿於何處。槿兒知老爺這個習慣，早早地便將擦得鋥亮的水煙筒移到新人的床頭，所有的鑰匙也交到新人手上。

然而，槿兒的熱臉挨的是冷屁股——才三天，錢氏瑞雲便帶著娘家陪嫁過來的僕婦到槿兒房中「大掃除」，稍涉豪華的一些什物如屏風、座鐘之類統統移走了，好一點的衣裙也收走了。

槿兒默默地看著這一切，不動聲色，廚房的僕婦及大師傅也開發走了，槿兒只好自己下廚房——她已由偏房重新降為僕婦了。

郭嵩燾正忙於拜訪方方面面的人物，不知家中的變故；槿兒不告訴，更助長了錢氏的囂張。九月初三日，郭嵩燾乘坐法國公司的輪船從上海經香港到廣州，錢氏不願去廣州，整日在船上耍脾氣。到廣州碼頭後，撫台衙門派來了三乘綠呢頂大轎供老爺、夫人、如夫人坐。

因妻與妾的轎子沒有區別，圍觀的市民猜測說：「撫台的老母親和夫人一同來了。」

錢氏在轎中聽了十分惱火。轎子抬到撫院，進二門落轎，錢氏一下來立刻詬罵著撲到郭嵩燾面前，伸手便來揪郭嵩燾，問他何以抬妾壓妻？郭嵩燾一邊推擋一邊解釋，可臉上還是被抓了五道血痕。

上任頭天便出了這樣個笑話，臉上血痕斑斑，如何去見制台和將軍，又如何升座接受屬員衙參呢？

槿兒怯生生地上前請罪，求夫人息怒。

錢氏一見她來更是火上澆油，竟飛起一腳，踢中槿兒下腹。

其時槿兒已有三月身孕，被她這一腳踢來，閃避不及，只覺腹中一陣劇痛，天旋地轉，下體流血不止，頓時昏暈過去。

郭嵩燾終於忍無可忍，乃衝上前去狠狠地摑了錢氏一個耳光。錢氏怒不可遏，當下帶著自己的丫環僕婦及箱籠細軟，乘原船回了上海。

錢氏終於「大歸」了。

撫台上任第一天便夫妻反目、大鬧後堂。雖說「家家有本難念的經」，但這事太離譜了，終於成為廣東官場上一個大笑話，連千里之外的好友曾國藩，也對此頗有微詞。但真正讓郭嵩燾深感歉疚的是辜負了槿兒，也愧對業已作古的忠僕梁五老漢，更令人傷心和惋惜的，是槿兒腹中的孩子被踹掉了。槿兒因此大病了一場，人瘦得只剩下一副骨架……

據說，久住娘家的錢氏後來頗有悔意。馮桂芬雖已去世，但仍不乏中間人，王闓運就曾受託來勸他，讓迎回錢氏，但遭到郭嵩燾的堅決拒絕。

眼下，槿兒終於又懷孕了，可不能再出意外。

他輕輕地撫摸著槿兒的肚皮，似乎感覺到了胎兒脈博的跳動，想到即將出世的孩子，一時思緒萬千。

槿兒知他又在想心事了，且是與自己、與腹中的孩子有關，她覺得公事已夠老爺煩心的了，不應該再讓老爺為自己擔心事。於是，她也輕輕撫著老爺的手說：「其實也沒什麼，不就生個孩子麼，戲文裡也有磨房產子，生個『咬臍郎』呢，我們的孩子總不會要做『咬臍郎』吧。」

郭嵩燾明白槿兒是為了安慰他，但事已至此，也只能寄希望於「車到山前必有路」了。

看日本

劉錫鴻眼下認真準備走馬上任了。

他聘伯朗為翻譯。伯朗為巴伐利亞人，在中國天津海關任職二十餘年，已被授予五品同知銜。今年李鳳苞帶留學生來歐洲時，他任翻譯也一同回到歐洲。眼下劉錫鴻帶他馬不停蹄四處拜客。先是以正使名義再次造訪德國駐倫敦公使館，又去德國派駐倫敦的一些商務機構走訪。

中國終於向德國派遣公使了，德國人自然高興，但得知首任公使就是在倫敦並不怎麼受歡迎的副使劉錫鴻，其頭銜不過是二等——僅代表國家而不代表國家元首，他們轉而又有些失望。

雖然如此，表面文章還得照做。他們一面向德皇威廉一世寫信，介紹劉錫鴻的情況：其資歷不過一司員，為人十分倨傲，使德皇心中有數；另一方面又與劉錫鴻虛與委蛇。

李鴻章掌握的情況是準確的——德國目前的軍火工業為歐洲之冠，克虜伯大炮與毛瑟槍泰西無匹，軍火商們也早打探到清國的李中堂正擴充軍備，故千方百計想壟斷清國的軍火訂單。眼下清國派了駐柏林的公使，軍火商們也不管其資格只是二等，立刻蜂擁而至與劉錫鴻套近乎。他們居然也探聽到了清國官場看重吃喝，飯桌上辦交涉比在衙門效率高。於是，一班掮客輪流作東，宴請劉公使。

故此，劉錫鴻尚未去柏林，便天天有飯局，洋酒喝得飄飄然。他派了張斯栒和伯朗去柏林打前站，覓館址，自己則先在倫敦結交德國朋友。

郭嵩燾已吩咐黎庶昌備了一份公函致英國外交部，告知劉錫鴻已改任駐德公使。

其實，對這個副使，英國方面實際上從沒承認，外交場合只把他做個隨員對待。所以，接到這份公函後，並無半句惋惜之詞，僅威妥瑪來使館說了幾句客氣話。

劉錫鴻看不出威妥瑪是虛應故事，仍十分得意，認為英國人對他十分敬重。

郭嵩燾看在眼中，笑在心裡。

這天，日本使館發來邀請函。他們尚不知劉錫鴻已改使德國，因日本在英國沙木大造船廠訂造了一艘大型巡洋艦，將在下個禮拜六舉行竣工下水慶典，中日同在亞洲，為一衣帶水的鄰邦，關係非他國能比，故此番慶典，未敢驚動他國，卻特邀大清國正副公使赴沙木大船廠觀禮。

眼下李鴻章大張旗鼓辦海防，派李鳳苞、馬建忠赴歐考察，歐美軍火商圍著他們轉，可北洋喊得多，買得少，商談了好幾次，才在沙木大造船廠訂造了五艘小炮艇，在普茲茅斯船廠訂造了五隻蚊子船，為此郭嵩燾曾親自去沙木大船廠參觀。

記得那天看見一艘即將完工的大型巡洋艦躺在船臺上，此艦高與樓齊，十分威武漂亮。說起造價，竟折合白銀上百萬兩。他不信蕞爾島國的日本能有如此魄力，買得起那樣的大兵艦，很想去看看，但一想起劉錫鴻也被邀請，便有些猶豫。

就在這時，嚴復來了。李鴻章送這批學生留英的目的是為行將成立的北洋水師培養管帶，郭嵩燾已認定嚴復為洋務不可多得的人才，管帶一艦，實為大材小用，乃告知英國海軍部，在安排劉步蟾等上艦實習時，獨留嚴復在校繼續深造。眼下嚴復也是來告知日本購買新艦消息的，郭嵩燾於是問道：「又陵可知倭人訂的是什麼船，鐵殼還是木殼，多大的噸位，上面安的什麼炮？」

嚴復自然對答如流，據他說：「這是一艘排水量為三千七百餘噸的鐵殼船，取名為『扶桑號』，有五千八百匹馬力，航速達每小時十三海浬，上面有兩台鍋爐，雙煙筒，安有二十四門大炮，主炮兩門，口徑為二十二公分。三年前，西鄉從道領兵犯台時，倭人連一條像樣的兵船也沒有，為運兵，只好租用美國商船，如此鄙吝不堪的國力尚敢抗衡中國，今日之舉，其志不小！」

嚴復這話對中了郭嵩燾的心思——此時他也正想到了這點。所謂「鄰之厚，我之薄也」。尤其想起眼下大清在歐洲的留學生才二十多人，而日本留學生源源東來，單在英國便有幾百人，這樣傾心學習，能不使國家振興嗎？

想到此，他不由連連搖頭說：「想不到日本以蕞爾小國，猶知自強，可我大清卻依然寢處積薪，高枕臥夢，我斷定不出二十年，日本必強於大清，到時則人為刀俎我為魚肉矣！」

嚴復說：「老師此說與赫胥黎不謀而合。」

郭嵩燾忙問哪個赫胥黎。

嚴復於是向老師詳細地介紹起這個英國博物學家及其學說——赫胥黎的進化論，後來被嚴復譯為《天演論》，書中有一著名論點即「物競天擇，適者生存。」這與中國的道學家那「理居氣先」和「良知良能」之說是截然對立的。此時郭嵩燾聽了嚴復的介紹後，不由感歎不已。

他們在客廳說話，劉錫鴻也聞聲過來了，他不和郭嵩燾打招呼，卻和嚴復搭訕。當聽說日本購艦的事後，卻很不以為然，且用教訓的口吻說：「哼，小日本眼下債臺高築，連發給各路諸侯的俸祿也用債券，卻盡學些洋玩意，又是修鐵路又是開礦山，還花大價錢買兵艦，如此大興土木、窮兵黷武，哪能持久？依我看，日本定會自亂。你們只管念書，可不要捕風捉影、乍乍乎乎。」

嚴復知他一向和公使意見齟齬，為人食古不化，但卻深得清流歡心，且行將出使德國，大紅大紫之人，怠慢不得，心中雖一百個不願，也只好站起來，連連點頭稱是。

郭嵩燾懶得和劉錫鴻爭，甩手走了出來……

劉錫鴻信口亂噴、歪批《三國》，卻居然被他說中了——才過兩天，倫敦各大報突然註銷整版新聞，報導日本發生了內亂。

原來倒幕派三巨頭之一的西鄉隆盛受到另一巨頭大久保利通的排斥，憤然回到了薩摩島（鹿兒島），竟被武士們推為首領，公開發布檄文，申討大久保利通，並舉兵與朝廷對抗。倒幕派原來的宗旨是尊王攘夷，還政於天皇，西鄉隆盛自然也懍尊不怠。於今竟公開與有天皇支持的大久保利通對陣了，天皇於是發布討伐令，組織平叛。

此事一經傳播，劉錫鴻十分得意，又一次在使館逢人便告，說自己如何洞鑒古今，有先見之明。又說泰西一套治國方法不合東土，誰想用夷變夏，日本便為殷鑒。

郭嵩燾同樣不願與他爭，卻特意去拜會上野景範。

儘管日本內亂已人人皆知，倫敦的日本使館卻十分平靜，裡面的官員一點也無惶急之色。上野景範在客廳接待郭嵩燾和隨員，談笑風生，彷彿國內根本就沒發生什麼事。

郭嵩燾有些詫異，心想，若不是倫敦的新聞紙捕風捉影，就是上野景範表面文章做到了家。進而又想，以劉玄德的沉穩與睿智，尚有「青梅煮酒、聞雷失著」的故事，上野景範有何道行，難道也能做到泰山崩於前而面不變色心不跳？於是他試探地問道：「聞君國內有薩摩黨之亂，攻熊本城，貴國為平亂，移書敝國李中堂，欲借士乃得步槍子一百萬粒以平亂。看來，此事只怕一時難於了結。」

上野景範笑了笑說：「誠如君言。西鄉隆盛為明治維新之功臣，生平又善用兵，此番稱兵作

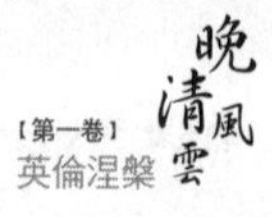

亂，脅從者多為失意武士，背水一戰，確為敝國朝廷帶來困難。不過，分裂為不得人心之舉，西鄉想以清君側之名重立個人之霸權，其圖謀必定要失敗。敝國的困難也只是暫時的。」

國有大難，使臣卻如此處變不驚。郭嵩燾在稱羨之餘，那一層隱憂卻步步昇華——西鄉從道領兵犯台時曾說：十年後再見！郭嵩燾真有些耽心，再見時將會是個什麼樣子？

「扶桑號」下水

儘管為平叛，子彈尚須向鄰國借貸的日本人，卻仍然兵艦照買；為新式兵輪下水的慶典，也照常舉行。

這天，郭嵩燾和劉錫鴻各自乘車趕到泰晤士河北岸威斯敏斯區的披必拉爾碼頭，在沙木大船廠的大客廳裡，大清國正副公使受到了廠家及上野景範夫婦的熱烈歡迎，與此同時，郭嵩燾還會見了日本的戶部尚書（大藏卿）井上馨。

還在國內時，郭嵩燾即聽李鴻章介紹過這個井上馨——此人為明治維新之重臣，十四歲即留學英國，十年後始返日本，乃以洋人富國強兵之術遊說國內士大夫，企圖讓日本仿效英國。但當時幕府當政，閉關鎖國，對此議不感興趣，有人甚至指斥他私通西洋，幾至群起而攻之。直到後來美國兵艦叩關，炮轟下關，英、法、荷踵至，日本連連敗北後始悟井上馨之言，乃派他出面議和。待明治維新成功，井上馨便扶搖直上，一直作到戶部尚書。

前年日本侵略朝鮮，簽訂《江華條約》，井上馨即為謀主。此番井上馨是來考察稅務的，郭嵩燾僅在白金漢宮和他打過照面，不料此人記性好，傾蓋之交，一見如故。

眼下，郭嵩燾和井上馨拱手相見。上野景範在介紹了正使後又介紹副使，劉錫鴻見他只說自己是副使，趕緊申明已奉旨使德，井上馨和上野公使忙向他道賀，他卻只傲慢地點了點頭，便昂然入座了。

這裡郭嵩燾和上野寒暄了幾句後才和主人一同入座。

待僕從上過茶點後，井上馨操一口流利的華語興致勃勃地和郭嵩燾攀談說：「鄙人久慕郭大人文采風流，恨無機會討教。今日得晤，快慰生平。」

郭嵩燾只知對方英語流暢，卻不料華語也有板有眼，乃說：「哪裡哪裡，井上大人乃東瀛名流，郭某淺陋，實在無以仰讚高明。」

三言兩語，二人頗覺投合。井上馨望了劉錫鴻一眼，見他似乎很落寞，便說：「聽說，劉大人原籍嶺南，那裡真是一個好地方，鄙人開始知道貴國也即從廣東始。」

劉錫鴻好奇地問：「此話從何說起？」

井上馨說：「當年林文忠公在廣東禁煙，粵海一戰，中外震驚，我輩能不高山仰止？」

劉錫鴻一見他提到林則徐，自然高興，乃說：「閣下原來十分關注敝國，博聞強記，令人佩服。」

井上馨說：「不敢。不過，鄙人對貴國名人最欽敬的也莫過於林文忠公了，觀其在鴉片戰爭中的所作所為，真是一肝膽照人的血性男子，連他的對手也不得不佩服！」

此話即印證了年初蠟像館的見聞。中國上下五千年，偉人輩出，獨林則徐得躋身世界偉人之列，除了井上馨這一解釋還有何說？

郭嵩燾愈覺投機——賢愚千代，自有公論，這個東洋人有眼光。不料井上馨又問道：「不知貴國眼下尚有林文忠公這樣的人物否？」

郭嵩燾一怔，正揣度井上馨此問的目的。一旁的劉錫鴻卻搶先答言了。在他的心中，倭人器小易盈，氣人有，笑人無，一副小人得志的嘴臉，該殺一殺他們的傲氣。於是搶先答道：「我中華為泱泱大國，上下五千年，風流人物如黃河長江，滔滔不絕且一浪高過一浪，即如林文忠公者，也如過江之鯽，數不勝數。」

「啊！」井上馨像被劉錫鴻的大話蒙住了，驚問道：「閣下何不試舉一二？」

劉錫鴻於是以曾國藩、左宗棠、李鴻章、劉坤一、彭玉麟等數人以應。可話未說完，井上馨立刻冷笑著搖手道：「啊，此數人雖算得當今大清一代名臣，也有赫赫武功可炫耀於一時，卻不能比林公威名傳之永遠。」

劉錫鴻不服，忙問所以然，井上馨通過幾句交談，發現劉錫鴻為人是那麼猥瑣，語言又是那麼粗俗，便不屑地說：「林文忠公若還在，閣下何能到此。」

此話一出，劉錫鴻無所謂，郭嵩燾卻不由臉上發燒。

掃一眼身邊的主人，井上馨、上野景範及日本使館一班參贊隨員皆面露得意之色地望著劉錫鴻，尤其是鵠立兩旁的許多留學生，更是躊躇滿志、不可一世的樣子。他也有劉錫鴻那「殺一殺他們的傲氣」的想法，想揀幾句硬話回覆他們，可想來想去，難以啟齒。眼前事實明擺著——他們來英國是為馬嘉理事件道歉的，若林則徐還在世，會有此舉嗎？尤其想到眼下歐風東漸，國人師其皮毛，日本人卻得其骨架，大話高調又有何用？

井上馨見客人難堪，說：「郭大人，鄙人的話或有冒犯，千萬請原諒。」

郭嵩燾說：「無妨，所謂旁觀者清。閣下此說，發人深省。」

劉錫鴻不滿這回答，插言說：「閣下此說，實謂我中華無人也。不過，貴國這些年棄東方聖學於不顧，改崇西學，唯奇技淫巧是務，眼下內亂已成，將來還不知如何收拾。我中華能不引以為戒乎？」

井上馨不提內亂之說，卻笑著反問道：「奇技淫巧便民富國，為何不可唯其是務？」

上野景範也說：「依鄙人之見，我們大可不必守東西方此畛彼域之見，西人之術能強兵富國便不妨仿而效之，苟日新日日新又日新，這不也是孔子的語錄麼？」

劉錫鴻不意倭人也來跟他講《六經》，不由冷笑道：「上野大人談經可不能斷章取義，數典忘祖。須知賤貨貴德才是《禮記》之主旨，此說是與西學格格不入的。因此，洋人以財貨為富，我中華以不貪為富；洋人以窮兵黷武為強，我中華以不好勝爭雄為強；個中深意，恐非淺陋之輩所能理解。」

此話一出，在座日本人凡能聽懂華語的無不粲然。

郭嵩燾不覺更加難堪。幸虧此時外面突然鼓樂喧天，人們紛紛起身往外走，沒有誰再去欣賞清國公使的窘態了。

這裡主人邀客人去船臺觀禮，郭嵩燾乃起身，井上馨跟在他身邊，又友好地說：「閣下似有未盡之言，鄙人已看出一二，但不知劉大人何以放不下架子？」

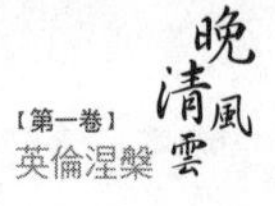

此時劉錫鴻已隨上野景範走向另一張門。郭嵩燾仔細掂量井上馨的話，覺得並無惡意，乃說：「誠然，見仁見智也在情理之中。」

井上馨又說：「自然界的原理，這些年來逐漸被發現，以致火車、輪船、電報愈出愈奇，便民利國，人所共睹。須知西人當初發明時，千難萬難，我們不過因其舊制而仿效之，實不耕而獲、坐享其成也。以大清之大，資源之豐，勝他國多多，大清國人至今一無振作，區區二十八里鐵路也不能容，真令人不可思議。」

郭嵩燾實在無言以對，只好說：「敝國人口多，地域廣，遇事各有所見，難期統一，此所謂大有大的難處。不過，潮流如此，敝國人民總會迎頭趕上來的。」

人潮來到船臺邊。

只見泰晤士河兩岸停泊的兵輪、商船、遊艇都掛上了五彩繽紛的萬國旗，船首昂著向這邊。這邊船臺上，新造成的大兵艦「扶桑號」被漆成銀灰色，艦橋上，桅杆上掛滿了彩旗，連那高翹著直指藍天的二十餘門大炮炮身與炮口上也掛滿花環，遠遠看去，如一艘彩船。

郭嵩燾懷著極為複雜的心情，咀嚼著井上馨的話，也打量著「扶桑號」。

「扶桑」者，「富士山」之轉音也，古日本用作國名。因為此艦為日本第一艘新式鐵甲巡洋艦，故冠以古國名。雖才三千七百餘噸，比較停泊在泰晤士河上的英國北海艦隊的戰艦它只是一名小兄弟。但據介紹，它的設計、製造及上面火炮的安裝和儀錶配備都是當今世界最新式的，它的設計師則里德、技師桑木達也是世界第一流的造船專家，因而此船不但品質上乘，而且火力猛、速度快，足可與大得多的兵艦周旋。此刻，它躺在船臺上，虎視眈眈，就像個行將上陣的矮小精悍的東洋武士，須知這也是亞洲的第一艘鐵甲巡洋艦啊，大清為亞洲第一大國，卻沒有一艘像樣的船，難怪劉步蟾、嚴復等人著急，學海軍的愛兵艦與文人愛筆墨不是一回事嗎。

看到這些，想到這些，郭嵩燾的心沉甸甸的。

劉錫鴻卻十分輕鬆，大概還在自我欣賞剛才的雄辯罷。

儀式開始，貴賓就位。郭嵩燾尚在沉思中，井上馨已在促請他上觀禮臺了。

這時，臺上台下都擠滿了人，臺上除了日、清兩國公使及一些國家的武官外，還有廠家的技師、大工匠；臺下除了部分英國工人外，全是日本人，他們是日本使館員工、旅英日商及留學生，一個個喜孜孜的，為自己國家終於有了一艘威武、漂亮的兵艦而驕傲，不時發出讚歎聲和歡笑聲……

接著，上野景範致謝詞，無非是一些感謝的話，廠家致答詞，謙虛中不無誇耀。軍樂奏起，泰晤士河上的艦船鳴響了禮炮，就在這「隆隆」的炮聲中，設計師則里德開啟了滿滿的一大瓶香檳酒向船頭噴灑，也濺了自己一身酒沫，技師桑木達同時操起板斧，砸向一個木楔，只聽「砰」地一聲，機關鬆動，「扶桑號」乃徐徐滑向泰晤士河中……

此時，岸上和水上一齊響起了日本人雷鳴般的歡呼聲：「天皇萬歲！」

日本人似乎瘋了，萬歲聲響徹雲霄，且持續不斷很久。觀禮臺上，數名侍者用托盤托著高高的玻璃杯，斟滿了血紅的葡萄酒上來，眾人紛紛端起了酒杯。

這時，上野夫人、美貌溫柔的上野和子持酒走向臺口，對著「扶桑號」酹酒於地，用日語禱告道：「此為我大日本國造成之第一艘新式戰艦也，願以此制敵，無敵不摧，晝日旌旗，頓增顏色！」

眾人也紛紛酹酒於地。

郭嵩燾雖不知上野和子祈禱些什麼，但看她那十分莊重的神色、凝重的語氣，明白她一定在祈望此船將來為日本增光，不由也萌生出「有利於洋人者必不利於中國」的想法，於是也跟著酹酒於地，並也默默地禱道：「此船日後若與中國為仇，願一炮不鳴，開航不順！」

禱雖這麼禱了，自己也覺空泛，那神色似是悵然又似是恍然……

奴欺主

回到使館，郭嵩燾心緒壞到了極點——無論公事私事都留下了解不開的結。他顯得心事沉沉，同寅之間也無可傾訴。

劉錫鴻卻恰恰相反，他一回到使館，卻又逢人便告，說自己如何折服東洋人，大有又一次舌戰群夷的氣概，同寅們自然要恭維他一番。

這以後，劉錫鴻又天天出門拜客。郭嵩燾卻閉門看書，只盼望劉錫鴻早日去德國，算是去了眼中釘。其間除了黎庶昌、張德彝、馬建忠等人常來他家談公事，劉孚翊在無人時也常來。

據劉孚翊透露，劉錫鴻近日除常在同寅中散布不利於正使的言論外，且頻頻向總理衙門寄信，信的內容從不示人。

這樣一來，更增加了郭嵩燾的不安。

這天劉孚翊又來他的房中，且見面便從懷中抽出一張摺疊好的紙片說：「大人請看，這是學生剛從二樓的廁所牆上撕下來的。」

郭嵩燾見他神祕兮兮的樣子，不由疑雲頓起，乃接過紙片細看。

不想不看則可，一看不由火冒三丈——這是一張沒頭揭貼，專揭他的過失，因沒署名，更是放言無忌，說他如何在洋人面前卑躬屈節，一味諂顏取媚，喪失人格國格。何金壽尚只說「大清無此臣子。」此處則說他是當今第一號大漢奸，比石敬瑭、秦檜有過之無不及……

盛怒之下，他忙追問細節。

劉孚翊說，他在下樓時曾看見有人從廁所出來，因光線太暗，他未看清此人面目，那人見有人下樓，匆匆忙忙一溜小跑出去了。他當時沒在意，但覺得背影極像劉錫鴻的家奴盛奎，大人不如傳盛奎前來審問便可知其詳。

郭嵩燾本想立刻下令傳盛奎來見，想了想又忍住了。

待劉孚翊告辭出去後，他左思右想始終忍不住這口氣，乃令人把黎庶昌、張德彝和馬建忠請來，拿出這張沒頭揭帖讓他們看，並讓黎庶昌查辦此事。

黎庶昌拿在手中，張、馬二人湊在兩邊同看，寫此帖子的人有意把字跡寫得歪歪扭扭，不像出自讀書人之手，但語句連貫，遣字造句非同一般，如果不是有人寫好讓其照抄，便是出自口授。乘人不備，出此暗招，人身攻擊，詞句惡毒，足見此人手段之卑劣。

眾人看完，尚未發表評論，郭嵩燾卻顯得情緒十分激動，恨不能生啖其人之肉。張德彝和馬建忠也很氣憤，只有黎庶昌不動聲色。

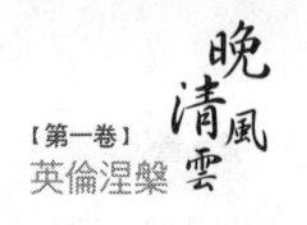

其實，黎庶昌看在眼中，心中早有看法——他對此事背景很清楚，但卻覺得一時無從下手，只好從容言道：「老師，依門生看，此事不查也知出自何人之手，但若追究，卻又一時找不到證據，不如徐徐圖之。」

張德彝和馬建忠也同意這一說法，但郭嵩燾卻堅持要審問盛奎。黎庶昌說：「老師，此時此刻您千萬不可亂了方寸。劉雲生自恃新貴，官符如火，您犯不著為這無憑無證的事去和他爭，說不定他是成心尋釁或有意惹你生氣呢。」

張德彝也說：「正是此說，因為劉和伯僅看見一個背影，覺得像盛奎，這是不能作為證據的，更無法科以罪名呀。」

見他二人這麼說，對郭、劉二人之間過結並不十分了解的馬建忠也跟著說：「純齋那徐徐圖之是個辦法——今後我們暗中留意盛奎的行蹤，當場抓獲，劉雲生便無法護短了。」

郭嵩燾經他三人這麼一排解，火氣才漸漸消下來。

劉錫鴻在倫敦拜了他認為要拜的客人後，先派了伯朗去德國打前站租房子，自己卻仍沒有立即赴任的打算。忙過幾天，他忽然想起也要去英國各地走走，理由是十分官冕的，這就是考察。他說走就走，也不向誰打招呼，即帶了翻譯鳳儀及隨員李荊門直奔利物浦。

不想盛奎卻是個極不安份的人。他老家在廣東東莞，因隔香港近，曾隨人去過香港作工，且操了幾句洋涇濱，也算是見過世面。來英國不久，便常一人外出，劉錫鴻寵著他，從不加管束。此番劉錫鴻升了正使，他也有雞犬升天的感覺，自恃已是駐德公使的心腹之人，更不把這邊使館的人為意。待劉錫鴻去利物浦後，他緊隨其後天天溜出使館，直到天黑才回來。

這天，英國外交部忽然來了一份公函，張德彝看後竟臉色大變說：「糟了糟了，盛奎出事了。」

這時郭嵩燾正在公廳，忙問：「盛奎出了什麼事？」

張德彝於是將英國外交部的照會口譯出來：原來盛奎昨天在外喝醉了酒，竟在海德公園的林蔭道上調戲一個貴婦人，貴婦人大喊救命，引來別人干涉，他竟揮拳將人家打得鼻子出了血。於是眾人叫來員警，將他扭送到警署。因是清國使館裡的人，警署不敢擅自處置，乃報到倫敦員警總局，總局又移文外交部，外交部於是照會清國使館，詢問使館有關此人情況，並提出抗議——隨照會來的，有盛奎在警署承認酒後失態的口供及貴婦人的控告、眾人證詞。

一聽這事，郭嵩燾不由大怒，一邊大罵盛奎無恥、劉錫鴻放縱，一邊召集黎庶昌、馬建忠等人商討處置辦法。

盛奎雖是奴僕，對外卻是使館員工，有外交豁免權。不然，上回醉漢毆打了閻喜，依英國法律，便是笞刑，即當眾鞭背。

此時眾人認為，盛奎雖可恨但畢竟是使館員工，當街受刑，實在丟大清國的面子，不如援引有關條例將他保釋出來，然後遣送回國，讓原籍地方官嚴加懲處。

郭嵩燾依議，乃交黎庶昌處理，黎庶昌很快備了一份文件，令劉孚翊和馬格里一道去警署把盛奎保釋出來。依黎庶昌的主意，是先將盛奎禁閉在使館，等劉錫鴻回來發遣他。可郭嵩燾思起前情，越想越氣，於是在盛奎被帶回使館後，立刻傳訊他。

盛奎雖跋扈，但今日知道闖了大禍，當劉孚翊和馬格里將他從警署帶回後，他便有些惶然。進門一見正使正襟危坐，眾人圍坐，虎視眈眈時，他馬上跪倒在地，告饒道：「大人，小的犯了大罪，求大人饒恕。」

此時公廳內，除了兩班參贊隨員，還有好幾個武弁伺候一邊，就如國內開堂問案一般。眾人恨盛奎平日狐假虎威，不把一般人放在眼中，今日犯了事，有失國家體面，乃一個個恨得牙癢癢的，巴不得正使從重發落他。郭嵩燾見此情形，冷笑一聲說：「你也知罪麼？使館開館之初便有規矩，你是明知故犯呢，還是奉了何人的指使，成心搗亂呢？」

盛奎此時叩頭如搗蒜，連連求饒說：「大人，小人實在是一時犯渾，亂了方寸。這都只怪當時喝多了黃湯，鬼迷心竅，與他人無涉。」

此時郭嵩燾若想出一出胸中怨氣，就事論事，令手下武弁狠狠地揍盛奎一頓，以代英國警署的笞刑，原是無可無不可的事，就是劉錫鴻回來，也無話可說。不想他卻連連冷笑著，忽然從靴統子裡抽出了那張揭貼，當眾揚了揚說：「與他人無涉麼，哼，我問你，這是怎麼回事？」

黎庶昌和張德彝、馬建忠陪坐一旁，見此情形不由一驚。本來，他們對正使親自出面處理一件這樣的小事就不以為然，不想郭嵩燾卻丟開證據確鑿的事不談，而扯上另一件與此毫無關連的公案，以盛奎這樣的刁僕，豈會輕易供出底蘊？但郭嵩燾已將揭帖拿出來，想攔阻已來不及了。

果然，盛奎一見那帖子，先是一怔，那一雙小眼珠兒一轉，立刻裝出一副茫然的樣子說：「大人，這是怎麼一回事，小人也不明白！」

郭嵩燾將那帖子往地下一擲，喝道：「哼，你睜開狗眼瞧瞧，自己做的事，能不知道？」

盛奎撿起那張紙看了看，隨手一扔說：「大人，小人不識字，不知這是什麼名堂。」

盛奎是識字的，劉錫鴻的個人收支帳目便由他管著，這情況眾人都清楚，眼下一見他當眾說謊，眾人不由紛紛指出，郭嵩燾火了，乃拍桌子說：「盛奎，看來你真不是個東西，居然漫天謊話，我問你，既不識字，何能替主人管理帳目？」

盛奎此時頭也不叩了，反而高高地昂了起來，像沒事人一樣說：「不錯，字確實能識幾個，不過，這沒影的事，我可是隔著小衣摸卵子，還不知正反呢。」

此言十分粗鄙，加之態度又如此倨傲，眾人不由一片譁然，都罵盛奎不是東西。郭嵩燾已氣足了，乃一拍桌子喝罵道：「大膽的狂徒，犯了案子尚如此猖獗，平日為人可想而知，真是有其主必有其僕，你們與我掌嘴！」

兩邊四個武弁此時巴不得正使大人下令，立刻上來，左右把住盛奎雙手，一人上前從背後揪住他的辮子，另一人上來甩開膀子，狠狠地抽起耳光來，才打了十多下，便打得盛奎牙關鬆動，鼻子出血。

盛奎一邊掙扎一邊哭，卻仍不承認揭帖的事，郭嵩燾一時也奈何不得。

這時使館一些外籍傭人都聞聲趕來看熱鬧。黎庶昌見狀，心想這可不比在國內，私設刑堂，萬一英國人提出抗議可不好收場。於是他連連示意正使停刑。郭嵩燾心中雖不解恨，但也明白這一層利害，於是揮手讓武弁住手。武弁們雖覺不過癮但不得不住手。

黎庶昌喝問道：「盛奎，你在國外如此不遵法守紀，使館是再留不得你了，等劉大人回來後，你向他交代一切，然後回國聽候處分。」

盛奎仍哼哼唧唧的，一聽這話，扭頭便走，一邊的武弁喝令他謝恩，盛奎真不愧是個刁僕，

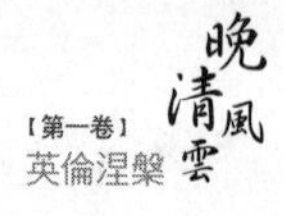

只見他仰頭道：「若是為海德公園事，我吃這幾個嘴巴也是應該，若是為了別的事，我可挨得冤枉。」

說著，他只對著左右揖了揖，竟不理睬正使便欲揚長而去。這時，黎庶昌也火了，竟一拍桌子讓兩邊武弁抓住他，強捺在地上，向郭嵩燾叩了幾個頭，然後押去看管起來……

徹底翻臉

郭嵩燾好惱火，一個劉錫鴻已使他如芒刺在背、寢食難安了，想不到劉錫鴻手下一個奴才也讓他騎虎難下、奈何不了。盛奎走後，他胸中火氣不但未消反又添了幾分，連連歎息著對黎庶昌說：「世亂奴欺主，時衰鬼弄人。這世道顛倒了。」

黎庶昌還說什麼呢？一件本可佔上風的事，卻被他自己辦砸了，若劉錫鴻回來說他公報私仇他還撇不清，但事已至此，黎庶昌只好泛泛地安慰了幾句。

兩天後，劉錫鴻回來了，兩輛馬車載了許多行李，待僕人把東西搬進來，已是開午餐時候了，用過餐，估計已安頓好了，黎庶昌知道郭嵩燾不會理會劉錫鴻，想邀集馬建忠、張德彝等人一道去見劉錫鴻，告知盛奎之事。不想就在這時，忽聽三樓劉錫鴻的住處傳來劉錫鴻的大聲斥喝聲，另一個人在分辯，分明是姚若望的聲音。

黎庶昌好納悶，心想，盛奎之事一定是劉錫鴻一到家便知道了，但這事與姚若望何干何涉呢？他於是和馬建忠匆匆下樓來見劉錫鴻。

劉錫鴻一見他，馬上氣嘟嘟地說：「好啊，黎純齋，我才離開使館便生出許多事來，你們不覺過份了嗎？」

黎庶昌說：「雲生兄，你不要發火，聽我慢慢解釋，盛奎……」

話未說完，劉錫鴻馬上接過話頭說：「盛奎之事，我不聽你解釋，我要姓郭的自己出來講，盛奎不爭氣，出了醜事，才打十幾個耳光我還嫌少呢，就是打死他我也無話可說，可為什麼憑空又扯出沒頭帖子的事呢？他這個漢奸京師人人皆知，個個口誅筆伐，罵漢奸何必要匿名？」

見他如此沒遮攔，黎、馬二人生恐讓郭嵩燾聽見，不知會氣成什麼，於是一齊上來勸劉錫鴻不要過份。姚若望也趁機說出剛才爭論的原委——只因湖口鹽船案和鎮江躉船案在我使館一再交涉下，英國方面已經有了回覆，結果也還是差強人意，郭嵩燾和眾人看過英國外交部的回函後認為可以同意結案了，於是奏報朝廷。姚若望是負責辦文案的，他草擬了奏疏後，交正使及參贊看過後便提筆繕正，準備拜發，稿子便擱在自己書案上。不想劉錫鴻遊歷回來後便來報銷差費和支領薪水，進門一眼便瞥見案上的奏稿，馬上拿過來細看，一看上面落款處只有正使的名字，而沒有自己的名字，立刻怒氣沖沖，他將奏疏一撕兩半往地下一擲，怒聲喝問姚若望，為什麼不署副使的名字。姚若望想，你眼下不已是駐德公使了麼，怎麼要來爭這個副使的名份呢？於是理直氣壯地說：「大人已榮任駐德正使，這個副使——」

話未說完，劉錫鴻馬上斥喝道：「放屁，這是奏聞我副使任內辦的事，豈能不署我的名字，這兩件交涉，哪一件我未出面？哪一次我未到堂？我人還未走呢！」

說著便大罵姚若望，姚若望心裡清楚他這是借題發揮，其實氣的還是盛奎的事，只是自己官卑職小，劉錫鴻眼下又大紅大紫，奈何他不得。幸虧黎庶昌和馬建忠來了才解了圍。

就在姚若望解釋時，郭嵩燾也氣喘吁吁地趕來了。

三樓的爭吵聲早驚動了樓下，僕人們紛紛往這邊跑，自然也驚動了郭嵩燾，待走進大廳，劉錫鴻大罵漢奸的話便傳進他的耳中，於是不顧槿兒的勸阻，踉踉蹌蹌地爬上了三樓，遠遠地便大聲應道：「姓劉的，你還有一點人性沒有？你調教的好奴才，居然跑到外國來調戲婦女，你還有臉說別人嗎？」

此時盛奎已解除了禁閉，就立在劉錫鴻身邊。劉錫鴻於是踹了盛奎一腳說：「不爭氣的奴才，老子的臉面被你丟盡了，去問問他，沒頭帖子是怎麼回事？他能拿出證據我饒不了你，他拿不出證據我要告他無端構害！」

盛奎此時膽子也壯了，竟紮腳捋手要上來質問郭嵩燾。黎庶昌和馬建忠等人見狀，忙插在中間把盛奎堵住，可劉錫鴻卻仍不依不饒，竟站在樓梯口和郭嵩燾對罵了好一陣，苦得黎庶昌等人來回勸諫，又指揮眾人把郭嵩燾勸下樓……

郭嵩燾回到房中，喘息未定，姚若望又趕來了。

他平日對劉錫鴻的跋扈十分不滿，此番無端受了一番窩囊氣，奏稿要重寫，越加想不開，於是，進門便向郭嵩燾訴苦，並揭發說，劉錫鴻此番外出報銷差費及支領薪水有貪污之嫌。

郭嵩燾一聽，忙問細故，姚若望於是說起原委——此番劉錫鴻及兩名隨員由利物浦及都柏林，在愛爾蘭轉了一個圈，路程和人數與郭嵩燾那次差不多，差費卻多出一大截，既無單據也無憑證，全憑他自己開的一張明細清單；另外，按總理衙門奏定的出使章程，頭等公使月薪為白銀一千四百兩；二等為一千二百兩，副使比照總領事官，為月薪六百兩。此番劉錫鴻的德國公使之任，頒詔在三月十七日，但他直到六月初五才接獲諭旨，並正式著手準備履新。結算時，劉錫鴻卻要從三月份就按正使薪俸補足。提前三個月支領正使薪水，便可多得一千八百兩，折合金英鎊近六百鎊，可不是一個小數啊！

聽姚若望如此一說，郭嵩燾正中心懷，乃囑照姚若望照發。有他一句話，姚若望才放心地告辭。待姚若望一走，郭嵩燾乃在心中尋思，劉錫鴻不是常向總理衙門告狀嗎，若將此事捅出來，且看他如何「明白回奏」。

經過一夜的構思，第二天他便把揭發劉錫鴻濫支經費、有貪污嫌疑的奏疏草寫出來了。自己看了一遍，頗覺滿意。就在這時劉孚翊來了，他馬上讓劉孚翊看。劉孚翊看後氣憤地說：「這個人平日一口仁義道德，卻是個如此貪墨小人，大人這奏疏寫得太好了，也讓朝廷和總署明白他們重用的是什麼個人。」

這話正是郭嵩燾草疏的目的，所以他聽著十分受用，於是留住劉孚翊談了很久，直到開午飯時劉孚翊才告辭。

午夢初回，郭嵩燾興趣盎然，乃把奏疏稿繕正，這時黎庶昌來了。於是，他又把奏疏讓黎庶昌過目，不料黎庶昌才看題目便大搖其頭，並說：「筠公，這真是小題大作，何必呢。」

郭嵩燾對黎庶昌已有成見了，加之黎庶昌話說得很不委婉，於是臉一沉說：「請道其詳。」

黎庶昌明白自己的話不中聽，但利害所在，不能不說，於是娓娓言道：「他的薪水從諭旨發布之日算起也無不可，因為這不比國內，山重水複，關河阻隔，姚彥章不知變通，才有此說。事實上，只要九重詔下，他這個正使吏部及總署便認可了，加官增俸，本是常情。至於去愛爾蘭等地考察的差費，應向其他經手人調查明白，方能認定。貿然入奏，未免孟浪。再說，來在海外，兩個使館仍要互通聲氣的，若事事軒輊不下，豈不要惹洋人恥笑？」

郭嵩燾不待他說完，連連冷笑道：「算了算了，黎純齋，照你這麼說，都是我的不是了。」

說著便從黎庶昌手上將奏稿收了回來，別過臉不再理會黎庶昌。

黎庶昌自覺無顏，乃告辭……

第十章 不虛此行

看洋戲

劉錫鴻終於興沖沖地帶著一班子人走馬上任去德國了，臨走時又以駐德使館人手太少為由，將劉孚翊也帶走了。

郭嵩燾對此雖略感意外，但畢竟劉錫鴻是真真切切地走了，他如蒙大赦，一下輕鬆了許多。乃把使館的人召集起來，向眾人公布他與劉錫鴻的分歧，歷數劉錫鴻的過失，並把自己過去如何提攜推挽劉錫鴻、而劉錫鴻卻忘恩負義、倒戈反噬的事向眾人敘述了一遍。眾人自然都說一些同情正使的話，並表示不信劉錫鴻的挑唆。於是郭嵩燾又和眾人重新制定了使館章程，相約大家共同遵守。

看看歲末將近，倫敦的報紙上，又一次登出令使館之人鼓舞卻令郭嵩燾多少有些尷尬的消息——清國軍隊在左宗棠的指揮下，終於以風捲殘雲之勢，收復了南疆八城。

原來早在官軍進入南八城門戶庫爾勒時，阿古柏既死，其後幾仗，安集延殘部大部被官軍殲滅，小部分逃到了俄國——看到這些，出使在外之人感觸最深，強梁世界，實力即臉面，洋人今日是第一次用正眼看大清了。

黎庶昌此時尚未去德國，他感奮之餘，乃賦七律一首：

輕車度幕不驚塵，矯矯將軍號絕倫。
回准降幡齊入漢，圖書歸版復收秦。
雪消蔥嶺鴻難度，草長蒲稍馬易馴。

索地陳兵君莫讓，烏孫西去付行人。

詩成之後，大家步韻而和者很多，但眾人都知郭嵩燾的心事，不與他談這個話題，就是和詩也不讓他知道。接下來大家把注意力集中到了伊犁——至今仍為俄國人佔領，眼下全疆光復，俄國人仍未有歸還之意，伊犁為新疆首府，全境收復，首府未歸，和乎？戰乎？大家議論紛紛，各抒己見……

確實，郭嵩燾此時內心十分複雜——新疆重歸版圖，這是一件值得慶賀的大好事；左宗棠已晉封為二等恪靖侯，憑心而論，受之無愧。但他一想到往事便憤憤不平，國事和家事糾纏，他真是「心似雙絲網，中有千千結」，為逃避，他只好盡量避免和大家談到此事。

這時，黎庶昌已接到了劉錫鴻抵達德國的電報，並請他速去德國。黎庶昌告之郭嵩燾，取得同意後便也去了德國，去了一個有力助手，館務驟然繁忙起來，郭嵩燾便一頭扎進公務中。

槿兒的產期不遠了，肚子漸漸成下墜之勢。雖然行走有些不便，卻顯得十分快活。她的英語會話能力進步很快，和老爺出外，她便是翻譯。因此，她的愛好也和老爺拉開了距離，比如老爺只能看雜耍或賽馬之類不存在語言障礙的娛樂活動，槿兒原來也愛看，現在卻常常在艾麗絲陪同下去倫敦大戲院看戲。洋人的戲劇無論體裁與表現手法都與中國戲曲迥異，那也是另一門學問，中國人初看洋戲，認為是在臺上大聲說話或唱歌，沒有生、旦、淨、丑的行當，沒有唱、做、念、舞的功夫，洋人不懂得「做戲」。槿兒眼下卻已漸入堂奧了。這天，她從倫敦大戲院回來，臉上淚痕斑斑。郭嵩燾大吃一驚，不知發生了什麼事，追問之下才知，槿兒是因為看戲受了感動，在替洋人落淚。

原來今天倫敦皇家大劇院上演莎士比亞的名劇《羅密歐與茱麗葉》，槿兒正為「羅公子」與「茱小姐」傷心不已。待老爺問起，槿兒乃擦乾眼淚，將這故事講述了一遍，不想講到長老勞倫斯將能致人假死的毒藥交與茱麗葉時，郭嵩燾立刻展眉笑開了——這些日子，他也聽英國朋友談起過戲劇，知道中國的包公戲《灰闌記》和紀君祥的《趙氏孤兒》早已傳入歐洲，眼下的什麼羅公子與茱小姐莫非也是？於是說：「啊，知道了，天下文章一大抄，這還不是照搬薛調的《無雙傳》。」

槿兒是不知《無雙傳》的，於是她反過來要老爺講《無雙傳》。

郭嵩燾無奈，只好說起了唐人傳奇。未講之前，先是為中國的才子佳人小說下了一個定語——悲以後歡，離然後合，賺得觀眾的破涕為笑。槿兒不喜歡老爺賣嘴，乃說：「哼，單這一句，我便看出來，無雙絕比不上茱麗葉。」

郭嵩燾不服，乃把這一則收入《太平廣記》的小說細說從頭：話說唐德宗建中年間，書生王仙客去長安投奔姑父，一為求取功名，二為和表妹劉無雙完婚。不想遇上了朱泚之亂，劉無雙之父捲入這場政變中，被殺，無雙被發往掖庭為奴。王仙客得知消息後，十分焦急，一次偶然的機會，他得遇隨駕而出的車隊，看到了已是宮女身分的表妹無雙，咫尺天涯，無緣一敘款曲。有義士名古押衙者，得知王、劉二人情況，乃化妝入宮，讓劉無雙吃了一種毒藥，無雙於是暴斃，屍首被運往郊外，王仙客在古押衙指引下，領回屍首，經古押衙投以解藥，劉無雙復生，終於和王仙客破鏡重圓。

聽完這個故事後，槿兒也不覺展顏一笑說：「原來如此，果然是悲以後歡，離然後合。不過，洋人卻跳出了窠臼——劉無雙因藥而得團圓，茱小姐和羅公子卻因藥之誤，以致雙雙死於非命呢。」

說著，她把未完的戲說完，說到傷心處，那眼淚就又忍不住樸簌簌地往下掉。

自從出國及槿兒懷孕後，郭嵩燾一直嬌著寵著槿兒，比以往更加重十倍。此刻，他急忙用手絹為槿兒拭淚，且嗔道：「你看你看，好端端的怎麼又掉淚呢，這可是替洋古人擔憂呢，如果觸動胎氣豈不誤事。」

槿兒一聽，不由又犯愁了。她悄悄告訴老爺，胎兒近日在肚子裡活動頻繁，似在揮拳蹬腿，她真怕生產之日，無幫手在場照應，會有些想不到的事發生。她說：「我的先生，我一想起這事就怕。」

郭嵩燾只好安慰說：「別怕，吉人天相。你是個好人，生產一定會順利的。」

口裡雖這麼說，自己心裡其實十分地不自在……

過洋節

看看隆冬將近，他們使英已整整一年了。陰曆十一月二十一日為本年冬至日，卻也合上了洋人的耶誕節，洋人重聖誕不重元旦，到時要一連慶賀三天。離聖誕還有上十天，倫敦的居民就在準備，家家紮彩，戶戶懸燈，門前紮起一棵棵聖誕樹。這也是有典故的，據馬格里說，耶穌的誕生日不載《聖經》，十二月二十五日為聖誕日本是後來教會所訂，大家約定俗成，共同遵守；而聖誕樹的興起不過百餘年歷史，它源於一個傳說——某年聖誕，一家境貧寒的農夫盛情款待了一個凍餒的兒童，兒童臨行，乃折杉枝插地，杉枝立刻長成一顆大樹，兒童乃禱曰：年年此日，禮物滿枝；以此神杉，彰爾美德。禱畢即失。農夫驚愕之餘，始悟兒童為天使幻化。因此，年年聖誕，家家戶戶必要裝置一棵樹，上面或吊滿彩花，或掛滿糖果，而富家則走上街頭，向窮人布施，相沿成習。

除了聖誕樹，這天還有白鬚紅袍的聖誕老人，參與這天活動且成為人們的中心。聖誕老人可以人扮，也可用其他物品做成。據馬格里說，這也是有典故的，還說聖誕老人愛從煙囪而入，向各家各戶送禮物……

郭嵩燾聽了這些介紹，認為應該隨鄉入俗，加之劉錫鴻走後，他很有振作精神、去舊布新的打算，於是下令由馬格里提調，在使館籌備，務必一如街鄰，共慶聖誕。

於是眾人動起手來，使館門口也紮起了一株高大的聖誕樹，又在上面紮了許多小禮品，槿兒手巧，聽了有關聖誕樹的故事後，她連夜用絲綢彩線紮了許多有特色的香荷包，這些香荷包呈方形、菱形和多邊形，如長命鎖，如九連環，如彩蝶、蝙蝠等小東西，十分精緻且又深著東方藝術情調，吊掛在聖誕樹上，顯得比街鄰的聖誕樹更好看——後來這些香囊紛紛被路人摘取珍藏。

至於聖誕老人，則由馬格里扮演，洋人扮演洋神仙有著先天的優勢，他也十分認真，去各房間賀喜送糖果。使館又放假三天，讓大家上街觀景致，第二天上午九時，正使和翻譯、參贊隨各國使節去白金漢宮向女王賀節，然後又赴各世爵及首相、外相處賀歲。

連日應酬，郭嵩燾身體頗有些吃不消，但他卻情緒高昂。他的住房在一樓，十分潮濕，不利腰腿，他乃把家搬至三樓，即原來劉錫鴻住的地方。這才發現，住房面積雖略小一些，但房間明亮，視野開闊，憑欄一望，倫敦街衢全奔眼底。原來只圖清淨自在的想法錯了。出使以來，因為心境不好久未作詩，今日忽然詩興大作，乃賦七律一首曰：

客行四萬八千里，忽忽移居咫尺間。
天地容身無礙小，人禽爭食只求頑。
九衢車馬奔成海，萬戶雲煙疊似山。
小作遷家高處住，支離容我一開顏。

不想令他高興的事接踵而至——此時香港至上海的電報已接通，雖計字收費價格高昂，但在浙江任幕僚的三弟卻不惜重資給他拍來一份電報：據可靠消息，朝廷已有撤劉錫鴻駐德欽差、而讓李鳳苞署理的任命。

原來郭侖燾已從家書中獲息劉錫鴻與大哥反目成仇之事，對劉錫鴻恩將仇報的行為十分憤慨。得此消息，急不可耐要告知大哥。

郭嵩燾閱電後，先是狂喜，後卻疑竇叢生——他先是以為自己的彈劾已為朝廷接受，劉錫鴻不堪正使之任。但細細一算日子，朝廷做此決定之日，還在自己提起彈劾之前，那麼，此舉似無來由。此時黎庶昌已去了德國，他也不想和別人交換看法，只存在心裡。

兩天後，因籌備在巴黎舉行的萬國炫奇會（博覽會）中國館的展出，已去德國多時的李鳳苞又從德國到了巴黎，後又渡海到了倫敦。李鳳苞是李鴻章的心腹人，李鴻章有意讓他在歐洲考察，用意深遠，郭嵩燾也深知其中內幕。眼下一見李鳳苞，便試探著問道：「丹崖，此番朝廷派劉雲生使德，你的擔子應該輕鬆多了。」

不想李鳳苞連連搖頭說：「不用說了，中樞和總署將這樣的活寶派充公使，真是賣臉賣到外國來了。」

李鳳苞如此貶損劉錫鴻，著實讓郭嵩燾吃了一驚，忙細叩其詳。

李鳳苞於是像講評書一般說起劉錫鴻到柏林後的種種乖謬之舉。據說，劉錫鴻一到柏林才下火車便出了個笑話。原來與他同車的是個德國的女權活動家，且帶了一幫洋女人，都是她的追隨者。這個洋女人為爭得婦女的普選權，正在歐洲各國遊說，見了劉錫鴻，便問及大清國婦女的地位。劉錫鴻說：「敝國女人嚴遵閫教，三從四德，至死不逾。」

洋女人問何謂「三從四德？」

他說「在家從父，出外從夫，夫死從子，是謂三從；德言工貌，便為四德。」

這個洋女人對這回答十分不滿，便說他這是不尊重婦女。劉錫鴻竟說：「男女陰陽有別，就如人的手掌和手背，只能向內彎，若向外彎，豈不反了。」

接下來，又說叱雞不能司晨。洋女人不滿，說若母雞既能下蛋又能打鳴，豈不是大好事？他說若是這樣，便是不祥之兆，國家會滅亡。

這一說，不由激起眾人不滿，眾洋女也不管他是外交官員，一齊質問他，他幾乎下不了車。但他一到使館卻仍十分得意，且意氣飛揚、雄心勃勃，認為自己能說會道，富有辯才。他見了李鳳苞便說，郭某人使英一年，一事無成，就如修約一事，簡直是求榮反辱，他劉錫鴻可不會重蹈覆轍，一定要把中德條約改過來，凡不利大清、不合國際公法的文字一定要去掉。

說得那麼把握十足，李鳳苞還以為他果真有什麼超凡的手段，或有舌辯之才，能效蘇秦說合六國。於是一邊冷眼旁觀。

劉錫鴻晉謁過德皇呈遞了國書後，接下來便馬不停蹄地去拜會各世爵大臣。他信任一個德國人，名那多威，此人同治末年曾擔任駐上海領事，能說華語，談起大清國在列強脅迫下簽訂了一系列不平等條約，他顯得十分氣憤和同情，又說只要說動德國帶頭修改條約，放棄特權，其他各國一定也會不再堅持。

劉錫鴻不加細察，認定那多威神通廣大，且對大清國友好，乃由那多威帶著四處拜客，見廟就燒香，廣為遊說。德紳中，居然也有一些人被劉錫鴻說動了。

德國的首相俾斯麥素有「鐵血宰相」之稱，德國的國政，便操在這個「鐵血宰相」手上，凱撒威廉一世不過肩其虛名。何所謂「鐵血」？「鐵」即指大炮和軍刀，而「血」即指上陣打仗，流血犧牲，所謂軍國大事，不能操之清談，即殺人盈城、伏屍百萬亦在所不惜也——此語見於俾斯麥在德國議會上的一次發言。足見其人從政及與他國外交之手段。

劉錫鴻到達德國時，正碰上俾斯麥宣布議會休會，國家處於無議會的軍事獨裁時期，他不清楚這些，卻把修約的希望寄託在俾斯麥身上，見自己的主張居然有德紳說好，便想遊說俾斯麥。

他打聽到俾斯麥出身容克貴族，而那多威說他也出身容克貴族，於是他便通過那多威，千方百計去討俾斯麥的喜歡。

此事連翻譯伯朗也認為不妥，可劉錫鴻根本不把一個小小的翻譯放在眼中，伯朗的話自然聽不進。耶誕節前，他竟讓那多威以賀歲為名，送俾斯麥一張一萬馬克的支票，且說這是大清國官場的

「規矩」，名為「節敬」。除了這「節敬」，還有「年敬」、「冰敬」和「炭敬」。他見本國官可錢買、政可賄成，以為洋人也行這一套，且做得一點也不漂亮。俾斯麥是何等樣人，眼下正目空歐洲、虎視世界，又豈是區區一萬馬克可買得動的？當下擲還支票，且把那多威狠狠地訓斥一頓。不久，此事即被捅到了新聞界，立即見諸報端，鬧得沸沸揚揚。這以後劉錫鴻去拜會俾斯麥，俾斯麥便只讓外相與他見面，劉錫鴻再也見不著首相了……

郭嵩燾聽李鳳苞說完這些，不由冷笑不已。

難產

儘管如此，國內撤換或懲戒劉錫鴻的上諭卻遲遲不見到來。看來，弟弟侖燾所獲消息不確。就是自己對劉錫鴻的彈劾也沒有回音，倒是正月過後，他卻接獲兼使法國的諭旨。

法蘭西也是他嚮往已久的地方，不論是凡爾賽宮還是拿破崙一世建造的「軍隊光榮凱旋門」，他都曾不止一次聽洋朋友說起，且心儀不已。眼下能兼任駐法公使，得往來經過英吉利海峽，出入歐洲兩大最著名的都會，那應是別人難以想像的美事，何況身兼兩職，足見朝廷重視。想起劉錫鴻的橫逆及對自己的詆毀，這一道任命也可說是一種無言的慰藉。

上諭和國書是由派往英倫考察的聯芳齎來的。郭嵩燾拜讀之餘，激動不已，在和聯芳交換了一些情況後，他便開始籌備巴黎之行。

以後幾天，他拜會了英國外相德爾庇，告知兼任法使的事，又去拜會法國駐英公使傅斯達，以示聯絡，還抽出時間撿索有關中法關係的文件，寫信讓在柏林的黎庶昌先行會同在巴黎政治學院學習的馬建忠安排館舍，自己擇日去巴黎。不想就在這時，槿兒生產了。

要說，已是三十三歲的槿兒還是生頭胎，以前那次小產胎兒才兩個月，因錢氏的凶暴，槿兒幾乎喪失了生育能力。為此槿兒此次十分慎重，終於瓜熟蒂落，能不既高興又緊張？

她是夜半發作的，自從和劉錫鴻翻臉後，郭嵩燾落下了失眠症，常常夜半尚未入眠，今天也是時鐘敲過子夜一點後才漸漸入睡的，不想就在這時，他又被槿兒的一陣陣呻吟驚醒了。

「槿兒，你怎麼啦？」他心知有異，但頭還是沉甸甸的。

不想槿兒卻神志十分清醒地說：「只怕是發作了。」

「啊！」一聽果真是發作了，他又驚又喜，忽地起來擰開了燈——除此之外，翰林公也不知道自己該做什麼了。

「把小翠叫醒呀。」這是疼痛中的槿兒在吩咐。

於是，他跑到另一間房子裡，把十六歲的小丫頭叫醒。

可小翠一聽夫人發作了，竟然露出一副羞答答的樣子趑趄著不肯上前。這以前槿兒是交代了她的，一旦發作她該先做什麼，再幹什麼。可她心一慌什麼都忘了，直到老爺要發火了，她才勉強上來，但她做的第一件事竟是找出一把剪刀，怯怯地遞上來。才發作，小毛毛還在肚子裡，要剪刀何用？

「不是說，要剪臍帶的嗎？」

「胡說，人尚未生出來，就剪什麼臍帶！」老爺終於忍不住了，氣咻咻地指著小翠喝罵。

槿兒雖肚子疼痛難忍，但仍竭力掙扎著，作手勢示意老爺不要發火。床上床下，三人都顯得有些手足無措。但比較起來，還是槿兒較沉穩，她自己慢慢把小衣褪下來了，這才發現下身已濕漉漉一大片，且浸濕了褥子——不是動了紅，而是穿了羊水泡，流出了胞漿水。

見此情形，她只好招手讓小翠脫鞋上床，先把自己扶起來。小翠終於明白了，乃爬上床來。她年紀雖小，力氣還是很有些的，只見她弓著身子站在床上，從後面用雙手緊緊地夾住夫人的胳膊，槿兒就半邊身子吊在小翠手肘子上，讓肚子成下墜之勢。她可不是小翠，雖不曾正式生育過，卻服侍過陳氏夫人生了七胎，可謂見多識廣了。此刻見自己生育時，尚未動紅便先穿了羊水，知道不是好事情。此時肚子一陣一陣痛得厲害，頭上已是大汗淋漓，嘴中不由喃喃地、重複地喊道：「先生，老爺——老爺，先生。」

床下的郭嵩燾也看到穿了羊水，他也明白個中利害，但有什麼辦法呢？望著槿兒臉色漸漸變得寡白，不由亂了方寸，也只喃喃地念道：「菩薩保佑，兒子快下來；兒子快下來，菩薩保佑！」

這邊的響動也驚動了使館的人，終於有人忍不住要探個究竟了。一聽敲門聲，郭嵩燾只好上前，開門一看，只見姚若望、張斯栒皆站在門口。郭嵩燾不由尷尬地講了一句：「賤內發作了。」然後站在一邊不再說什麼了。

這班人一聽是生孩子的事，臉上也出現了同樣的尷尬——這是他們無法幫忙的。大家惶惶然站在一邊，只張斯栒問了一句：「還順利不？」

郭嵩燾只好含含糊糊地說：「順。」就再也說不出別的話了，又不願陪他們，裡間槿兒一陣陣的叫喚揪心，他只好把同僚們晾在過道上，自己奔回到臥室……

樓梯口傳來一陣急驟的腳步聲，眾人回頭一望，只見馬格里來了。這個洋人昨晚有私人應酬，回來得很晚，眼下是被眾人吵醒的。他可沒有他人那種講究，一聽是夫人生孩子，可能是難產，他二話沒說便直奔臥室，眾人竟沒能攔住他。

此時槿兒已是赤裸著身子，靠在小翠身上呻吟，郭嵩燾在房中踱方步顯得束手無策。馬格里衝進來，小翠先發現，立刻驚叫一聲，呻吟中的槿兒也看到了，馬上扯了一條毯子蓋住了下身。

郭嵩燾回頭一看是馬格里，且已到了面前，不由惱怒地問道：「你來幹什麼？」

馬格里也同樣大聲嚷道：「夫人生孩子，應該去醫院。」

「去醫院？」郭嵩燾似是問人又似自問。這個問題不止一次出現在他腦子裡，就在槿兒有喜之日起，他就想到了去醫院，可那行嗎？洋人的醫院他光顧過，醫生大多是男的，只有護士小姐才是女的。槿兒是難產，說不定要動刀子的，洋人有那個能耐。然而，那豈不要全身暴露在洋男人面前麼？槿兒頭上雖無皇封誥命，可地位也相當命婦，怎麼能赤身裸體去讓洋男人接生呢？

「胡說，中國女人生孩子，哪有去醫院的。」

馬格里雙手一攤說：「大人，進醫院有什麼不好呢？英國皇家醫院是世界第一流的醫院，產科也是第一流的。」

郭嵩燾不知哪來的火，手一揮吼道：「你囉嗦什麼，出去，這不是你該來的地方！」

說著，竟自己動手推搡馬格里，馬格里不由連連後退，但口中仍固執地苦勸。他不明白，這個大清使團中最開明的人，為什麼會在這事上固執起來？

時間一分一秒地駛過，他們都僵在那裡，槿兒的臉色漸變成一張白紙了，聲音也低微下來。

就在這時，艾麗絲上來了。她因住在樓下的雜院裡，得消息最遲。待得知消息，三步併作兩步趕到槿兒的床前。

槿兒一見她，像是遇見了救星，一把抱住艾麗絲的脖子，幾乎是用哭音喊道：「艾——艾，救救我！」

艾麗絲轉過身，望了束手無策的公使大人一眼說：「大人，你還磨蹭什麼？」

說著，也不管這位大人做何表示，便又一陣風似的下樓了。可只一會兒，只見她領來三四個男僕人，並帶來一副擔架，一齊湧進房來，也不再請示大人了，艾麗絲動手把一床毛毯裹住槿兒，眾人七手八腳將槿兒搬到擔架上。

郭嵩燾忙上前攔阻，可這回輪到艾麗絲推搡他了。只見她把雙手一攔，那一雙肥大的乳幾乎碰到郭嵩燾的臉，郭嵩燾連連後退，並叫道：「幹什麼，誰讓你們這麼幹的？」

只見艾麗絲笑著用生硬的華語說道：「這不關你們男人的事，你只等著當父親吧。」

說完手一揮，押著一夥人抬著擔架，風風火火地走了……

再受申飭

郭嵩燾焦躁不安地等在醫院的走廊上，望著產房進進出出的白衣白帽的男女醫生，他心中真是百感交集。此時，她身邊只有艾麗絲和小翠，其餘的人統統被他打發走了。在他看來，這實在不是一件體面的事，人多礙眼，他想盡量控制知情者的範圍，圈子越小越好。

黎明前的倫敦，是那麼寧靜，但今天這寧靜於他卻多少有些恐怖——拔一下洋人的大毳，劉錫鴻尚可作為罪狀，隔洋隔海，飛章入奏；那讓自己的女人裸呈在洋人面前，說出去該是多大的罪戾多大的恥辱啊！但槿兒太可憐了，可不能再出事了，這是他沒在關鍵時刻阻止艾麗絲的原因。眼下，他徘徊在走廊上，心中忐忑不安……

是嬰兒一聲宏亮的啼哭驚醒了他，這時，已紅日在窗了。

艾麗絲第一個奔進去，不久，她便歡快地跑出來向他報告好消息：「大人，空殼啦區勒甚——恭喜您今日得了個能唱之喜！」

艾麗絲學華語遠不及槿兒學英語進步快，可虧她居然記住了一句文謅謅的華語詞彙，只可惜「弄璋之喜」卻說成了「能唱之喜」。

不過，郭嵩燾還是聽懂了，臉上不由綻開了笑臉。他原本有兩個兒子，但五年前長子剛基不幸患白喉早夭，默算一下，這個兒子的誕日與剛基同。難道是上天對他的補償嗎？劉錫鴻要嚼舌根讓他嚼去吧，郭家又多了一個男丁呢。

「皇天保佑，列祖列宗保佑！」

他喃喃地念著，便想進去。艾麗絲一下攔住他，說：「大人，這是在我們大英帝國，你應該說上帝保佑，你們的皇天大人管不到這。」

郭嵩燾卻不管這些了，他只想進去看看兒子看看槿兒。

這時，從產房裡走出一個白衣白帽嘴上還帶個白布大口罩的洋女人，她一把攔住郭嵩燾，向他大聲地說了一串洋話，艾麗絲忙翻譯說：「大人，她說母子平安，但需要休息，不允許他人打擾。」

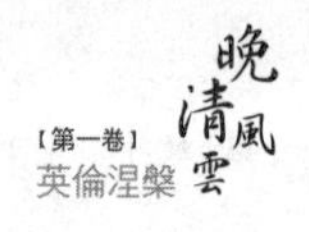

說著，又向他吐吐舌頭，低聲補充說：「我就是被她趕出來的。」

郭嵩燾只好留在外面。

艾麗絲又勸他先回去，只讓小翠去拿一些槿兒的日用品及奶粉奶瓶之類的東西，再留下來陪女主人。

此時，他不得不懷著幾分感激之情，聽這個洋女人的安排了……

槿兒在小翠的陪同下，在醫院住了二十天才出院，母子平平安安。這天，郭嵩燾得到醫院通知，乃備了馬車早早地和艾麗絲乘車來接槿兒母子。郭嵩燾抱著兒子，第一次認認真真地把兒子細看了一遍。

此子團團大臉，與自己十分相似，但眉毛細而長，雙眼皮，兩眼角也微微向上挑，這又是槿兒脫胎無異。

槿兒甜甜地笑著依偎在他肩旁，說：「你還未給兒子取名字呢。」

他略一思索便說：「此子生在英國，乳名便叫英生好了，至於正式的名字回頭再說吧。」

艾麗絲一聽，忙「英生英生」地叫開了。

小翠不滿意艾麗絲這麼叫，又不好糾正，便說：「夫人看，小少爺在笑呢。」

才二十天的嬰兒怎麼會笑呢？但槿兒卻寧願信其有，她說：「頭一回坐車，他是高興哩。」

大家都高興，只郭嵩燾雖也高興卻掩不住悠悠心事。他叮囑槿兒和小翠，回去後若有人問起在醫院的情形，只說接生的全是上了年紀的洋女人。

槿兒說：「為什麼要這樣說呢？我不怕，你雖是老爺，我可是個奴才呢。」

郭嵩燾只好用央求的口吻把利害說與槿兒聽。槿兒其實也知道這一層利害，卻故意要氣一氣老爺。只有她明白，實際上她是剖腹產的，動手的便是洋男人，年歲也不大。但槿兒卻從這洋男人眼神中看不出一絲邪惡，有的只是慈祥、友善和專一。可眼下老爺卻仍如此前怕狼後怕虎的，聯想到那天「兒奔生娘奔死」、自己命懸一絲的關鍵時刻，老爺猶呵斥馬格里，不準備去醫院，直到艾麗絲動了蠻，才把她從死神手中奪回來。那時槿兒幾乎恨老爺。

洋人的醫院有男有女，要說比例還是女少男多，產房怎麼可能全是「上了年紀的洋女人」呢？槿兒回來不久，面對紛紛前來祝賀的使館同寅，郭嵩燾似從他們臉上看到了疑問，甚至看到了訕笑，為此他又惶惶不安了幾天。不同的是以往與劉錫鴻不同政見之爭他理直氣壯，哪怕就是拜下風心中也只有悲憤，而今天卻似乎是做了賊似的。心想，假若劉錫鴻或何金壽就這事罵他一聲「無恥」，他真只能認服受罪、百口莫辯。

但越是如此，越不能露怯，表面文章越要做足。於是在姚若望提醒下，他吩咐僕人上街買了三百枚雞卵，煮熟染紅，讓艾麗絲分送各處，滿月這天，又在倫敦一家大酒店訂下宴席宴請使館同寅。

這時，威妥瑪及日本公使上野景範也聞訊趕來了，對槿兒和英生都有所表示，威妥瑪送的是一輛童車，上野景範卻是一隻洋式包金項圈。對他們的盛情，郭嵩燾都一一表示感謝。

這樣忙了整整一個月，才動身去法國。不想就在這時，又有廷寄寄到。

因恭王的堅持，故朝廷把令他出使法國的諭旨放在前面，把對他彈劾何金壽、劉錫鴻的答覆放在後面，且拖了一段時間。拜讀之餘，才明白這是朝廷對自己的告誡，口氣且十分嚴厲，謂：

「近來中外交涉之事，日見繁多，辦理本屬不易，其中緩急操縱機宜，豈能盡人共喻？郭嵩燾奉命出使，原冀通中外之情，以全大局，自宜任勞任怨，盡心圖維，用副委任。乃覽該侍郎所奏，輒以人言指摘、憤激上陳，所見殊屬偏狹。且朝廷採納章奏賞罰，自有權衡，該侍郎因何金壽有奏參之摺，乃謂劉錫鴻與之勾通構陷，請將劉錫鴻、何金壽議處，亦屬私意猜疑，並無實據，所奏著無庸議。該侍郎惟當以國事為重，力任其艱，於辦理一切事宜，不可固執任性，貽笑遠人。」

拜讀之餘，郭嵩燾還有什麼說的呢？他只能長長地歎了一口氣……

不想燈下再細細體味，朝廷雖也知「交涉之事」「辦理本屬不易」，但接下來卻對辦理這「本屬不易」的事、卻又橫遭他人指責的人毫不體諒，致使他「橫遭指責」之後又遭指責，朝廷這「自有權衡」又是如何「權衡」的呢？

愈想愈氣不順，何金壽在奏摺中說「大清無此臣子」劉錫鴻當面罵他是「漢奸」，且造作白頭揭帖，對他無端攻擊，這怎麼是「輒以人言指摘，激憤上陳」呢？「激憤上陳」是個人意氣之爭，他可不是鬧意氣！

他決定再上一疏，拋開何金壽，只說劉錫鴻。

正思謀如何著筆，不想黎庶昌從柏林給他來了一信，向他透露劉錫鴻也在上疏彈劾他的消息，具體內容雖不詳，但聽說達十款之多。

看來，黎庶昌心裡其實還是向著他這個老師的，是自己心胸狹窄錯怪了人家，今天寫此信，無非是讓他有個心理準備，一旦朝廷讓他明白回奏時，不致手忙腳亂，他一時不由百感交集……

劉錫鴻不會善罷甘休，這本在意料之中，但十款之多，究竟都是些什麼？他立刻想到槿兒生孩子的事，但這事才發生，劉錫鴻得信也不會這麼快。看來，主要的只怕還是以前指責的三件事，即披洋人的衣；起立見巴西國王及取閱節目單。他想，劉錫鴻若以此三事為主，那麼也不難反擊他。

想到這裡，再次彈劾劉錫鴻的內容也有了——鑲金牙、配洋眼鏡、請洋裁縫——這是以子之矛攻子之盾，讓朝士們看看誰洋化最深，但要湊成十款，也是不容易的，「濫支經費」和「冒領薪水」也可堂皇地寫上去；還有，劉錫鴻離開倫敦後，房間裡少了一張洋畫及一套銀製餐具……

他就這麼拉拉雜雜，草就一疏。自己燈下看看，終於覺得過於瑣屑，乃一把撕了，又重新起草。這回乃從劉錫鴻資歷及學識上做文章，且舉他幾次與洋人交涉答辯失詞之事，且說到在德國的種種乖張舉動，有根有據。以此證明劉錫鴻不堪公使之任。這回看過自己滿意，於是匆匆拜發……

遭小人

光緒四年三月——洋人的復活節後不久，中國兼駐法國公使郭嵩燾終於攜翻譯張德彝及嚴復等人由倫敦渡海赴巴黎之任。

這之前，郭嵩燾已聽張德彝對法國做了較為詳細的介紹：法國已由君主改為民主，這事發主在七年前的同治十年（一八七一）。其時，法國皇帝拿破崙三世正與普魯士開戰，在拿破崙眼中，普魯士不過一四分五裂的國家，打敗它是輕而易舉的事，用他的話說是「去柏林做一次軍事旅行」。

不想色當一戰，大敗虧輸，自己也做了俘虜。此役成全了德國的統一，成全了鐵血宰相俾斯麥的個人功業，卻因此導致法國國內的大動亂，平民無產者在暴動中成立了世界上第一個無產階級的政權——巴黎公社。

此舉在歐洲掀起了一場大風暴，各國震動，這以後，類似的運動此起彼伏。不過，此時的大清朝廷對這一切全無知覺。上年因「天津教案」，朝廷派戶部侍郎崇厚為「謝罪使」赴法國巴黎向拿破崙三世道歉。待崇厚一行風塵僕僕趕到法國，法皇拿破崙已在色當做了俘虜，普魯士軍已包圍了巴黎，法國已「亂成一鍋粥」了。

張德彝此時正在崇厚身邊充當翻譯，因此得目擊「巴黎公社」的全過程——當大清使團在馬賽上岸後，他奉命乘火車先行去巴黎租旅館。他是正月二十七日進入巴黎城的，此時巴黎已人心惶惶，旅館都已歇業，其中不少「亂黨」藏匿其間。第二天，也就是西曆的三月十八日，巴黎街頭終於響起了「亂民」的槍聲——巴黎公社終於誕生了。張德彝隨崇厚在巴黎住了十幾天，想「謝罪」卻找不到「受主」，加之巴黎被普魯士軍包圍，物資匱乏，雞鴨肉魚全無。他們於是去了凡爾賽，那裡有法國臨時政府，他們的首腦梯也爾和法夫爾可接受「謝罪使」的國書……

回想起那一段日子，張德彝仍激動不已，在渡輪上，他滔滔不絕地向正使談起往事，說起他在巴黎親眼目睹「亂民」的街壘戰，「亂民」組織的「紅頭軍」如何英勇抗擊普魯士和梯也爾的聯軍，「紅頭軍」的女兵如何勇敢地和男兵一道殺敵，最後「亂民」雖被鎮壓，許多人遭慘殺但他們頑強不屈的身影，至今仍留在張德彝這個對共產主義毫無知識的東方人的記憶中。

想不到七年後，也是早春二月，他們又一次來到巴黎。屈指算來，前後相距七年，巴黎街頭那兵燹之氣已一掃而空，此刻出現在他們面前的是寬敞的街道、繁華的市肆，雖沒有倫敦那高達十二層的高樓，但房屋比倫敦更整齊劃一。

使館租在羅馬大街二十七號。這是一幢路易時代的豪宅，有四層，比倫敦的使館面積略小，但裝飾的豪華與舒適一點也不遜於倫敦使館。

黎庶昌已從柏林來到了巴黎，他和馬建忠一道在碼頭上迎接郭嵩燾一行。數月不見，黎庶昌非常親熱，郭嵩燾到達使館後剛安頓好，他便和馬建忠一道來到了郭嵩燾房中，見面便恭賀他得子與履新。

「老師，恭喜恭喜，恭喜你雙喜臨門。」黎庶昌進門，連連拱手稱賀。

馬建忠也說：「當今世界，英法都屬一等強國，筠公得兼使兩強，足見朝廷器重。」

「不行不行。」一想到朝廷不分青紅皂白的做法，郭嵩燾不由心灰意冷，乃連連搖頭說：「乞漿得酒，原非本意。我哪怕像蘇秦一樣佩六國相印，只要廣東生在，我便羞與同列。」

「廣東生」自然指的是劉錫鴻，黎庶昌已從姚若望口中得知上諭告誡及郭嵩燾再次對劉錫鴻提起彈劾的事，心想，看來郭嵩燾已下定決心，要與劉錫鴻糾纏到底、不兩敗俱傷是不會甘休了，覺得實在不值，忍不住又勸道：「已不在一處共事，有什麼同列不同列的？得饒人處且饒人呵。」

郭嵩燾眼一瞪說：「純齋，你就是喜歡打和牌、和稀泥。豈不知薰蕕不同器、忠奸不並存？我知道你對我好，可在這事上卻不如劉和伯。」

一聽郭嵩燾在誇獎劉孚翊，黎庶昌不由啞然失笑——劉孚翊到柏林不久，即被劉錫鴻保薦為商務參贊，雖然國內尚未批覆下來，但劉孚翊已對劉錫鴻佩服得五體投地且感激涕零了，於是天天咒郭嵩燾無恥，可郭嵩燾卻茫然不知，反認惡人是好人，這真是被人賣了還在幫人數銀子。

黎庶昌開始還有些猶豫，眼下終於忍不住了，乃從靴統子裡抽出一張紙交與郭嵩燾說：「筠公，劉和伯究竟是個什麼樣的人，你看看這個便明白了。」

郭嵩燾不知黎庶昌葫蘆裡賣的什麼藥，乃疑疑惑惑地接過來，展開一看，上面抄的是劉錫鴻彈劾他的十款大罪，他的心跳立刻加速了——原先的猜測是對的，劉錫鴻最先指責他的三條大罪果然列在這十款中，只是沒有擺在首位，擺在第一的大罪是說他私下非議朝政，指責朝廷不修政務，固步自封，長此以往，將會步印度、波蘭後塵，為英俄所吞併；第二大罪則說郭嵩燾始終以未能殺雲貴總督岑毓英為恨事；接下來又說他與威妥瑪勾結，常在一起密語；才讀完三條，郭嵩燾已心驚肉跳，待一口氣讀完這份奏稿，不由冷汗淋漓，人都幾乎要虛脫了。

劉錫鴻這份奏疏用心險惡，其份量可遠不是自己彈劾他，所臚舉的一些不痛不癢的瑣事，而是從綱常名教上立論，指斥他不守臣節，有變心從賊之嫌，這是欲置人於死地的絕招。

同寅舊好，何至如下此毒手？這是他想也不敢想的。更沒料到的是從羅列的事項中，可看出劉孚翊出賣的痕跡，最明顯的是其中的第七款，說郭嵩燾妄圖更改國旗——那是在來英國的途中，在懷德船長室，他看到了世界各國國旗的圖式，幾乎全是長方形，唯大清國的黃龍旗為三角形。另外，據懷德船長說，按國際航海條例，黃色旗表示本船有急症病人，請求救助。

當時除了懷德，就劉孚翊在場，郭嵩燾於是對劉孚翊說：「我們大清的黃龍旗確有待推敲處，洋人以黃色為因病請求救助訊號是有道理的，因為黃色本為草木枯萎之色。」

劉孚翊當時連連點頭，並說大人確有獨到之見。

其實，哪怕劉孚翊再捧，他也不會當回事，更不會向別人說，僅僅是一句閒談，豈能當真？何況旗式創自開國天子，身為人臣，他哪敢改旗？不料這裡劉錫鴻竟原話照錄，指他居心叵測。若不是劉孚翊，誰能知之？

想起這以前自己視劉孚翊為親信，事事向他吐露，想不到他轉背即出賣自己，不就為了區區一參贊官嗎？難怪他幾次向自己提示使館該配一名商務參贊呢，自己當初怎麼就看不出來呢？

「哼，這個小人！」郭嵩燾終於罵出聲來。

黎庶昌至此也不由歎了一口冷氣——劉孚翊是個小人，難道還要待到今天才看出來麼？

第十一章 徹底洋化

萬國炫奇會

人生都是可憐蟲，苦把蹉跎笑乃公。
奔走逢迎皆有術，大多如草只隨風。

郭嵩燾覺得愧對黎庶昌等人，是自己失察，終於遭了報應。回到房中，燈下走筆，起首便寫下這首絕句——屈指數來，這首絕句寫於十八年前。那回他奉旨去山東查辦釐捐，因與同去的李湘棻意見不合，李湘棻是僧格林沁的親信，為此得罪僧王，受到了連降兩級的處分。回京路上，心情鬱鬱，在子牙河畔的驛館，他作了這首詩，且題於壁上。那一種憤同僚傾陷、歎仕途坎坷之情已躍然紙上了。

此詩寫後不久他便辭官了，且是辭去了不少人羨慕的南書房行走一職，毅然回到了湘陰鄉下做寓公。

南書房行走位居清要，日近天顏，多少大學士、軍機大臣從這裡起步呵。可他卻一下棄之若敝履。這行動使好友曾國藩、胡林翼都感到意外和失望，他們原都在他身上寄託了希望的。想不到一晃十餘年，他又一次遇上類似的尷尬事了。從劉錫鴻、劉孚翊身上他聯想到何金壽、李鴻藻以及左宗棠、僧格林沁，他們都是他一生事業的剋星，他與他們並無個人仇隙，他們卻苦海生波，一個個執意與他過不去，甚至千方百計羅織罪名，非欲置之死地不甘休，他們何苦做這個冤家對頭呢？不就是因為自己說了真話嗎？

他不由想到了布魯諾，未出國門，就在香港聽到了此人的事蹟，像是有什麼先兆似的。布魯諾的時代，教會壟斷了教育，也壟斷了真理。僧侶們的口頭禪便是天主喜歡老實人，不喜歡動腦筋的人。又說聖子保羅曾經教導過人們不要依賴知識；不知比知更接近天主。可布魯諾不信邪，偏偏提出與教會相反的學說，他被燒死，也是該當，因為不得好死是先知先覺者的唯一下場。

據說，布魯諾在羅馬廣場被燒死時，仍在向圍觀的群眾宣講自己的學說，卻有無知的老婦人向火堆扔柴塊。無怪孔子說：「道不行，乘桴浮於海。」自己若仍貪戀祿位，不保首領是必然的。

想到此，他終於打定了辭官的主意……

去意雖已決，但形勢卻不容許他立即掛冠——他還得從從容容，循規蹈距，把眼前的公事辦好。

因已有類似經歷，此番覲見法國國家元首、呈遞國書的工作進行得有條不紊。法國國體自帝制改共和後，元首稱「伯理璽天德」。據馬格里解釋，歐美已有許多國家元首是這個稱呼，意即總統一切，不是終身制而是任期制；不由世襲而由民選，即「傳賢不傳子」也。若用華文意譯，叫「總統」或「總理」皆可。

現任法國總統叫麥克馬洪，是法蘭西共和國第一任總統，年已七十，在拿破崙三世時曾被封為元帥，色當一戰與拿破崙一道被俘，巴黎平民暴動時，他任法國臨時政府凡爾賽軍總司令，瘋狂地屠殺民軍，是「巴黎公社」的死對頭。不過，此人此時在大清使團眼中仍不失溫文爾雅。據翻譯說，當得知清國首任駐法公使將向他遞交國書時，他非常高興，立刻安排第二天在愛麗舍宮總統府接見郭嵩燾一行。

議禮時，再沒有出現在英國曾出現的周折：大清公使向總統三鞠躬，總統回報三鞠躬，更不曾提到「跪拜」。接下來由張德彝念頌詞，總統致答辭，再由總統身邊的翻譯用華語口譯，禮成後便從容退出。

接下來他又分別拜會各國駐法公使。眼下在巴黎駐有公使的有三十二個國家。頭等公使是羅馬教皇和英、俄、德、意及西班牙、土耳其八國。其中英國公使萊恩斯與郭嵩燾在倫敦就很熟悉，所以，郭嵩燾第一站便去拜萊恩斯，再去其餘七國；另有瑞士、比利時等二十四國為二等公使，郭嵩燾也分別一一拜會……

這時，籌備了大半年的「巴黎萬國炫奇會」開幕了。「炫奇」也者，各國拿出本國最優秀的產品在會上陳列，炫奇而鬥巧也，就如雜劇秦穆公、楚莊王「臨潼鬥寶」一般。其時歐美各國大多已完成了工業革命，工農業生產十分發達，電燈、電報、電話已運用到現實生活中，電動車床、刨床已普及各工廠，各種產品應有盡有，他們藉此「炫奇」以促銷售，故類似的「炫奇」之會已開過許多次了。郭嵩燾在倫敦已參觀過第一屆「炫奇會」會址水晶宮了，此番到了巴黎，他們自然也要一飽眼福。

這天，在眾人陪同下，郭嵩燾特地趕到了會場。果見各種商品琳琅滿目，而最能炫人耳目的還是軍事工業——各種槍枝火炮陳列一堂，各色艦艇模型列為雁陣，真令人大開眼界。在這裡，他們還看到了久聞其名的各種魚雷和水雷，據馬格里說，這是船艦的剋星，撞上必炸為粉碎。

郭嵩燾在一具水雷前仔細察看，卻一點也看不出它的奧妙。

此番大清國也組織了商品參展，故會場也設了中華館，項目雖不多，但很有特色，除了傳統的出口商品如豬鬃、桐油、茶葉外，還有瓷器、刺繡、玉器、牙雕和景泰藍製品，吸引了不少洋人。

郭嵩燾主持了開館儀式，參與其會的除了東道主法國的伯理璽天德（總統）和夫人外，還有西班牙、葡萄牙、義大利等國的國王和王后以及各國駐巴黎的公使和夫人。儀式後，郭嵩燾陪貴賓們參觀，中華館規模不大，只一會兒便看完了。接下來，郭嵩燾又隨大家一道去各館參觀。

此番最出鋒頭的當數美國館。作為後起之秀，美國近年工農業發展速度驚人，創造和發明更顯得一枝獨秀。他們在炫奇會上闢了一處很大的館舍，陳列上萬件商品，單門口擺的一架留聲機便吸引了不少人，那是美國發明之王愛迪生的最新發明，據馬格里介紹，此物之所以名留聲機，乃是可以把人們的聲音留下來也。外表看只是一隻木匣子，旁邊一個銅喇叭，中間一個轉盤，轉盤上放一個圓膠木唱片，一個針頭，當擰緊發條，把針頭輕輕放上膠片後，轉盤旋轉，喇叭裡便能發出聲音。

當郭嵩燾一行來到時，留聲機正播放的洋音樂眾人聽著十分熟悉，只是叫不出名字，在何處聽過。不想黎庶昌略一擰眉，馬上說：「這是手風琴奏出的比才的歌劇《卡門》中的一段曲子，您忘了嗎，我們在北夏窩爾號上聽過。」

郭嵩燾仔細一想不錯，那日乘輪西渡，在餐廳確實聽過這支曲子，那是洋人的一個水手用手風琴彈奏出來的，而在今天，這個小小的木匣子裡，居然就有這樣的聲音——洋人的奇技淫巧真正是匪夷所思。他後悔沒有帶槿兒來，槿兒在倫敦坡蘭坊帶孩子呢。他想，槿兒是懂洋歌的，要是來了，看到這洋匣子，不知有多高興呢。

於是，他想買一架回去，一問價錢，零賣也不過二十法郎一架，另搭十張唱片。他默算一下，一法郎抵八先令，二十法郎才抵一色伍侖（金英鎊），折合白銀不過三兩五錢多，並不太貴的。於是他提出買三架。黎庶昌、馬建忠、張德彝等人見狀也嚷著要買，於是中國使團的人一口氣買走了十架。

眾人不知正使何以一下買三架留聲機，馬建忠問起時，郭嵩燾也只笑而不答，但黎庶昌仍從他那幽幽深邃的目光中猜到了什麼。

傍晚，郭嵩燾在燈下看書，黎庶昌一人踅了進來。

「筠公打算用留聲機贈人？」

「然也。」郭嵩燾抬頭望了黎庶昌一眼，仍復把目光定格在書紙上，那模樣就像枯僧入定。

「唉，」黎庶昌長長地歎了一口氣，說：「您莫非打算賦《歸去來辭》？」

郭嵩燾雖打心中佩服黎庶昌見微知著，但表面上卻仍不動聲色，回答他的話語也很是模稜：「千里搭涼篷，無有不散的筵席，我可不打算做終身外交官。」

黎庶昌沒有馬上接言，而是隨手翻老師案上的書。老師真不愧讀書種子，羈旅三萬里，手邊一日不離書。眼下碼在案頭的有一部《莊子》，一部《史記》，還有一部《石湖居士詩集》。然而，想到眼下世界局勢，讀這些書又有什麼用處？

「唉，」黎庶昌又一聲長歎。出洋已兩年了，黎庶昌所見所聞，能無感觸？當今泰西各國，正處在蓬蓬勃勃的高速發展中，而大清卻仍高枕臥夢、默守成規、固步自封，不知海外還有另一個世界，自然不合世界潮流，更不能和西洋同步。

所以，也無怪洋人小覷大清，實在是我們的士大夫不能自省啊。苦的是他們這班外交官，面對著盛氣凌人的洋人，背後卻是一身虛驕之氣、仍以天朝上國自居的朝廷，他們其實是在愚昧和盛氣中，折中求是辦外交，爭的只是在列強面前，盡量少吃虧而已，我患夷之強，夷貪我之利，兩相牽制僅保無事則是上上大吉了。

他想，大清若要自強，非有人出來大聲疾呼，打破這死氣沉沉的局面不可。然而，誰又是這移星換斗、力挽狂瀾的人呢？他沉思半晌，才引了黃黎洲（黃宗羲）一句詩道：「自古英雄多袖手，留傳恨事與千秋。」

郭嵩燾不知黎庶昌思想一下走出了那麼遠，乃抬頭望了黎庶昌一眼說：「純齋，你太抬舉了。我算得什麼呢？」

黎庶昌說：「老師，其實，您是完全可以完美地完成五年任期的，眼下列強爭霸，我大清處在夾縫中，如何變法圖強，正需您這樣的人大聲疾呼；就是外交，為了盡量少吃虧，也少不得您這樣的人折衝樽俎。說來說去，陰錯陽差，只怪當權秉軸者太不知省悟、也不能主持公道啊！」

黎庶昌此話十分得體，郭嵩燾不由苦笑著說：「我也不希望朝廷主持什麼公道，這全是當今政體和制度使然。袞袞諸公，誰說不關心時局，誰不希望振興？可以說，那一班人說起大道理來無一不洋洋灑灑，痛心疾首，好像人人都是孔明，都有志恢復漢室。可仔細一看，這其實是一種不明事理之能幹；不辨皂白之公論；不可究詰之正派；不能體察之清廉；與這班人共事，真有種種說不出的委屈，又豈能怪罪一人一事？我輩處此時勢，處此地位，只能承認既成事實，寄希望於未來。」

話說到這份上，黎庶昌夫復何言？

從頭做起

郭嵩燾在巴黎前後待了不到二十天，便將公事交黎庶昌、馬建忠代辦，自己和嚴復等回到了倫敦。

一到家中，稍作安頓便縮在書房草寫辭呈。

這天，李鳳苞來了，同時還帶來了嚴復的一張成績單。此番大考，劉步蟾等人都取得了好成績，嚴復更是名列前茅，他的流凝二重學、電學、化學、鐵甲穿彈、炮壘、汽機、船身浮率定力、風候海流、海島測繪等九門功課全列優等，其中電學、風候海流等兩門功課還拿了頭名。

郭嵩燾看了不由高興，乃對嚴復說：「不錯，又陵，國運如斯，老朽如我是看不到希望了，要造就一代新人，從頭做起，就靠你們這些人了。」

其實，郭嵩燾已萌生退志，嚴復也看出來了，眼下聽恩師語意蒼涼，不由痛心，乃說：「老師何必如此悲觀，只要朝廷痛下決心，發奮圖強，希望還是有的？」

郭嵩燾也不願自己的消沉感染他人，更不願讓自己的進退在嚴復心中留下陰影，乃勉強笑著說：「當然，只要大家都能看清當今世界形勢，都能像洋人一樣，凡事實事求是、認認真真去做，希望還是有的。但若像劉雲生，身臨其境，耳聞目睹，卻仍不願承認事實，不明白眼下之大清，已成了上古時的夷狄，洋人看我們，如同我們以前看夷狄。卻仍一味唱高調，說大話，那我們大清就真的要亡了。」

李鳳苞已從姚若望等人口中得知郭嵩燾有了退意，他對此大不以為然。此刻見郭嵩燾意氣消沉，說出的話很不合時宜，忙說：「李中堂眼下正篳路籃縷、銳意求新，相信不出幾年，北洋就要煥然一新。我大清地大物博，人才輩出，有北洋為榜樣，大家仿而效之，尊而行之，大清能不崛起嗎？」

此刻，郭嵩燾萬念俱灰，也不想和李鳳苞爭，只淡淡地說：「是的，李少荃是個有心人，也有補天的雄心壯志，可惜獨手難以將天補，又陵，這就要靠你們了，將來你們學成歸國後，第一要抓人才的培育，這是咸與維新的第一要著。待得洋務人才滿天下，真正移風易俗了，才能談船炮，才能談火車、電報。不然邯鄲學步，一事無成。」

這時，國內又有郵包遞到了，令郭嵩燾奇怪的是湖南的親友，也知道他在國外的情形，不少人寫信來勸慰他，其中頗令他感動的是好友朱香蓀的一首詩，道是：

颶風吹浪浪滔天，簸跌江湖大小船。
漁父不知溪水漲，蘆花深處獨酣眠。

朱香蓀這詩，明顯地有超然世外之意。看來，親友們對他在海外的遭遇與心境已十分明瞭了，他明白摯友是寓規諷於其中。但是，他又哪能做到那一步呢？

他一時思諸萬種，不由立即援筆作下一首詩：

拏舟出海浪翻天，滿載癡頑共一船。

無計收帆風更急。哪容一枕獨安眠。

這詩作過不到兩天，伍廷芳從美洲回來了。原來他已接受李鴻章之聘請，準備回國參議北洋幕府。

郭嵩燾一聽伍廷芳終於願意回國任職，立刻忘記了先前伍廷芳拒絕自己的不快，且非常高興地接待了他，見面忙說：「好，好，這是大好事，少荃那裡正缺少你這樣懂泰西法律的人才，眼下有你去，可是如魚得水了。」

伍廷芳不由歎了一口氣說：「我們華人都有葉落歸根一說，我自然不打算當一輩子西崽，再說，學成文武藝，貨與帝王家，為自己的國家服務，是我的本意。不過，此番美洲之行，見了容純甫，聽了他訴的一番苦經，心中卻有一種不祥之預感。」

郭嵩燾一聽他口中出來個「容純甫」，不由勾起故人之思——容閎在曾國藩的支持下，帶幼童出國留學，這是為國家培育人才的好辦法。只是人亡政息，曾國藩歿後，不知幼童境況何如？忙問伍廷芳，是否真的見了容閎，容閎又說了什麼話？

伍廷芳乃喝了一口水，從容說起了會見容閎的經過：原來伍廷芳就是應容閎之約去美國的。同是廣東人，伍廷芳與容閎也是朋友，此番去美國，他想藉容閎之力在那裡立足，不想正使陳蘭彬難容，正好又接到李鴻章的邀請，他乃遊歷美國後，返棹而東，重渡大西洋，準備在英國略作盤桓便回國。

郭嵩燾對這些經過不感興趣，只問容閎的近況，不想伍廷芳連連搖頭說：「不好不好。」

郭嵩燾說：「什麼不好呢？你這麼沒頭沒腦地一說，叫人好費猜疑。」

伍廷芳深有感慨地說：「容純甫一生沒正式上過漢學，卻對孟夫子那句『得英才而教育之』十分信奉——平生唯一有興趣的，便是為國家培育人才。須知幼童在美國，幾乎是才發蒙，衣食住行，樣樣要從頭學起，這可是史無前例的，人家美國眼下都不願接受了。可不料朝廷對此卻經常無理指責，不但決定不再派出留學生，甚至要將學生撤回，以示對美國的報復。」

郭嵩燾不由大吃一驚，忙問原因。

伍廷芳乃藤長長，葉蔓蔓，說起了留美幼童的遭遇——學生成績如何優秀、詹天佑等如何學有所成，學監吳子登又如何不講理，不但逼著學生要向孔子牌位叩頭，逼學生習時文八股，還常常向國內告狀，指責學生中了洋毒，甚至連學生參加體育運動也成了罪狀。因這情形引起了校方的不滿，要求撤換這個學監，朝廷便要以撤回學生相報復……

郭嵩燾一邊聽一邊搖頭，待伍廷芳說完，他已氣得無言可對了。

這時，正好李鳳苞也在座，他見此情形，不由插話說：「此說只怕有些誇張，吳子登也是個翰林，再糊塗，也不至於不因時因地，一味苛求。」

伍廷芳一聽說他「誇張」，不由和李鳳苞爭了起來。郭嵩燾見狀，乃冷笑著說：「丹崖，你也用不著為京師那班大老爺們遮飾了，這裡的情形不就一樣麼？吳子登分明是又一個劉雲生，都是看清流眼色行事，再無其他出息。」

李鳳苞見郭嵩燾幫伍廷芳說話便不再作聲了，他明白老夫子眼下的心境，誰與他爭準鬧個不痛快。

待二人走後，郭嵩燾思前想後，心中的失望已到頂點。就在這時，他一眼瞥見案上放了自己的一張照片，這是他和嚴復遊羅浮宮時，在羅浮宮外面照的一張免冠照，且放大了尺寸，黎庶昌已代他取回並捎來。此刻他取在手中，自己望著自己，雖才過花甲，卻早已頭白如絲，眼角的魚尾紋更是十分顯露。看到自己的蒼涼老態，不由想到了少年時，科場得意，眾望所歸；風雲三尺劍，明月一床書，真不知世間愁為何物。更不料仕途是這麼凶險，人間有如此鬼魅。眼下黯然求去，能甘心嗎？思前想後，他一時心潮澎湃，詩興未盡，不由又信筆在照片背面寫下了兩首絕句：

傲慢疏慵不失真，惟餘老態託傳神。
流傳百代千齡後，定識人間有此人。
世人欲殺定為才，迂拙頻遭反噬來。
學問半通官半顯，一生懷抱幾時開？

寫完自己看過，不由失笑——真不知何來如許牢騷，不就是丟掉區區一官嗎？雖然這次是要真正地、徹底地丟了，也不做東山再起的準備了，「天子詔來不上船」了，可這又有什麼呢？要知道，心中這信念永在呢？所謂朝聞道，夕死可也。

想到這裡，他心中不由漸趨平靜。

覲見女王

他匆匆走筆，幾下便寫出一份辭呈，這時，槿兒用童車推著英生進來了。進門便說：「呀，回家便一頭鑽進書裡，也不看看兒子。」

郭嵩燾趕緊放下手中奏稿跑過來，抱起了英生。已足兩月的英生此時已睜開了眼睛，紅嘟嘟的臉，小嘴微微張合著十分可愛。他不由把嘴唇湊過去親了一口。

槿兒說：「艾麗絲說英國有法令，凡出生在英國的人可獲得英國的公民權……」

話未說完，郭嵩燾不由瞪她一眼說：「英生是我的兒子，我才兩個兒子，怎麼讓他作英國人呢？國家的希望且全在他們這一代人的身上呢！」

其實，槿兒哪想讓兒子成為英國人呢，不過說說罷了。眼下老爺認起真來，她不由沒好氣地說：「嗨，說著好玩的，怎麼就認起真來了？再說，我也不想跟著兒子留在英國呢。」

他們來倫敦快兩年，槿兒得風氣之先，居然也要處處與老爺平起平坐，敢駁老爺的話了。不過，此刻郭嵩燾也不以為忤。他抱著兒子，心中雜念全消，真覺得一切全寄託在兒子身上了。槿兒見他高興，乃乘機說道：「先生，赫德夫婦已回國度假了，夫人且於昨日來看我呢，還說女王陛下想單獨邀我進宮觀光。」

「什麼，女王陛下？」郭嵩燾有些不相信自己的耳朵。槿兒頭上沒有誥命皇封，在國內，妾仍是奴僕身分，作為海上霸主的女王陛下，怎麼會單獨邀請她呢？於是他反問道：「這話從何說起？」

槿兒見老爺如此緊張，不由笑笑說：「也沒什麼，女王大概是讀了報紙後才起這個念的。」

他於是又問什麼報紙，與你何關？槿兒只好細說從頭——原來郭嵩燾赴法後，槿兒一人閒坐無聊，就在房中繡花。恰巧赫德夫人來訪，見了槿兒的手藝誇獎不已，又說起了倫敦的孤兒院，說那裡收養了許多孤兒，並辦了織繡館，教孤女們手藝以謀生計。

一聽洋人也有織繡館，槿兒不由興趣盎然，乃向赫德夫人問這問那。赫德夫人索興陪她去了一趟孤兒院。

不想槿兒一進孤兒院，立刻受到了隆重的歡迎，因為繡女們一見她衣著上的花繡，覺得十分美麗，紛紛圍著她問長問短，槿兒於是在繡館傳藝。

此事不知怎麼讓報館的新聞採寫員知道了，便趕來採訪，並寫了一篇文章發在報紙上，說清國公使夫人技藝超群，眾孤女佩服得五體投地。前天赫德夫人又來到使館，見面便表達了女王之意。

「我想，女王一定是讀了這新聞了。」槿兒有些惴惴不安。

「好，既然是女王折節相邀，那你就去吧，不過可要注意分寸，千萬不能失禮。」郭嵩燾終於鬆口了，接下來便諄諄教授槿兒應注意的地方。

其實，英國宮廷題材的戲，槿兒看得也多了，覲見拜舞的一般動作，大致差不多。再說，有赫德夫人在旁邊言傳身教，槿兒豈會失禮？

第三天，赫德夫人在得知槿兒確信後，便帶著槿兒母子進宮。

此時女王居住在溫莎宮，他們是乘四輪馬車去的。

溫莎宮在倫敦郊外，乃皇家御苑。高大的城堡內，庭院深深，樹木濃蔭，環境十分優美。進到裡面，只見宮殿基宇宏開，裝飾得十分堂皇富麗。雖來自湖南鄉下，在倫敦又沒有過多的社交，可眼下的槿兒已能讀懂古奧的莎士比亞劇作和拜倫的詩，受過歐美文學的薰陶，她的目光對眼前景物不會全是鄉下女人的驚詫而有較深層次的理解和欣賞，加之她本身所受過較嚴格的東方閨教約束，所以，槿兒的行止十分得體，完全是一個貴婦人，半點也不像一個小妾。

在赫德夫人陪伴下，也不知過了幾道門，轉了幾道彎，最後進入一處傍著大草坪的長廊，這裡已是女王和親人們的休閒場所。這時，女王正傍著欄杆看三公主露易絲盪秋千，她才半歲的小外孫正躺在旁邊的吊籃裡安靜地睡覺，身邊僅一個侍女、一個保姆，圍坐一邊，陪女王說話——完全是普通一家人的格局，女王也是個普通的老太太，半點也看不出海上女霸主的威嚴和凶狠。

赫德夫人遠遠地便指著女王向槿兒介紹了，走近後，女王起身迎接她，她立刻隨赫德夫人趨前行禮。洋女人的禮不必鞠躬，也無須斂衽，只提著裙子的下擺，蝴蝶展翅般將身子蹲一蹲便成。

女王見槿兒不僅長得端莊美麗，且舉止得體，不由喜歡。她把槿兒扯到身邊坐下，讓赫德夫人坐在保姆坐的地方，問過一些諸如來倫敦是否習慣之類的話題，槿兒用流利的英語回答女王。

女王很高興，邊說邊仔細打量槿兒，且立刻對槿兒的一身裝束發生了興趣——槿兒雖只是一個小妾，沒有誥命夫人身分，穿不得只有正室才能穿的紅門裙，戴不了鳳冠霞帔。若在中國官場那一班誥命夫人的圈子裡，她是沒有身分的。但在倫敦就不一樣了。

因赫德夫人事先叮囑過，儘管打扮得漂亮一些，她自己也有這個想法，雖不是去獻媚邀寵，但不能丟中國女人的臉。為此，出門前頗費了一番心思。那頭上元寶髻梳得十分仔細，在女王眼中，那是非常新穎的款式，在英倫乃至整個歐洲也看不到的。梳這樣一個頭得多熟練的手法和多長的時間？

女王不由自主地用手輕輕地觸摸它，因見有一小綹頭髮散了開，乃隨手拔下自己頭上的一隻髮夾子給槿兒別上；接著，女王的眼睛立刻放光了——槿兒親手為自己裁剪的一身直領緊腰身的旗袍太得體了，料子是郭嵩燾在上海租界為她買的衣料中的一段，也是水綠倭緞，槿兒熟悉自己的腰身，該挖的，該補的面面俱到，所以，穿在身上十分得體，把一身曲線都十分完美地顯現出來了……

槿兒身材好，三公主露易絲比得上，槿兒自己的裁剪手藝好，皇家的裁縫也比得上，可旗袍上的花繡卻無人能比，槿兒可是湘繡的開山祖師吳彩霞的掌門弟子啊。所以，三公主早不盪秋千了，眼下母女跟槿兒閒聊時，都把目光瞄上了槿兒的百蝶裙裾，從肩上一直看到下襬，最後把目光停在槿兒繡有喜鵲寒梅的鞋面上，女王早聽人介紹過，說中國女子有裹足的習俗，可今天卻失望了，奴才出身的槿兒一雙天足，但仍很秀氣，配上一雙綠倭緞繡花春秋鞋，顯得十分好看。

就在這時，一直在童車中酣睡的英生醒了，旁邊的艾麗絲立刻將他抱起來，端著他在草地上撒了一泡尿，然後取出早已準備好的奶並塞在他嘴中，英生也不知今夕何夕，便安安穩穩獨自享用去了。

女王一眼瞥見英生，忙向艾麗絲招手，讓她把這個中國娃娃抱過來，待艾麗絲抱著英生蹲在女王身邊，女王看一眼英生，又看一眼旁邊也已醒過來的小外孫，不由開心地笑了。她讓保姆把小外孫抱過來，蹲在另一邊，她左右扶著兩個娃娃頭然後向身邊的侍女點點頭，侍女會意，立刻去裡面取來一架照相機，一連給女王和娃娃們照了兩張相。

女王又讓槿兒抱著英生、三公主抱上小兒子再拉上赫德夫人圍著女王照了兩張相。待槿兒和三公主各自將手中娃娃交給保姆時，三公主眼尖，一下就瞥見了放在童車裡的嬰兒披風，不由隨手拿起展開來看。

這件大紅軟緞的披風不僅選材考究，花樣設計也十分得體，分帽子和下襬兩個部分，帽子做成一個老虎頭形，用彩線繡出虎頭的樣子，下襬則用回文萬字鎖邊，中間則繡一叢紅、白相間的牡丹，襯著綠葉。花瓣的顏色由淺到深，鮮豔亮麗，綠葉葉片或舒展或重疊，錯落有致，更令人稱讚叫絕的是花心還有一隻振翼欲飛的蝴蝶，花叢下且伏著一隻黃白斑紋相間的、纖毫畢露的貓，貓仰頭望蝴蝶，貓眼圓溜溜，三瓣嘴嗡合著一副饞相，欲撲而又無可奈何的模樣，十分生動。

露易絲用手撐著虎頭，左右一擺動，上面虎頭虎虎而有生氣，下面的貓兒也似乎蹦起來了。女王和侍女一齊喝采，露易絲更是連連吻著虎頭和貓，分明是愛不釋手的樣子。

槿兒見狀，乃悄悄地向赫德夫人說：「看來，我準備的禮物女王一定喜歡。」

原來槿兒在接到邀請時，就想到應該有一件禮物，她首先就想到了繡件，因為這在洋人那裡算是稀罕物事。

此議得到了赫德夫人的贊同。於是，槿兒將花了十天的時間，繡出的一塊湘繡掛屏拿了出來。這是槿兒準備回國時，送與英語老師艾麗絲的，眼下只好移作他用了。掛屏上繡的是錦雞和牡丹，作工一樣的細緻。眼下她讓艾麗絲把帶來的繡品展開，女王和三公主的眼睛一下亮了。因聽赫德夫人說，錦雞和牡丹的寓意是錦上添花——好上加好時，女王更是一連串的讚歎聲……

回到使館，郭嵩燾早已迎候在外，槿兒下了車，簡單地說了晉謁經過，郭嵩燾擔著的心事這才放下來，且很是高興。夫婦回房後，槿兒把女王的髮夾取在手中把玩——這髮夾作工精巧，卻只是很普通的鐵片做成。槿兒不由說：「人常說，王子身邊，無有一點不是玉，這女王頭飾卻也極普通的。」

郭嵩燾見槿兒似有幾分不在意，忙說：「槿兒，你可不要如此輕描淡寫，這在國內是極風光的事，可是要開祠堂祭告祖宗的呢。」

第二天，洋人的報紙上果然載出了此事，且刊出了照片，郭嵩燾看了，不由開心地笑了。

各打五十

請辭的奏疏拜發後，郭嵩燾開始做歸國的準備了。

這時中國公使有歸隱之意的消息已被有心人窺伺到了，這其實僅是猜測，但倫敦的《泰晤士報》首先披露了出來，新任外相沙里斯百里侯爵在一次例行的會見中問及此事，郭嵩燾乃以年老多病為詞，也不往深處說。

四月廿四日為女王五十九歲生日，外交部舉行酒會，宴請各國使節和夫人。郭嵩燾和馬格里、張德彝等皆赴會。

因為《泰晤士報》兩次報導了清國公使夫人的消息，酒會上，代表女王的王世子及許多公使在和郭嵩燾交談時，都問及郭大人何不偕夫人赴宴？郭嵩燾無以為詞，只好仍以身體不適為對，眾人紛紛表示遺憾。

回來後馬格里也說及此事，說像這樣的場合原本是不該冷落夫人的，何況尊夫人儀態萬端，且身懷絕技呢。經他這麼一說，郭嵩燾不由心動了。

第二天，英國內務大臣塔拉坦侯爵夫人舉行茶會，他乃攜槿兒同往。槿兒楚楚動人的儀表及流利的英語受到了眾人的青睞，大家似乎才發現，像這樣既懂禮貌又儀態萬端的公使夫人，新聞界對她評價這麼高，是應該早就出現在上層的社交圈子的。

這以後海軍大臣皮特爾夫人、礦產大臣阿格鈕夫人及西班牙公使夫人都有茶酒之會，都接連向中國公使夫婦發出邀請，郭嵩燾自然不能拒絕……

屢次受惠於人，郭嵩燾有些不安，便也想舉辦一個類似的茶酒之會回請眾人。因為這些宴會都是以夫人名義舉辦的，他便也想以槿兒的名義舉辦。

當他把這想法向張德彝一說，不料張德彝卻沉吟半天，在他連連催促下才期期艾艾地說：「大人，依晚生之見還是不辦為宜。」

郭嵩燾心一沉，遂細叩其詳。

張德彝卻沉默著，面有難色，欲說還休。在他一再追問下才吞吞吐吐地說：「大人既已問及，事關大人體面，晚生不能不直抒胸臆。在晚生看來，梁氏夫人無論才藝人品都受到洋人敬重，泰西風俗又以尊重女性為先，若舉行宴飲之類事，自然以夫人名義為好，這在泰西原本是極平常的事，洋人必無他說，只是——梁夫人頭上沒有誥命，這名份原是極重要的。此事若傳到國內，恐輿論對大人不利。」

一聽此言，郭嵩燾不由沉默了。

其實，他自己又何嘗沒想到這一點？這以前他出門拜客從不與槿兒相偕，也基於此。可就是這麼循規蹈矩還遭到了劉錫鴻非議，眼下若讓槿兒正式以夫人名義出面，宴請英國政要及各國公使，洋人的報紙必然會登載，這勢必傳到國內，須知太倉錢氏依然健在啊。哪個御史以此為題奏上一本，自己將何以為詞？

想到此，他不由長長地歎了一口氣說：「好吧，那就依你的。」

說完手一甩，滿懷憤懣地上了樓……

不久，國內又有上諭寄到了，這是對他去法國前再次彈劾劉錫鴻的回應。因為劉錫鴻也彈劾了郭嵩燾，此番上諭對二人的相互攻訐不再是告誡，而是各打五十的嚴詞申飭。略謂：

郭嵩燾、劉錫鴻自奉使出洋後，意見齟齬，始則郭嵩燾斥劉錫鴻為任性，繼則劉錫鴻指郭嵩燾為悖謬，懷私互訐，不顧大體，以堂堂中國的使臣，而舉動若此，何足以示協恭而禦外侮？本應立予撤回嚴行懲處，以示炯戒。姑念郭嵩燾駐英以來辦理交涉事件尚能妥為完結；劉錫鴻改派駐紮德國，於議論修約各事宜，語多中肯，朝廷略短取長，寬其既往，暫免深究。該侍郎等嗣後務當力示公忠，消除嫌隙，不得偏聽他人撥弄之詞，致誤大局。經此次訓誡後，儻敢仍懷私怨，怙過不悛，則國法其在，不能屢邀寬宥也。

看完這道上諭，郭嵩燾不由連聲苦笑。劉錫鴻「議論修約」不就是千方百計取媚俾斯麥、並不惜行賄嗎？可傳到朝廷，卻是「語多中肯」，這難道就是來自三萬里外的公道嗎？上諭最後口氣的嚴厲，在一般申飭的諭旨中，用字造句已達極限，是不多見的。

看到此，他彷彿看到了血淋淋的皇威，滿腔無告的悲憤竟一下湧上心頭。他想，再過幾天，他的辭官奏疏朝廷便應該收到了，區區一官，他已不放在心上了，還在乎什麼？這樣的朝廷，這樣不辨皂白的人事，自己還希望有人能於你一個好評麼？

這時，張德彝進來了，他是來安慰他的，可今天郭嵩燾卻不願聽任何空洞的安慰話了，幾句泛泛之詞，無法撫慰他那顆受到極度傷害的心。他只把手一擺說：「在初，空話不必說了，你划算一下吧，我定在五月十九日梁氏生日那天舉辦一個茶會，就以梁氏的名義，遍邀英國政要及各國公使夫婦。」

張德彝不知正使何以突然改變主意，一時張口結舌，好半天才說：「大人，國內輿論……」

「輿論？得了，都要看那班人眼色行事，我就不能活了。」

郭嵩燾不知哪來的火，彷彿面前的張德彝就是他的對頭似的，竟對著他嗔目攘臂地大聲說：「這些年做官，我哪一天不是循規蹈距、戰戰兢兢？可那班鳥人還不照說？連家務事也得受制於人。今天，我就要破斧沉舟一回，你去吧，天塌下來我頂著！」

張德彝見他如此堅決，只得唯唯而退……

破天荒

這天以中國公使夫人名義舉辦的茶會終於如期舉行了。

茶會，英語稱「阿托禾木」，意即「家庭應酬」；法語稱「蘇爾利」，意即「共度良宵」。結合兩者之意，茶會的意義也可知大概了。

所邀客人都是由張德彝和姚若望等擬議後，再報郭嵩燾圈定的，除了英國政要及各國公使夫婦，還有英國商界巨頭及著名學者，共約七百餘人。雖說是以公使夫人名義舉行，畢竟關係國家體面，故十天前即開始籌備，印請柬、請廚師和樂隊，預算為五百英鎊，合白銀一千七百五十兩。

待請柬發出後，使館上下就忙開了，除已有的男女傭人及護弁外，又請了不少外面的工匠收拾陳設，使館客廳及門前草地都成了宴客的場所，郭嵩燾看後覺得不夠用，又將二樓的各官員住室闢為女賓更衣室及貴賓休息室。

因郭嵩燾主張茶會格局「一如洋人習俗」，故洋匠們根據場地精心策劃，完全照西洋規矩布置，草坪裡擺上桌椅，插上了鮮花，樹木之間拉起電線，安上了無數彩色燈泡，大門至二樓裝上枝形大吊燈及各色彩燈，中間鋪上了紅色地毯，樓梯扶手上闌以白紗，掛上了紅色穗子，分插芍藥、玫瑰及茶花，客廳、飯堂、樓梯口擺上花藍，大廳正門則安放一座遍插鮮花的冰塔，飯堂口的長條桌上鋪上雪白的臺布，上置茶酒、咖啡及冰鎮牛奶、蛋糕及各色小食品；另有熱湯、冷葷及乾鮮果品，為此，使館還從外面購進了幾百套鍍銀餐具，羅列整齊，玻璃銀瓷，光華耀目，雇來的一支身著紅色禮服的銅管樂隊則安排在走廊上，另外，為維持秩序，防止閒雜人員混入，又雇請巡捕六名，在使館大門外巡邏，整個使館成了一個燈的世界、花的海洋，連草地及四周樹木也流光溢彩。

晚上七時，華燈初上，鼓樂聲起，客人開始赴會，郭嵩燾夫婦站立在大門口迎接客人。郭嵩燾一身公服，頂戴花翎，胸前是正二品文官的白鶴補子；槿兒雖沒有鳳冠霞帔，但她備了好幾套行頭，開先穿的是入宮覲見女王的那套衣服。好幾個公使夫人已讀過報導女王接見清國公使夫人的報紙，對槿兒那一身最具東方特色的花繡服飾傾慕已久了，今天自然是一飽眼福，故開口便稱讚夫人的美麗和賢淑。

郭嵩燾夫婦雖盡量謙虛，但仍掩飾不住內心的高興。

晚上九點正，最後一個也是最尊貴的客人——王世子威爾遜親王夫婦蒞臨，草地上立刻響起了熱烈的掌聲，茶會正式開始了。

主人郭嵩燾先用中文講了幾句敦睦邦交、增進友誼的客氣話，槿兒立刻用流利的英語翻譯出來，再一次博得眾人嘖嘖稱讚和掌聲。

接下來由王世子代表來賓表示謝意。

洋人不事虛文，茶會就是茶會，共度良宵何必要用很多的、虛假的客套話呢？所以，接下來客人們便盡興宴樂了。

樂隊的舞曲奏起，客人們便捉對而舞。顯然，這些人是過慣了夜生活的，晚上十點鐘是他們一天中精力最充沛的時候，一時之間，樂聲大作，草坪裡、大廳裡、樓上樓下，全是珠光寶氣的婦女和衣冠楚楚的紳士，他們或端著酒杯與人閒聊；或一對對翩翩起舞；或獨自站立一邊欣賞他人的舞姿；都顯得十分愜意。

來歐洲快兩年了，郭嵩燾已多次參與茶酒之會，洋人能歌善舞，無分貧富，每每在茶餘酒後翩翩起舞，遇有大的慶典，還舉行牟首之舞（面具舞），牟者，兜鍪也，男女俱戴假面具，唯露雙眼，彼此不知對方姓名——那一齣令槿兒感動得傷心落淚的《羅密歐與茱麗葉》，第一場即是男女主人公在牟首之舞時相認。

郭嵩燾知道洋人這習俗，開始他看不慣這種男女挨肩摟抱的場面，每逢舞會他便藉故離席，後來則靜坐飲酒，視而不見，久而久之，習以為常，便也於一邊欣賞。通過觀察，他明白洋人之間，女人坦胸露乳，在中國人眼中雖不及亂也已不成體統，但洋人卻彼此坦然，跳舞歸跳舞，男女之情愛亦如中國，忠誠不二，甚至像羅密歐與茱麗葉，殉情而死。所以後來使館有年輕隨員背著他在偷偷學舞，他也睜一隻眼閉一隻眼了。

今天，他在使館既安排了茶會，請了樂隊，又布置了如此明亮高雅的場地，焉能無舞？但主人不能親下舞池，實在遺憾。

突然，人群中傳出一片喝采聲，他隨眾人目光望去，只見槿兒出現在樓梯口。直到此時，他才發現槿兒不知幾時從他身邊溜走了，眼下已褪下那一身嚴遵中國閫範教育的裙裾，換上了一套雪白的洋裝，頭上元寶髻改成了一個羅絲式的巴巴頭，不過洋裝的領口開得不及洋女人的低，所以雖不及露乳卻也露出了一大片雪白的胸脯——眨眼之間，女主人由一個傳統的東方貴婦人變成了一個洋式美人，洋人的歡呼聲蓋因於此。

但更驚詫的是郭嵩燾。自己遊甲墩炮臺披了一件洋人的大氅，竟被人越洋奏劾，告到兩宮太后及皇上那裡；今天自己的小妾居然身著坦胸露乳的洋裝，此事若被劉錫鴻知道，不知將做出什麼驚天動地的文章。個中利害，他馬上想到了，但一看周圍，全是一片讚頌之聲，尋不出半點邪惡和訕笑。

他想，這又有什麼不好呢？再說，在使館為小妾的生日辦如此盛大的茶酒之會，這在京城一班「守正之士」眼中已屬大逆不道了，五十步與一百步有什麼區別呢？於是，他點頭微笑了。

其實，槿兒一出現在樓梯口，目光馬上投向老爺，這是生平第一次出圈離格，也是第一次事先瞞住了老爺，可老爺望她笑了。這一笑於槿兒如待決之囚忽聞大赦之令，她不由高興極了，乃提著裙裾下樓了。

伴著樂聲，王世子威爾遜親王第一個上前邀請女主人，槿兒微笑頷首，和親王下了舞池。這時，雖有百對舞伴隨著樂聲在縱情舞蹈，但眾人的目光卻不曾離開女主人和親王。

郭嵩燾也興奮地望著他們——槿兒真是一個小精靈，她幾時就學得把舞跳得這麼好呢？「艾麗絲」。突然，他想起了這個中年女傭，槿兒常和她在一起，尤其是他從巴黎買回了那架留聲機後，他經常聽到槿兒和艾麗絲在房中放音樂。或者就在此時，艾麗絲在教她跳舞呢。

眼前的槿兒舞姿真好看，那一雙天足靈巧地踩著舞步進退自如，把客人的目光都吸引去了……

一曲終了，槿兒微微喘息著來到了郭嵩燾身邊，郭嵩燾趕緊將手絹遞給了她。槿兒高興地揩去額頭上的汗珠，悄悄地問：「怎麼樣，老爺，我們也來一曲？」

郭嵩燾連連搖手說：「得了，我一時還學不會。」

這時，又一支歡快的曲子奏響，新上任的外相沙爾斯百里侯爵來邀請了。槿兒又愉快地接受了邀請，上前挽起了外相的手……

這一夜，從亥時至寅時，槿兒幾乎應接不暇，直到天色微明，客人才陸續告辭。

燈火闌珊，曲終人散，槿兒回到房中。

這時，先她一步回房的老爺拉住了她的手，槿兒抬頭微笑著望老爺，忽見老爺眼眶裡竟溢滿了淚水。她吃了一驚忙問道：「老爺，怎麼啦，是我錯了嗎？」

誰知老爺拉著她的手在微微抖動，唏嘘半響才說：「沒錯，沒錯，扯碎皇袍是死，打死太子也是死，既然如此，我們何不破一回天荒，徹底洋化一回？」

第十二章 公使鎩羽

中洋毒

李鴻章終於看到了老友的辭呈。

郭嵩燾在這份辭呈裡，用十分哀婉的言詞，向朝廷訴說自己在英倫遇到的困難，又說年過六旬，本體弱多病，自來在異國，水土不服，故經常臥病，恐負朝廷厚望，因此，他懇請朝廷，准允開去欽差大臣職務回國養痾。

另外，郭嵩燾又給老友寫了一封長信，向他直說堅決請辭的真正原因：劉錫鴻的橫逆，竟至不惜深文周納、羅致罪名，直欲置人於死地不已，自己與此等小人為伍，有防不勝防之感，與其日日過著芒刺在背的日子，不如退而避之。

郭嵩燾信的最後說，自己雖有負老友厚望，但此番卻仍望老友成全云云。

李鴻章看完信，不由長長地歎了一口氣——郭嵩燾去志已堅，強留無益。這以前自己已看到了這一點並多次寫信並託人捎話，告誡他謹言慎行，不想郭嵩燾卻當作了耳邊風，事已至此，夫復何言？但一想到自己和郭嵩燾的友誼，想到劉錫鴻的橫逆，其實是受李鴻藻一幫人的指使，心中便湧上一股無名怒火，只想如何出一出這口惡氣。

薛福成看到這些，也十分氣憤，他說：「不行，郭筠老若就是這麼回來，不但我等心中不平，就是天底下的人也會說朝廷無公理。」

李鴻章說：「怎麼辦呢，這可是他自動請辭，又沒有人逼他，在李蘭蓀那班人眼中可是求之不得了。」

薛福成說：「劉雲生起家乙榜，以小小司員出任欽使，何德何能，便能獲此破格超擢？再說他的發跡，得郭筠老之力多多，可得志後，卻夤緣當道，賣友求榮，這等人若讓其暢行其志，寧有天理？依晚生之見，郭筠老若執意請辭，則劉錫鴻斷無獨留之理。」

李鴻章躊躇半晌說：「當初我主張讓劉雲生使德，原本言不由衷，不過現在要拿掉他也還須費一番手腳。」

薛福成說：「他自使德，仍一如既往，行為乖張，舉止荒謬，不但郭筠老信中說他出了不少笑話，就是李丹崖也多次來信，說他頗受德國人輕視，劉雲生甚至常託病不出。中堂何不就此進言，將他一道免職回國？」

李鴻章想了想，覺得此議可行，便順水推舟，讓薛福成執筆草疏，且自己動手，給恭親王和主持總理衙門的沈桂芬各寫了一封長信……

不想才過兩天，駐美國的公使陳蘭彬又跨洋越海給他來了一封信，藤長長、葉蔓蔓，向他訴說留學生的不是：原來近年隨著美國經濟的蕭條，美國東部沿海發達省份出現了排華事件，美國國會甚至頒布了限制華工的法案，為此陳蘭彬和容閎忙於奔走交涉。

不想就在此時，留學生中卻出現了不少問題：據留學生監督吳子登反映，學生本寄居在美國各家庭中，這些人受住戶影響，有的竟信了洋教，竟隨主人去教堂參與禮拜；學生除了讀洋書，還必須上國文課，但不少學生對八股文十分反感，卻對遊戲之事孜孜不倦，且跟著洋人倡言民主，見了官長也不肯下跪，甚至連朔望之日向孔夫子牌位的跪拜也常常藉故躲開，長此以往，恐學生中洋毒太深，就是學成歸國，也必然是無父無君之輩或亂臣賊子。眼下美國各地排華，不若將學生撤回，藉以報復美國人之惡感云云。

李鴻章看了這封信，不由眉頭深鎖。他把信讓薛福成看了，說：「叔耘，你看，泰西真是個是非之地，郭筠仙的事未了，留學生又出了麻煩——容純甫大肆鼓吹派幼童出洋，學生卻又如此不服管束，這情形若讓李蘭蓀那班人知道了，怕不又是一個好題目。」

薛福成看完信，說：「大人，吳子登這麼跟您說，只怕也早寫信告訴京師那班人了。派幼童出洋是曾文正公在世時便定下的大政方針，也確實是培育洋務人才的辦法，上次郭筠老給您信中還談到，所謂『人才國勢，關係本原，大計莫急於學。』眼下學生學業未成，怎麼可半途而廢？吳子登此說荒謬至極，您應該去信痛駁。至於學生有些出格的地方，大人何不向容純甫寫信，讓他好生勸導？」

李鴻章冷笑說：「嗨，郭筠仙、容純甫輩就不要提了，要說中洋毒，只怕先從他們開始，學生就是容純甫慫恿的，自身不正，何以正人？」

這時，唐廷樞尚在天津，他乃把唐廷樞找來，讓他看吳子登的信。誰知唐廷樞一看，竟連連搖頭說：「大人，此人的話信不得，卑職聽容純甫信中說過，這是一個冬烘先生，腦子十分不開竅，他身在國外，卻仍用國內的方法要求學生，須知洋人的教育卻不行這一套的，比方說，這跪拜之禮，泰西就不作興，尤其是美國那樣的國家，講究民主和平等，就是位至伯理璽天德（總統），也與普通人沒有什麼區別，卸任後便是平民一個……」

唐廷樞話未說完，便被李鴻章打斷了，他說：「得了，景星，這怎麼行呢，派幼童出洋，只是操習人家的技藝，怎麼連一些惡習劣俗也要學呢？孔孟之徒，怎麼可去信洋教、拜上帝？再說，我們是帝制國家，皇上君臨天下，又哪能容得民主呢？」

唐廷樞還要再辯，但見中堂的樣子十分嚴肅，便知趣地打住了話頭。

回到寓所，他趕緊向容閎寫信通報情況——吳子登不斷向中堂、向朝廷寫信告狀，恐於學生不利……

鬼使神差

恭王看完李鴻章的信，知自己的猜測終於被證實了，不由歎了一口氣。想了想，乃特地把曾紀澤找來見面就說：「劼剛，你看我料事如何？」

說著，把放在茶几上的李鴻章的信拿出來，在曾紀澤眼前揚了揚說，「郭筠仙果然上疏執意請辭了。」

曾紀澤一聽，不由說：「真的嗎？」

恭王說：「據李少荃說，他是不堪劉雲生的凌逼而不得不焉，此番二人又一次相互奏劾。話說回來，劉雲生已去柏林，既然不在一起了，何來凌逼之說，只怕是你那位老世叔自己崖岸太高罷。」

曾紀澤忙說：「不然，前不久我曾收到筠老來信，他便向我訴說過自己的苦衷，據他說，劉雲生不但將一些流言蜚語在同寅中散布，且指使奴僕，張貼匿名揭帖，無中生有，造謠攻擊，甚至拍桌打凳，指著鼻子詬罵，如此肆無忌憚，誰又能忍受呢？」

恭王沉吟少許，說：「其實，劉雲生這正使也是徵得李少荃的意見後才定的，原想既然二人軒輊不下，不如遣開一個，沒想到還是不相容。不過劉雲生如此狂悖，也不能讓他太得意了，李少荃的意思是要撤一齊撤，我也正是此意。不過，一下空出兩個位子，駐德公使已有一個李鳳苞待在那裡，這駐英法公使就要勞動大駕了。」

這事恭王已是第二次說了。

自那次恭王說過後，曾紀澤也仔細想過——既然是郭嵩燾自己堅決請辭，總要派個人去，誰去都一樣，自己接手應不存在攘奪之嫌。國家洋務需才孔急，堂堂一國公使，如君親臨，責任重大，確不能濫竽充數，劉錫鴻便是教訓。那麼，恭王既然垂青，自己能無意乎？正處壯年的曾紀澤不是一個甘於寂寞之人，若再拒絕，便顯得有些矯情了。

恭王見曾紀澤已動了心，也不多說，僅雙手一拱，說：「那就這麼定了，回頭我再跟經笙說說。」

經笙是總理衙門大臣沈桂芬的字。曾紀澤剛告辭，沈桂芬就來了。

左宗棠光復天山南北路後，總理衙門奉旨與俄羅斯駐華使館交涉歸還伊犁事。眼下俄國駐華公使布策已回國述職，沈桂芬和俄羅斯署理公使談了幾回都無結果，今天他又去了一趟東交民巷，眼下見面就搖頭說：「六爺，看來，伊犁之事，在京師是談不出結果的。」

接下來，他把會談情況向恭王說了一遍：主要是署理公使權力有限，所以，談來談去不得要領。

恭王點了點頭說：「是的，這情況我已料到了，要討回伊犁，只能遣使去俄國直接找他們的主子。只是若遣使，上頭問起，派誰去呢？」

沈桂芬一聽，一時沒有接茬。自從派郭嵩燾使英後，因日記一事，沸沸揚揚，廷臣幾次彈劾，沈桂芬作為主其事者，不能不有所顧忌。眼下郭嵩燾已提出辭職，這是沈桂芬接下來要和恭王談的，所以，他停了半晌始期期艾艾地說：「這事一時很難定奪。就說郭筠仙，實在是一個能幹的人，才去了兩年，眼下卻待不下去了。有此為鑒，誰還願意去觸霉頭呢？」

恭王點點頭說：「這倒也是。不過總要有人去呀。郭筠仙那裡已有合適人選頂替。就是撤劉錫鴻，也有現成一個李丹崖在，這兩處你不必操心。」

沈桂芬一聽駐英公使和駐德公使都有了，不由試探地問道：「六爺真是精明，這駐英公使可是派了曾劼剛？」

恭王不意沈桂芬一下就猜到了，忙反問道：「可要得？」

沈桂芬知道曾紀澤往恭王府跑得勤，二人且不時有詩作唱和。眼下恭王有意，加之洋務乏人，他真是巴不得。於是馬上說：「要得要得，劼剛有乃父遺風，辦事果斷，且自學英文，哪裡去找這樣的人才呀。」

恭王一聽沈桂芬點頭，不由說：「不過，眼下洋務人才確實匱乏，除了這個曾劼剛，我是再也找不出第二個了。」

其實，沈桂芬夾袋中已有使俄人選，這就是出身滿洲鑲黃旗的崇厚。

自從天津教案發生，崇厚作為謝罪使去了一趟巴黎，回來後便以「懂洋務」稱名於一時，只幾年時間便遷左都御史，郭嵩燾出洋雖嘔了一肚子的氣，但大多數的人卻不是這樣。像眼下和沈桂芬同任總理衙門大臣的毛昶熙、董恂等人便是因和洋人打交道而平步青雲的。

所以，京師近來流行一句口號，說升官的快捷方式有四，即：帝師王佐，鬼使神差。「帝師」是指李鴻藻、翁同龢輩，作為皇帝的老師，升官快自然沒得說的；「王佐」即恭王的輔佐，像文祥和寶鋆等人；而「鬼使」就是與洋鬼子打交道的使者，「神差」則是在神機營混差事的人，因醇親王主管神機營，自然也有人關照。

崇厚無學，當不了「帝師」；無才也輔佐不了恭王；且不能彎馬盤弓，自然也不能在神機營混，但他自恃「懂洋務」，那回出使法國，確實風光了一回，加之出洋薪餉優厚，月餉比一個大學士的年薪還高，所以早就和沈桂芬套過交情，平時也沒少孝敬。

所以，俄使一職，沈桂芬已打定主意要推薦崇厚。開先因怕恭王攔阻，故意把難字擺在前頭，眼下見恭王說「想不出第二個」，他馬上說：「六爺，這出使俄國的差事比郭筠仙使英要好辦一些，一是俄國人有話在先，賴是賴不掉的，再說，有左相十萬楚軍擺在那裡，俄國人不能不有所忌憚。」

恭王雖也這麼認為，但仍說：「雖然如此，可也不能輕看。」說著他望了沈桂芬一眼說：「你心中莫非已有合意人選？」

沈桂芬於是說：「依我看，崇地山合適。」

說著，便提起崇厚以往辦洋務的幾件事。恭王雖認為崇厚紈絝氣太重，但一時又找不到合意人選，只好點頭。

曾侯繼任

第二天早朝，兩宮太后召集軍機會議。當眾軍機大臣魚貫進入乾清宮東暖閣後，跪安畢，第一便是議伊犁問題。

先由沈桂芬說了去俄國使館交涉經過後，慈安太后首先發話說：「當初俄國人有話，說只俟北疆光復，他們便交出伊犁。眼下連南疆也光復了，他們怎麼又推三阻四呢？」

不想一邊的慈禧太后卻笑了笑說：「依我看，當初俄國人那麼說，只怕是一句託詞，今天喊收回就收回，沒有這麼容易。」

恭王因成竹在胸，忙說：「太后聖明，依臣看來，新疆之事了猶未了，因為俄國人性情貪鄙，到口之食恐不願吐，如何做到不傷和氣，又使伊犁回歸，朝廷宜早為之計。」

李鴻藻一聽恭王的口氣便反感，在他眼中，眼下新疆左宗棠已陳兵十萬，厲兵秣馬，對伊犁擺出了兵分三路之勢，只等朝廷一聲令下，便可拿下伊犁。以左宗棠的百戰之師，擊據守伊犁的那點俄國兵，還不是驅猛虎而入羊群？振奮民氣，大張國威，正其時也。所以，他不願恭王把個「不傷和氣」擺在前頭。於是趕緊奏道：「臣附議。不過，依臣看來，也不必事事把不傷和氣放在前頭。自同治三年俄國人佔我伊犁，我們便開始討還了，多次交涉，俄國人總總有託詞，此番只怕又故伎重演。所以，臣以為，只有敕左宗棠速籌戰守，對伊犁取陳兵四面之勢，只要俄國人不交出伊犁，便一戰而收復之。」

景廉等人一聽，忙一齊附議，慈安一時頗壯其言，也要跟著點頭，只有慈禧太后卻於一邊默不作聲，慈安太后忙問道：「妹妹，你看呢？」

慈禧太后於是冷笑說：「據我所知，俄國人守伊犁的兵不滿千人，以左宗棠十萬楚軍精銳，擊不滿千人之俄兵，自然是驅猛虎而入羊群，不過中俄邊界有萬里之遙，一旦翻臉，俄國人在新疆打不過你，會從蒙古、或從東北來，不知這兩處可有準備？還有，俄羅斯的海軍也是很厲害的，若鼓浪而東，我東南沿海可有防備？」

慈安一聽，這才如夢初醒，忙說：「是了是了，我怎麼就想不到這裡呢？」

左宗棠雖在新疆一隅取得了勝利，但中國積弱已久，國力處處不如人家，豈可輕易言戰？慈安的「想不到」尚可理解，李鴻藻以輔弼重臣，發言如此輕率，便讓人看笑話了。

李鴻藻明白慈禧是衝他來的，不由面上發燒。恭王雖跪在前面，卻似乎看到了背後李鴻藻的窘態，於是從容奏道：「正是此話。眼下蒙古、東北皆防務空虛，萬里海疆，更是毫無防範，真若與俄羅斯翻臉，勝負可以立見。臣不傷和氣之說，便因瞻前顧後之故。再說，先禮後兵，自古而然，何況俄國人眼下並沒有將和談之門關死呢？所以，臣以為第一步棋仍是先禮後兵，遣使商談。不商而戰，橫挑強鄰之議不可取。」

慈禧一聽，這才不作聲。慈安不由連連點頭說：「嗯，六爺果然是老成謀國。」

於是，沈桂芬提出派左都御史崇厚為赴俄使者，使命便是討還伊犁。兩宮太后自然准旨。提到遣使，大家立刻想起了上疏請退的郭嵩燾，這是會議的第二項議程。慈安太后說：「怎麼，郭嵩燾這公使執意不想幹了？」

「是的，」沈桂芬馬上叩了一個頭奏道：「郭嵩燾已有奏疏遞到，謂年老體弱，不服水土，懇求聖母皇太后開恩，准允其回國養疴。」

沈桂芬剛說完，李鴻藻馬上接言。剛才的奏對，李鴻藻因輕率言戰，被慈禧搶白了一句，覺得丟了面子，眼下他有意藉此讓恭王難堪，乃說：「郭嵩燾自出使以來，不但造作日記，為洋人張目，且出語狂悖，處處迎合洋人，劉錫鴻立身剛正，不肯附和，他便千方百計，排而去之。前次劉錫鴻已奏明在案，且也早在兩宮太后洞鑒之中，郭嵩燾私心未遂，便以辭職要脅朝廷。臣以為郭嵩燾如此不顧大局，實與臣節有虧，應立予撤回，交部議處。」

為郭嵩燾之事，中樞已議過數次，每回都是一提郭嵩燾李鴻藻便立刻抓住不放，兩位太后都有一些反感，慈安知恭王一向器重郭嵩燾，自垂簾以來，兩宮並重，慈禧自恃才幹壓慈安一頭，頗有些妄自尊大，每遇事喜自作主張，且常有出格之舉動，賴恭王以皇叔之尊，得與慈安聯手裁抑慈禧，故慈安太后對恭王信任有加，就連洋務也聽任恭王的主張。眼下他見恭王沒有作聲，乃問道：「六爺，你的意思呢？」

恭王已知郭嵩燾獲罪清流，清流必欲去之而後快，而兩宮太后也為此事厭煩了，既然已有合意人選，也就不急於發表自己的意見，所以直到慈安問起才奏道：「臣以為郭嵩燾於洋務確有見地，然其人性情急躁，有時未免責人太苛，洋務須用水磨功夫，他卻不勝繁劇，故處處遭人誤解。今決意請辭，不如成全其志向。至於劉錫鴻則無論資歷學識，皆去郭嵩燾太遠，本不堪正使之任，觀其屢次對郭嵩燾提起彈劾，不惜深文周納，直欲置人於死地不已，其人品德可見一斑；且據臣所知，其出任駐德欽差不過數月，便因言語粗俗，行為乖張，為洋人恥笑，他竟至託病不出。故臣以為，郭嵩燾與劉錫鴻乃一同奉使，若撤郭留劉，必招外人猜測，不若一道撤回，方示公允。」

此言一出，李鴻藻如何肯依，就是另幾個軍機大臣也不耐寂寞，一個個皆有桴鼓相向之意。慈禧太后看在眼中，乃冷笑道：「前年派郭嵩燾使英，確有些因人就事，過於孟浪。不過清流那班人的話也不能盡信，這班人往往抓住一件事不放，且一尺風三尺浪的，郭嵩燾因此挨了不少冤枉罵。既然自己請撤，也不好強人所難。至於那個劉錫鴻也過於刻薄，既然在德國屢出笑話，我看一同撤回也罷了。」

慈安太后不意慈禧也這樣說，忙點頭道：「我看就這樣最好。只是英、法、德三國欽差非同小可，三處一下同時出缺，誰人可替代得？」

恭王從容奏道：「總理衙門行走曾紀澤自幼受其父曾國藩調教，學有所成，於洋務更是有獨到之見，這些年自學英語，很有成就，若使其兼駐英法，必不僨事；另外，記名道、駐歐留學生監督李鳳苞為李鴻章麾下能員，於洋務研習最早，目下已在德國，對德國情形熟悉，若讓其接替劉錫鴻，正是駕輕就熟之舉，臣主張就以李鳳苞代劉錫鴻。」

這裡李鴻藻一聽終於扳翻了郭嵩燾，將其撤回，心中不由高興，但聽要撤劉錫鴻，便又不喜歡了。本來還想力爭，但礙於兩宮太后都已同意，慈禧且對清流有責備之意，一時也找不出反駁的話，只好適可而止。

慈安太后一聽曾國藩，不由肅然起敬，心想，曾國藩調教出來的人必然可靠，至於下面關於李鳳苞的介紹，她也聽不進去了，馬上說：「要得要得，忠良之後，學有所成，這樣的人不用用什麼人呢？就依此議。」

有此一說，別人想說也不好再啟齒了，這事就這麼定下來。

請求辭職的奏疏已拜發月餘，郭嵩燾屈指企望回音。七月底，他終於接到朝廷准允辭職的諭旨：將他和劉錫鴻一道調回國另行任用，以曾紀澤接任駐英法公使，以李鳳苞接任駐德公使。

郭嵩燾接獲諭旨，頓有一身輕鬆之感，尤其是聽到和劉錫鴻一道撤，他更是高興。「時日曷喪，予及汝偕亡」——劉錫鴻也終於同歸於盡了。此舉對他是求仁行仁，對劉錫鴻卻是意料之外的事，因為他接任駐德公使才幾個月，且並未請辭，撤差回國，無異於給了這個不惜賣友求榮、用心險惡的小人一記當頭棒喝。

他立刻將消息遍示使館同寅，又吩咐姚若望準備了一份照會，先行知照英國外交部，然後再開始做東歸之計。

上諭雖已發表，但召回公使的國書未到，新任公使曾紀澤在國內的準備也需時日，就是動身西來再快也需四十餘天，他算了一下，曾紀澤諸事順利途中不延宕也要到十月底才能正式接任。故此，他還得做好幾個月的公使，才算是善始善終。

不久，黎庶昌在柏林收到了曾紀澤的信，請他留任並協助辦理接收事務，使館其他人員盡量不撤，要大家安心。

因李鳳苞就在柏林，所以劉錫鴻的公使喊撤就撤了，交接完公事，黎庶昌送別劉錫鴻，又一次來到倫敦。他知郭嵩燾去志已堅，所以見面後套話也不說了，僅拜託了國內一些事務，餘下時間陪郭嵩燾閒談散心。

八月既望，郭嵩燾收到英國海軍部請柬：維多利亞女王將於近日大閱水師，特邀請各國公使一同參加檢閱。

這可是當今世界第一等強國的實力大展示，郭嵩燾已是嚮往已久了，於是他欣然接受了邀請。

這天一大早，他偕馬格里、黎庶昌及嚴復等人一同前往。他們在維多利亞車站乘火車，風馳電掣數小時，至海口普茲茅斯港。

此地地處倫敦西南，面臨英吉利海峽，與法國的瑟堡遙遙相望，地形險要，為英國皇家海軍艦隊基地，也是世界上最有名的軍港之一。這裡山勢高聳，海灣曲折。英國人苦心經營多年，沿山扼要建有許多軍事設施，駐有重兵。

郭嵩燾一路留意，距普茲茅斯尚有兩站路，便可以從各山巒間隙中窺見一座座大型炮臺，用塞門汀建造的防護牆如一座座城堡，從「城堡」中伸出的一排排巨型海岸炮指向大海，煞是森嚴。火車一出山口，尚在傍海急馳，在同伴的指示下，他便從視窗遠遠望見，沿彎曲的海岸線延伸到遠處，傍海堤和碼頭，大小艦船在澳內星羅棋布，再向前看，海邊儼然一座城市，高樓大廈雖不多，但房屋鱗次櫛比，煙囪密布，機器的轟鳴聲和汽笛聲清晰可聞。

上午八時二十分，火車終於到站了。因時間尚早，郭嵩燾決定去造船廠，那裡比沙木大造船廠更大，且也有北洋水師訂造的五艘小炮艇，李鴻章並派了羅豐祿在那裡監工，郭嵩燾想去看看北洋水師未來的巡海利器，且也與沙木大船廠有個比較。

羅豐祿知公使要來，早早地偕廠主在車站迎接，郭嵩燾一行下車後，立即隨他們去船廠參觀。

北洋所訂的炮艇排水量都是四百四十噸上下，馬力為七百匹，航速達每小時八海哩。眼下已快完工，正在裝機器。四百餘噸的船在內河算是大船，但在海上卻十分寒磣，故又稱「蚊子船」。

眼下這五隻「蚊子船」成一字形擺在船臺上，如一隊武士，也還壯觀。郭嵩燾等走近細看，只見船體全是鐵殼，前後甲板有寸餘厚的防彈鋼板，上面各配備十二寸小炮兩門，中間有十四寸大炮一門，左右船舷各裝魚雷發射器一具。從外表看，這種小炮艇真是全身披掛，幾乎武裝到牙齒了。

羅豐祿在一邊介紹這類船的性能，又說現代海戰以大型巡洋艦、鐵甲艦為主，小炮艇必依附於主力艦，不然則作用不大。

郭嵩燾當年曾隨曾國藩辦水師，雖是內河也有長龍、快蟹與小舢板之分。相互配合，相得益彰，咸豐四年湖口之戰，石達開誘水師舢板入鄱陽湖，使之與長龍、拖罟等失去聯繫，長龍、拖罟被太平軍打得大敗，焚毀了大半，小舢板則失去依託，人少船小，沒多少戰鬥力只得退入鄱陽湖中……

眼下為備海疆，海上波深浪闊，迴旋餘地更大，作戰時自然更需要大小戰艦相互配合，萬里海疆就憑這幾艘「蚊子船」有什麼作用呢？

船廠主在一邊介紹此船的好處，羅豐祿擔任翻譯，郭嵩燾邊看邊想，也沒仔細去聽。不料五艘炮艇看完，已到了另一處工廠，只見一艘灰色的巨艦俯伏在船臺上，高與廠埠的大樓齊。

一邊的嚴復忙指著巨艦告訴公使，此艦乃英國人為本國水師所造，名「伊莉莎白號」，排水量達九千五百噸，馬力達一萬三千餘匹，時速為十五海哩，上面安裝三十寸巨炮兩門，二十四寸大炮八門，可左右旋轉的大炮十三門——區區一艦，火力相當於北洋水師兩座炮臺還強。船尚未下水已轟動世界，因自譽為當今世界第一艘巨型巡洋艦，英國海軍部已計畫造兩艘這樣的巨艦，此艦快要竣工，另一艘也將在明年完工。

聽嚴復如此一說，郭嵩燾不由感慨不已。心想，我們千辛萬苦才造了幾艘「蚊子船」，論噸位，湊攏來也不及人家的零頭哩。

一邊想一邊看「伊莉莎白號」。此艦望樓高聳，飛橋雄峙，官艙一排排恰似碉樓，而大炮卻如條條巨蟒昂首吐信，十分威武雄壯。才看過本國的「蚊子船」再看英國的「伊莉莎白」，就如從茅草屋出來，幾步就踅進了紫禁城一般，讓人有不勝蒼涼之感。

正在此時，只見遠遠地跑來一名軍人，在郭嵩燾跟前立正敬禮，然後又哇啦哇啦幾句，郭嵩燾身邊好幾個懂英語的告訴他，「檢閱快開始了，請您登船。」

郭嵩燾掏出懷錶一看，已是九時四十分了，於是率眾人離開船廠，再次來到碼頭。

英國海軍部已為各國公使及隨員們安排了一艘排水量為三千噸的運輸艦，名「費飛爾號」，為本國國會議員們安排的也是一艘大型運輸艦，待眾人上到艦上後，演習就開始了。

上午十時正，炮臺放起號炮，早已升火待發的各艦船紛紛啟碇，離開各自的泊位，結隊至阿思本河口迎接女王的座船。此時，上坐海軍大臣和北海艦隊司令的旗艦「薩克森號」為前導，女王乘坐的大型巡洋艦「條里由號」居中，各國公使及議員們乘坐的兩條運輸艦在後，都離開河口來到大海上。

這時，受檢閱的二十六艘巨型巡洋艦及上百條炮艇、魚雷艇雁陣兩行，形成一條海上通道迎接女王座船，官兵們一齊列隊站在甲板上，紅旗一舉，禮炮齊鳴，一時之間，海上如霹靂山崩，硝煙瀰漫，官兵們一齊向女王敬禮，動作整齊劃一，就如刀砍斧削一般。

各國使者看到此情形，無不相與驚歎。他們乘坐的艦船隨女王座船從艦隊面前駛過後，遠遠地停在一邊，看各艦編隊走陣和打靶。

這時，各公使手中都有一架望遠鏡，隨艦上軍官指點，只見十幾里開外一不知名的小島上，築了無數小壘，上插好些旗幡，旗艦「薩克森號」上升起了紅旗，受檢的巡洋艦魚貫而行，依次向小島上的石壘開炮，硝煙中，郭嵩燾看到前面的旗幡紛紛被擊中，炸得碎石橫飛，待硝煙散盡，小島上一片荒涼，所有石壘全夷平了，旗幡也不見了。

隨著眾人的歡呼聲，郭嵩燾點頭嘆服不已。想到北洋費盡九牛二虎之力才造了這幾隻「蚊子船」，與英國水師真不可同日而語，一時不由心襟嗒然。

一邊的羅豐祿見公使在歎氣，似已明白了公使心事，乃安慰他說：「大人不要歎氣，英國皇家艦隊的今天，便是我們北洋水師的明天。大人不信，請拭目以待，不出十年，我們一定也有這麼一支艦隊。」

乍聽此言，一點也不誇張。左宗棠的西征成功在望，塞防與海防爭餉的事已成為歷史，朝廷已不再有西顧之憂，可傾全力辦海防了，眼下北洋派在英德兩國留學、考察人員已有近百名，照這樣的速度發展下去，十年或二十年之後，北洋水師變成眼下的英國皇家艦隊是可能的。

曾國藩採魏源「師夷之長技以制夷」一說，大辦洋務，可惜志決身殲；他的學生李鴻章這些年承其衣缽，唯船堅炮利是務。但是，中國果真有了堅船利炮後就不怕洋人了嗎？羅豐祿的豪言壯語代表了北洋、代表了李鴻章的願望，但這話非但未能讓郭嵩燾釋懷，反勾起他的心事，讓他跌入思索的深淵中，又一時不知從何說起……

不得不跪

看看冬至將近，曾紀澤尚未到達倫敦，卻等來了另一個欽差大臣、前左都御史崇厚。尚在途中，崇厚便在蘇伊士給郭嵩燾拍了電報，告知行期，讓準備迎接。

郭嵩燾閱電後，雖一邊渡海去巴黎住進使館，又派張德彝去馬賽接船，一邊卻又在心中暗暗叫苦：他實在憚於接這個欽差。

其實，他和崇厚是老熟人了，早在十年前供職南書房時就認識。崇厚姓完顏氏，字地山，出身內務府鑲黃旗。完顏氏本滿洲八大貴族之一，當初幫太祖努爾哈赤打江山出過死力的，所謂「從龍舊族，豐鎬世家。」這種人長大後只要不是一個白癡就必定有一個好前程。他父親麟慶才具平平卻做過河道總督。他本人道光二十九年才中舉，但立即選了階州知州，不兩年即遷長蘆鹽運使。第二次鴉片戰爭時，他曾協助恭王與洋人周旋，受恭王賞識，幾年功夫便做到三口通商大臣。

咸豐九年，天津教案發生，他本是當事人，卻把擔子撂到曾國藩身上，曾國藩雖用血腥手段將事態平息下去，卻因此自覺「外慚清議，內咎神明」，不久即鬱鬱而終。

崇厚「賴尿的反睡乾床」——輕鬆地卸下三口通商大臣職務，改充赴法「謝罪使」來歐洲風光了一回，回去後反得了「懂外交」的好名聲。這回中俄交涉，朝廷又將他派出來了。

郭嵩燾熟悉崇厚的底細，清楚他紈絝子弟，誇誇其談的本性，所以當從《泰晤士報》上讀到清國朝廷派崇厚使俄且有「便宜行事」的許可權後，便暗暗吃驚，心想，讓這樣的紈絝子弟擔當重任不把差事辦砸才怪。然而眼下崇厚卻真正以欽差名義來歐洲了，且早在途中便有電報來，讓他準備迎接。

按國內規矩，欽差為皇帝差遣，所謂「御音曰欽敕，御使曰欽差」，欽差一到，哪怕只是過路，也如君親臨，不得迴避。在碼頭或驛站迎接時，須向聖牌行三跪九叩首之大禮，恭請聖安。來歐洲兩年了，沐浴西洋風化的郭嵩燾已十分反感這種禮節了，何況要在大庭廣眾之中，眾目睽睽之下，須知見維多利亞女王和法國的伯理璽天德也只三鞠躬呢。所以，一見崇厚要他準備迎接的電報，他便在心中盤算如何應付。

「這個好辦。」黎庶昌見郭嵩燾面有難色，忙寬慰他說：「他從馬賽坐火車來，我們無法去郊迎三十里，只能在巴黎車站接車，而巴黎車站不屬使館地方，無權驅趕行人，人多擁擠，如何跪拜？他崇地山應該設身處地為人家想想嘛。」

黎庶昌這個主意只是避免當眾跪拜，而郭嵩燾心中是恨不得免去這一跪，勢所不能，便只好退而求其次。他說：「萬一崇地山不依呢？」

馬建成忠說：「這個好辦，只待火車進站，我先上車向他說明，就說恭請聖安的禮儀改在使館內舉行。只要是在使館內，大人就虛應故事罷。」

郭嵩燾想想，也只好如此了。

十一月二十七日上午八時正，在張德彝陪同下，崇厚一行三十餘人從馬賽乘車至巴黎，郭嵩燾早已得報，乃率黎庶昌等在車站迎候。

正如馬建成忠所說，車站十分擁擠，從馬賽來的車擠得滿滿的，巴黎車站還有發往柏林、彼得堡、里昂等地好幾趟車，候車室及月臺上人頭攢動，無一處空坪隙地。馬賽駛來的車進站後，郭嵩燾等人候在月臺上，馬建忠急步上前，先擠上了一等車廂。不一會兒，只見從一等車廂先下來了幾個戈什哈，每人手上提著兩口大皮箱，然後是幾個有些面熟的文員，緊跟在後面的便是馬建忠和張德彝，順著這一溜人往後望，只見車門口終於出現一個頭戴紅寶石頂子孔雀花翎、身著繡孔雀補子官服的大胖子。

郭嵩燾認得是崇厚，見他下車，正要趨前拱手恭迎，卻見兩邊張德彝、馬建忠滿臉尷尬，知道關說不成功，但勢成騎虎，也無可奈何，仍抖擻精神，上前躬身一揖道：「地山，一路辛苦了。」

正昂首闊步、前呼後擁走著的崇厚像沒看見沒聽見似的繼續朝前走，郭嵩燾僅聽見崇厚「哼」了一聲，無奈之中，也不好做什麼表示，只好和黎庶昌趕到前頭引路。

出了車站，使館已備好十餘輛馬車在廣場上，馬建忠和張德彝左右攙扶著崇厚上了一輛公使專用的豪華後檔轎車，郭嵩燾和黎庶昌上了使館的一輛常備馬車，為了趕在崇厚到達使館前，搶先一步迎接欽差，他只好令車夫先走。

不料等到他們一行趕到羅馬大街使館，鋪上紅氍毹及香案後，卻久久不見崇厚一行到來。直到馬建忠一行匆匆趕來始知，崇厚對公使此舉生氣且較真了。

「星使大人說，無論何時何地，心中不能沒有君父；地方雖然逼仄，禮可不能廢。」

馬建忠在轉述時明顯地帶氣。

其實，他和黎庶昌也對此不以為然，到了九洲外國，還忘不了跪拜，這不但使堅持不拜女王的公使感到尷尬，而且，讓洋人看稀奇，他們作為隨員，也感到恥辱。不過，主意是他出的，眼下不好收場，馬建忠很內疚。

此時，郭嵩燾心中一股悲憤之氣油然而生，乃憤然問道：「人呢，難道我不跪，他便躲起來麼？」

張德彝也很不安，見公使發問忙說：「他住進達拉固旅館了。」

達拉固旅館是巴黎最豪華的旅館之一，那一回，崇厚到巴黎，住的便是達拉固。

望見左右都有些束手無策，郭嵩燾沉吟半晌，搖了搖頭說：「看來，他不打算和我見面了。也好。」

一旦想通了，他反而輕鬆起來。

「不，」馬建忠說，「他堅持要大人去達拉固旅館行大禮。」

「去旅館？」郭嵩燾不由犯強脾氣了——區區一官，他已視如草芥，又豈在乎得不得罪欽差呢？想到此，他把頭一昂說：「旅館不也是人稠地密嗎？去旅館叩頭與在車站叩頭有什麼不同？我不去！」

馬建忠和張德彝都為了難，剛才他們離開崇厚時，崇厚甚至威脅說：「他郭筠仙要想清楚些，京師遍傳他是漢奸；大清無此臣子的話早已見於白簡。他莫非還要再次證明此說非誣？」

想到此，馬建忠不由苦苦勸道：「大人將就一回吧，不管怎麼說，這三跪九叩是面對聖牌，是望闕謝恩，是恭請聖安，又不是跟他崇地山下跪。」

郭嵩燾連連搖手道：「我打定主意了，你們無須勸得。這哪是跪皇帝，是他要當著洋人擺譜。可他是欽差，我不也是欽差麼，他不過是路過此地，又不要交代公事，我不見也無關緊要的。」

郭嵩燾說的沒錯，兩人都是欽差，但人家剛從皇上身邊來，舊欽差理應拜新欽差，問皇上安好。這已是舊例，誰也無法改變的。再說，人家千里迢迢從國內來，兩宮太后、皇上不一定沒口諭，軍機大臣或總理衙門不一定沒捎話，哪有不見之理？無如正使倔脾氣犯了，誰也勸不回。

這時，使館從人已將香案及紅氍毹等物件搬往達拉固旅館，就等正使上路，黎庶昌只好說：「筠公，可願聽我多說兩句？」

郭嵩燾鼓了他一眼說：「你說什麼，無非是做此官行此禮唄。可我呢，官已不打算要了，除死無大難，討飯不再窮。賣唱的窮瞎子捨了一把三弦子不要，還怕人家來挖眼珠子麼？」

黎庶昌長歎一聲，音調悲愴地說：「筠公，我們這個禮雖說行了兩千年，眼下看來，確亟待認真討論了。人家維多利亞女王，堂堂海上女霸主，為什麼就可以和我們平等相見呢？您的想法，晚生未嘗不有同感。您早有歸隱之志，我也看出來了，可以肯定，此番回國後，您是不會去京師銷差候官、看那一班您不願看到的人的嘴臉了，是嗎？」

眾人好話說了一大堆，唯黎庶昌這幾句話中聽，郭嵩燾轉過身，反問道：「既然如此，你們何必逼我呢？」

黎庶昌說：「您固然是無官一身輕，一下超脫了，可也該替他人想想啊，眉叔奉派來歐洲考察，任重而道遠；其餘諸位同寅，也是仕途才起步呢，作為屬吏，他們負有規諫的責任，崇地山縱然無可奈何你，可他若找他們的岔子，說左右從中搬弄是非，他們這一班人可吃不下這一副瀉藥，就是晚生我，也不想因這類事開罪崇地山這個得志小人。」

聽黎庶昌如此一開導，郭嵩燾不由沉默了……

百年心事難平淡

郭嵩燾最後還是去達拉固旅館行了「大禮」，然後與崇厚稍作應酬，便匆匆告辭。

回到使館後，黎庶昌和馬建忠等又一再苦勸，認為身為東道主，禮不可廢，郭嵩燾只得在使館設宴為崇厚洗塵，黎庶昌、馬建忠等人極力彌縫，姚若望、張斯栒輩一邊加意奉承，崇厚自然不清楚因他而鬧了如此大的彆扭。故而宴席之上，誇誇其談，說左宗棠兵威如何強盛，俄人又如何忌憚，此去憑三寸不爛之舌，定當折服俄人。

所說都是郭嵩燾不感興趣或認為大謬不然的話題，幸虧黎、馬等人捧場附和，才把郭嵩燾的冷臉掩過。

崇厚在巴黎待了五天，直到過了耶誕節才乘車去了俄京彼得堡。

送走了這個荷花大少，郭嵩燾在法國開始辦交代了，曾紀澤既已電留黎庶昌繼續供職，未了事便可向黎庶昌交代。

元旦後的第三天，終於得到曾紀澤在馬賽上岸的消息。

曾紀澤是郭嵩燾的子侄之輩，郭嵩燾不但是曾國藩的至交，且是他一生事業的樞紐。摯友之外，且又是姻親——曾紀澤的四妹嫁與郭嵩燾長子剛基為妻，結婚之日，曾國藩在江南指揮軍事。日理萬機，私家事只能從簡，所謂「船頭嫁女」，一時傳為佳話。可惜的是郭剛基大前年夭折，紀澤的妹妹青年守寡，眼下郭、曾二人異國相見，難免不觸景傷情，倍增傷感。

曾紀澤雖出身豪門，但亂世佳公子，為人且是極其謙恭謹慎，身上處處有曾國藩的影子。就如此行，他可不敢像崇厚那樣倨傲，人還在蘇伊士便拍電報來，讓這邊準備迎接，而是自己在馬賽上了岸，然後把兩名隨員劉開生、左秉隆派為先行，來到巴黎接洽。

這時郭嵩燾早做了移交準備，車成馬就，只等新官上任。

見了二位先行，郭嵩燾當晚設便宴為他們洗塵。

劉開生是四川人，與郭嵩燾素無淵源；左秉隆卻是湖南人，這以前在曾國藩帳下辦文案，後來在郭嵩燾推薦下，去上海同文館學外語，此回由曾紀澤奏調任為翻譯，因此之故，對郭嵩燾十分親熱，口稱老師，自稱弟子。

郭嵩燾盼了半年的事終於有了著落，千斤擔子一朝輕卸，自然也高興，席上不覺多喝了兩杯白蘭地。不想這酒是後發作，加之上了年紀的人，夜飲不宜過量，有口福而無肚福，當晚頗覺飽脹，一連起來了好幾次。他怕驚醒了槿兒和英生，沒有披衣，竟因此感染風寒，第二天頭昏腦脹，四肢乏力，槿兒趕緊張羅請醫生。

若在平日，偶感風寒，他是不願這麼扯旗放炮張揚的，免得各位下屬前來探望，多費口舌。今日卻不同，槿兒在外吩咐僕人請醫生他卻並不攔阻，待使館派出翻譯請來醫生後，他立刻讓黎庶昌等人陪同進臥室看視，連劉開生、左秉隆聞訊也來了。

大家見他一副病懨懨的樣子，似是十分沉重。醫生量過體溫，用聽筒聽過胸腹部，然後開處方、取藥，並告訴劑量服法後便告辭。黎庶昌見此情形，臨別時只好說：「老師玉體違和，只能安心靜養，劼剛來了，由晚生代為迎接。」

郭嵩燾要的就是這句話，忙點頭表示感謝。

黎庶昌出來後不由微微搖頭。郭嵩燾這「病」其實多此一舉，作為曾門弟子，黎庶昌深知曾紀澤的為人，別看他承父蔭少年得志，眼下以一等侯爵大理寺少卿出任駐英法欽差大臣，卻不會恃勢而驕，尤其是在郭嵩燾這個父執面前，更只會謙恭有禮，他可不是崇厚那樣的紈袴子。

果然，曾紀澤下車後，不見正使來迎，心中雖也詫異，但聽黎庶昌說郭嵩燾這個「親家爹」有病，忙說：「那我應該先去看望他老人家。」

所以，什麼三跪九叩之禮、恭請聖安的儀式全免了。一進門，行李尚未安頓，便換上便服，逕直由黎庶昌領著往郭嵩燾房中來。

「筠丈，久違了」曾紀澤從容進房，在床前長跪請安，口稱「丈人」。這本是對父執的尊稱。曾、郭兩家本通家之好，連內眷也無須迴避的，所以槿兒也沒有走開。眼下一邊代老爺答禮，一邊說：「劼剛兄弟，一路辛苦了。」

說完又對著床上閉目養神的郭嵩燾說：「老爺，來貴客了。」

郭嵩燾在床上，此刻似才驚醒，趕緊掙扎著坐起，口中說：「哎呀呀，怎麼這麼快？你是欽差，該我出迎，可恨這身子。」

一邊說一邊坐直了身子、披衣服。

這裡曾紀澤已拜了三拜才起身，又趕緊上前按住他說：「不要緊不要緊，您還是躺下吧，躺下好說話。」

跟在後面的黎庶昌也說：「醫生說了，您這是內傷飲食，外感風寒，可不能復感了。」

郭嵩燾說：「無妨的，房子暖和著呢。」

說著，他將披著的夾襖穿上，又讓槿兒把架上的狐衾取來披上，然後就靠在床上和曾紀澤談話。

槿兒趕緊沏茶，又擺上水果。曾紀澤於是在床邊坐下來，其餘的人則坐在下首沙發上。

接下來，曾紀澤先告訴他家中親眷平安，然後又談起湘中故舊；說到朝中政局，有的多是親友信中不便形諸文字者。

海外羈旅，鮮聽鄉音，乍聽這些，自然時而感奮，時而氣餒。這中間，最令人氣憤的除了吳淞鐵路果然被拆毀外，就是最近發生的留學生風波──因有吳子登的奏報，清流因此對留學生紛紛提起彈劾，雖有恭王一力主張，但終於擋不住眾怒。於是，兩宮太后決定，從此不再派幼童出洋，已在美國的不管學業成與未成，明年一律回國。

理由自然官冕堂皇，那就是避免洋化，怕中洋毒。真令人哭笑不得……

眾人聽後都十分氣憤，覺得京師那班書生真是不可理喻。

黎庶昌說：「俄國的彼得大帝為了發展本國的航海業，竟也可扮成平民偷偷去荷蘭國學造船，我們的軍機大臣、內閣大學士們為什麼就不能降尊紆貴也來國外走一走看一看呢？勞工在外受盡凌辱他們可以不管，可循規蹈矩、學業且蒸蒸日上的留學生卻礙他們的眼睛了，這不是非做亡國奴不可嗎，真是一些不可理喻的混帳！」

黎庶昌罵的正是郭嵩燾要罵的，所以此刻他只搖頭歎氣，眾人卻一個個熱血賁張，跟著罵國內那一班混帳，說若依他們的，只有茹毛飲血才算是「保存了國粹」。

曾紀澤見狀，不由說：「大家也不要操之過急，辦洋務，須用水磨功夫，不可能一蹴而就。胥各莊雖不准跑火車，但那裡畢竟在鋪鐵軌了；而且，天津不也有十六里自辦電報嗎？」

接下來，他又說起了李鴻章的海防，說此番來時，李鴻章曾向他說起了海防計畫，說要在今年訂造兩艘巡洋艦，明年更要訂購兩艘巨型鐵甲艦，話尚未說完，郭嵩燾卻連連冷笑說：「劼剛，你才來，所見有限，久了便不會這樣說。你不知洋人是用什麼速度在建國，連小日本也不是我們這樣進一步退兩步呢。再說，洋人富強並不是有了火車電報，也不是全仗堅船利炮，他們的富強之道在於政治，在於制度，在於民風和士氣，在於他們博大精深的西學，我們這班人只看重人家的船堅炮利，卻有幾個懂西學的？如果不懂西學，不從源頭上做起，那是學了皮毛而丟了骨架。這以前，就連令尊文正公也說，我大清只要有了堅船利炮便不怕洋人，現在看來，這只是一孔之見。人家日本人卻不是這樣，他們派來的學生有好幾千人，從議會、政黨、國防、到財政、稅務、學校，真是天文地理無所不包、無所不學。且回去後，處處模仿，眼下也在實行議會政治，也在大辦實業，他們鐵路早已通火車，電報也四通八達。我可斷定，不出二十年，日本必強於大清，這可不是危言聳聽！」

郭嵩燾使英兩年嘔了不少氣，這是不爭的事實；「親家爹」脾氣倔，曾紀澤也深知；但直到今天，他才真正體會到這位「親家爹」說話如此不留餘地，如此決絕，連死去多年的老友也落下褒貶。

想到此，心裡對郭嵩燾便有了幾分不以為然，認為他落到今天這地步，是有幾分咎由自取了。不過曾紀澤涵養功夫極好，心中想的，口中卻不說，且仍一個勁勸道：「筠丈，以往之事不要再提，日本不過島夷小國，這以前對我中華是一步一趨，如今又拜倒在西洋人腳下，怎比我中華樹大根深、源遠流長呢？李少荃能辦到這一步也是不容易了，要依清流那班人的，連起碼的實業也辦不成，當今之世，學洋人能學點皮毛也不錯了。從頭學起，從政體、制度學起那是絕不可能的，誰也不敢冒這個天下之大不韙。」

說著，曾紀澤又進一步規勸郭嵩燾，回國後，少談洋務，尤其是鐵路，儘管於國計民生有百利而無一害，在國外同寅有目共睹，但回國後也宜少講。因為眼下有不少人，硬是鐵了心在反對，誰說好誰準惹火上身。

郭嵩燾聽曾紀澤如此一說，心中明白這全是為了自己好，他不由望著曾紀澤長長地歎了一口氣說：「劼剛，謝謝你的關照，今天你來，我因情緒激動，話是多說了一點，這是壅塞於胸、壓迫太久了的緣故，不是知己我還不會說呢。至於回國後，我是已打定主意隱退了，怎麼會再捲入這些是非口舌之中呢？眼下朝中局面，我人雖在海外，還是看得清、體會得到的，要打比方吧，那是個沒有是非、沒有正義、渾渾噩噩、昏昏沉沉卻又妄自尊大、且動不動就乍乍乎乎的瘋子世界。在那個世界裡，正的被說成反的，白的被說成黑的，香的成了臭的。任何一件好設想到頭來，也會辦成壞事，就如洋務，本是富國強兵之根本，可眼下卻成了一件時髦物事，成了某些人謀位子、得好處的終南捷徑；鐵路本是便民富國的好事，眼下是辦不成了，就是兩宮太后要辦了，讓這班人辦，也準會辦成個病民蠹國的惡政。所以，我才不會去蹚渾水，讓後人指脊樑骨笑罵呢！」

郭嵩燾越說越激動，且將目前一切醜惡歸之於政體和制度，曾紀澤、黎庶昌怕他口中帶出犯忌的話，只好竭力勸他帶住……

鄉愁

郭嵩燾終於向曾紀澤辦完兩國使館的移交，欣然卸任了。

自光緒二年十月離滬，至光緒五年正月交卸，前後四個年頭，正式履任只有兩年多一點，雖未滿五年任期，他卻有頓時一身輕的快感。在攜槿兒母子向英國女王和法國的伯理璽天德辭行時，受到了隆重的接待。維多利亞女王並拉著槿兒的手，握手惜別之際，還說了一些希望保持友誼的話。倫敦和巴黎的報紙都對郭嵩燾的使事給予了很高的評價，說他是當今中國上層社會最開明最懂得尊重人的人，是一個合格的外交官。威妥瑪甚至希望郭嵩燾回國後能在總理衙門任職，這當然是一廂情願的事情。

郭嵩燾離開英國後，在法國、瑞士及義大利等國的名勝古蹟從容遊覽了一回後，才回到上海。上海的輿論對他的東歸頗為重視，《字林西報》並發了專題評論，道是：

郭氏個人識見如何，姑且置而勿論，就獲致英國同情而言，確為有成。且已習於西方禮俗，不顧中國舊派誹議。郭氏在倫敦並未遇棘手之事，深為一時注目之人物，酬酢周旋，令人有親切之感。每事鎮定持重，此實一出身不同之使者所難能，可證郭氏頗能循禮而行，非可望於尚不知外交為何事之一般中國使節。如與劉錫鴻相較，洵遠出其上。郭氏之召還，據聞為受劉氏傾陷。凡熟悉歐洲政情者，均知郭氏已樹立一高雅適度榜樣，與外國相處無損於其影響與威儀。如郭氏在英之言行能感召中國官場，其歐洲之行不無裨益，中國辦理外交將因而改進……

《字林西報》為英國人辦的報紙，對發生在中國的事件評論多偏見，且處處顯示出代表英國人的立場，不過，此處對郭嵩燾的評價還算公允。

但華文報紙《申報》卻對他大肆造謠。郭嵩燾細細查證始知，原來撰稿人為九死一生的楊乃武。

楊乃武與小白菜一案，國內鬧得沸沸揚揚時，郭嵩燾已出國，故也無所謂褒貶，與楊本人更無過結。但製造這起冤案的浙江巡撫是湖南人楊昌濬，他本是左宗棠的親信。因此，平反出獄後的楊乃武恨透了湖南人。他原本是刀筆吏出身，已應聘在《申報》館為主筆，見郭嵩燾是湖南人，未免無的放矢，郭嵩燾算是又一次代左宗棠挨了一次冷箭。

他在上海略作逗留，便分別給總理衙門和李鴻章各寫了一封長信，對使事做了交代後，便以老病為由請長假回鄉養病。

在上海乘輪船直趨武漢，正值西北風大作，逆水又逆風，縱是輪船也不利於行。回想起自己出國之初，也是風雨大作，輪船在大海上也常是逆風而行，「莫非自己真是逆天行事麼？」多愁善感的他，由此又興起一番感歎。

到武昌後，湖廣總督李瀚章自然十分隆重地款待他。瀚章才具平平，賴弟弟鴻章之名望才步步高升到此地位，他與郭嵩燾是親家，三年未見，且從海外歸來，應該有說不完的話，但郭嵩燾卻很少談洋務，就對自己屢遭橫逆也閉口不談。

由武漢到長沙，溯湘江而上，又是逆水且發南風，湘江為內河，無論怡和還是招商局，都還未在長沙設碼頭，無輪船航運，仍只能坐麻陽木帆船。瀚章於是派了一艘水師的小火輪拖帶。

此時，因左宗棠西征奏凱，作為家鄉的湖南人情緒十分高昂。此時正碰上法國天主教援引條約要派教士進入湖南，在各地設堂傳教，湖南人民紛紛抵制，湘陰也已宣布罷市抗議，不准法國人上岸……

郭嵩燾這個一身洋氣的人，偏偏在這個時候回來，且又是座船由洋船拖帶，於是，他的船在武昌才開航，岸上便有快馬將消息遞到了湘陰和長沙。

第三天他的船終於進入距湘陰城四十里的營田汛了，只見對面來了一艘小木船，船頭立著一人，青衣布帽，正是二弟昆燾。

兄弟相見，先不說家事國事，昆燾開口便要他將小火輪開發回去。

逆水逆風，木船何如輪船快？

他驚問原由才知，眼下湖南士紳對洋船進入內河大起爭議，很多人認為長沙非通商口岸，應不准洋船進入。他郭某人出使鬼子國，崇洋媚外，丟盡了湖南人的臉，此番又公然坐洋船回鄉，說不定法國人就藏在船上，一同來了呢。

所以士子們一致決議，不許他上岸……

郭嵩燾聽弟弟如此一說，氣不打一處出，乃說小火輪乃湖北水師的差船，怎麼是洋船？再說自己眼下仍是欽差身分，這差船逆風開不動，諸君又如何設法拖帶？

可任他怎麼說，昆燾仍苦苦勸他打發差船回去，不然，開罪桑梓，累及族人。

郭嵩燾本意是要上岸祭祖的，他雖早已安家長沙又一村，可湘陰城是他的出生地啊。不料眼下，遊子從海外歸來，家鄉人卻如此不諒。他不覺悲憤不已，心一橫便打定主意，寧可不上岸也不開發差船，昆燾見狀，也無可奈何。

四十里水路，兄弟二人說話之間便到了，烏龍嘴過後，滙涉橋的石頭城牆便清楚地映入眼簾，再過去便是祀水神柳毅的洞庭廟。

此廟在同治末年重建時，廟門有左宗棠題的楹聯，道是：

迢遙旅路三千，我原過客；管領重湖八百，君亦書生。

他覺得這對聯於此刻的自已似有一語雙關之意。

這時，船已駛近洞庭廟了，但廟前湊集了不少讀書人，正向「洋船」扔石頭，阻止他的船靠岸。他想，難道今天自已真要成為家鄉的「過客」嗎？想到此，激憤之情，油然而生，乃吩咐揚帆而過。

若從洞庭廟上岸，只須幾步便是他的老家，他就誕生在老家後面的那個院子裡，因面窗有兩棵大石榴樹，他父親因而將那房子命名為「面榴軒」，出老家半條街便是三井頭，那裡有郭氏宗祠。

三年前，祠堂重修，他曾撰有家廟聯，道是：

汾潁四千里淵源，越水吳山，舊澤流傳人物盛；湖湘三百年家世，祖功宗德，貽謀尤賴子孫賢。

湘陰郭家一支，是汾陽王郭子儀的後代，千百年來，名人輩出，與前賢相較，自已這官做得實在太有意思了。聯語雖由他親撰，刻出後卻還沒有看到過，他是多麼想上岸去看看啊。可一想到要看那班食古不化的守舊之士的嘴臉，他的心又冷了。

他立在船頭，眼空無物，卻心潮澎湃。沿江一線，蘆荻瀟瀟，洲頭一棵大樹，半截身子立在水中，迎風嗚咽不已……

「荒原多古意，孤桐立秋風。」他忽然想起了這句詩，心中湧上了一種莫名的惆悵和悲哀。

船至長沙草潮門，長沙與善化兩縣的讀書人正集會文廟的明倫堂申討他，同樣不准他上岸。

弟弟昆燾、侖燾及好友朱香蓀等人費了許多周折，眾人才算勉強答應，卻在他上岸後要一把火將那「洋船」燒了，虧船上管帶亮出湖北水師的牌子才未被燒。

郭嵩燾真的再沒有上京供職。他死於光緒十六年（一八九〇）六月，好友李鴻章曾為他上疏請謚，遭到了朝廷的拒絕。

四年後，中日爆發大戰，李鴻章苦心經營二十年的北洋水師全軍覆沒，郭嵩燾那「二十年後日本必強於中國」的預言終於得到了驗證。

但國人並未完全省悟，又五年，義和團大起，「扶清滅洋」口號高唱，慈禧為證明自己徹底和洋人決裂，乃將有崇洋嫌疑的徐用儀、許景澄等五大臣一齊棄屍菜市口，有左姓御史乘機上疏，說郭嵩燾為中國最崇洋媚外之人，請戮其屍，以謝天下。

不久，洋人攻入北京，慈禧帶著光緒帝逃到西安，哪還顧得上追究已長眠地下十年的郭嵩燾？

事雖不果行，但不知九泉之下的郭嵩燾得知神京陷落、帝后西幸的消息後會作何感想？

晚清風雲. 第一卷, 英倫涅槃 / 果遲著. -- 一版.--
臺北市：大地, 2015.05
面： 公分. --（History：78）

ISBN 978-986-402-033-1（平裝）

857.7 104006426

晚清風雲 第一卷 英倫涅槃

HISTORY 078

作　　者　果遲
發 行 人　吳錫清
主　　編　陳玟玟
出 版 者　大地出版社
社　　址　114台北市內湖區瑞光路358巷38弄36號4樓之2
劃撥帳號　50031946（戶名　大地出版社有限公司）
電　　話　02-26277749
傳　　眞　02-26270895
E - mail　vastplai@ms45.hinet.net
網　　址　www.vastplain.com.tw
美術設計　普林特斯資訊股份有限公司
印 刷 者　普林特斯資訊股份有限公司
一版一刷　2015年5月

大地
定　　價：320元

本書原著作者為「吳果遲」中文簡體版書名為《晚清風雲》，中文繁體版經吳果遲先生授權由台灣大地出版社獨家出版發行。

Printed in Taiwan